JN444657

林巨正

義兄弟編 三

林巨正 義兄弟編 三

리봉학이 (一)

리윤경이 김주(金澍)대로 전라도 관찰사가 되어서 전주에 부임할때 란리뒤라고 모든일에 제폐하기를 힘썻스나 이 길이 부임이자 개선(凱旋)이라 자연 긔구가 볼만하엿다 새감사가 전주입성하는날 부중백성들이 남녀노소 모다 뒤끌어 나와서 십리박까지 사람으로 성을 싸핫다 오마작대(五馬作隊)의 마군이 선진(先陣)으로 맨아페 오고 그뒤에 새감사가 전날부윤으로 출전할때 다리고갓든 여러 광대들이 오색옷들을 입고 춤을추며 오는데 그중간에 악수(樂手)한패가 길ㅅ군악을 울리고 그뒤에 오색긔ㅅ발이 바람에 펄펄 날리는데 호남제군사명긔(湖南諸軍司命旗)가 노피떠서 오고 사명긔뒤에 군사두패가 전후에 갈러서고 그중간에 감사가 융복(戎服)을 가추고백마우에 두렷이 안저오는데 말탄군관이 좌우로 옹위하엿다 이 군관은 감사덕에 호사하는 비장들이다 감사가 올흔편을 돌아보며 무슨 말을 이르니 비장하나가 말우에서 몸을 굽신하고말을 엽거름 걸려 감사가까이 드려세우며 말머리 하나쯤 뒤떨어저 따러갓다 감사가 좌우산천을 가르치며 말하는데 그비장은 연해 몸을 굽신거리엇다 구경ㅅ군중에 이것을보고 서로 돌아보며 속살거리는 사람들이 잇섯다

『그비장 해사하게 생겻네』

『흰 얼골에 까만수염이 이쁘장스러워』

『례방비장인것가테』

『엇재서』

『사또의 가까운 일가거나 친척이길래 특별이 친하게 하시지』

『다른 비장들은 등채만 지폇는데 그비장억개에 활을 메엇네그려』

『활만 메엇나 전동까지 메엇네』

그비장이 감사의 일가도 아니요 친척도 아니요 또 례방비장도 아닌 봉학인줄은 구경군들이 알까닭기 업섯다 감사가 지나간뒤에는 신연갓든 아전들과 마중나온 기생들이 걸으며 타며 따러오고 그뒤에는 중군이 군사를 거느리고 후진(後陣)이 되어 맨뒤에 쪼차왓다 선진에서 후진까지 거의 일마장에 뻐치엇는데 압뒤에 군사가 오는이만큼 긔구가 예사감사 도임할때보다 더으리으리하엿다

이윤경이 감사로 도임한뒤 각비장들에게 소임을 분배하야 맛기는데 리봉학이에게는 공방이

차례에 돌아왓다 비장으론 공방을 맛겻스나 리윤경이 특별히 봉학이를 사랑하는까닭게 례방비장이 바더먹을 조석을 봉학이게 내주게하엿다 각도감사의 조석은 의례로 똑가튼상이 두상인데 한상은 례방비장의 차지다 워낙은 감사먹을 음식에 독이들까 조심하야 먼저맛보게 하는것이지만 사실은 례방비장이 감사와 똑가튼 조석을 먹는 셈이엇다 례방비장이 자긔차지의 조석을 공방에게 앗기고 거트로는 다른긔색이 업섯스나 속으로는 봉학이를 미워하는 마음이 업지안코 례방비장외에 다른비장들도 시긔하는 긔색이 업지안헛다 그러나 봉학이가 사람이 상략하고 행동이 민첩하야 다른 비장들의 귀찬하 하는 일을 일수 잘해주는까닭게 간신이 규각이나지안코 지내엇다 하루는 례방비장이 감사아페가서

『형방 공방 두비장이 방하나를 가치쓰옵는데 근래 형방에 일이만허 한방쓰기 불편하다하오니 어찌하오리까』

하고 품하니 감사가

『다른방 하나를 치워주게그려』

하고 분부하엿다

『치워줄방이 만만치안소이다 외딸리 떨어저잇는 폐방한방을 수리해주면 어떠하오리까』

감사가 한동안 말이 업다가

『아무리나 그래보게』

하고 허락하엿다

폐방되엇든 방은 선화당과 비장청에서 초간하게 떨어저서 좀 호젓한것이 흠이나 방이 쓸모잇고 좌처가 아늑하고 뒤겨테 조흔대숩이잇서서 달발근밤과 눈 싸힌 아침의 경치가 조핫다 이런 방이 어찌하야 오래 폐방이 되엇든가 이방에 조치못한 내력이잇다 고형산(高荊山)고판서 전라감사때 례방비장이 이방에 거처하엿는데 그비장의 수청기생이 무당의딸이라 굿을 조하하야서 저의집 이웃에 큰굿이 잇단말을 듯고 잠ㅅ간볼일이 잇다고 핑계하고 나갓다가 굿구경에 반하야 밤을 새우고 들어온것을 비장은 혹시 따로보는 사내가 잇는가의심하고 눈이 빠지게 나물하엿더니 기생이 무정지책을 밧고 독살이나서 비장이 선화당에 올라간틈에 이방에서 목을매어 죽엇섯다 기생이 죽은뒤에 비장이 공연히 시룽시룽하야저서 감사에게 꾸중도 만히들엇스나 날이 갈수록 점점 더심하야 아주실성한 사람가티되고 말엇는데 어느날ㅅ밤에 동무비장 한사람이 병을물으러 차저갓더니 그비장이 진정으로 사정하는 말이

『추월이년이 내게와서 밤낫 부터잇스니 사람이 살수잇나 그년이 지금 어듸잠ㅅ간 나갓지만 곳 또 올것일세 그년을 어떠케 좀 쪼처주게』

하고 눈물까지 머금엇다 추월이는 죽은 기생의 이름이엇다 동무 비장이 그말을듯고 어이업

서 할 사이에

『저기 들어 오네』

죽은 기생 추월이가 방구석에서 솟아 나오더니 힌니를 내보이고 해해 우스면서 차점차점 아프로나오는것이 동무비장의 눈에도 분명히 보이었다 동무비장이란 사람이 마침 겁쟁이라 으악소리를 질르고 박그로 뛰어나갓다 겁쟁이 비장이 하루ㅅ밤 떨고알코 이튼날 감사께 사연을 여쭈엇다 감사가 그제야 뻬방비장의 병이 약으로 고칠병이 못되는 줄을알고 우선 다른 비장방에 다려다가 여러사람과 가치 자게하엿더니 가치자는 사람들도 모르는 틈에 그 방으로 뛰어가고 그다음에 여러사람들을 그방에 가서 따리고자게하엿더니 사람이 방에 붓저지 못하도록날뛰엿다 감사의 단속이잇는줄을 안뒤로는 그비장이 밤낫업시 방문을 다뎌걸고 들어안저서 혼자 웃고짓거리엇다 감사가 그제는 여러비장들을시켜 방문을부시고 들어가서 그비장을 억지로 끌어내 다노코 동으로 버든 복사나무가지로 사정업시 두들기게하엿다 그러나 그비장의 얼골에 생책이만 내엇지 귀수(鬼祟)는 떼여주지못하엿다 고감사는 자긔가 슬기주머니라고 자긍하도록 꾀가만흔 양반이라 이만일을 처리할 꾀가업슬리 업섯다 감사가 한꾀를 생각하고 준비를 시키는데 말하면 귀신이 먼저안다고 말안코 시켜서 감사의 분부를거행하는 사람들도 영문을 알지 못하엿다 어느날 그비장의 방근처에 굿판을차리고 늘근무당 절믄무당을 모하드려서 밤에 큰굿을 시키엇다 굿이 시작된뒤에 다더걸린 그비장의 방ㅅ문이 자주 열리엇다 다치엇다 하며 나 굿이 두세거리 지난뒤부터 방문이 아주 열리고 말엇다

그비장이 넉일흔 사람가티 안젓는것을 여러비장들이 와서보고 이사람한마듸 저사람한마듸 말을 물엇다

『방문을 엇재 열어노핫나』

『그년이 굿구경나갓서』

『대체 방문은 왜 다치나』

『내가 다치나 그년이 다치지』

『박게좀나가보지 안으려나』

『그년이 저업는 동안에 어듸를 나가면 와서 죽인다구그랫서』

『굿구경 나간지가 오래가』

『내가 어듸루 갈까봐 그러는지 처음에는 잠ㅅ간 잠ㅅ간 나갓다 들어오드니 고대 나가서는 아즉 들어오지 안햇네』

이때 감사가 좌우에 부축을 밧고 마당으로 들어오니 여러비장이 폐방비장을 끌고 마당으로 뛰어나왓다 감사는 다른말업시 곳 폐방비장을 포정문박그로 끌어내가라고 분부하엿다 포정문

박게는 하루여러백리가는 노새와 뒤곽지 두세뻠식되는 하인들이 마침등대하고 잇다가 례방비장을 노새등에 올려안치고 튼튼한 바로 떨어지지안흘만콤 동여맨뒤에 곳노새에챗죽질을하엿다 고감사의 꾀가 들어마저서 례방비장은 무사히 서울로 올라갓스나 례방비장 잇든방은 귀신의 우름소리가 밤마다나서 귀신방이란 별명이생기고 그뒤부터 폐방이 되어버렷든것이엇다 귀신방 내력이 생긴때부터 발서 사십여년이 지낫건만 아즉도 감영하인들 입에 추월의 이름이 오르나리엇다 어스름 달밤에 흰옷자락이나 번뜩하면

『아이구 추월이가 나왓다』

구진비 오는밤에 박쥐라도 찍찍하면

『이크 추월이 우는소리가 낫다』

무서움타는 위인들이 방에서 꼼짝못하는건 말할것도업고 소위 장력잇단 위인들도 귀신방근처에 감히 가지못하엿다 이까닭게 이때전라감영하인들은 한턱 먹기내기들할때 어둔밤에 귀신방에가서 기동에 쪽지를 부치고 오거나 마당에 말뚝을 박고 오는것이 내기조건으로 어려운것이엇다 어느때 사령하나가 동무의 술을 빼앗어먹을 욕심으로 말뚝을 박고온다고 장담하고가서 옷자락을 말뚝에 껴서박고 일어나다가 헉하고 나가잣바진것을 동무들이 끌어온 일까지잇섯다 이귀신방을 수리하기시작한뒤 봉학이 수하에 두고 부리는 통인아이가 조용한틈에 봉학이아페

와서서

『공방나리 지금 아무일두 업스십니까』

하고 할말이잇는 긔색을 보이엇다

『무슨 할말이 잇느냐』

『네』

『무슨 말이냐』

『지금 수리하는방이 나리가서 기실 방이라지요』

『그러탄다』

『나리 그방으루 가시지 맙시요』

『왜』

『나리는 아직 모르십니까 그방이 귀신 방입니다』

『귀신 방이라는게 다 무어냐』

『그방 내려은 세상에서 모르는 사람이업습니다』

『우선 내가 모르는걸』

『나리는 전주를 갓오셧스니까 모르시지요』

『그럼 네 세상이란말은 곳 전주란뜻이구나』

『추월이 귀신이야기는 감영안에서만 알뿐이 아닙니다 부중에서 모르는 사람이 업습니다』

『추월이 귀신이란게 그방에있는 귀신이냐』

『네 기생추월이 죽은 귀신입니다』

『어듸 이야기 좀 해라 들어보자』

이십살도 못된아이놈이 사십여년전 일을 저의눈으로 본것가티 이야기한다음에 감영하인들이 어둔밤에 내기하는것까지 다 이야기하엿다 봉학이가 통인의 이야기를 들은뒤에 귀신방이라고 안가려고는 생각하지 아니하나 례방비장의 심청만은 조치안케 생각하엿다 이때 마침 례방비장이 봉학이 잇는데로 오는것을 통인아이가보고

『저기 례방나리 오십니다』

하고 얼른 물러갓다 봉학이가 례방비장의 심사를 결어보려고 마음을먹고 잇다가 례방비장이 와서 방에 들어서자

『내가 할말이 잇드니 마침 잘 오섯소』

하고 마주일어섯다

『할말이 무슨 말인가』

『난 재루 수리하는 방으루 안가겟소』

『갑작이 딴 소리가 웬일인가』

『딴 소리될것두 업소』

『아무 소리업시 자긔가 역사까지 시키드니 홀제지금와서 안가겟단말이 말이되나』

『귀신방에를 누가 가기조타겟소』

『지각업는 통인놈의 짓거리는 소리를 고지듯구 가느니 안가느니 창피하지 안은가』

『기생귀신에게 붓들려서 굿이나 하게되면 그끝은 어떠케되우』

『글세 기생귀신이란게 다 무어야』

『기생귀신이 추월이 귀신이라오』

『자세이두 알엇네』

『당신은 몰낫소』

『그까지 종작업는 말을 알구 모르구가 어듸잇나』

『당신이 그방으루가구 지금 당신쓰는 방을 나를 주구려』

『우리처소라구 우리맘대루 바꾸구 말쿠할수잇나 사또처분이 나리셧스니까 자네가 그방으루 안가지 못할겔세』

「고만두우 내가 사도께 품해보겟소」

「아까 여기섯든 통인놈을 오굼을 끈허놔야겟네」

「그놈이 무슨 죄를지엇소」

「그놈이 주둥이를 놀려서 말ㅅ성을 만들어 노치안나」

「그놈이 그런 이야기를 한것이 죄라구 치구라두 누가 당신더러 치죄해달랍듸까」

례방비장이푸하고 나가다 말고 돌아서서

「그래 참말 사도께 품할텐가」

하고 물으니 봉학이는

「글세 좀 더생각해보구요」

하고 빙그레 우섯다

감사 리윤경이 사람이 자상하야 하정을 잘살피는까닭게 여러비장들이 봉학이 시긔하는 눈치를 알고 다른비장들을 한번 조용히 타일르려고 마음먹고 잇든차에 어느날 경긔전(慶基殿)장원(墻垣)이 퇴락한곳이 잇단말을 듯고 봉학이는 봉심하러 내보내고 다른 비장들은 선화당으로 불러올렷다 비장들이 선화당마루에 늘어서는것을 감사가 방으로 들어들 오라고 일렷다 감사가 아래ㅅ목에 안저서 웃간에 들어선 비장들을 바라보며

『조용하게 물어볼말이 잇서서 자네들을 불럿네』

하고 말하니 여러비장은 말업시 몸들만 굽신굽신하엿다

『리봉학이와 가치들 지내보니 사람이 어떠튼가』

감사의 뭇는뜻을 몰라서 비장들이 서로 돌아보며 대답을 못하니 감사가 다시

『사람이 좀 방자스럽지 안튼가』

하고 물엇다 비장하나가 먼저 입을 열어서

『활ㅅ재주가 출중하옵다구 사람까지 출중하란법은 업습지요』

하고 말하자 그뒤를 달어서 어떤 비장은 소견업시

『사또께서 통촉합시는바와가티 리봉학이가 사람이 좀 방자스러운 편이외다』

말하고 어떤 비장은 능청스럽게

『리봉학이가 당돌하거나 방자하다구 하옵드라두 고금에 드문 명궁이 아니오니까 그만 흠절은 흠절이라구 할것두 업슬것 갓소이다』

말하고 비장중에 가장나이 만흔 례방비장은 나종에 나서서

『리봉학이가 전버덤 좀 아긔뚱해진까달게 그간에 혹 눈에 거치신일을 보섯는지 모르오나 사람이 상락해서 한두번 준절히 일르시기만하면 곳 고칠것이외다』

하고 말하엿다 다른 비장들 말하는동안 빙그레 웃는것가튼 감사의 얼골이 례방비장말할때 엄숙하게 변하더니

『이사람 봉학이보담 자네에게 먼저 일를 말이잇네』

위풍잇는 말소리에 례방비장의 고개가 발서 아프로 숙엇다

『봉학이 처소로 수리하는방이 사십여년 폐방한방인줄은 자네도 잘 알겟지』

『네』

『그방을 봉학이 주자고 한것이 무슨 뜻인가』

『무슨 다른뜻이 잇겟슴니까 방이 쓸만한것이 업서서』

『무엇이 엇재』

감사의 호령ㅅ긔잇는 말이 례방비장의 말끄틀 무질뜨리엇다 례방비장은 곳

『황송하오이다』

하고 압니마에 땀을 흘리고 다른 비장들도 얼골에 혈색이 업서젓다

『내가 자네 소견을 모를줄아나 네아페서 되지못하게 발명할 생각말게』

감사가 말을끈코 잠ㅅ간ㅅ동안 여러비장을 둘너보앗다

『여보게 자네들 생각해보게 례방은 내집안사람이나 말할것도업고 자네들로 말하드래도 다

령압서 처음부터 끗까지 나와 사생동고한 사람들 아닌가 내가사정으로 부하들에게 후박을 둔다면 어찌해서 리봉학이를 자네들보담 더애호할리가 잇겟나 자네들도 그만 요량은 잇서야하지안나 리봉학이가튼 미천한인물을 내가 특별히 장발해주려는것은 한갓 인재를 아끼는 맘뿐이아니고 이다음 또 해적(海賊)이 침범하는때 나라일에 유조할까 생각하는까달기니 자네들도 아모쪼록 내뜻을 바더서 리봉학이를 애호해주도록하게 자네들이 나를 덜알거나 덜밋지아니하면 리방학이를 시기할까달기 업슬줄아네 다들 내말을 알어들엇나』

『황송하오이다』

『사또분부를 명심하오리다』

여러 비장들이 굽신거리는 틈에 례방비장도

『소인들이 생각이 부족하온 탓이외다』

하고 여러차례 굽신굽신하엿다 여러비장이 감사의 명을밧고 물러갈때 례방비장이 뒤에 떨어저 우물우물하다가

『봉학이의 방은 어떠케 하오리까』

하고 다시 품하니 감사가

『고만두고 나가게』

하고 다른말을 더하지 아니하엿다

봉학이가 경기전 장원 되랴한 곳을 봉심(奉審)한뒤에 경기전에서 가까운 내사정(內射亭)에 가서 한량들의 활쏘는것을 구경하다가 마음에 드는 활하나를 빌어가지고 전후세순을 쏘는데 첫순은 자청하야 쏘고 둘째순은 활임자의 청으로 쏘고 셋재순은 여러한량에게 졸려서 쏘앗다 세순이 다가튼 오중(五中)이라도 살을 꼿는곳은 다 각각달렷다 첫순에는 관혁네귀와 복판에 다섯살을 벌려꼿고 둘째순에는 무고우에 다섯살을 일자로 꼿고 셋재순에는 똥매까지 여섯살을 관혁복판에 모아꼬젓다 봉학이로보면 이것쯤은 자랑ㅅ거리도 되지못하건만 한량들은 귀신가튼 재주라고 놀라서 혀들을 내둘럿다 한량들이 봉학이를 술대접하려고 술집으로 끄는것을 봉학이가 오늘은 공사로 나온길이라 술먹고 잇슬수업다고 사피하고 내사정에서 바로 감영으로 들어왓다 봉학이의 봉심하고 온사연을 감사가 들은뒤에

『봉심하고 바로오는데 이러케 느젓느냐』

하고 물어서

『내사정에서 한량들이 활을 쏩기에 서너순 쏘구 왓소이다』

봉학이가 바로 말슴하엿더니

『봉심나간 사람이 한만히 활을 쏘고잇섯단 말이냐 사람이 지각이 그럴수가 잇느냐』

꾸중이 나리엇다 봉학이가 비장거행 두달만에 처음으로 감사께 꾸중을 들엇다

그날저녁 폐문후에 봉학이가 다른비장들과가치 선화당에 올라와서 감사께 저녁문안하고 한께 물러가려고할때 감사가

『봉학이는 게좀잇거라』

하고 말슴하야 봉학이가 미진한꾸중을 들을줄로알고 속으로 걱정스러웟더니 다른 비장들이 다 물러간뒤에

『이리좀 가까이 들어서라』

감사의 말소리 부터 우선 다정스러워 들리엇다

『네처소로 수리하는 방이 내려잇는 방인것을 너 아느냐』

『대강 들어서 아옵니다』

『그방에가서 거처하기가 맘에 실치안흐냐』

『실을것 업소이다』

『그러켓지』

감사가 빙그레우스며 고개를 끄덕끄덕하엿다

『하인들은 그방에 참말 귀신이 잇는것가티 말하옵듸다』

『그건 종작업는 하인들뿐이 아니다 내가 부윤으로 잇슬때 김감사께도 그런 말슴을 들엇다 훌륭한 방을 사십여년간 폐방하고 못쓰다니 전라감영의 수치다 내가 여기잇는동안 그방을 쓰기시작하여야 할터인데 지금 그방을 실케 생각안코 거처할만큼 담펴잇는 사람이 별로업다 내생각에는 나빼노흐면 너박게 업슬것가터서 네처소를 그방으로 옴기게 한것이다』

『황송하오이다』

『그방 수리가 거의다 되엇다지』

『네 내일이면 문창호까지 다 끗난답니다 일하는것들이 해만 설핏하면 일을 못하는까달게 날짜가 의외루 만이 걸렷소이다』

『내일 바로 처소를 옴기겟느냐』

『네 옴기겟소이다』

『그외에 네게 말을 일러둘것이잇다』

하고 감사가 말을 다시 고치어서

『내가 너를 애호하야 준다고 밋고 방자스러우면 죄책을 더중하게 당할것이니 각별조심해라 네가 근본이 미천한것만큼 남들이 업수히 여기기 쉬우나 남이야 업수히 여기든마든 내압만 닥그면 고만이니 아모쪼록 뉘게든지 공손하고 더욱이 다른 비장들과 의조케 지내도록 해

라』

아버지가 아들을 가르치듯이 말을 일러주엇다 감사의 말이 귀ㅅ속에 박히는것보다도 뼈ㅅ속에 박히어서 봉학이는 눈물까지 머금엇다

『고만 물러가거라』

감사의 명을밧고 봉학이가 비장청으로 물러나올때

『나빼 노흐면 너박게 업다』

감사의 말을 생각하고 곳 그밤으로라도 처소를 옴기고 시픈맘이 잇섯다

이튼날 봉학이가 방을 옴기려고할때 례방비장이 와서보고

『방을 아직 옴기지말게』

하고 말리엇다

『왜 옴기지 말라시요』

『사또처분이 다시 나리기까지 기다려보게』

『어제밤에 사또분부를 물엇스니까 오늘 곳 옴길테요』

『사또께서 오늘 옴기라시든가』

『옴기라십듸다』

『알수업는일일세』

『무에 알수업단 말이요』

『나는 어제 사또께 꾸중을들엇네』

『무슨 꾸중을 들엇소』

『자네처 소까달게 꾸중을 들엇서』

『사람을 은사주검시키려구하니 꾸중들어 싸지요』

『은사주검을 시키다니 그게 무슨 소린가』

『그 방에 가면 죽는단 말을 내귀루두 멧번 들엇소』

례방비장은 봉학이의 말을듯고 얼골이 붉거젓다 례방비장이 봉학이를 미워하는까달게 귀신방으로 처소를 옴기게하려고 은근히 애를썻지만 죽이려고까지 미워하는것이 아니든터에

『그방을 봉학이 주자고 한것이 무슨 뜻인가』

감사의 날카러운 말에 가슴이 찔리어서 거심이 조치못한것을 깨닷고 뉘우친뒤라

『그 방이 맘에뜨아하거든 옴기지말구 고만두게 내가 사또께 다시 품해봄세』

하고 정답게 말하는데 봉학이는 례방비장의 눈치를 살펴보며

『아니 고만두시우』

하고 손까지 내저엇다 봉학이와 벗하는 형방비장이 마침 여페서 듯다가

『내생각엔 조흔수가 하나잇구면』

하고 말하니 봉학이가

『무슨 조흔수』

하고 형방비장을 돌아보앗다

『북문박게 용한 장님이잇다데 그자를 불러다가 옥추경(玉樞經)이나 한번 일키구 방을 옴겨 들게』

『실업슨 소리 고만두게』

『이사람 자네는 모르네 귀신쫏는데는 옥추경이 제일이라네』

『옥추경이구 금추경이구 고만두어 이사람아』

『그러다가 기생귀신이 참말 나오면 어떠케 할텐가』

『수청드리지 걱정인가』

『자네가 나하구 한방쓰느라구 기생수청을 못드려서 성화가 낫네그려』

『자네는 기생을 쇠배 실혀하니까』

『까마귀가 오듸를 실타기가 쉽지 사내자식이 누가 기생을 실타겟나 그러치만 기생귀신까

지 수청드러구 시피하는 사람은 자네하나뿐일껄세』

『실업슨 조롱은 고만두구 참말 수청기생이나 하나 골라주게』

『가만잇게 내가 기생 독차지한뒤에 이야기하세』

『동관(同官)대접으루 수로(首奴)에게 분부한번 해주면 어떤가』

『그건 어렵지 안치만 죽은기생 산기생이 서루시새워서 쌈질을 하게되면 자네가 틈에 끼어서 죽지두 못하구 살지두 못할테니 걱정아닌가』

형방 비장의 우슴의 소리에 봉학이와 례방비장이 다가치우섯다

봉학이가 방을 옴긴뒤에 바로 선화당에 올라와서 감사께 처소옴긴것을 아뢰니 감사는 말업시 고개를 끄덕이엇다 봉학이가 물러가란 명령을 기다리고 섯슬때 감사가 통인의 방을 향하고

『이리 오너라』

하고 사람을 불르니 대답소리가 나며 곳 통인하나가 방에서 나왓다 감사가 통인에게

『다락구석에 세워둔 환도를 이리 내오너라』

분부하고나서 봉학이를 돌아보며 말하엿다

『내가 환도 한자루를 줄테니 갓다가 머리마테 걸어두어라』

『활을 머리마테 걸어노핫소이다』

『검긔(劍氣)가 벽사(辟邪)을 한다기에 환도를 갓다걸란 말이다』

『황감하오이다』

통인이 감사의 분부를 조차서 환도를 봉학이에게 갓다주니 봉학이는 두손으로 바더들고 감사의안즌자리를 향하야 허리를 굽히엿다

봉학이의 새방은 아래웃간 사이를 장지로 막은 이칸 마루방인데 아래ㅅ간에는 골방이 뒤로부터서 쌍창이 아프로낫슬뿐이나 웃간에는 압쌍창외에 뒤되창이 더잇고 아래ㅅ간은 지플깐우에 명석을 깔고 명석깐우에 기직자리를 깔어서 화로불 피우고 나제 안고 이부자리 펴고 밤에 잘만하나 웃간은 마루청우에 바로 기직자리를 깔어서 미테서 나오는 찬바람만 막을뿐이고 아래ㅅ간에는 등뒤 벽장우에 횃대가걸리고 머리맛 벽우에 감사의 준환도가 걸리고 또발채 골방문여페 활과 전동이 걸리엇스나 웃간에는 벽에 군대군대 대못이 박히엇슬뿐이고 아래ㅅ간에는 방구석에 탁자가 노히고 탁자 아페 재판이 노히고 재판 우에 촛대와 화로와 요강이 늘어노혓스나 웃간에는 아무것도 노힌것이업섯다 아래ㅅ간은 자못 아늑한 맛이 잇고 웃간은밤낫 썰렁할뿐이라 가튼방에 장지 하나 사이가 딴세상가티 달렷다 봉학이가 처소를 옴기든 날 통인아이가 나제는 와서 거행을 하야도 해진뒤에는 뫼시고 잇슬수 업다고 사정하야 봉학이가 해진뒤에는 다른 처소로 가라고 허락한까닭게 봉학이는 귀신방에서 혼자 자게되엇다 선화당에서

퇴등령(退燈令)이 나린지 발서 오래다 봉학이는 감사께 저녁문안을 여쭙고와서 초뿔을 발켜노코 혼자 등그만이 안저잇섯다 원악도(遠惡島)로 귀양온것가튼 생각은 업지아니하나 무서운 생각은 꼬물도 업섯다 귀신이나 독가비를 이야기만 만히듯고 눈으로 한번도 본일이 업서서 궁금한 마음에 기생귀신이 나오기를 은근히 기다리엇다 이때나 저때나하고 기다리는중에 뒤겻 대수페서 우수수 소리가나며 무슨 발자국소리가 들리는듯하야

『인제 나오는가보다』

봉학이가 혼자 말하며 장지문을 바라보고 잇섯다 한동안이 지나도 아무 긔척이업고 장지틈으로 들어오는 찬바람이 초ㅅ불만 흔들엇다 불후리를 돌려서 바람을 가리려고 봉학이가 아프로 나안즐즈음에 웃간에서 창문이 덜커덕하엿다 봉학이가 벌떡 일어나서 장지를 밀어저치고 내다보니 압쌍창과 뒤퇴창이 다 다친채잇섯다 문풍지가 바람에 떠는 소리를 듯고 봉학이가

『바람인게다』

생각하면서도 귀신이 방구석에서 나온단 이야기를 생각하고 우두머니 방구석을 바라보고 섯다가 장지를 도루 다치고 자리에와서 안젓다 그뒤에는 대수페 바람소리와 문풍지 떠는소리외에 이따금 골방에서 쥐소리가 날뿐이엇다

『에이 자야겟다』

봉학이가 혼자 말하고 골방에서 이부자리를 끄내는데 쥐한마리가 뛰어나왓다 이부자리를 펴노흔뒤에 쥐를 잡으려고 봉학이가 재판뒤와 탁자미틀 골고루 살펴보앗스나 쥐가 어듸가서숨어잇는지 골방으로 도루 들어갓는지 다시 눈에 뜨이지 아니하엿다 봉학이가 화로의 숫불을 다두거려 무든뒤에 이불속에 들어누어서 촛ㅅ불을입으로 불어껏다 캄캄한속에 한동안 눈을 뜨고잇다가 잠이 들기시작하야 어슴푸레 잠이들엇슬때 누가 이불우를 더듬는것가터서 잠이 도루깨엇다 아래에서 살살 긔어오는것이 잇는듯하야 슬몃이 손을 빼가지고 잇다가 가슴께로 올라올때 이불우를 덥처 눌으니 찍소리하며 손사이로 빠저나가는것이 쥐엿다 봉학이는 불을켜고 잡으려다가 귀찬흔 생각이 나서 고만두고 다시 잠을 청하엿다 잠이들엇슬때 쥐가 또 이불우로 올라와서 손을 이불박게 내노코 기다리다가 꽉움켜잡으니 이번에는 찍 소리 대신에 아야 소리가나고 손에 잡힌것이 쥐가 아니요 보든라운 기집의 손이엇다 봉학이가 깜짝 놀라서 살펴보니 이쁜 기생 하나가 여패와서 안젓는데 얼골이 전에 만히본것가티 눈에 익엇다

『네가 추월이냐』

『나리는 추월이만아시요』

『그럼 네가 누구냐』

『내가 누군지 몰라서 물으시요』

『나는 잘모르겟다 나 자는 방에 엇재 들어왓느냐』

『나리가 혼자 주무시기 고적하실듯하기에 들어왓지요』

봉학이가 기생을 다려고잣다 꿈이 깨어서 눈을 떠보니 날이 발서 환하게 다 발것섯다 너무늣지나 안햇나 생각하고 벌떡 일어나서 아래옷간 문을 다 열어노핫다

봉학이가 일어나며 부터 식전내 여러사람에게 아침 인사를 탐탁하게 바덧다 감영 하인들은 죽을 경우에 살어난 사람처럼 아는 눈치고 다른 비장들은 한번 액회를 면한것가티치는 모양이고 감사까지 밤사이 무양한것을 기뻐하는 긔색이 현연하엿다 감사가 각비장의 아침문안을 바들때 전가트면 여러 비장의 얼굴을 한번 죽 돌라보며 고개나 끄덕이고 말것인데 이날 봉학이에게는 특별히

『밤에 잘 잣느냐』

하고 뭇고 륙방관속들의 조사가 끗난뒤에 감사가 비장들을 돌아보다가 다시 봉학이에게

『외딴 처소에 혼자 자기가 고적지 안트냐』

하고물엇다 봉학이는 감사의 물어주시는것이 황감하야 그저 예예 대답만 하는데 폐방비장이 여패서

「고적하지 안을리가 잇습니까」

하고 봉학이를 위해서 말하엿다

각 비장들이 감사아페서 물너나올때 형방비장이 례방비장에게 귀ㅅ속말하고 봉학이를 바라보며 싱글싱글 우섯다 봉학이가 나제 방에 안저서 방수리 마터시킨 아전을불러다가 새로 수리한 방에 쥐구멍이잇스니 역사를 허수히 시킨탓이라고 꾸지람하는중에 방자 하나가 와서

「어떤 할낭이 와서 뵈입자구 합니다」

하고 말하야 봉학이는 꾸지람을 대강하고 끄치고 차저온 한량을 불러드리게하엿다 그한량은 전일 내사정에서 봉학이를 술대접하려고 먼저 설도하고 나종까지 간청하든 사람인데 이사람이 이날 자긔집에 혼인술이 잇다고 청하러 온것이엇다 봉학이가 그 한량의 인정을 떼치기가 어려워서 감사께 들어가서 외출허가를 물은뒤에 그 한량을따러 나갓다

봉학이가 혼인ㅅ집에 가서 여러 한량들과가치 잔치술을 취토록먹고 다 저녁때 감영으로 들어오는데 취중에 발ㅅ길이 전에잇든 처소로 향하엿다 형방비장의 처소를 가까이 왓슬때 기생 한메가 몰려나가는것을 보고

「이년들 점구마지려 들어왓드냐」

하고 길을 가로 막으니 어떤 기생은

『네 점고맛고 나갑니다』

하고 해해 웃고 어떤 기생은

『점고는 어끄적게 초하룻날 마젓슴니다』

하고 입을 비쭉하엿다

『나 업는 틈에 왓다 나가 이년들 자 나하구 가지 도루 들어가자』

봉학이가 두 팔을 벌리고 들어오니 기생들은 하나씩 둘씩 살짝살짝 여프로 빠저 나갓다 봉학이가 간신이 기생 하나를 붓들어가지고 들어오니 형방비장과 례방비장이 기생 하나를 다리고 방안에 안저서 이야기하다가 봉학이를 보고 이야기를 뚝 끈치엇다

『올치 한마리는 남어 잇구나 네년은 가두 조타』

하고 봉학이가 붓들어가지고 오든 기생을 노하버렷다

『자네 술취햇네 그려』

례방비장의 말에

『네 술을 만히 먹엇소』

고개를 끄떡하고 또

『혼자 다니며 잘 먹엇다 어듸 보자』

형방비장의 말에

「내가 한턱 내가」

껄껄 웃고 봉학이는 방에 들어와서 턱 들어누으며

「자네 무릅 좀 빌리게」

하고 기생의 무릅을 끌어 달렷다。

봉학이가 잠ㅅ간 잠이 든 동안 기생이 무릅 대신 퇴침을 베어주고 살몃이 일어나서 봉학이의 벗어 버린갓을 말고지에 집어 걸고 례방형방 두 비장에게 눈으로 인사하고 박그로 나갓다 그기생은 이름이 계향(桂香)이니 전날 전라감영의 행수기생이든 계랑(桂娘)의 친동생이다 계랑은 절므신 실록포쇄관(實錄曝晒官)의 간장을 녹여서 서울까지 이름이 낫든 명기엇스나 계향은 자색과 가무가 형에 미치지 못하고 고임ㅅ성과 부침새가 형만 갓지 못하야 형의 뒤를 이울만한 명성은 업슬망정 그대신에 사람이 침착하고 단정하고 기생으로 기생티가 업서서 보는 사람의 눈을 따러서는 일대 명기 형보다 가취할 장처가 도리어 만핫다 전등내 김감사적에 병방비장이요 중군이든 사람이 양기 조흔것을 큰 자랑으로 여기든 왈자(曰者)이엇는데 어느때 여러 기생을 다리고 쾌심정(快心亭)에 천렵을 나가서 천어(川魚)회로 술을 먹고 취한김에 호기를내어서 남들 보는데서 기생들을 모주리 행실내려 들다가 셋재 기생에게 개행실이라는 욕을 먹고 홍이 깨어지도록 풍파를 이르킨 일이 잇섯다 그때 셋재 기생은 다른 사람이아니요 곳 계향이엇다 계향이가 술취한 중군에게 맛고 채이고 머리를 춤으로 뽑히엇건만 끗끗내 항거한까닭게 그뒤로 조잇는 기생이란 칭찬도 듯고 다긔진 기집이란 지목도 밧게 되엇섯다 이때계향이의 나이 스물이너머서 지각은 더 날 나위업시 다나고 눈은 가당치안케 노파서 문벌(門閥)조코 지모(智謀)비상한 감사 리윤경외에는 천하명궁이란 리비장 봉학이를 인물로 칠뿐이고 다른 비장은 안중(眼中)에도 두지 아니하엿다

계향이가 나간 뒤에 봉학이가 잠은 곳 깨엇스나 술이 아직 덜 깨여서 감사께도 가보입지못하고 저녁밥도 변변히 먹지 못하엿다 봉학이가 그대로 형방비장처소에 눌러 잇다가 저녁문안때에 여러 비장틈에 석겨서 선화당에를 올라갓다 감사는 봉학이의 술취햇든것을 알고 잇는터이라 봉학이를 보고

『오늘 잘 놀고 왓느냐』

하고 물은 뒤에

『술을 먹지 말라는것은 아니되 너머 과히먹고 실태가 잇서서는 못쓰는법이다』

하고 말을 일럿다 봉학이가 황송하야 고개를 숙이고 섯다가 다른 비장들과 가치 물러나올때 례방비장이

『내방에 조흔 술이 잇스니 가치들 가서 한잔씩 먹구 헤어지세』

하고 여러사람을 끄는데 봉학이만은 실타고 사양하엿다

『자네는 해정으루 먹어야하네』

『사또께서 과도하게 먹지 말라구 분부하셧스니까 나제처럼만 먹지말게』

『자네 안가면 우리까지 못 어더먹기가 쉬우니까 자네가 한턱 내는 셈으루 가치 가세』

이비장 저비장이 밧고채기로 짓거리는것을 봉학이는 나제 술에 골아서 먹을수 업다고 고사하고 혼자 처소로 와서 불을 켜노코 잠시 안젓다가 잘차비를 차리려고할때 례방비장이하 여러비장이 술과 안주와 잔과 술데울그릇을 통인과 방자들에게 한가지 두가지식 들려가지고 떼를지어 몰려왓다

『하나를 빼노코 먹을라니 맛이 잇서야지』

『이러케 가지구까지 왓는데두 안먹을텐가』

『술을 어서 데워라』

『상을 여기 갓다 노아라』

『이놈아, 너는 왜 어리둥절하구 섯느냐』

『초롱불을 꺼라 이애야』

여러 사람이 떠드는 바람에 호젓하고 휘휘하든 방이 갑작이 우끈하고 들석하엿다 봉학이가 여러 비장에게 부대끼다시피하야 수삼배 조히먹고 술에 감겨서

『인제 나는 고만 못먹겟소』

하고 자리에 쓸어지니 례방비장이 통인 방자들시켜서 긔명등속을 모다 거두고 방까지 대강치운뒤에 여러 비장과 함께 일어섯다

『우리 가네』

『잘자게』

『일어날거 업네』

여러사람들이 다 간뒤에 봉학이가 정신을 차려 이불을 끌어 덥고 불을 끄려고 할때 장지문이 소리업시 열리며 하얀 기집의 얼골이 눈아페 나타낫다

봉학이가 게슴치레한 눈을 부비고 장지틈의 하얀얼골을 바라보다가

『네가 추월이냐』

하고 소리질러 물으니 입을 가로벌리고 웃는지 이를 앙상거리는지 하얀 니가 보일뿐이요 대답은 업섯다

『왜 대답을 안느냐』

「내가 추월이요 겁나지 안소」

「쥐 밋구녁가튼소리 마라」

「내가 사십여년동안 사내다운 사내를못만낫드니 인제 잘 만낫소」

「잘만낫스니 수청을 들테냐」

「나리가튼 사내에겐 수청들어도 조치만 우선 이야기할일이 잇스니 좀 일어나 안지시요」

「이야기할일이 잇다 지금은 내가 곤해서 자야겟는데 내일 밤에 다시 오너라」

「자고십거든 자구려 누가 말리겟소」

촛불이 바람에 후려서 발것다 어두엇다 하는중에 하얀얼골뒤에 똑가튼 하얀얼골하나가 나왓다 들어갓다 하는것을 봉학이가 바라보고

「네 뒤에는 또 누구냐」

하고 물엇다

「내 뒤에는」

「네 뒤에 얼굴빠닥이 하얀년은 누구냔말이야 네 동무냐」

「아이구머니」

기집 하나가 새ㅅ된소리를 질르고 아래ㅅ간으로 뛰어들어오며 누어잇는 봉학이를 덥처 눌를

듯이 주저안젓다 봉학이는 기집이 처음 웃간에 나타날때보다 도리어 더 놀라서 이불을 박차고 일어안즈며 기집을 떠다밀엇다 기집이 뒤로 밀려 나갓다가 다시 아프로 대어들며 두손으로 봉학이의 손을 잡는데 그 손이 차기가 어름ㅅ장 가텃다

『귀신의 손은 정말 차구나』

봉학이가 손을 뿌리치려고하니

『나리 나는 귀신 아니요』

기집은 더욱 단단히 말러부텃다

『귀신아니구 무어냐』

『사람이요 계향이요』

『계향이』

하고 봉학이가 기집의 얼골을 드려다 보앗다

『올치 알엇다 어제 밤에 내가 네 무릅을 비고 잣지』

『어제 밤이 무어요 아까 저녁때요』

『내가 술이 취햇서두 정신은 말정하다 네가 어제 밤에두 왓섯지 무슨소리냐』

『안왓서요』

『그래 어제 밤에 나하구 가치 자지 안헛서』

『아니요 아니요』

『아니라면 고만둬라 내가 욱이기 실타 오늘밤부터 가치 자자』

기집이 봉학이의 손을 노코 대번에 뒤에 와서 누으며 이불을 끌어달려 얼골까지 더펏다

『치마나 벗구 누어라』

『장지나 좀 다치시요』

『이년보게 나를 심부름시키지안나』

봉학이가 장지를 다치고와서 키집의 여페 누엇다

『웃간에 무어 잇습듸까』

『잇기는 무에잇서 빈방이지』

『기집이 업서요』

「웬 기집이 또잇서 기집사태 낫드냐」

『아까 보셧다며』

『아까 본게 너지 누구야』

『나 말고 또 보셧다구햇지요』

『그랫든가』
『나리를 속일라다 내가 되려 속앗구려』
『나를 속일라구햇다 이년 보아 네이름이 무엇이 계향이랫지』
『계향이 이름이 조치요』
『추월이 버덤은 낫다』
『하필 왜 그이름에다 갓다대요』
『추월이 추월이두 불르기는 조흔이름이다』
『그이름 불르지 마시요』
『추월이가 촉휘냐』
『촉휘는 무슨 촉휘야 불르면 나오까보아 말이지』
『나오면 겨정이냐 내가 양여폐 하나씩 끼구 자지』
『풍뉴남아(風流男兒)시구려』
『너는 절대가인(絕代佳人)이냐』
하고 봉학이가 입을 기집의 볼에 다이려고하니
『아이 술냄새』

하고 기집이 벽을 향하고 돌아누엇다

『술냄새가 실커든 웃간으로 나가거라』

『웃간에는 나가기 실은걸』

『내가 웃간으로 나가랴』

『그럼 나도 웃간으루 나갈테야』

『아양 고만부리구 이리 돌아누어라』

봉학이가 품안에 계향이를 끌어 안고 하루ㅅ밤을 지냇다

례방비장이 형방비장과 한자리에 안저서 여러 기생들을 불러드려 늘어세우고

『지금 너이들 중에서 공방나리의 수청을 하나 정할텐데 이것이 우리의 자의가 아니구 사또의 분붑시니 자원할사람이 잇거든 아프루 나서거라』

말하고 한동안 기다리다가 아프로 나서는 기생이 업는것을 보고 기생을 하나씩 아프로 불러내서 뜻을 물을때에 다른 기생들은 다 입을 모으고 온것가티

『귀실방앤 가기 실습니다』

『귀신방앤 능장을 마저도 못가겟습니다』

『귀신방은 말만 들어도 몸에 소름이 끼침니다』

귀신방이 실타고 왼고개들을 치는데 계향이 혼자 실탄 말을 아니하엿다 계향이가 다른 기생들보다 귀신방을 덜고리는 담괴도 잇거니와 다른 기생들보다 봉학이의 인물을 더 밋는소견이 잇섯든까닭기다 계향이가 귀신방에와서 봉학이에게 수청은 들게된뒤 다른 기생들사이에는 뒤ㅅ공론이 만핫다

『계향이가 다긔진 기집이야』

『그년이 다긔진체하다가 혼이나구 말께다』

『그러치 그년의 다긔가 얼마나 가겟늬』

『귀신방에서 탈업시 지내면 그게 변이지 무어야』

『큰탈 나지 두구 보아라』

기생들이 두고 보아야 봉학이와 계향이의 신상에 큰 탈이 업는것은 고사하고 흔한 고뿔도 한번 알는일업시 달포를 지내엇다 봉학이와 계향이가 그동안에 서로 정든 품이 둘이 부터살면 아귀틈에서라도 웃고 살고 둘이 부터가면 칼산우에라도 겁내지 안코 갈만하게되니 귀신방가튼 조용한 처소가 둘에게는 도리어 해롭지 아니하엿다 계향이는 봉학이게 사랑을 바들뿐아니라 감사께까지 귀여움을 바더서 다른 기생들이 보기에 부럽도록 시색이 조하젓다 무슨 노리에든지 계향이가 빠지면 감사가 일부러 차저서 불르고 무슨 상급이든지 계향이 목이 적으면

감사가 특별히 후히 주게하엿다 봉학이는 다시 말할것도업고 계향이까지 감사의 특별한 두호를 밧게되니 인정을 사려는사람이 혹간 귀신방을 그리지안코 밤저녁에 차저오게되어서 봉학이와 계향이가 불긴하게까지 생각할때도 이따금 업지아니하엿다 어느날 나제 눈이오고 밤에 달이 떠서 경치조흔 밤에 감사가 압쌍창을 열어노코 박글 내다보다가 술을 가저오라하야 두서너잔 혼자 마시고 술치든 수청기생을 돌아보고 우스면서

『지금 공방비장처소에 갓다 올수 잇겟느냐』

하고 물으니 그 기생이 달이 대낫가티 밝은것을 밋고

『네』

하고 대답하엿다

『그러면 주전자에 남은술을 리비장에게 갓다 주고 오너라』

기생이 주전자의 술과 접시의 포쪽을 양손에 갈러들고 공방비장청을 향하고 오는데 멀직이서 바라보니 계향이가 혼자 툇마루기동에 기대어서 달을 치어다보는것 가텃다 리비장과 가치 나서지 안흔것을 괴상히 생각하며 그 기생이 아프로 나가며

『계향아』

하고 불럿다 계향이는 간곳업시 업서지고 기동우에 달빗만 푸르럿다 그 기생이 갑작이 정신

이 아쩔하야 눈우에 주저안즈며 소리를 질럿다 방안에 설잠이 들엇든 봉학이와 계향이가 압마당에서 나는 외마듸 소리에 놀라 일어나서 옷들을 대강 주어입고 방문을 열고 내다보앗다 봉학이가 마당에 나려와서 눈우에 주저안즌 기생을 끌어올릴때 계향이도 나려와서 거들엇다 봉학이와 계향이는 압기동에 달빗이 우린것을 얼보앗스리라고 말하나 그기생은 추월의 귀신을 본줄로 여기고 봉학이와 계향이의 말을미드려고 하지아니하엿다 이런일이 한번 잇슨 뒤로 밤저녁에 혹간 오든 사람도 통히 발그림자를 끈허서 봉학이처소는 밤이면 사랑하는 남녀가 실업슨 개닥질하기 만판 조핫다

계향이가 나제는 시중들고 밤에는 수청드느라고 봉학이여플 떠날새가 별로 업서서 전에 가깝게 지내든 사내들과는 자연히 멀어젓다 계향의 집 대령(待令)한량이라고 조명이 나도록 계향이에게 축일 놀러오든 절문한량도 운수조하서 닷새에 한번 열흘에 한번 얼골을 대하게 되엇스니 잇다금 차저다니든 사내들은 한달 두달에 먼빗 한번 보지못하는 사람도 만헛슬것이다

계향이와 전날관게잇든 사내로서 얼골이라도 각금 보는사람이 둘도 아니고 오족하나잇섯스니 통방의 어른인 수통인이 곳 그사람이엇다 수통인은 나이 근 삼십한사람인데 끌어올렷든 머리를 다시 따아 나리고 통인거행하는것은 선자(扇子)통인의 소임을 한번 마터보려는데 큰욕심

이 부터잇섯다 선자통인이 진상선자(進上扇子)맨들 대바를 잡으려고 승교바탕을 타고 각군으로 돌아다닐때

「그대밧 조타」

말한마듸에 대바를 쑥밧트로 변할수 잇는까닭게 꺼끄렁벼섬하는집 대바테 가서 조타 소리만 내노흐면 대바를 아끼는 주인이 벼ㅅ섬으로 통인의 입을 막앗다 선자통인은 한번 잘 지내면 땅마지기가 조이생기니 통인들이 누구나 다 이 소임을 욕심내고 욕심내는사람이 만흐니 통인들이 제각기 다 청촉길을 뚤럿다 수통인이 이듬해에는 십상팔구 틀림이 업스려니 미드면서도 중간에 어떤 방해군이 나설는지 몰라서 계향이를 조용한 틈에 만나기만하면 뒤를 잘 보아달라고 신신당부하엿다

어느듯 해가 바꾸여서 정초가 되엇다 하루 석후에 례방비장이 각비정들을 자긔방에 모하가지고 윷판을 차렷다 봉학이가 처음에 계향이를 다리고 왓섯스나 중간에 계향이가 두통이난다고 안저잇기를 괴로워하야 먼저 가서 자라고 보내고 윷판을 마치고 밤참을먹고 나종에 혼자 처소로 돌아오게되엇다 처소에 가까이 왓슬때 봉학이는 방문에 두사람의 그림자가 얼른거리는 것을 바라보고 부지중에 발을 멈추엇다 머리 언진것은 계향이가 분명하고 머리따은것은 총각인듯한데 두그림자가 부텃다 떨어젓다 하는것이 아무리 보아도 수상스러웟다 봉학이가 발자

국소리업시 뜰아래까지 들어가서 방안의 수작하는말을 한동안 엿들엇다

「머리아픈사람 누어잇지도 못하게 무슨 작난이야」

「왜 그러케 톡톡 쏘나 구정(舊情)은 여신(如新)하구 신정(新情)은 여구하게 지내세그려」

「식자(識字)가 쇠눈깔일세」

「리비장은 무식쟁이지」

「유식쟁이 부럽지안허」

「이번 사또 과만(苽滿)때까지 기다려보세」

「사또 과만때를 기다리면 어떠케할테야」

「사또가 갈리면 리비장두 갈테니까 말일세」

「남의걱정 그러케하다가 머리빠지겟네」

「내머리가 묵사발이되기루 자네가 무슨 걱정인가」

「말하기도 귀찬흐니 고만가요」

「내가가면 혼자잇기 무섭지 안켓나 이리오게 한번 끌어안어나 보세」

「손은 치워」

「너무 그러지말게」

『조신하게나 안젓서』

봉학이가 가만히 멧거름나가서 신발소리를 내며 큰기침을 하니 방안에서는 부산하엿다 수통인이 웃간구석에 섯든것을 봉학이가 아프로 불러내서 호령ㅅ긔잇는 말로

『너 엇재 여기 와 잇느냐』

하고 물으니 통인이 얼른

『나으리 보입구 청할 말슴이 잇서서 왓습니다』

하고 둘러대엇다

『언제 왓드냐』

『온지 얼마 안됩니다』

『무슨 급한 청이 잇서서 밤중에 왓느냐』

『조용한 틈을 타서 오느라구 온것이 좀 느젓습니다 급한 청은 아니올시다』

『네놈데리구는 더 말할것업스니 고만 가거라』

『네 안녕히 주무십시요』

『이다음에 네가 또 나 업는틈에 왓다가 내눈에 들키는 날이면 다리뼈를 분질러 노흘 테니 그리 알어라』

『네 황송하오이다』

수통인이 황망히 나간 뒤에 봉학이는 고개 숙이고 안젓는 계향이를 돌아보며 말업시 일어나더니 벽에 걸린 환도를 메어나려서 날을 뽑아 아페 노핫다

봉학이가 처음 장가들때 주혼하는 외조모가 색씨당자의 인물보다도 색씨부모의 양반을 취해서 혼인한까달게 봉학이의 안해는 얼골이 면추도못되고 사람이 둘하야서 당초에 봉학이 마음에 들지 아니하엿섯다 외조모 생전에는 외조모가 성사를 삼아서 내외간을 억지로 부치어주고 외조모 작고한 뒤에는 딸하나가 그물못이 되어서 내외간이 간신이 벌어지지 안헛섯는데 지난해에 그딸이 죽어서 봉학이가 전장에 나오기 전 멧달은 안해와 별로 접어도 안코 지냇섯다 봉학이가 가끔 교하를 가고시퍼하는것은 그곳에 잇는 외조모 산소에 다녀올 마음이지 안해를 보고시픈생각은 꿈에도 업섯다 더구나 계향이와가튼 신통이가 생긴 뒤로 소박뜨기 안해는 염두에도 둘까닭기 업섯다 봉학이로보면 계향이와 사랑을 주고밧는것이 생외의 처음보는 재미라 계향이게 온마음을 다 기우려서 갓끗내 가치 살것을 생각하는중인데 뜻박게 창에 비친 그림자를 볼때 수청기생의 난잡한짓을 곳 정실안해의 부정(不貞)한 행실과 가티 여겨서 등시포착으로 남녀를 다 죽이고십도록 몸의 피가 끌어섯다 뜰아래에서 남녀의 수작 멧마듸를 엿들은 뒤에 끌튼 피는 적이 갈어안젓스나 계향이를 한번 조련질해둘 생각이 난 까달게 엄포

로 칼까지 뽑아노코 안저서

『계향아』

하고 불르니 계향이는 대답대신에 눈을 들어서 바라보앗다

『네가 다른데가서 무슨짓을 하든지 그건 내 알배 아니나 통인놈따위를 내방으루 끌어다가 내자리를 더럽히는것은 내얼골에 똥칠하는게 아니냐』

『아니올시다』

『아니면 무어냐』

『제말슴을 다 듯고 꾸중하세요』

『되지못한 발명 듯기실타 내가 통인놈과 기집다툼은 안할망정 네죄는 그대루 용서할수업다』

『제가 죄지은일이 업습니다』

『듯기실타는데 발명이 무슨 발명이냐 얼른 이리와서 목을느리구 칼을 바더라』

봉학이가 칼을 들고 계향이를 노려보앗다

『나으리께서 죽으라시면 죽겟습니다 그러나 제가 죽는것이 제 죄도아니고 나으리 잘못도아닙니다 아마도 추월이 귀신이 저를 동무로 데려가려고 작희하는것이올시다』

계향이가 아프로 나와 안즈며 소매로 눈을 가리엇다

『네가 죽은뒤에 추월이와 부동이되면 이방은 영영 폐방이 될모양이니 방이 아까워서 어듸 너를 죽이겟느냐』

봉학이가 슬몃이 칼을 집에 꼬저서 여페 노핫다

『너를 죽이지는 안켓다 그러나 이후는 내아페 두기 실흐니 네집으루 나가거라』

『나으리 죽여주세요 제가 나리여플 떠나느니 나리손에 죽겟습니다 제가 나리손에 죽는것이 진정 소원입니다』

『죽이지 안는다니까 되려 안을 채우느냐 이러구저러구 더 말할것업다 지금 곳 네집으루 나가거라』

『저는 나으리가 이러케 매정하실줄 몰랏습니다』

계향이의 눈에서 눈물이 덧거니 맷거니 하엿다

『네가 내손에서 죽는것이 소원이냐』

『진정 소원입니다』

『내손에서 사는것은 소원이 아니냐』

계향이가 눈물에 저진 눈을 들고보니 봉학이입가에 우슴이 떠돌앗다

『나으리』

하고 계향이가 품으로 달려드니 봉학이는 말업시 팔을 벌려 끌어안엇다

이와가튼 적은 풍파가 잇슨뒤로 봉학이와 계향이 사이에 사랑이 날로 더 기퍼지며 사랑의 따뜻한 긔운이 귀신방의 쓸쓸한 바람을 몰아내서 밤에 오는 사람들까지 무서운 생각업시 입은 버리고 웃게되고 방이름도 차차로 변하야서 줄곳 귀신방이라고 불르든 하인들까지 공방비장청이나 또는 공방청이라고 불르게 되엇다

리 봉 학 이 (二)

봉학이의 주장(主將)리윤경이 전라감사로 승탁될때 직함(職啣)이 전라도관찰사 겸 병마수군절도사(全羅道觀察使兼兵馬水軍節度使)뿐이라 도내 병사수사(道內兵使水使)는 휘하에 들지아니하엿는데 이듬해봄에 나라에서 순찰사(巡察使)직함을 더주어서 병수사이하 제장(兵水使以下諸將)을 전제(專制)하게 되엇다 주장의 권한이 커지면 비장의 긔세가 올르는것은 정한 일이라 각비장이 다조하하는중에 특별히 병방비장인 중군은 자긔의 직함이 도친것가티 바로의긔(意氣)가 양양(揚揚)하엿다 병방비장이 역개ㅅ바람이나게다니는것을 례방비장은 눈거칠게 보앗든지 가치 안젓는 다른 비장들을 돌아보고

『중군은 요새 잠시두 가만이 안저잇지 안허』
하고 말하야
『다가튼 중군이라두 순찰사영문 중군이 조커든이요』
『그사람 자긔말이 요새는 밥맛을 모른다든걸』
『밥두 안먹구 억개으쓱거릴 긔운이 어듸서나노』
이사람 한마듸 저사람 한마듸 짓거릴때 봉학이는 잠자코 안저잇섯다 작난군인 형방비장이 말참녜에 끌어너흐려고
『이번 순찰사직함에 차함(借啣)과 실함(實啣)이 가치 난것을 자네 아는가』
하고 물으니 봉학이가
『몰라』
하고 가볍게 대답하엿다
『자네따위가 그걸 알겟나 내가가르처줌세 이번에 사또께서는 순찰사 차함을 하시구 중군이 순찰사실함을 햇느니』
하고 형방비장이 허허 웃는데 봉학이와 다른비장도 따러서 우섯다
을묘년에 제주목사로서 방어사가되어출전하고 전공으로 전라병사가 된 남치군이 재 순찰사의

약속(約束)을 바늘 겸 치하하려고 감영에 올라왓슬때 긔가 노픈 중군이 갓지안흔일로 병영장교(兵營將校)하나를 결곤(決棍)하는데 남병사에게 품할것을 이젓섯다 감영중군이 병사에게 말한마듸업시 병사의 수하장교를 결곤하엿스니 병사마음에 조흘리가업섯다 남병사가 말마듸나하려고 중군을 불럿는데 중군이 핑게하고 가지아니하엿다 한번불러 가지안코 두번불러 가지아니하엿더니 남병사가 화가나서 병마절도사의 긔구로 잡아갈 거조를차리며 일변 감사에게전갈을 하엿다 감사가 남병사의 전갈을 밧고 곳 중군을 불러서 꾸지저 보낸 뒤에 따로 쪽지편지를 남병사에게 보내엇다 남병사가 중군을 뜰아래 세우고

『감영 중군으로 내 수하의 장교를 치죄못한다는것은 아니되 내허락업시는 못할일이고 감영중군이 아무리 장한사람이라도 내가 불르면 한번 와서 볼것이지 종내 핑계하고 오지 안는법이 어듸잇단말이냐』

하고 호령하엿다 성정이 엄하고 혹독하기로 유명한 남병사손에 중군이 죽을 곤욕을 당할것인데 감사의 쪽지편지 덕으로 호령한바탕듯고 용서를바덧다

한달포 지난뒤에 연해각읍(沿海各邑)에서 왜선(倭船)이 근해(近海)에 출몰(出沒)한다고 보장(報章)이 밴찔떠서 감사는 일변 각읍에 관자하야 인심이 소동되지안토록하라고 신칙하고 일변 평소에 미타히본 중군을 갈고 봉학이를 시켜 중군이 새로 나기전 병방과 중군일을 보게

하고 봉학이에게 군사백명을 뽑아주어서 연해각읍을 돌게하엿다

봉학이의 행군(行軍)할 준비가 다 되엇슬때 감사가 봉학이에게 영을 나리엇다

『갈때는 김구(金溝) 태인(泰仁) 정읍(井邑) 장성(長城) 광주(光州) 라주(羅州)를 거처 령암(靈岩)에 가서 긔일간 두류하며 적정(賊情)을 탐문하고 령암서 해남(海南) 강진(康津) 장흥(長興) 보성(寶城) 락안(樂安) 순천(順天)을 차레로 돌고 올때는 순천서 곡성(谷城) 남원(南原) 임실(任實)을 지나오되 왕래에 군사를 단속하야 민간에 작폐가 업게하고 군량이외에 지방관원에게 침책이 업게하라 만일 적병과 접전하게 되거든 형편을 따러 병사 수사나 또는 각진관(各鎭管)도호부사(都護府使)의 지휘나 또는 조력을 바드라』

봉학이가 감사의 영을 바든뒤에 군사를 거느리고 곳 전주서 떠나서 령암 삼백이십리를 나흘만에 왓다 지난해 여름 난리에 령암성중은 병화(兵火)를 면한까닭게 인가(人家)가 조밀하나 성박근 사방이 다 초목만 무성하야 병화의 자최가 눈에 새로웟다 봉학이가 남방어사진이 패진하든 북문박글 나와볼때 자연 감창(感愴)한 맘이 업지못하야 전망사졸(戰亡士卒)을 한번 제지내주려고 생각하고 령암군수에게 말하엿더니 군수가 두말안코 찬동하고 여러가지로 힘을 빌려 주엇다 제단(祭壇)은 북문박게 모으고 제물(祭物)은 주과(酒果)로 차리고 또 제일(祭日)은 택일하엿다 택일한 날 석후에 봉학이가 부하 군사와 본군공형(本郡公兄)을 다리고 북

문박게 나와서 제사를지내는데 선비들도 십여명이 나와서 참사(參祀)하엿다 위패아페 제물은 벌려노흔뒤에 봉학이가 분향하고 좌수가 축문익고 다 한께 곡(哭)하는데 봉학이만은 진정으로 우는 우름을 한동안 끄치지 아니하야 다른 사람들까지 새삼스럽게 처량한빗이 얼골에 떠돌앗섯다

봉학이가 사오일동안 령암서 두류하며 사방으로 탐문하야도 적선이 해상에 출몰한다는소식뿐이라 해남으로 나려가려고 제사지낸 이튼날 군사들에게 길떠날 준비를 시키고 군수에게 작별하러 들어갓더니 장흥 득량도(得良島)근방에 적선 두세척이 나타낫다고 장흥서 긔별온것을 군수가 말하야주엇다 봉학이가 즉시 나와서 행군하야 떠나는데 해남으로 안가고 바로 장흥으로 나려왓다 장흥은 지난해 적변에 부사 한온(韓蘊)이 출전하엿다가 전망하고 당시 해남현감(海南縣監)이든 변협(邊協)이 요행히 해남을 보전한 공으로 부사가 되어온곳이다 변부사가 득량의 적선소식을 듯고 해적이 만일 침범하면 성이나 일치안코 지키려고 성지킬 도리만 생각하나 병력이 오이려 약한것을 근심하고 잇든차에 명궁으로 소문난 리봉학이가 물고뽑은듯한 군사 백명을 거느리고 오니 변부사의 기쁜 마음은 이로 말할수가 업섯다

봉학이가 장흥 입성하든날 저녁때 왜적이 하륙(下陸)하엿단 소문이 나며 온성중이 곳 술렁술렁하엿다 봉학이가 부사를 보고 왜적이 기피 들어오기 전에 나가서 치는것이 상책이라고 말

하야 보앗스나 부사는 성을 지키고 잇는것이 올타고 고집하야 할수업시 그대로 고만 두고 이튼날 식전에 부사를 만나서 자긔의 부하만 다리고 나가서 적병의 형세를 보고 오겟다고 말하고 군사들 아침을 든든히 먹여가지고 포구로 끌고 나가는데 길에서 성안으로 피란들어오는 피란ㅅ군들을 만히 만낫다 피란군들의 말을 들으니 왜적이 삼삼오오로 떼를 지어 포구 근방 촌가로 돌아다니며 노략질을 낭자히 하는 모양이라 봉학이가 군사를 급히몰고 쪼차가서 각촌을 뒤지기 시작하엿다 왜적들이 봉학이의 군사를 보고 거지반 다 배로 도망하는데 나종에 이십여명 한떼가 관군을 넘보고 도망안코 접전하다가 봉학이 활에 헛나가는살이 업서서 반넘어 살을 마저죽고 그나마지는 목숨들을 도망하엿다 봉학이가 군사를 몰고 왜선매인 해변까지 쪼차 나갓스나 왜선이 발서 해상으로 떠나가서 가는 배뒤만 멀리서 바라보고 발을 굴럿다 봉학이가 적의 머리버힌것은 변부사에게 맛기고 장흥서 떠나는데 길은 강진 해남을 빼노코 바로 보성으로 가는것이 편하나 감사의 영이 중하야 강진 지나 해남까지 갓다가 되처올 작정하고 강진으로향하엿다 삼십리 강진읍에 와서 군사를 머물러두고 필마로 병영에나가서 남병사께 문후하엿다 남병사가 감영에 왓슬때 봉학이는 잠ㅅ간 승안만 하얏지 뫼시고 담화한일이 업는까달게 이날 비로소 지난일을 말하고 사죄하니 남병사가 석연(釋然)치는 못하나 구일부하로 대접하야 하루ㅅ밤을 붓들어 묵히기까지 하엿다 봉학이가 이튿날 읍에 돌아와서 현감을 만나러 동헌에 들어가니 현감이 책방을 다리고 바둑을 두다가 바둑판을 한여페 밀처노코 봉학이를 마저드렷다 난리소문으로 민심이 소란한때 현감이 한가히 바둑두고 잇는것이 마음에 괘씸하야 봉학이는 자리에 안즈며 곳

『보아하니 바둑을 조하하십니다그려』

하고 빈정거리듯 말하엿다

『바둑을 둘줄 아시요』

『넷노쿠 따먹을줄은 아지요』

『한번 두시려오』

『실소』

『바둑이란 맘공부가 되는것이요』

『바둑가지구 도적두 막을수 잇소』

『도적은 활쏘는사람이 막을테지요』

『아무 격정이 업스십니다그려』

『병사가 가까이 기신데 무슨 격정이 잇겟소』

『민심을 안정시키는것두 병사또가 하실일일까요』

『강진 일경은 민심이 안연(晏然)하니 염려 마시오』

『어제 병영에서 들으니까 가리포(加里浦)백성들은 요새 밤ㅅ잠을 못잔답듸다』

『그럴는지 모르지요 그러치만 륙십리밖게 안저서 첨사(僉使)의 할일을 대신 해주는 수야 잇소』

『그러켓소』

봉학이가 현감하고 더 말하다가는 속히 터질것 가텃다

『고만 사처루 나가겟소』

『내일 떠나시겟소』

『녜 떠나지요』

『해남으로 가시겟소』

『가리포 한번 가보구 해남으루 가겟소』

『가리포서 해남으루 가실라면 배길루 가시겟소그려』

현감의 눈치가 강진읍으로 다시 오지안키를 바라는 모양이라 봉학이는 짓구지

『아니요 길이 잇는데 배를 탈까닭이 잇소 이리 다시 오지요』

하고 말하엿다

이튼날 봉학이가 군사를 끌고 가리포로 나려오너 때마침 적선 사오척이 가리포 압 바다에 들어와서 첨사가 수영과 병영으로 보장을 띄우고 성문을 다치고 잇는중이엇다 봉학이가 입성하야 군사들 요긔를 시키자 마자 왜적이 하룩하야 성을 치러 들어왓다 봉학이는 조금만 늣게 왓더면 첨사와 압뒤로 왜적을 칠수가 잇섯는데 일측와서 일이 틀렷다고 후회하야 말하나 첨사는 수하의 군사만으로는 주회 삼마정 박게 안되는 적은성도 지키기가 넉넉지 못하든터에 봉학이의 군사가 마치맛게 왓다고 천우 신조가티 여기엇다 첨사가 봉학이로더부러 성지킬 방법을 의논할때 봉학이가 아프로 들어오는 왜적을 자긔에게 맛기라고 말하야 봉학이는 성압문을 지키고 첨사는 성뒷문을 지키게 되엇다 봉학이가 자긔 부하 백명중의 사수(射手)이십여명을 성우에 벌려세우고 사람하나에 화살 이십여개씩 나누어주고 자긔는 다른 군사들틈에 걸상노코 걸터안저서 화살 백개를 여페 노핫다 봉학이의 가지고온 화살은 수가 만치 못하나 성중에 잇는 화살이 만하서 멀마든지 더 쓸수 잇섯다 그러나 봉학이는 화살을 아끼어서 적이 가까이 들어오기 전에는 활을 쏘지 말라고 사수에게 명령하야 성박게 왜적이 새까마케 몰려 들어오며 불질을 탕탕 하는데 성우에는 사람이 업는것가티 조용하고 긔ㅅ발만 바림에 나붓기엇다 왜적의 아우성ㅅ소리가 성미테서나는것가티 가까워젓슬때 성우에서 북소리가나며 화살이 성박그로 날러나가는데 화살이 북소리와함께 끈치지 아니하엿다 사수들의 화살은 한데 떨어지는 것이 만코 또 빗맛는것이 만헛스나 봉학이의 화살은 하나가 나가면 반드시 적병이 하나씩 꺼꿀어젓다 봉학이가 여페 노힌 화살을 반도 채 다못써서 적병이 뒤로 물러나가기 시작하엿다 봉학이가 적의 퇴진하는것을 보고 성문을 열고 나가서 뒤쪼치려다가 퇴군하는 적을 뒤쫓칠때는 복병(伏兵)을 조심하여야 한다고 들은 말이 잇는까닭게 적의 복병이 잇슬까 염려하야 고만 두엇다 적이 멀리 가서 눈에 보이지 안흔 뒤에 군사멧십명을 성박게 내보내서 죽은 적의머리를 버혀오라 하엿더니 적이 퇴진할때 머리를 잘러간것이 만하서 버혀온 머리ㅅ수는 십여개박게 안되엇다 성 압문에서는 적의 머리를 십여개나마 어덧지만 성 뒷문에서는 한개도 엇지못하야 첨사가 봉학이를 볼때 부끄러워하는 긔색이 잇는것을 봉학이가 보고

「한성을 둘이 가치 지키는터에 적의 머리를 가지구 네것내것할께 잇습니까」

하고 말하야 첨사는 조하하엿다 날이 저물고 저녁밥이 다되어서 봉학이가 첨사와 가치저녁상을 바덧슬때 첨사가 반주를 더 가저오라고 말하는것을 봉학이는 고만 두라고 말리엇다

「멧잔씩만 더 합시다」

「반주는 고만하구 얼른 밥먹구서 밤지낼 준비를 차립시다」

「밤 지내는데 무슨 준비를 차릴것이잇소」

「내가 작년에 령암서 지내 보니까 왜적이 밤을 타서 엄습(掩襲)을 일수 잘합듸다 달밝근때

는 막기가 외려두 낫지만 오늘밤가티 달두 업는때는 적병이 줄을 매거나 사다리를 노코 성으루 긔어 올라 와두 성우에서 감감히 모르구 잇게 됩니다』

『죽도(竹島)소산 일등 조흔 화살이 만히 잇스니 준비걱정 마시요』

『아무것두 보이지 안는 어둔 밤에 살을 함부루 쏘아내던지기가 아깝지안습니까 지금 순찰사또께서 수성장으루 령암성을 지키실때 쓰시든 방법이 잇스니 그대루 준비해 두십시다』

『어떤방법이요』

『끌는 물을 끼어언구 불끄러미를 내던지구 돌떵이 기와짱 새금파리를 나려치는것입니다』

『그만준비는 힘들것이 업소』

저녁 상을 물린뒤에 첨사는 군사와 백성들을 시켜서 적고 큰 돌떵이와 기와짱 독개그릇 깨어진것을 주어모하서 여러 무덕이를 만들어노코 백성들집에 집집이 끌른 물을 준비하라 하고 또 길고 짤른 홰를 만히 맨들라고하엿다 긴홰는 켤것이요 짤른홰는 던질것이엇다 첨사의 군사와 봉학이의 군사를 떼떼로 나누어서 압뒤로 성을 돌게하고 첨사와 봉학이도 번갈러나가서 순시하기로 하엿는데 밤이 이경이 지나도록 아무 긔척도 업섯다 순시를 마치고 들어온 첨사가

『공연히 헛준비를 햇는가보오』

하고 말하니

「비오기전에 집 이어서 낭패될꺼 잇습니까」

하고 봉학이는 대답하엿다 첨사와 봉학이가 가치 안저 이야기하는중에 삼경이 되여서 봉학이가 순시하려 나가려고 할즈음에 왜적이 성미테 왓다고 압성에서 급한 긔별이 들어왓다 첨사가 시급히 취군(聚軍)을 시키고 봉학이와 가치 압성으로 쪼차오는중에 뒷성에서 가튼긔별이와서 봉학이는 첨사와 군사를 나누어가지고 뒷성으로 달아왓다 압뒤성에서 아우성을치니 성을 넘으려든 왜적이 들킨줄을 알고 한편에서 불질을하며 한편에서 성으로 긔어올랏다 그러나 성우에서 돌떵이와 기와쪽을 던지고 불끄러미를 떠러트리고 끌른 물을 퍼부어서 왜적이 좀처럼 성우에까지 올라오지 못하엿다 왜적이 나제와는 뒷족으로 뒷성으로 만히 몰려왓는데 돌무덕이와 끌른 물그릇은 압성으로 만히 날려가서 뒷성에서는 쓰기가 부족하엿다 봉학이가 근처 백성들시켜서 매운 재와 똥오줌을 퍼날르게하야 성아래로 끼어언젓다 삼경에 들어온 왜적이 날샐때에 비로소 물러가서 성안에서 군사 백성할것업시 하루ㅅ밤을 반짝새우게되엿다 아침때가 지난뒤에 왜적이 다시 들어와서 성을 에워싸고 치는데 어제 낫과 밤 두번다 리(利)를 못보아서 분병(憤兵)이 되엇든지 긔세가 사나웟다 무서운 불질이 성벽의 돌을 부시고 성문에 구멍을 뚤럿다 성우에서는 밋는니 활인데 방패가 줄다어서 사람을 가리고 방패틈에서 불질을

하는까닭게 화살이 사람을 마치기 어려웟다 첨사와 봉학이가 피로한 군사들을 동독하야 막기를 힘썻스나 적병은 마침내 성미테까지 들어와서 좌우로 허터저서는 성을부시고 들어오려하고 한편에서는 성을타고 넘으려고하엿다 성우에서는 덩이돌을 나려굴리고 끌는물을 끼어언젓다 성안 백성들의 녀편네까지 다 나섯건만 막는 손이 모자라서 성벽 한곳이 헐리기 시작하엿다 이 긔별을 듯고 첨사는 어찌할줄을 모르는데 봉학이가 군사 사오십명을 몰고 급히쪼차와서 창칼가진 군사는 헐리는곳좌우에 숨겨두고 활가진군사는 헐리는곳정면에 벌려세웟다 성이 헐어지며 적병이 뛰어들어오다가아페서 가는 화살에 넘어지고 좌우에서 나가는 창과 칼에 꺼꿀어젓다 봉학이가 재목과 돌로헐린곳을 막으려고 근처 백성들을 불러서 지휘하는중에 적병이 다시 떼로몰려 들어오는데 압장선 적장 하나가 갑옷과 투구로 몸을 단단히하야 방패가 업서도 화살을 겁내지안핫다 봉학이가 대우전(大羽箭)을 시위에 먹여들고 잠간 노리고 잇다가 투구채양아래 내노흔 한편 눈을쏘아마첫다 적장이 눈에꼬친살을 빼서 내던지며 천동가티 소리를 질를때 입이 잠간 들어나자 대우전또한개가 그입을 꼬엿다 넘어지려는 적장을 뒤따르든 적병들이 붓들고 도망하야 나가려고하니 봉학이가 사수들을 휘동하야 아프로 나가며 어지럽게 쏘아서 적장와에 적병 여럿을 꺼꿀어트렷다 그러나 칼든 적병들이 비키나며 곳 불질하는 적병들이 나타나서 사수가 칠팔명이 불을맛고 쓸어지는데 봉학이 여페 가까이잇든 사수가 두셋이나 쓸어젓다 한동안 불과 화살이 오고가고 하다가 불이 끈치며 적병이 물러가기 시작하엿다 봉학이가 일변 성헐린곳을 막게하고 일변 쓸어진 사수를 돌아보는데 된불마즌 죽은 송장은 처치하게하고 선불맛고 죽지안은 사람은 구호하게하엿다 그뒤에 봉학이가 성우에 올라와서 성박글 바라보니 적병들이 해변으로 몰여나가는것이 무엇에 쫏겨서 도망하는 것 가터서 웬일인가 의심하며 다시 멀리 바라보니 긔치(旗幟)가 보이고 인마(人馬)가 보이고 얼마뒤에 북소리가 들리고 나발소리가들리엇다 첨사에게로 가려고 성에서 내려오는길에 첨사가마주 쪼차오며

「구원병이 왓소」

하고 소리치고 봉학이게와서 손목을 덤썩 잡으며

「인제 우리가 살엇소」

하고 한숨까지 내쉬엇다 첨사는 바로 성문을 열고 구원오는 인마를 마저드리려고 하는것을봉학이가

「참말 구원병인지 혹시 적병인지 확실이 안뒤에 성문을 여십시다」

하고 말리고 첨사와 가치와서 군사를 모아 대오(隊伍)를 정제하야 성압문턱에 머물러노코 다시 첨사와가치 성문우에 올라가서 아래를 나려다보니 호남병마절도사 긔가 벌서 성가까이 들

어왓섯다 전라병사 남치근이 친히 병마를 통솔하고 온것이엇다 봉학이가 그제야 성문을 열게 하고 첨사와 둘이 군사를 거느리고 성박게 나가서 남병사를 마저드렷다 병사가 입성한뒤 봉학이가 첨사와가치 병사를 뫼시고 서서 지난 싸움을 말슴하든끄테

『소인의 생각에는 수륙(水陸)이 합세하오면 적선을 뭇질를수가 잇슬것 갓사온대 어떠하올지』

하고 말슴하니 남병사는 틀을 지으면서

『명일오시에 이 압바다에서 수륙합공(水陸合攻)하자고 수사와 약회하고 온길이다』

하고 말하엿다

이튼날 나제 남병사가 장졸을 거느리고 해변으로 나오니 우수사가 두대백이 큰배 십여척을 끌고 오시를 대어왓다 그러나 적선이 미리 다 도망한뒤라 병사와 수사는 승진고를 울리며 가리포성으로 들어왓다 이번싸움에 죽은 왜적이 전후에 여러백명이 되건만 머리버힌것은 칠십여개박게 안되엇다 왜적의 머리는 병사에게 바치고 봉학이 부하의 죽은 사람은 상여로 상한 사람은 승교바탕으로 바로전주로 돌려보내엇다 병사와 수사가 각각 떠난뒤에 봉학이는 부하 팔십여명을 거느리고 해남으로 떠나갓다 봉학이가 해남을갈때는 강진읍을 다시 들리지 안헛스나 해남서 올때는 강진읍에 중화참을 대엇다 현감이 외면수습으로 나와 마중하고 하루 묵

으라고 만류하는것을 봉학이는 압길이바쁘다고 장흥나와 숙소하엿다 변부사가 그동안 봉학이의 맛긴 왜적의 머리를 감영으로 올려보냇는데 그회편에 봉학이에게온 편지들을 부사가 마터두엇다가 내주엇다 봉학이가 진서 편지를 볼만한 공부가 업는까닭게 편지들을 품에지니고 사처에와서 군중의 서사(書寫)마터보는 사람을 불러다가 아페서 일키는데 일거서 모를말은 색이게까지 하엿다 감사의 사찰(私札)에는 무예(武藝)를 밋고 경적(輕敵)하지말나는 경계와 도처에 민심을 안돈시키도록 힘쓰라는 부탁이잇고 례방비장서간(書簡)에는 안부외에 전공이혁혁(赫赫)한것을 치하한다는말이 잇섯다 서사가 례방비장의 서간을 접어노코 다른 서간을 들때 봉학이가,

『그건 뉘편진가』

하고 물으니 서사는

『속을봐야 알겟습니다』

하고 겻봉을 뜻고 간지 속을 빼엇다 편지비두에 대번

『남들은 그대에게 치하편지를 하는모양이나 나는 치위(致慰)편지를할까 생각하네』

엉뚱한 말이 나왓다

『그게 대체 뉘편진가 형방비장의 편진가』

서사가 년월일고를 차저 보고

『네 그럿숩니다』

하고 대답하엿다

『치위라니 그게 무슨 소린가 어서 아레를 보게』

『그대에게 왜적의 대가리 수천급(數千級)을주며 계향이 한몸과 바꾸어달라는 사람이잇스면 어찌하겟는가 나는아네 그대가 바꾸어 주지안흘것을 아너 한몸은 고사하고 살한점과도 바꾸어 주지안흘것을』

서사의 색이는 사연을 듯고 봉학이는

『실업슨 조롱편질세그려 저저이 색일것업시 대강만일러주게』

하고 말하엿다

『새부윤이 그동안 도임하엿는데 사람이 온당치안타는말 부윤이 계향이를 수청드리려고하는데 계향이가 거역하엿다는말 계향이가 부윤에게 매를맛고 지금 누어잇다는말 이런말입니다』

『그편지는 고만접어노코 남은 편지한장이나 마저보게』

『이피봉두 형방비장 글씨올시다』

『엇제 편지를 한번에 두장식한담 실업슨 사람이로군』

서사가 피봉을 뜻고보니 간지에는 언문으로 고목이라고 쓰이어잇섯다

『이것은 언문입니다』

『언문이야 이러내게』

계향이고목에 형방비장의 피봉은 계향이가 남의 눈가림으로 써달란것인 모양이엇다 새로 도임한 전주부윤이 계향의죽은형 계랑과 전에 연분이 잇든까닭게 형의 생각으로 아우를 차저서 수청을 드리려고하는데 계향이가 한사코 거역하야 매까지 죽도록 맛고 옥에 가치엇다가 형방비장의 주선으로 집에나와서 장독을 치료하게 되엇다는 사연이 고목에 장황히 쓰이어잇섯다 봉학이가 속으로 화는낫지만 서사소시에 조심하야 내색하지안코 편지들을 집어 간수하엿다 이튿날 봉학이가 부하를 거느리고 장흥서 떠나서 그날은 오십리 보성와서 숙소하고 다음날은 팔십리 락안와서 숙소하고 또 다음날은 오십리 순천와서 숙소하엿다 봉학이가 해변ㅅ골을다 돈뒤에 전주로 회정하는데 이제는 길을 재촉하야 순천서 떠나서 륙십리 잔수역(潺水驛)중화하고 도 다시 륙십리 곡성(谷城)읍내숙소하고 곡성서 사십리 남원와서 부사를 만나보느라고 지체되어 중화한뒤 칠십리 임실와서 숙소하고 임실서 전주 칠십리는 점심때 조금겨워 들어왓다 봉학이가 장흥서 떠난지 엿새만에 사백팔십리 길을 돌아온것이엇다

감사가 좌긔하고 안즌뒤에 봉학이가 부하 팔십여명을 거느리고 군례로 보입고 물러나와서 부하를 허터서 각각 집으로 돌려보낼때 가리포 싸움소문을 들어아는 군사들의 부모 처자 형제가 모다 나와서 아비나 자식이나 남편이나 또는 형제가 무서운 싸움에 죽지안코 살어온것을 울며 웃으며 반기는데 봉학이만은 이와가치 반기어 주는사람이 하나도 업섯다 봉학이는 외로운생각과 부러운 마음이 가슴에 가득차서 허터저가는 군사들을 우두머니 바라보고 섯슬때 여페서

『나으리』

하고불르는 소리가 낫다 돌아보니 계향이라 봉학이가 곳 끌어안고 시픈것을 여러사람의 눈이 거리끼어서 억지로 참고 고개만 끄떡이엇다 봉학이는 아까부터 눈물을 억제하고 잇든터에 계향이가 눈물 흘리는 것을보고 눈물이 곳 나올것가터서

『내처소에 가잇거라』

하고 한마듸 말한뒤에 얼른 돌아섯다 형방비장이 어듸잇다가 아프로 대어들며

『이사람 울지말게』

하고 우스니 봉학이가 계향이를 가르치며

『자네 서모더러하는 말인가』

하고 슬몃이 욕으로 대답하엿다

『자네가 순천가서 욕하는것을 배워가지구 왓네그려』

『욕두 배우는데가 따루잇나』

『순천 령광이 욕의 본향이라네』

『순천 령광사람이 자네말을 들으면 참말 욕하겟네』

봉학이가 형방비장과 가치 웃고짓거리며 감영안으로 들어올때 계향이도 뒤를따러 들어왓다 봉학이가 나제는 선화당과 비장청으로 왓다갓다하다가 해를지우고 저녁밥은 감사의분부로 선화당 대청에서 빨은 비장들과 가치먹고, 석후에는 감사를 뫼시고서서 몸으로 격군일과 눈으로 본일과 밋 귀로 들은 일을 대강다 말슴하고 인해 감사께 저녁문안을 마친뒤에 비로소 처소로 나려왓다 봉학이의 처소는 전에잇든곳이니 공방에서 병방으로 소임이 바꾸인뒤에도 감의 말슴으로 처소만은 옴기지 아니하엿섯다 호젓한 처소에 계향이가 혼자 초ㅅ불을 도두고 안젓다가 봉학이를 마저드렷다

『저녁밥은 어듸서 먹엇느냐』

『여기서 먹엇세요』

『집에서 드려왓드냐』

「나으리가 통인에게 전갈까지 해 보내주시고 웬 딴 말슴이세요」

「나는 그런일이업는데 실업슨 형방이 어주전갈을 시킨 모양인가」

「이번에 참말 형방나으리덕을 만히 보앗세요」

「재부윤영감에게 수청을 들엇스면 아무일두 업섯지 누가 거역하라드냐」

계향이가 봉학이의 얼골을 빤히보다가

「나는 사람아닙니까」

하고 입살을 깨물엇다

「기생에 수절이 당한가」

「누가 수절햇다고 말슴해요」

「수절안하면 아무놈에게나 수청들것아니냐」

「기생은 정도 업나요」

「기생의 정이란 장마때 물가티 갈래업시 흘르는것이지」

「너무하십니다」

계향의 눈에서 눈물이 방울지어 떨어젓다 봉학이가 손수건으로 눈물을 씻어주며

「눈물 여런사람하구는 실업슨 소리도 못하겟다」

하고 끌어안어서 무릎에 올려안치는데 계향이가 상을 찡그리며 얄깃얄깃하고 안젓다

『장독이 낫다드니 아직 낫지안헛구나』

봉학이가 매마즌 자리를 옷우로 만저보며

『천하에 몹쓸놈두 다만타』

하고 부윤을 욕하엿다

『나는 나으리를 다시 못보입고 죽는줄 알엇세요 그 무지스러운 매를 한번더 마젓드면 죽엇지 별수업슬께요』

『네가 죽엇드면 부윤두 잇속업섯지』

『나으리 인제부터는 어딀가시든지 나를 다리고 가세요』

『오냐 네맘만 변치마라』

봉학이와 계향이가 자리보고 누은뒤에 벼개우에서도 서로 속살거느라고 단야에 닥까지 울리엇다

봉학이는 계향이의분을 한번 풀어주고 시프나 관작에 눌려서 부윤을 걸지못하고 부윤은 계향이의고집을 그예 꺽거보고 시프나 체면에 걸려서 봉학이와 다투지못하야 얼마동안 아무 갈등(葛藤)이 업시 지내엇다 그동안에 감사가 가리포 전공(戰功)을 우에 장계(狀啓)하엿더

니 감사와병사와 수사에게는 각각 판티차를하사(下賜)하고 가리포 첨사에게는 가자은전(加資恩典)이나리고 리봉학이에게는 종륙품 병절교위(從六品秉節校尉) 직첩(職牒)이 나리고 군사들에게는 매인에 무명두필식 상급이 나리엇다 감사가 봉학이의 다리고갓든 군사들과 밋 유족을 불러모하서 나라상급을 논하준뒤 주육(酒肉)으로 호궤(犒饋)하고 영하(營下)의 대소관원(大小官員)을 진남루(鎭南樓)에 모아가지고 큰 잔치를 벌리엇다 긔구가 장하거니 포진(鋪陳)이 범연하랴 누안에는 꼿가튼 자리를펴고 누박게는 구름가튼 채일을첫다 자리우에는 관원이요 채일속에는 풍악이다 감사는 혼자 노피안고 부윤과 도사는 모로안고 각비장은 감사가 특별히자리주어 검률(檢律) 심약(審藥)가튼 적은관원들과 한여페 몰려안저서 광대노리와 기생가무를 구경들하엿다 술상이 들어와서 여기저기 늘어노힌뒤에 술ㅅ상머리에 기생들이 안저서 잔을드릴때 권주가들을 불럿다 병방비장 봉학이가 말하자면 이잔치의 주인이라 봉학이의 수청기생계향이가 기생중에 재일 세가낫다 감사까지도 우스며

『계향아 내게와서 술한잔 처라』

하고 불르는데 부윤만은 불르지 아니하엿다 계향이가 불르지 안는데 가서

『술한잔 치오리까』

하고 이쁜체할까닭기 업서서 부윤의 자리는 빼노코 돌아다니엇다 부윤이 술이 거나하게 취하

엿슬때 불르지 안흔것은 생각지안코 빼노코 다니는것만 패씸히 여겨서 계향이를 불러다가 상머리에 안치고 독긔눈을 뜨고 바라보앗다

『이년 너엇재 내게와선 술한잔 안치느냐』

『술치란 말슴 언제하섯습니까』

『내말을 기다렷다 오냐 그럼 술을처라』

계향이가 마지못하야 술한잔을처서 드린뒤에

『인제 저리 가겟습니다』

하고 일어서려고하니 부윤이

『내가 가란 말하기전엔 못간다』

하고 꾸지저서 주저안치엇다

『네눈엔 이비장외에 사람이 업느냐』

부윤의 씨까스르는 말을

『네 그럿습니다』

계향이가 천연스럽게 대답하엿다

『이년 지금한말 마시 한번 해봐라 발측스러운년 가트니』

부윤의 언성이 노팟다 봉학이는 발서부터 부윤의 자리를 자주돌아보는중에 부윤의 노픈 언성을 듯고 얼골빗이 변하였다 계향이를 부윤아페 더 오레두는것이 불긴하거니 생각하는 감사가 부윤을 바라보며

『여보 영감 술이 취햇소구려』

하고 말하니 부윤이 얼른 단정하게 안즈며

『아니올시다』

하고 대답하엿다

『계향이가 무얼 잘못햇소』

『아니올시다』

『아니라니』

『그년이 발축스럽게 말대답을 합니다』

감사가 곳 계향이를 불러다가 아페 세우고 부윤영감에게 말대답하엿다고 멧마듸 호령한뒤에 박그로 내보냇다 잔치가 파하기전에 감사가 먼저 일어나고 부윤과 도사가 다음에 일어낫다 각비장의에 적은 관원들이 큰길에 나와서 감사를 보내고 또 한번 누아래 나려와서 부윤과 도사를 보내고 다시 새로 한판을 차리려고 누우로들 올라갈때 봉학이는 계향이를 차저서

다리고 올라가려고 슬그머니 뒤에 떨어젓다 봉학이가 계향이를 찾는중에 훌쩨압행길에서 계향이의 악쓰는 소리가 낫다

봉학이가 다름질로 행길에 나와본즉 사령들이 계향이의 량편팔쭉지를 잡아 끄는데 계향이는 아니끌려가려고 바등거리며 악을 쓰는중이엇다

『이놈들 기생노쿠 게섯거라』

하고 봉학이가 소리를 질르니 사령들이 계향이를 노치도 안는대신 끌지도 못하엿다

『이놈들 냉큼 노치못하느냐』

사령들이 서로 돌아보며 슬몃이 팔쭉지들을 노차 계향이는 곳 봉학이게로 딸어와서 손에 매말리며 우름울 내노핫다

『울지마라 남보기 창피하다』

『나으리 내가 잡혀가서 그몹쓸매를 또 마지면 나는죽소』

봉학이가 사령들을 보고

『너의원님이 이기생을 잡어오라드냐』

하고 물으니 사령들이 한께

『네』

하고 대답하엿다

『이기생은 내가 잡혀보낼수업스니 그리들알구 가거라』

『소인들이 그대루가면 본관사또께 죄책을 당합니다』

『무엇이 엇재 너의놈들이 죄책을 면하려구 잡아가야겟단말이냐 잡어갈수잇거든 잡어가봐라』

이때 마침

『이비장』

하고 형방비장의 불르는 소리가 들려서 봉학이는 누우를 향하고

『지금 곳 올라가네』

하고 소리처 대답한뒤 다시 사령들을 바라보며

『다리뼈들을 퉁겨 노키전에는 못가겟느냐』

하고 얼러댄뒤에야 사령들이 저의끼리 서로보고

『그대루가세』

『탈낫네』

하고 말하며 돌아서갓다

부윤이 동헌에 안저서 계향이 잡아오기를 기다리든중에 사령들이 빈손으로 들어오는것을 보고

『잡아오란 기생년은 어떠케 햇느냐』

하고 호령을 나리니 사령하나는 그저 잡아 잡숩시요하는 모양으로

『네』

대답하고 또 사령하나는 천연덕스럽게

『계향이를 잡엇습니다』

대답하엿다

『잡아왓스면 어듸 잇느냐』

『잡엇다가 뺏겻습니다』

『뺏기다니 뉘게 뺏겻단말이냐』

『감영 이비장이 뺏어갓습니다』

『슬그머니 잡아올것이지 누가 떠들고 잡아오라드냐』

『소인들은 떠든일업습니다 그년이 악을써서 비장이 듯구 쪼차왓습니다』

『이놈들아 내가 잡아오랫지 뺏기고 오라드냐』

부윤이 곳 형틀과매를 드리라고하야 두사령을 각각 매십여개씩 따리고 『너의두놈이 사흘안에 계향이를 잡아대령해야 망정이지 그러치 안ᄒᆞ면 너의놈 볼기에 살점이 남지안흘테니 그리 알어라』 하고 분부한뒤 삼문박그로 끌어내치게하엿다

계향이가 여느때도 밤낫 봉학이 처소에서 살다시피하는 사람이 진남루 아래서 ᄒᆞᆫ나고 온뒤로는 감영안에만 파무처잇섯다 본관 사령들이 공연히 계향이의 집근처로 빙빙돌다가 사흘을지내고 억울한매를 전보다 ᄒᆞ되게맛고 다시 사흘한을 더어더가지고 나올때 두사령은 서로 짓거렷다

『우리가 무슨쳔가』

『그망한 개색기년 하나까말게 우리둘은 맷복이 터젓네』

『사흘도리루 매를맛구 사람이 견듸나 어떠케든지 그년은 잡어야지』

『그년은 감영안에 파무처잇구 우리는 감영안에 들어갈수업스니 어떠케하나』

『그럼 나는 오늘부터 집에나가저 누어잇다가 사흘후에 매나 마지러 들어올라네』

『그나마 잡으러나 다녀봐야지 언제까지든지 무한정 매만맛구 살텐가』

『잡지두 못할걸 잡으러다니느라구 헛수구까지하구 매를 마질것 무엇잇나』

『가만잇게 그년을 감영안에서 빼여내서 잡어보세』

『빼여낼수가 잇겟나』

『생각하면 조은수가 나오지그려』

『나는 열흘궁구 생각해두 조은수가 나올것갓지 안은데』

『여보게 내말듯게』

한사령이 입을 동무사령의 귀에 가까히 다이고 멧마듸 소근소근 말하니 동무사령이

『되엿네 되엿서』

하고 손벽을치며 조하하엿다

계향이의 집은 한번 날려잇는데도 이영이 일백칠팔십마름씩 드는 초가로 큰집이나 집에잇는 식구는 단출하야 안에는 계향이외에 살림해주는늘근이와 부리는 기집아이가잇고 박게는 행랑살이하는 사람내외가 잇슬뿐인데 계향이가 집에업스면 놀러와서 떠드는 손님도 업는까닭게 집안이 항상 사람업는 집가티 조용하엿다 진남루 노리날 계향이가 집에나와서 옷갈어입고 간뒤 연나흘동안 감영안에서 먹고자고 집에는 한번도 나오지 아니하엿다 조석밥은 집에서 드려가는데 기집아이가 감영안을 드나들엇다 이날 적녁때가 다되어서 동자하는 녀편네는 부억에서 밥을짓고 늘근이와 기집아이는 마루에서 반찬을 작만하는 중에

『할머니 적녁반찬은 좀 소복소복 담으시요』

『왜』

『적녁에는 이비장 나리가 촌벌요리 하신다고 아씨하구 가치 잡숫매가 만습듸다』

『이비장 나리가 사람이 재미잇는게야』

『재미잇다뿐이요 반찬을 집어서 아씨입에 너주기까지 하신다오』

『그맛에 감영안에서 조석을 자시는구나』

『아씨가 참 이비장나리께 반하섯서요』

『나는 그게 걱정이다』

『무엇이 걱정이에요』

『한사내만 가지고 죽자사자하면 다른 사내들이 조와하늬』

『조하안해도 고만이지요』

『요전가티 죽도록 매를마저도 고만이야』

『참말 요새 사령들이 와서 아씨안나오섯느냐고 물을때는 맘이 송구스러워요』

『돌아간 형님만 가트면 비장부윤다한께 손속에너코 놀리련만 그런수단이 잇서야지』

늘근이와 기집아이가 주거니 밧거니 짓거리다가 별안간에 나는

『불이야』

소리에 놀라서 박갓들은 내다보니 박갓채에 불이 낫섯다

『아이구 저게 웬 일이야』

늘근이와 기집아이는 발을 동동 굴르고

『아이구 우리세간을 어떠케하나』

동자하는 녀편네는 근두박질하야 박으로 나갓다

『불이야』

소리가 연해나며 이웃사람들이 모여와서 불을 잡기시작하엿다 기집아이는 감영으로 뛰어가고 늘근이는 안을 비일수 업서서 안마당에서만 왓다갓다하엿다 다행이 사람이 빨리 서둘러서 불이 커지지못하고 잡히엇다 불잡은 사람들이 차차 허터질매 비로소 계향이가 기집아이를 다리고 감영에서 나왓다 아주 가지안흔 사람들을 인사하야 보낸뒤에 계향이는 심부름하는 사내에게 불난까닭을 물엇다

『불ㅅ기업는 광채에서 엇재 불이 낫슬까』

『모르겟습니다』

『모르다니 불날때 어듸 잇섯기에 모른단 말이야』

『방에 누어잇다가 불이야 소리를 듯구 뛰어나왓습니다』

『먼저 소리친 사람은 누구야』

『울박게서 누가 소리를 질럿는가봐요』

『울박게 아이들이 잇섯든가』

『몰라요 아마 업섯지요』

『아마 업섯지요라니 뚱신가튼 소리 작작해요』

『광 처마끄테 불이 활활붓는걸 보구 정신이 업섯세요』

『몹쓸아이놈들이 와서 불작난하다가 불을낸게 아닐까』

『남들은 독개비불이라구 하든데요』

『전에업든 독개비가 갑작이 어듸서 왓서』

『귀신방에잇든 독개비가 함혐하구 나왓는가부다구 말들해요』

『별소리 다듯겟네』

계향이가 심부름하는 사내에게 불잡은뒤 어수선한것을 치우라고 일르고 안방에 들어와 안젓슬때 사령들이 박게서 안마당으로 들어오며

『계향이 잘만낫네』

『자네 만나기 참 어려웨』

하고 너털우슴들을 우섯다

『웬 일들이요』

『웬일 우리온게 웬일이냐 말이야 자네게 술먹으러오지 안혓네 자네가 우리따위를 술주겟나』

『계향이 자네 판가에 잡혓네 자 나오게 가치가세』

사령들은 곳 신발 신은채 마루우에 올라섯다

계향이가 리비장에게 통긔할동안 사령들을 안처두려고 억지로 조흔낫을짓고 나오며

『신발들 벗고 방으로 들어갑시다』

하고 말하니 압선사령이

『우리더러 신발벗으라지말구 자네가 신발신께』

하고 엇나가는 말투로 대답하엿다

『술한잔 드릴테니 들어들 가십시다』

『이비장 불러다가 우리들을 접대시킬 생각인가』

『이비장이 내 비장인가요 내가 오란다고 오게』

압선 사령은

『글세 자네말이 그럴듯하나 우리가 바쁘니 빨리가세』

하고 코우슴을치고 뒤선 사령은

『이비장이 오면 또 진남루 아래서처럼 호령듯구 쫏겨가게』

하고 고개를 설레설레 흔들엇다

『인정을 막는법이 어듸잇소 그러지들 마시요』

『무얼 그러지말어 우리하구 무슨 부어터질정이 잇서서 술을 먹으라나』

『바른대루 말이지 우리가 자네술을 먹는댓자 인정쓰구 안잡아 갈수업네』

두사령이 한마듸씩 계향이의 말을 대답한뒤 압선사령이 먼저 우루루 달려들어 계향이의 손목을잡고

『자네가 우리를 붓들어 노쿠 이비장에게 통긔할생각이 잇는줄 다아네 잔말말구 어서 가세』

하고 내끄니 계향이가 입살을 악물고 손목잡힌손을 뿌리치다가

『여보 나하구 무슨원수진일잇소 왜 이러케 나를 죽이랴고들하오』

하고 악증을 내엇다

『우리가 자네를 안잡아가면 사흘도리 볼기에 사람이 죽을 지경일세』

계향이가 마루아페잇든 기집아이가 어느틈에 어듸로 간것을보고 혹시 말하기전에 감영에 가서 통긔할의사를 냇는가 생각하고 동안을 좀 끌어보려고

『그러면 신발차들이나 드릴께 바드시요』

하고 말하니 손목잡은 사령은

『신발차 고만두게』

하고 딱딱하게 구는데 다른 사령이

『인정으루 이왕 준다는것이니 바더가지구 가세』

하고 동무를 권하야서 동무사령이 계향의 손목을 노핫다 계향이가 다락문을 와서 열고 한동안 꿈질거리는데 사령들이 여러차례 재촉하엿다 손목잡든 사령이 나종에 증을내며

『신발차준다구 우리를 속이구 이비장 나오기 기다리는구나』

하고 흑신발로 방안에 뛰어들어왓다 계향이가 그제는 하릴업시 두자상목 여덜필을 두목에 논하들고

『찻느라고 좀 지체가 되엇소 약소하나마 한목씩 가지시요』

하고 각각 내주엇다 사령들이 상목을 나누어서 몸에 지닌뒤에 곳 계향이를 잡아세웟다

『내가 자네를 잡어다 두구 나오는길루 곳 이비장께 통긔해줌세』

『내 손에 매가 오면 내역개가 으스러지드래두 매에 인정을 둠세』

사령들이 신발차를 후히밧고 조하서 계향이에게 인정잇는말을 해들리며 관가로 끌고갓다

기집아이가 감영안에 들어갓슬매 봉학이는 선화당에 올라가고 처소에 잇지아니하엿다 얼마동안뒤에 봉학이가 어슬렁어슬렁 처소로 나려오는데 계향이의집 기집아이가 울면서 아프로 내달엇다

『웬 일이냐』

『큰일 낫세요』

『화재가 낫다드니 집이 다탓느냐』

『아니에요、아씨를 잡으러왓세요。그동안 잡어갓는지 모르겟세요』

『누가 잡으러와』

『사령들이요』

봉학이가 말을 더뭇지안코 곳

『가자』

하고 기집아이를 다리고 계향이의 집에 쪼차와서보니 계향이는 발서 잡혀가고 늘근이와 동자

하는 녀편네가 단둘이 울가망하고잇는 중이엇다

『간제는 얼마 안되엇습니다 이사람의 사내가 관가에까지 따러갓다온다고 갓는데 아직 안왓습니다』

늘근이의 말을 미처 다들을 사이도 업시 봉학이는 되처나와 다시 본관으로 쪼차왓다

봉학이가 관가에 거의다와서 계향이의집 행랑사람을 만낫다

『매질 시작되엇느냐』

『매질 소리는 아직 안낫습니다』

봉학이가 바로 삼문안으로 들어오는데 사령 관노들이 가로막앗다

『이놈들아 너의들이 나를 모르느냐』

『왜 모를리가 잇습니까 나리가 오섯다구 곳 거래할테니 잠간만 기다립시요』

『거래할꺼업다』

『거래 안하구 못들어 가십니다』

『무엇이 엇재 이놈들아 저리 비켜라』

봉학이가 사령관노들을 밀어저치고 동헌마당에 들어서보니 계향이를 대ㅅ돌아래 꿀려노코 부윤이 동헌대청에나안저서 호령하는 중이엇다 봉학이가 서슴지안코 동헌대ㅅ돌우로 올라오며

『영감』

하고 소리를 질럿다 부윤이 잠ㅅ간ㅅ동안 봉학이를 노려보다가 관속들을 바라보며

『엇재 내말도 들어 보지안코 잡인(雜人)을 드린단 말이냐』

하고 호령하엿다

『영감 눈업소 내가 여기 못 올 사람이요』

『뉘게다 하는 말이야 문무관원의 체통을 모르는군』

『여보 긴말할것업시 저기생은 내허락업시 치죄못하오』

『엇재 못해』

『못한다거든 못할줄 아오 저기생은 내가 데리구가겟소』

봉학이가 대청에도 올라가지 안코 급창(級唱)들이 섯는 대ㅅ돌우에서 부윤과 아귀다툼을 한 뒤에 곳 대ㅅ돌아래로 내려와서 계향이를 붓들어 이르켯다 부윤이 대청아페 나와서서 관속들을 나려다보며

『그년 달아나지 못하게 붓들어라』

『그년을 빼앗기면 너의놈들이 깡그리 죄책을 당할테니 알어차려라』

호령하니 관속들이 잇는대로 우 모여와서 계향이와 봉학이의 아플 빽 둘러막앗다

『비켜나거라』

『말루일러선 못비켜 나겟느냐』

봉학이가 관속들을 꾸지즈며 눈으로 손에 쥐일물건을 찻다가 대ㅅ돌아래 형틀이노히고 형틀 여페 매ㅅ단이노힌것을 보고 얼른가서 매를뽑아 두서너개 껴잡아가지고 관속들을 후두들겻다 아프로 대들든놈은 면상을 맛고 뒤로돌아선 놈은 등ㅅ줄기를 맛고 아이쿠 지이쿠 엄살하는 소리가 요란한중에

『이게 무슨 행패(行悖)야』

『어 괴변(怪變)이다』

『감사자세(藉勢) 너무하는군』

부윤의 꾸짓는 소리가 동헌대청의 들뽀를 울렷다 봉학이가 한손에 매를 든채 한손으로 계향이를 끌고 삼문 박그로 나오는데 부윤의 불호령 소리가 뒤에서 들릴뿐이요 관속은 아페막는 놈이 업섯다 계향이의집 행랑사람이 삼문박게 잇다가 반겨 내달어서 봉학이가 계향이더러 행랑사람을 다리고 압서가라고 보낸뒤에 손에든 매를 내던지고 천천히 뒤를 따러오다가 중간에서 행랑사람은 계향이의 집으로 보내고 계향이와가치 바로 감영안으로 들어왓다 봉학이와 계향이가 처소에와서 편히 안즌뒤에 계향이는 새삼스럽게 눈물을 머금고

『뒷일을 어떠케 해요』

하고 걱정하기 시작하엿다

『부윤이 가만이 잇슬까요』

『가만이 안잇스면 누구를 어쩌겟니』

『사또께 와서 여쭐는지 모르지요』

『여쭈어두 할수업지』

『사또께 먼저 여쭈어두시는게 조치 안흘까요』

『글세 형방과 의논해보까』

『그래보세요』

봉학이가 형방비장에게 와서 전후사연을 이야기하니 형방비장이 다듯고나서

『자네가 큰일을 저질럿네 사또께 그대루 여쭐일이 아닐세 석고대죄(席藁待罪)하게』

하고 가르첫다 식후에 봉학이는 선화당 뜰아래 대죄하고 형방비장이 감사아페나가서 봉학이의 대죄하는 사연을 아뢰엿더니 감사가 미간을 찌프리고 말이업다가 얼마뒤에야

『리봉학이는 저의처소에 물러가잇되 내가 불르기전에 내눈아페 보이지 말라고 일러라』

하고 처분을 나리엇다

밤에 감사가 도사를 불러서 다른공무(公務)를 상의한끄테 병방비장이 부윤관정(官庭)에 가서 야료한일을 이야기하고 또 일의원인이 기생다툼인것을 말한뒤에 어떠케 조처하면 조흘까 조처할방침(方針)을 문와하엿다

『비장도 방자하지만 부윤도 점잔치못합니다 다시나 알륵이 생기지 안토록 양편을 눌르시고 옹용 조처하시는것이 맛당할듯합니다』

『나도 옹용조처하는것이 조흘줄로 생각하나 부윤이 어떠케 할라는지 알수가 업네』

『부윤이 뒤에 셋줄이 잇서서 다소 오긔(傲氣)가 업지 안흔 모양이나 영감께서 말슴하시면 안들을수 업겟습지요』

『부윤이 나를 오래 격거보지 못한까닭게 내가 공정하게 말하는것도 봉학이를 두던하는줄로 곡해(曲解)하기 쉬우니까 난처한 일일세』

『영감께서 공사에 사정이업스신것은 부윤도 짐작할터인즉 곡해할리잇습니까 만일 곡해한다면 지각이 부족한 사람이지요』

『글세 그럴까』

감사는 그쯤 말하고 다른 수작하다가 도사를 내보냇다 이튿날 아침후에 부윤이 감사를 와서 보고 비장 리봉학이가 관정에 돌입하야 행패를 무쌍히 하엿다고 말하고 나서

『하관이 불민한 탓으로 소조를 당하엿스니 수원수구(誰怨誰咎)하오리까만 이런 소조를 당하고야 무슨 면목으로 관속을 대하며 인민을 대하겟습니까 하관은 오늘로 인(印)을 바치고 집으로 돌아가겟습니다』

하고 인궤를 감사아페 드려노핫다 부윤이 벼슬을 버리고 간다는것은 감사가 허락아니할것을 짐작하고 하는말이요 또 감사가 봉학이를 두던하지못하도록 하는말이다 부윤의속을 꼬여뚤코 보듯이 아는 감사가 부윤의 여긔를 질르려고 속으로 생각하고

『이일이 적은 일인듯해도 실상 적은 일이아니요』

하고 말시초를 내엇다

『적은일이 아니다뿐입니까』

『그러니까 영감이 벼슬버리고 간다는것은 좀 덜생각한 일갓소』

『무엇이 덜생각한일이오니까』

『일을 내손으로 묵살하지못하고 우에 장계한다면 우의 처분이 나리시기까지 영감이 여기 잇서야 하지안켓소』

『장계사연을 어떠케 합실지 모르나 구경 사또께서 처리하시게됩지 달리 무슨 처분이 나리시겟습니까』

『그것이 영감이 덜생각한 말슴이요 내소견으로 말하면 리봉학과 계향은 찬배(竄配)를 면키가어렵고 영감은 삭탈(削奪)쯤 당하기가 쉽고 그러고 나는 파직(罷職)아니면 추고(推考)를당할듯하오』

『일이 그대지 중대하게 되도록 장계하실것이 업지 안슴니까』

『그게 무슨 말슴이요 장계를 하는데 일이 중대치 안케되도록 어떠케하오 장계를 하자면 자연리봉학과 계향에게 문초를 바더서 전후사 사실대로 주달하지 별수잇소 장계할때 내처지로는 자렬소(自列疏)까지 아니할수업소』

『이러고 저러고 하관이 소지노코가면 고만아닙니까』

『영감이 소지를 노코가면 소지노코 가게된 사실을 우에 장계할수박게 업단말이요』

『그러면 어떠케해야 조켓습니까』

『나도 어떠케해야 조흘지 질정한생각이 업스니 도사를 불러서 가치 상의해봅시다』

도사가 불려 들어와서 감사와 부윤의 말을 들은뒤에 일을 버르집으면 감사말슴과 가티 의외에 중대하게 될는지 모르고 또 그러케까지 가지안터라도 부대윤(府大尹)으로 감영 비장과 기생다툼하다가 소조를 당하엿다는 소문이 세상에나면 부윤의 체면이 손상될터인즉 감사가 웅용조처하는것이 가장 조타고 력설(力說)하야 벼슬버리고 간다든 부윤도 마침내 감사에게 잘

결처하야 달라고 청하게되엇다 감사는 곳 좌긔할긔구를 차리게하고 리봉학이를 잡아다가 계하에 꿀리고 관정야료한것을 중책(重責)한뒤에 긔과(記過)로 일을 결처하엿다

부윤생각에는 감사가 톡톡이 분풀이를 해주려고 들면 일을 굉장히 버르집지 안터라도 벼슬도 갈쑤잇고 록(祿)도 깍글수잇는것을 종시 사정을 두어서 긔과쯤 시키고 말앗거니하야 불만한 마음을 속에 품엇다 부윤은 령중추부사 윤원형(領中樞府事尹元衡)의 문하 사람이라 흔천동지(掀天動地)하는 윤원형의 세력을 빌어서 감사를 찍어눌르고 분풀이를 쾌히해볼 생각이들엇다 비장 리봉학은 위인이 방자하야 수청 기생을 치죄한다고 관정에와서 야료까지하고 감사는 그 비장을 편애(偏愛)하야 일을 옹용조처한다고 휘지비지하야 결말을 지엇다고 부윤이 감사와 봉학이를 한께먹어서 서울로 긔별하엿다 다른 감사만 가텃드면 윤원형의 서슬풀은 호령편지쯤 안밧지못하엿슬것인데 리윤경의 신망이 원악 놉기도 하려니와 그아우 리준경이 당시 벼슬이 의정부우찬성 겸병조판서(議政府右贊成兼兵曹判書)로 원형에게 견중하는 재상이라 부윤의 긔별이 신통한 보람을 내지못하엿다

수십일후에 감사가 그아우의 편지한장을 바덧는데 간지원폭속에 쪽지별폭이 들어잇섯다

「일전에 공사로 령중추댁에 갓다가 공사를 끗내고 한담하는중에 령중추 말슴이 전주부윤이 감영비장 리봉학이란자에게 욕을 본일이잇는데 백씨영감이 그비장을 편애(偏愛)하야 부윤의

설분을 해주지안흔 모양이라고 하기에 내가 대답하기를 비장 리봉학은 무예가 절등하고 전공이 특수하야 사백(舍伯)이 장발(奬拔)한사람이라 혹시 편애할는지 모르나 편애한다손잡더라도 사백의 성질이 잘못한일을 두던할리는 만무할줄 밋는다고 하엿더니 령중추가 우스면서 무예잇는자면 장발하는것은 조흐나 부윤을 욕보엿다면 부윤대접으로라도 비장을 갈어버리는것이 올치안흐랴하고 말합듸다 리봉학이를 영하에 두어서 말ㅅ성이 또 날것가트면 속히달리 옴겨주는것이 조흘듯하나 형님 의향에는 어떠합니까』

별폭사연뜻이 대강 이와가텃다 감사가 이편지를 바더본뒤로 봉학이의 벼슬을 옴겨줄까 생각하는중에 마침 제주목사(濟州牧使)관하(管下)의 정의현감(旌義縣監)이 신병으로 소지를노하서 감사가 우에 장계하는데 작년에 령암서 도망한 왜적들이 제주를 엄습(掩襲)한 사실과 사년전에 한라산에서 사로잡힌 왜적『망고사부로』의무리가 정의에 침입(侵入)한 사실을 렬거(列擧)하고 왜적을 방비할만한 재간 잇는 무변(武弁)을 정의현감으로 택차(擇差)함이 맛당하다고 주장한뒤 비장 리봉학이 무예와 재간이 이에 합당하다고 천하엿다 도신(道臣)이 박계서천하고 병판(兵判)이 안에서 품하야 거미구에 리봉학을 정의현감 제수(除授)하고 편도부임(便道赴任)케하란 특지(特旨)가 나리게되엇다

봉학이는 비장으로 전주잇지 못하고 현감으로 정의가는것이 마음에 조치안헛다 감사미틀 떠

나게 되는것도 여간 섭섭하지 안커니와 계향이 여플 떠나게될것이 진정실혀서 치하인사를 바들때 눈쌀까지 찌프렷다 감사가 이눈치를 알고 어느날 조용한틈에 봉학이를 불러서 말을 일렷다

『너 정의가는것이 맘에 실호냐』

『황송하온 말슴이오나 정의가옵는것이 소원이 아니외다』

『엇재서 소원이 아니냐』

『소인은 일평생 사또막하에 잇기가 소원이외다』

『그것은 내가 네게 바라는 바가아니다 정의가서 치적(治績)을 나타내서 나의 친한 보람이 잇게해라』

『네』

『내가 선비하나를 너의 책방감으로 골나노핫다』

『황감하오이다』

『너의 가권을 교하서 다려올터이냐』

『아니올시다 혼자 가 잇겟소이다』

봉학이는 계향이를 떼어노코 차마 혼자갈수업슬것 가터서 혼자 가 잇겟다고 말할때 풀ㅅ긔가

업섯다 감사도 봉학이의 속을 짐작하는지 봉학이의 얼골을 바라보며 적이우섯다 감사가 전최고과법(殿最考課法)을 봉학이에게 들려주엇다 공변되고 박고 청렴하고 부지런하면 이는 선치수령(善治守令)이요 탐하고 포학하고 게을르고 용렬하면 이는 악치수령(惡治守令)이니 그 고을의 전야(田野)가 개척되고 호구(戶口)가 증가되고 부역(賦役)이 고르고 학교가 일어나고 송사가 간단하나 전야가 진황(陳荒)되고 호구가 감손(減損)되고 부역이 번거하고 학교가 폐해지고 송사가 정체(停滯)되느냐 이로써 선치의 최(最)와 악치의 전(殿)이 서로 달른데 다섯번 고과에 오상(五上)이오 열번고과에 십상(十上)이면 선치수령으로 뽑히어 관직(官職)이 올르는 법이엇다 이외에도 수령노릇하는 사람의 반듯이 알어야 할일을 말해주느라고 말이 길어서 봉학이는 선화당에 오래잇섯다 봉학이가 처소에 나려오니 계향이가 마저드려 웃옷을 벗기고 부체질해주며

「사또를 뫼시고 무슨 이야기를 그러케 오래하섯소」

하고 물엇다

「사또께 여러가지 말슴을 들엇다」

「정의를 가기실타고 말슴여쭈섯소」

「가기 실흔걸 실타구 여쭙지 조타구 여쭐까」

『사또께서 꾸중안하십듸까』

『너를 못이저 한다구 꾸중하시드라』

『나으리가 나를 못이저 하시든가요 나는몰랏지』

하고 계향이가 방그레 우섯다

『웃지마라 속상한다』

『내가 우서서 될일이 안됩니까』

『나하구 떨어지는게 조하서 우슴이 나오느냐』

『왜 떨어저요 나는 따러 갈텐데』

『네 맘대루 따러오구 내맘대루 끌구가면 걱정이 업겟다』

『내가 따러 갈테니 걱정 마세요』

『기적(妓籍)은 누가 업새준다드냐』

『형방나으리가 업새준다구 장담하십듸다』

『형방이 업샐수 잇스면 내가 발서 업샛겟다 헛장담 고지듯지 마라』

『헛장담이 아니에요 내일부터 열흘동안만 나를 찾지마세요』

『형방이 무슨 소리를 햇는지 모르겟다만 필경 나를 놀릴라구하는게니 속지말구 가만잇거

라』

『나도 형방나으리 거짓말에 속아서 놀사람이 아니에요』

『열흘동안에 무얼 어떠케 한단말이냐』

『내일부터 병탈하고 잇다가 반신불수 되엇다고 소지를 올리면 기적을업새준다고 하섯서요』

『기적에잇는 기생을 형방맘대루 떼구달쿠 한단말이냐 참말 반신불수가 되엇드라두 기적을 업새는것은 사또처분에 달렷다』

『누가 그걸 모르나요』

『그따위 야튼 꾀에 사또가 속으실양반이냐』

『사또께서 형방나으리에게 말슴이 게섯답니다』

『그게 형방의 거짓말이다』

『그러케 의심말고 두고 보세요』

『사또께서 너의들이 이러케 이러케 해서 나를 속여라하고 말슴하실듯하냐』

『이러케 이러케 하는것은 형방나으리와 내가 생각한 것이지 사또 말슴이 아니에요』

『그럼 사또께서는 무어라구 말슴하섯다드냐』

『나를 나으리주어보냇스면 조흘듯한 어운이 기시드래요』

감사의자상함으로 자긔의 정곡(情曲)을 통촉하고 그런말씀 하엿슬는지 모르거니 봉학이는 속으로 생각하엿다

『형방이 언제 그런말을 하드냐』

『아까 여기오서서 한참기시다 가셧세요』

『나보구 이야기하려구 기다렷단 말이냐 그럼 내가 가서 좀 자세이 물어보까』

『나리더러는 말슴말고 참말 병이난체하고 집으로 나가라고 말슴합듸다 나으리는 모르는체해두시요』

『무슨 독가비노름인지 모르겟다 너더러 나를 속이래』

『귀신방도 차차 작별할테니까 독가비노름도 조치요』

하고 계향이가 또 방그레 웃는데 아까 웃지말라고 핀잔주든 봉학이도 이번에는 계향이를 따러빙그레우섯다

이튼날 아침때 계향이가 몸이 아프다고하고 집으로 나가더니 적녁때 뒤보러 가다가 평지에서 락상(落傷)하야 통히 운신을 못한다고 통긔가 감영안에 들어왓다 봉학이가 계향이을 나와보니 거트로 상한데는 별반업스나 알른모양이 아무리 보아도 속으로 다친것 가터서

『참말 아프냐』

하고 뭇기까지 하엿다 계향이의집에 의원들이 드나들기 시작하며 늘근이와 기집아이는 하루종일 상약을 만들고 첩약을 다리느라고 밥들도 제때에 먹지못하엿다 계향이가 약재촉은 뻔찔하면서도 약먹기는 죽기보다 실혀하고 약을먹으면 놀르는지 먹지안코 쏟다버리는지 약가튼검은 물이 하루한두번 놋요강에 그들먹하엿다 계향이가 몸지어 누은지 륙칠일만에 머리들고 일어나기는 하엿스나 한편다리 팔을 조금도 쓰지못하엿다 의원들의 말이 영영 반신불수(半身不遂)가 될것갓다고하야 계향이는 문병오는 사람을 보면 한숨을쉬고 눈물까지 흘리엇다 계향이가 병신이되어서 기생거행을 못하겟다고 소지를 바치니 감사가 행수기생을 불러서 물어보고 또 수로를 내보내서 알어보앗다 반신불수 병신된것이 확실하단말을 듯고 감사는 계향이의 이름을 기적에서 빼고 다른기집으로 대까지 드려세게하엿다

정의현감 교지(敎旨)가 서울서 나려온뒤 발서 여러날이 지내서 신연하인이 올때도 되엇스나 풍랑에 배ㅅ길이 느젓는지 아즉오지 아니하엿다 이때마침 감사의 파만이 다 차서 내직(內職)으로 옴길지 잉임(仍任)이될지 몰르는중이라 봉학이는 아주알고 갈마음이 잇섯는데 신연하인오기전에 감사의 벼슬이 동지중추부사(同知中樞府事)로 올맛단긔별이 먼적 나려왓다 갈린감사가 내행(內行)은 먼적 치송(治送)하고 자긔는 새감사가 와서 교대(交代)하야 주기까지 잇슬작정으로 뒤를 수습하는중에 벼슬이 다시 올마서 경긔감사로가게되엇다 경긔에 감사가 궐

이낫는데 조정에서 동지(同知)리윤경이 가장적당하다고 물론이 돌아서 특지(特旨)로 제수되엇섯다 내행갈때 배행(陪行)으로 떠난 려방비장은 말할것도업고 형방이외 다른비장들도 만히 감사를 따러서 경긔로 가게되는데 봉학이는 혼자 전라도에 떨어저잇게되니 심정이 상하엿다 봉학이가 정의서온 신연하인을 묵혀가며 문칫문칫하고 떠나지 아니하야 감사가 곳 떠나라고 일르니 봉학이는

『행차떠납신 뒤에 가겟습니다』

하고 말하엿다

『나는 교부(交符)해주구 가자면 얼마동안 더잇서야겟스니 너먼저가거라 편도부임하라시는 특지(特旨)를 물어가지고 오래지체하는 법이 아니다』

『소인이 사또 그늘을 떠나옵는것이 진정 어린아이 젓떨어지는것 갓소이다 소인을 경긔작은 골루 옴겨주실수 업습니까』

『그건 내힘으로 할수업는 일이다 내지수령(內地守令)은 변지(邊地)와 달러서 사오십년전까지도 무변은 하지 못하는 법이엇섯다』

『그런줄은 몰랏소이다』

『그런 생각말고 정의가서 선치수령이 되어라 선치수령으로 이름이나면 혹 내지로도 옴길수

잇슬것이다』

감사만고데 봉학이는 허리를 굽신하고 한동안 주저주저하다가

『계향이를 데리구가두 좃습니까』

하고 품하니 감사가 우스며

『다리고 가서 치료해주려느냐』

하고 물엇다

봉학이가 감사분부를 어기기어려워서 감사보다 먼저 도임ㅅ길을 떠나는데 봉학이 자긔는 보교를타고 책방은 말을 태우고 계향이는 승교바탕을 태웟다 해남 관두량(舘頭梁)에 와서 배를 타고 수로(水路)로 구백칠십리 제주를 무사히 득달하야 목사(牧使)를 뵈온뒤에 다시 륙로로 일백삼십리 정의에와서 도임하엿다 일개사수(射手)리봉학이는 천여호골의 원님이되고 일개기생 계향이는 원님의 안으서님이 되엇는데 리봉학이의 직함(職啣)은 정륙품돈용교위(正六品敦勇校尉)정의현감(旌義縣監)겸제주진병마절제도위(濟州鎭兵馬節制都尉)요 계향이의 호광은 곳 실내마님과 다름이 업섯다

리봉학이 (三)

제주도(濟州島)남쪽땅 구십여리 폭원(幅員)에 대정(大靜)이 서쪽에잇고 정의(旌義)가 동쪽에 잇스니 정의읍에서보면 국내에 이름노픈 한나산(漢拏山)이 서으로 이십리요 신선의 놀이터라는 영주산(瀛州山)이 북으로 사마장이며 동으로는 성산포(城山浦)가 이십오리인데 해수(海獸)만히 모이는 우도(牛島)가 가까이잇고 남으로는 바다가 칠마장인데 호호망망한 남해(南海)가 가이업다 산에서는 희귀한 약재(藥材)가 나고 바다에서는 풍부한 해물(海物)이 나건마는 백성은 살기가 간구하엿다 토지가 대개 돌서덕바틴데 농구(農具)가 변변치 못하야 밧벼서속가튼 곡식이 소출이 적고 잠수질로 해의 전복등속을 따고 낙시질로 은구어(銀口魚)옥두어(玉頭魚)등속을 잡으나 그물가튼 조흔어구(漁具)를 쓸줄모르고 사내가 적고 기집이 만흔곳이라 사내는 놀리고 기집이 일하는것이 풍속인까닭게 여름살이도 주장 기집의 일이요 고기잡이도 역시 기집의 일이요 잠수질은 특별히 기집의 장기로 처서 바다속에 기피들어가는 딸이라야 여우기가 손쉬웟다 기집의의 덕으로 먹고사는 백성들이 말은침해(侵害)만 아니 당하야도 오이려 잘 살수가잇지만 관장도 침해하고 관속도 침해하고 더욱이 도지관(都知管)벼슬을 세습(世襲)하는 고씨(高氏) 문씨(文氏)의 부치들의 침해가 자심하야 밧뻿고 세간 뺏는건 고사하고 사람을 잡아다가 사내종 기집종가티 부리되 인록(人祿)이라고 자긔네바들 녹과가티 여기엇다 고된 신역으로 겨우 식구입에 풀칠을 하는신세나 물건지고 다니는 기집의 얼골에 풀괴잇슬까빨기업고 모여서서 절구질하는 기집의 노래가 자연 구슬프지 안흘수업섯다 물건을 머리에 이지안코 곡식을 방아로 찟지안는것이 역시 이곳의풍속이엇다 백성들이 간구하니 읍모양도 보잘것업섯다 사가(私家)에 와가(瓦家)업는것은 말할것업고 관가(官家)까지 초가(草家)라 정의현감의 동헌은 전주부내 잘사는집의 안마루 폭도 못되엇다 동헌은 오이려도 번듯하지만 내아(內衙)는 더구나 말못되어서 내아라고 불르는것이 외람스럽게 들릴만 하엿다 봉학이는 정의현감 도임하기전에 골이야기를 만히 들어둔 까말게 다소 눈에 설뿐이지 마음에 놀날것까지는 업섯지만 전주부중에서 나서 전라감영에서 기생노릇하든 계향이는 참말 놀라운 일이 한두가지가 아니엇다 내아가 루추한것은 마음에 시쁠뿐이지만 뱀이 유난히 만하서 돌담우로 날마다 기어다니는것도 뱀이요 마루압첨아에서 잇다금 떨어지는것도 뱀이라 끔직스럽기 짝이 업는데 본토사람들은 뱀을 령물로 위하야서 죽이지못하고 모기가 입은 봉한다는 처서(處暑)지난지가 발서 오래건만 이곳은 아즉도 해만 설핏하면 첨아아페 모기진이 새까마코 또 거짓말좀보태면 지네가 자가넘고 거미가 손바닥만하야 무섭고 징그러워서 몸에 소름까지 끼칠때가 만핫다 어느날 밤에 지네한마리가 방안에 들어와서 계향이는 관비들을 다리고 지네를 잡느라고 북새를 떠는중에 봉학이가 내아에 들어왔다 관비들이 지네를 잡고 물러간뒤에 계향이가 봉학이 여프로 닥어안즈며

「여기 어듸 오래잇겟세요」

하고 새삼스럽게 몸ㅅ서리를 치니 봉학이가

「지네 무서워 못잇겟단 말인가」

하고 우섯다 봉학이가 정의에 도임한후로 계향이를 대접하야 전과가티 해라를 아니하엿섯다

「지네뿐인가요」

「그럼 또 무어」

「뱀은 무섭지 안흔가요」

「오래못잇겟단말이 참말인가」

「나으리는 오래 기시고십소」

「내말은 할것업구 진정으루 여기잇기 어렵다면 전주루 도루보내주지」

「나으리는 여기 기시고」

「내야 벼슬갈리기전 여기 잇서야지」

「빈말슴이라도 그런 말슴을 어떠케 하시요」

『왜 못할말인가』

『어듸가든지 둘이 떨어지지 말자든 말슴은 밝서 이즈섯소』

『나두 할말잇서 나를 따려가면 갈산지옥이라두 무섭지안타구 말한사람은 누구든가』

『내가 오래못잇겟단 말은 잘못한 말이니 용서하세요』

계향이가 싹싹하게 사과하니 봉학이는 우스면서

『이다음에 다시 그런 말 하지말게』

하고 일럿다

봉학이도 속으로는 계향이와가티 정의에 오래 잇고십지 안치마는 벼슬이옴기거나 떨어지기까지 잇고십지 안허도 잇서야할 처지라 계향이 입에서 나오는 말을 막는것이 곳 자긔속에 움직이는 맘을 눌르는것과 다름이 업섯다 봉학이는 리감사의 부탁대로 선치수령이 되려고 뼈물럿다 봉학이는 무변이라 먼저 무비(武備)에 힘을썻다 읍성(邑城)을 수축하고 병긔(兵器)를 수선(修繕)하고 대수산(大水山)오소포(吾召浦)서귀포(西歸浦)의 방호소(防護所)와 수전소(水戰所)를 각금 나가 순시하고 현내(縣內)에 잇는 열ㅅ군데 봉화대에 각각 다섯패로 번(番)을서는 봉군(烽軍)들을 각별히 신칙하고 사흘에 한번 좌우 병방이하 장교들을 모아서 활을 쏘이되 한달에 한번씩은 달은관속과 읍 촌 인민의 활쏠줄 아는자까지 다 불러서 편사를 쏘이엇다 편사 쏘는날은 구경오는 남녀가 수가 업섯는데 그중에는 제주나 대정현에서 밥싸가지고 오는 구경ㅅ군도 적지안핫다 정의 원님의 활ㅅ재주가 귀신갓다고 소문이 한입 두입건너 널리퍼진 까닭게 편사보다 정의원님 활ㅅ재주 구경하려 오는 사람이 더만핫다 무비가 대강 정돈되며부터 봉학이는 치민(治民)에 성심을 다하엿다 뇌물(賂物)이 관문에 들어오지 못하게하고 아전이 민간(民間)에 작폐하지 못하게하고 또 트호(土豪)가 발호(跋扈)하지 못하게하니 살판만난 백성들은 곳 원님을 신명가티 여기게 되엇다 우매(愚昧)한 백성들이 원님에게 한껏정성을 피우느라고 각처 본향당(本鄕堂)에서 우리안전 수명장수하라고 또는 우리안전 오래갈리지 말라고 치성드리는 남녀가 만핫다 그해 겨을 전라도 각골 수령 포폄(褒貶)에 정의현감은

「삼월지치(三月之治)가 일도지송(一島之誦)이라」

고 상등이되엇다 석달동안 다스린 정사가 온섬에서 다기리는바라고 책방이 포폄뜻을 색여서 들려줄때 봉학이는 선치수령노릇하기가 어려울것 업다고 생각하엿다 이듬해 봄에 대정현감이 상제되어 가고 대가 나기전에 공관(空官)이 되어서 봉학이가 제주목사의 명으로 겸관(兼官)을 보게 되엇는데 정의서 여러달두고하든 정사를 대정서는 일시에 시행하엿스나 백성은따르고 관속과 토호는 거슬리지 못하엿다 두어달동안 봉학이가 정의서 대정을 왕래하며 겸관을 보는 중에 농시백성을 인녹잡지 못하도록 엄령(嚴令)을 나리엇섯는데 정의와서 잇는사이에

대정성내에사는 고부윤(高府尹)의 현손되는 고씨의 집에서 인녹을 잡아간일이 잇서서 봉학이가 뒤에 알고 고씨대신으로 고씨의집 하인을 잡아다가 징치(懲治)하엿더니 고씨의 떨거지는 고사하고 고씨네와 한동가리지는 량씨(梁氏)부씨(夫氏)문씨(文氏)네까지 속으로 조하아니하엿다 인녹을 엄금(嚴禁)한 탓으로 봉학이가 이해여름 포폄에는 중(中)을 마젓다

『소민수개회혜(小民雖皆懷惠)나 거실간혹유언(巨室間或有言)이라』

고 큰 성바지의 뒷말잇단것이 포폄에 폄(貶)이되이서 상(上)이 되지 못한것이엇다 봉학이가 제주갓슬때 인녹을 금할것인가 아닌가 목사에게 품하야본즉

『금하긴 금하드라도 보아가며 금하오』

목사의 대답이 분명치 못하엿다

『보아가며 금하라시니 무엇을 보란말슴입니까』

『오래된 관습(慣習)이니 차차로 금하도록 하란 말이오』

『오래된 관습인까닭게 더욱이 일시는 엄금해야 할것이 아니오니까』

『녜전에 성주(星主)니 왕자(王子)니하고 제주 주인노릇하든 버릇이 뿌리가 기퍼서 그러케 쉽사리 금해지지 안쏘』

『하관에게 죄책을 더하지 안흐시면 그런 관습은 근절(根絕)이 되도록 금해보겟습니다』

「근절 안될걸 근절시키려다가는 말ㅅ성만 자주 날께니 알어하오」

목사가 굿세게 거들어주지 안는것을 보고 봉학이는 토호를 어루만저서 무사히 지내려고 마음을 먹엇다 그뒤로는 봉학이가 고씨 문씨의 부치들을 각금 존문(存問)하고 토호질을 말도록 사의로 말하야 인녹가튼 못된관습이 전가티 심하지 안헛다

당하수령(堂下守令)은 륙년만에 갈리는것이 법이나 윤원형이 권세를 잡은뒤로 법이 해이하야저서 여간무세한 수령이아니면 조치못한 골에서 륙년을 채우는 사람이 별로 업든 시절이라 봉학이가 정의에 륙년토록 잇고십지안허서 리감사께 상서할때 매양 이뜻을 비치엇다 그동안 인편에 상서한것도 여러순이지만 골 하인을 보낸것이 세번인데 나종 하인한번은 리감사가 경긔감사로 일년과만을 채우고 한성부우윤 겸 오위도총부부총관(漢城府右尹兼五衛都總府副總管)으로 벼슬이 올른뒤라 봉학이도 내직(內職)으로 올라가서 전과 가티 뫼시고 지내기를 청하엿더니 그 하인 회편에 차차 주선하야보자는 반허락 회답이잇섯다

봉학이가 골 하인을 보낼때마다 교하 외숙에게와 양주 꺽정이에게도 약간 토산(土産)을 부치는데 외숙에게는 외조모 제사에 쓸 제수를 미리 닥거부치고 꺽정이에게는 팔장사 선생에게 보낼 물종(物種)을 가티 봉해부치엇섯다 봉학이는 꺽정이의 연신으로 팔십여세 로인대사가 아죽 강녕한것도 알엇거니와 유복이가 평안도서 와서 부모의 원수갑고 총도땅에서 사는것도

알엇고 천왕동이가 황해도에서 장가들고 처가살이 하는것도 알엇다 천왕동이는 꺽정이의 처남으로 알뿐이라 보고시픈 생각까지 날것은 업지마는 유복이는 아이쩍에 형이니 아우니하든 동무라 잇다금 보고시픈 마음이 간절할때도 잇섯다 지난번 꺽정이에게 편지할때 한번 유복이를 다리고와서 몃달 놀다가라고 말하엿더니 꺽정이에게서 륙로천리 수로천리에 놀러 가기가쉽지도 안커니와 자긔나 유복이나 원님의 손님 노릇할 주제가 못된다고 거절하는 회답이왓섯다 봉학이가 한번 서울을 올라갓다 오려고 생각하고 먼저 계향이에게 의논하니 계향이는

「수이 내직으로 옴기실테라며 먼길에 왓다갓다 하실것 무어잇소」

하고 고만 두면 조흘뜻을 말하엿다

「그러케 쉽게 내직으루 옴기게 될지 누가 아나」

「지난번 구사또 서간에 그런 말슴이 기섯다고 하섯지요」

「차차 주선해보자는 허락은 기섯지만 그것두 한번가서 보입구 말슴으루 품해두는것이 조흘꺼야」

「상서로 사뢰어도 구사또께서 어련히 나으리 일을 생각해주시리까」

「여러가지 볼일이 잇스니까 겸두겸두 가보까 하는말이야 부모산소에 소분두 한번해야지 남의 자식된 보람이잇지」

『외조모님은 산소에 소분해 달라고 유언까지 하셧다지요』

『외할머니 덕으루 잔뼈가 굴거진사람이 그만유언을 이때까지 한번 시행못한것두 도리에 틀리는 일이지』

『전주서부터 별러오시는 일이니 조금 더 미루어 두시구려』

『꼭 수이 서울루 가게된다면 모르지만 여기서 륙년과만을 채우게될지 누가 아나』

『올 안에 내직으로 승탁되실테니 염려마시고 기다리세요』

『염려말구 기다리란품이 바루 승탁을 시켜줄 사람의 말가테그려』

『내말이마질테니 두고 보서요』

『만나보구시픈 사람두 잇구 아무래두 맘내키는김에 한번 가야겟서』

『만나보구시프신 사람은 누군가요』

『내직으루 승탁될것을 미리 아는사람이 그건 엇재 모르나』

『알어 내라시면 알어 내지요 교하기신 마나님』

『잘 알엇네』

『양주사는 장사는 어떱니까』

『그래두 다는 못알엇서』

「그외에 또 누가 보고시프시까 올치 알엇서요 양주 장사더러 다리고 오라섯단 사람이지요 그러치요」

「그러케 자꾸 주어대서 알라면이야 누가 모르까」

「그래 정말 가신다면 나는 어떠케 하실테요」

「여기 잇지 어떠케해」

「나는 실혀요 나으리하고 가치 갈테요」

「가치가면 둘이다 비편할테니 쓸데업는소리 말게」

하고 봉학이는 계향이의 가치 가겟다는것을 허락하지 안헛다

봉학이는 혼자가려고 계향이를 달래고 계향이는 혼자떨어지지 안하려고 봉학이를 졸르든 끄테 봉학이가 서울을 갓다 오는동안 계향이는 전주가서 잇기로 의논이 작정되엇다 봉학이가 목사에게 수유를 바드러 제주에 올라갓슬때 마침 대정현감에게서 목사에게 급한 보장(報狀)이 올라왓는데 보장사연은 대정 서편에잇는 죽도(竹島)에 왜적선 삼사척이 와서 다헛다는것이엇다 죽도서 북으로 돌면 제주요 남으로 돌면 정의라 대정은 말할것업고 제주와 정의도 미리방비를 아니할수업서서 봉학이는 수유도 엇지못하고 급히 환관하엿다 죽도에 다헛든 적선이 대정본토도 침노하지안코 어듸로 가버리어서 십여일후에 적선소동이 갈어안젓다 봉학이가

제주를 다시 가기가 번폐스러워서 목사에게 서간으로 수유를 청하엿다가 적전 출몰(出沒)하는즈음에 공관이 부지럽스니 아직 중지하란 목사의 회답을 바덧다 봉학이는 여러가지로 서울을 가려고 별르다가 못가게 되어서 괴탄하엿스나 계향이는 늘근이와 기집아이에게 맛겨둔 전주집을 한번가보고시픈 마음도 업지안치마는 단 한달동안이라도 봉학이와 떨어지기가 실흔까딸게 되려 해롭지안케 생각하엿다 말포뒤에 서울인편이 잇서서 봉학이가 리우윤께 상서하는데 올에는 꼭 한번 가서 뵈오려고하다가 적선소동에 수유를 못엇고 말엇다고 말슴하엿더니 그다음 리우윤의 답장에 조금 더 참으면 자연 서울와서 보게 될는지 모르니 구태여 수유어더가지고 오지 말란뜻의 사연이 잇서서 봉학이는 서울갈 생각을 접어노코 내직으로 옴길날을 기다리고 지내엇다

리우윤의 주선으로 봉학이의 벼슬이 오위부장(五衛部將)으로 올마서 리봉학이가 정의서 떠날준비를 차릴때 정의 백성들이 관가에 원류(願留)들어오는것은 고사하고 제주목사에게 등장들까지 올라갓다 봉학이가 계향이를 다리고 제주로 떠나는날 읍촌 백성 남녀로소 천여명이 말머리에 결진하고 길을 터주지 아니하야 봉학이는 할일업시 관가로 다시 들어와서 서간으로 목사께 행지를 취품하엿더니 목사가 새현감 나려오기까지 잇스라고 회답하야 봉학이는 구관으로 곧 일을보고 잇게되엇다 봉학이가 모든 일을 전과가티 보되 오즉 전에 업시 계향이를다

리고 각처로 구경을 만히 나다녓다 어느날 조연(藻淵)에 나가서 궤를 잡고 놀다가 그날묵고 이튿날 읍으로 들어오는데 마중나온 사령이 서울서 하인이왓다고 말하야 어듸서 하인이 왓슬까 의심하며 관가로 들어왓다

「그 하인이 어듸잇느냐 불러드려라」

하고 사령에게 분부하엿더니 얼마만에 사령만 들어와서

「그 하인이 객사압 술ㅅ집에 가서 술을 먹구 잇습듸다」

하고 알외엿다

「술을 먹는다구 불르지 안헛단말이냐」

「안전께서 불릅신다구 말슴을 햇습드니 술을 좀 더먹구 들어온다구 일어나지 안습듸다」

「변변치 안흔놈두 다 만타 내가 기다리구 잇다구 얼른 들어가잔말을 못햇단말이냐」

「얼른 들어가자구 멧번 재촉을 햇습전만 술만먹구 들은체 아니하옵듸다」

「그럴리가 어듸잇단말이냐」

봉학이가 그 하인을 곳 불러오라고 말은 사령들을 다시 내보냇다 한동안 뒤에 몸을 가누지못하도록 술이취한 사람을 사령들이 좌우부축하고 들어오는데 봉학이가

「대체 어듸서온 완만한 하인인가」

하고 생각하며 들어오는 하인을 내다보다가 별안간

『아 이게누구요』

하고 소리치며 곳 뜰아래로 쪼차나려갓다

제주목사나 점마별성(點馬別星)이 로문노코 행차할때 원님이나가서 지경에 등대하거나 중간에 마중하는 일은잇지마는 예사손님이 관가에 들어올때 원님이 방에서 대청으로 나오는일도 별로업는데 손님도 아니고 하인이요 하인도 하인나름이지 갓도 못쓰고 패랭이쓴 하인을 원님이 뜰아래까지 쪼차 나려와서 마저올리니 좌우에잇는 관속들이 모두 놀라서 눈들이 휘둥그래젓다 관속들이 어이업시 보고잇는중에 봉학이가 패랭이쓴 사람을 붓들고 동헌방으로 들어와서 좌정한 뒤에

『형님 엇재 소문두 업시 오섯소』

하고 물으니 그사람이

『내가 노문노쿠 다닐 주제가 되나』

하고 껄껄 우섯다

『유복이하구 가치 오섯소』

『아니』

「그럼 혼자 오셧소」

「천왕동이하구 가치 왓네」

「천왕동이는 어듸잇소」

「제주잇네」

「가치 오시지안쿠 왜 제주다 두구 오셧소」

「천왕동이가 제주루 귀양을 오는데 내가 따러왓네」

「무슨일루 귀양을 왓단말이요」

「차차 이야기함세」

「오실때 유복이를 보구 오셧소」

「보구말구 가치오구시픈데 못와서 말을 조만이하데」

「무슨 못올일이 잇든가요」

「좀 그런일이 잇서」

「유복이가 지내기는 과이 어렵지 안촙듸까」

「잘 지내지」

「농사하나요」

「아니」

「장사하나요」

「아니」

「농사두 안허구 장사두 안허구 어떠케 잘 지낸단 말이요」

「농사하구 장사해서 잘 지낼수 잇나」

「그럼 생화가 무어란말이요」

「놀구 먹는다네」

「무슨 수가 생겨서 놀구먹을까」

「자세한 이야기는 차차 듯게」

「사람은 아이적가티 진실하지요」

「그럼 진실하구말구」

「장가를 잘 들엇소」

「잘 들엇지」

「유복이 안해를 보섯겟지」

「보다뿐인가 천수숙가티 지내네」

「자녀간 무얼낫소」

「혼인한지는 발서 삼년인데 아직 생산은 못햇서」

「참말 취환은 좀 나으시우」

「나실리가 잇나 점점더하시지 올 여름에는 꼭 일을 당하는줄 알엇더니 생냥한 뒤부터 다시 좀 그만 하서서 내가 떠나왓네」

「누님 아주머니 다 무고하구 백촌이 잘잇소」

「아직 별고들 업네」

「칠장사 선생님 문안 자주들으셧소」

「올 봄에 내가 잠ㅅ간가서 보입구 왓네」

「근력이 전과 가트십듸까」

「근력 조으신품은 아직두 몃십년 더 사실것갓데」

「올에 여든 몃치시던가」

「여든 넷이시지」

「나두 이번에 서울 올라갈때 선생님을 보입구 가려구 생각하우」

「참말 내직으루 올라가게 되엇다지 나는 제주와서 들엇네」

『내가 요전 떠나려구 작정한때 떠낫드면 이러케 못 만나구 길에서 교위될뻔햇소』
『제주서두 들엇지만 아까 술ㅅ집에서 여러사람의 말을 들어보니 전에 업는 명관이라구들 하데 나두 듯기조테』
『백성이 아직 우매하니까 원노릇하기가 과이 힘들지 안습듸다 그러치만 명관갑세야 갈수잇소 단지 내전에 여러등내 명관이 업섯든갑듸다』
봉학이가 그제야 뜰우뜰아래에 우뚝우뚝 섯는 관속들을 내다보고 다 물려 내보낸뒤에
『곤하시거던 좀 누으시려우』
하고 꺽정이더러 물엇다
『곤하긴 무어 곤하겟나』
『아까 보니 술이 패 취하신것 갓습듸다』
『임꺽정이가 사십평생에 처음 원님기신 동헌에 들어오느라고 좀 취한체햇네』
『그럼 우리 내아에 들어가서 이야기하다가 저녁을 먹읍시다』
『아무리나 하세』
봉학이가 꺽정이를 다리고 내아로 들어왓다
계향이가 봉학이의 큰기침 소리를듯고 방에서 마루로 쪼차 나오다가 패랭이 쓴사람과 가치

들어오는것을 보고 속으로 해괴하게 생각하면서 마루 한구석에 비켜섯다 봉학이가 꺽정이를 방으로 인도하고 계향이를 돌아보며

『양주장사가 오셧스니 들어와 보입게』

하고 말하엿다 양주장사 림꺽정이가 백정의 자식인줄은 계향이가 전에 들어 알건마는 패랭이 쓴것을 눈으로 볼때 장사는 놀라웁지안코 백정은 챙피하야 마루에서 한동안 주제주제하고잇다가

『얼른 들어오게』

봉학이의 재촉을 밧고 방에 들어와서

『어서 보입게』

또다시 봉학이의 재촉을 밧고 절한번하엿다 계향이는 꺽정이에게 인사를 마치고 곳 도루 마루로 나가고 봉학이는 꺽정이에게 유복이의 이야기를 다시 뭇기 시작하엿다

『유복이가 장가를 숫색씨에게 들엇소』

『남의 마누라를 첫날밤에 가로채엇다네』

『남의 기집을 가루채구 무사햇소』

『마누라 뺏긴자가 귀신이여』

『귀신이라니 기집빼긴 사내를 죽엿단말이요』

『참말 귀신이여』

『참말 귀신이라니 무슨 소린지 모르겟소』

『유복이가 장가를 히한하게 들엇네 내 이야기하께 들어보게』

꺽정이가 유복이의 장가든것을 이야기하느라고 유복이의 소경력을 거이 다 이야기하게 되엇는데 옹진가서 부모의 원수가픈것을 이야기 한다음에 맹산가서 안질뱅이 병은 알른동안 표창질익힌것을 이야기하고 또 덕물산 장군당 새마누라 가루챈것을 이야기하다가 최일장군의 귀신이 령검해서 산사람 마누라엇는것을 이야기하야 이야기가 올라가고 나려가고 또 가루새어 가리산 지리산이 될때가 만헛스나 봉학이는 갈피를 차저 물어가며 재미나게 들엇다 그동안에 날이 발서 어두어서 관비 하나가 방에 들어와서 촛불을 켜노코

『저녁진지를 어떠케 하라십니가』

하고 물으니 봉학이는 상을 곳 드리라고 분부하엿다 봉학이가 꺽정이와가치 저녁을 먹어가며 유복이가 장군당 마누라를 빼가지고 맹산으로 도망하는길에 청석골도적 오가의집에가서 가치 사는 이야기를 마저 들엇다

『유복이가 지금 도적질을 하는구려』

「도적두 이만저만한 도적이 아니라 대ㅅ가지 도적이라구 유명짜한 도적이라네」
「대ㅅ가지도적이란건 무슨 별명이요」
「인명을 상하지 안흐려구 대ㅅ가지루 만든 표창을 쓰는까닭에 생긴 별명이여」
「형님이 가까이 잇스면서 유복이를 도적놈노릇하게 내버려 둔단말이요」
「내버려 두지안으면 어떠케하나」
「어떠케하나가 무어요 그자식을 붓들어다가 농사를 시키든지 장사를 시키든지 하지 못한단 말이요」
「농사나 장사시키려구 적굴에서 데려 내왓다가 포교손에 잡혀보내면 도적질두 못해먹구 죽지안나」
「내가 서울가선 어떠케 해서든지 사람을 바루 잡어주어야겟소」
꺽정이는 대답이 업섯다
저녁상을 물린뒤에 봉학이가 꺽정이를 다리고 다시 동헌으로 나왓다 봉학이가 천왕동이의 귀양온 곡절을 물어서 꺽정이가 배돌석이의 살인한 이야기를 시작할때 통인 하나가 방에 들어와서
「내아에서 듭시라구 여쭙니다」

하고 알외니 봉학이가

『왜』

하고 통인을 바라보앗다

『안으선님께서 잠ㅅ간 뵈입겟다구 하신답니다』

『글세 무슨 일이 잇다느냐』

『그건 알지 못하옵니다』

『다시 가 알어보아라』

통인이 렴석문(簾席門)박게서 관비를 불러서 물어보고 다시나와서

『안으선님께서 무슨일은 말슴안합시구 잠ㅅ간 내아에 듭시라구만 여쭈라십니다』

하고 알외엇다

봉학이가 속으로 밤참할것을 의논하려고 불르나 생각하며 꺽정이를 보고

『잠ㅅ간 들어가 보구 나오리다』

하고 곳 일어서 내아로 들어왓다

봉학이가 내아 층계우에 올라설때 계향이가 마루끄테 나와서 마젓다

『왜 불른거야』

『잠ㅅ간 방으로 들어가세요』

『할말 잇거든 여기서 하게』

『조용히 할말슴이 잇세요』

『조용이 할말이 무어야』

하고 봉학이가 마루로 올라왓다 봉학이와 계향이가 방에 들어와서 단둘이 마주 안즌뒤 봉학이가 다시

『조용이 할말이 무어야』

하고 물으니 계향이는

『무에 그러케 급하세요』

하고 상글상글 우섯다

『재미나는 이야기를 듯다말구 들어왓서』

『무슨 이야기가 그러케 재미나서요』

『이야기를 가치 듯구시픈가』

『아니요 그런데 오늘 밤에 동헌에서 손님하고 가치 주무실랍니까』

『그래 그건 왜 뭇나』

하고 봉학이가 물그럼히 계향이의 얼골을 바라보다가 계향이의 손을 잡아팔리며 귀ㅅ속말로

『손님만 동헌에서 재우구 나는 들어와 자까』

하고 우섯다

『점잔치안케』

하고 계향이가 얼른 손을 빼어가지고 따로 안저서

『정한사처 하나를 치우고 손님을 나가 주무시게하면 어떠까요』

하고 물어서 봉학이는

『왜 그래』

하고 괴상히 여기는 긔색을 보이엇다

『글세 말이에요』

『글세 말이라니 그러케해야 조흘일이 잇나』

『내 소견엔 그러케 햇스면 조흘것 가태요』

『엇재서』

『패랭이 쓴 손님을 동헌에서 재우면 뒤에 말ㅅ성이 업슬까요』

『말ㅅ성이 무슨 말ㅅ성이야』

『관가 동헌은 사사집과 달러서 지금 오신 손님가튼이를 재울데가 못되지 안하요』

『별 우순소리를 다하네』

『목사가알면 탈이 잇슬까보아 걱정이에요』

『목사가 지금 나하구 무슨 상관이 잇서서 걱정인가』

『관속이나 백성들의입도 무섭지요』

『앗다 쓸데업는 걱정되우하네』

하고 봉학이가 증을 내니

『소견이 올치안커든 올치안타고 말슴하시면 고만이지 화까지 내실꺼 무어잇세요』

하고 계향이도 재촘하엿다 봉학이가 잠ㅅ간ㅅ동안 말이 업시 안젓다가

『내가 백정의아들을보구 형님 형님 하는것이 맘에 챙피한가』

하고 계향이의 대답을 기다리지 안코 곳 뒤를 이어서

『사람이 그래선 못쓰네』

하고 타일르듯 말하엿다

『내야 챙피할것이 무에요』

『자네가 아이쩍부터 언니 동생하구 지내든 동무가 잇다구 하세 그 동무가 시집을 잘가서

숙부인이나 정부인을 바친뒤에 자네가 차저 갓는데 자네를 기생이라구 소대하면 자네맘에 어떠켓나 패씸할테지 아무리 염냥을보는 세상이라두 사람이 그동무가터서야 쓰겟나 더구나 사내대장부가』

『네 잘 알앗세요』

『잘 알엇거든 밤참으루 술ㅅ상이나 잘 차려내보내게』

하고 봉학이는 일어섯다

봉학이가 동헌에 나온뒤에 중간끈친 꺽정이의 이야기를 다시 듯기 시작하엿다 돌석이가 양반의 집 비부노릇하다가 양반의 행랑출입하는 버릇을 가르치려고 양반이마와 기집눈짜위에 자자해준 이야기를 듯고 봉학이는 한동안 허리를 잡고 웃고나서

『돌석이가 황주서 살인한 이야기나 마저 들읍시다』

하고 꺽정이의 이야기를 재촉하엿다 호랑이잡고 경천역말서 역졸노릇하고 기집사단으로 살인하고 봉산와서 잡혀가친 돌석이 이야기와 사위 취재보이고 득배잘하고 장교다니고 유복이와 돌석이를 빼어노코 그엉결로 귀양온 천왕동이 이야기가 뒤범벅이되어서 이야기를 잘 알아듯는 봉학이로도 연해 재처 뭇지안흐면 돌석이 이야긴지 천왕동이 이야긴지를 알수 업슬때가 만핫다 밤이든뒤에 진안주 마른안주가 늘어노힌 술ㅅ상이 밤참으로 나와서 봉학이는 꺽정이와

가치 술을 먹기 시작하엿다

『내가 형님과 술을 가치먹는것이 삼년만이구려』

『삼년동안이 맘에는 삼십년이나된것가테』

『내가 서울가면 자연 형님을 만날테지만 여기서 미리 만나기는 참말 뜻박기요』

『내가 집에서 떠나기전에 자네벼슬이 갈린줄을 알엇드면 여기를 안왓슬는지 모를걸세』

『모르구 오기를 잘햇소 제주 세골루 다니며 구경이나하구 나갈때 가치갑시다』

『그건 봐가며 작정하세』

『한라산은 한번 올라가봐야지요』

『한라산은 전에 선생님 뫼시구 왓슬때 올라가 보앗네』

『참말 제주가 이번이 초행이 아니구려』

『자네가 여기서 떠나기전에 천왕동이의 귀양이나 풀리게 주선해주게』

『여기서는 도리가업스니까 서울가서나 주선해봅시다』

『제주목사에게 청해서 될수업나』

『내가 한번 제주가서 목사께 청하구 판관에게 부탁하면 귀양살이는 좀 편하게 살수잇슬께요』

『천왕동이는 자네가 힘쓰면 풀리게 될줄알구 나하구가치 오는것을 퍽 조하햇는데 그거 안 됏네』

『죄명이 중하지 안흐니까 내가 서울가서 주선하면 곳 풀리게 할도리가 잇슬듯하우』

『자네두 알다시피 천왕동이가 성미는 바상바상한 위인이 갓정든 안해를 떨어저서 지금 하루를 일년가티 보내네』

『내가 수이 한번 제주를가서 천왕동이를 보구 말두일르구 또 천왕동이일을 부탁두하리다』

『수이라구 할꺼업시 내일 가세』

『내일은 좀 어렵구 모레쯤 가지요』

『자네 힘으루 곳 풀어주지 못할줄은 짐작못한건 아니지만 혹시를 바랏드니 틀렷네그려』

『술ㅅ잔 식소 어서 술이나 잡수시우』

『천왕동이만 떼노쿠 갈일을 생각하니까 술맛이 다 업서지네』

『형님이 꽤 심약해젓소그려』

『속을 썩이며 한세상을 약약하게 지내려니까 맘이 한편으룬 약해지구 한편으룬 독해지데』

『약해지면 약해지구 독해지면 독해지지 어떠케 한꺼번에 약해지구 독해지구 한단말이요』

『글세 내맘이라두 나는 모르겟네』

『자 술잡수시우 나두 오늘 밤엔 오래간만에 한번 취투룩 먹어보겟소』

『그 동안엔 원님노릇 하느라구 술은 조심햇나』

『조심은 둘째치구 대관절 대작할 사람이 업스니까 취투룩 먹어지지 안습듸다』

『그럼 자 먹세』

둘이 권커니 자커니 먹느라고 술을 네번이나 더 내왓다 술ㅅ긔운이 팔구분 오른뒤에 껵정이가 봉학이의 얼골을 드려다 보면서

『자네는 대체 이세상을 어터타구 생각하나』

하고 물엇다

『어떠타니 무슨말이요』

『조흔세상이냐 망한세상이냐 뭇는말이야』

『글세 조흔세상이라군 할수업겟지』

『내가 다른건 모르네만 이세상이 망한 세상인것은 남버덤잘아네 여보게 내말듯게 임금이 영의정깜으루까지 치든 우리 선생님이 중놈노릇을하구 진실하기가 짝이업는 우리유복이가 도둑놈노릇을 하는것이 모두 다 세상을 못맛난 탓이지 무엇인가 자네는 그러케 생각안나』

하고 꺽정이가 힌자만흔 눈으로 봉학이를 바라보앗다

꺽정이의 입에서 말이 부푸게 나올때 눈동자우로 힌자가 만히 나오는것은 아이쩍부터 잇든 버릇이라 봉학이가 꺽정이를보고 우스면서

『형님 눈 괴상하게 뜨는 버릇이 그저 남엇구려 동소문안에서 가치 지낼때 내가 곳잘 형님 눈을 흉내 내엇거니 형님이 나를 가르칫다구 우리 외할머니가 형님을 야단친일까지 잇지안소 형님 생각나우』

하고 이야기를 달리 돌리려고하엿다 그러나 꺽정이는 가볍게

『그랫든가』

한마듸로 봉학이 말을 막고 자긔의 하고시픈 말을 계속하엿다

『자네는 날더러 유복이를 도독눔 노릇하게 내버려 두엇다구 책망하지만 양반의 세상에서 성명업는 상놈들이 긔좀 펴구 살어보려면 도독눔 노릇박게 할께 무엇잇나 그전에 심좌랑(沈佐郎)이 우리보구 반석평(潘碩枰)이란 사람의 이야기를 만히 햇섯지 남의집 종의자식으로 재상까지 되엿슬젠 여간 조흔성수를 타구난 사람이 아닐께세 예전부터 오늘날까지 수업는 종의자식에 잘난 사람이야 반석평이 하난뿐이겟나 우선 우리 알기에두 홍주(洪州)서긔(徐起)가튼 사람은 효행잇구 행검잇구 글두 잘한다데 그 사람이 나이 우리버덤 두어살 아레니까 아프루 어떠케 될는지 모르지만 제나 내나 그대루 썩엇지 별조 잇겟나 그사람이 양반의

집 종의자식이아니구 양반의 자식이엇스면 벌서 대사성(大司成)이니 부제학(副提學)이니 돌날렷슬것일세 내생각을 똑바루 말하면 유복이가튼 도둑놈은 도둑놈이 아니구 양반들이 정작 도둑놈인줄 아네 나라의 벼슬두 도둑질하구 백성의 재물두 도둑질하구 그것이 정작 도둑놈이지 무엇인가」

꺽정이의 말을 잠자코 듯고잇든 봉학이는 꺽정이의 말이 끗난뒤에 긴 한숨을 한번 내쉬고

「형님 그런 속상하는 이야기는 고만두구 다른이야기나 합시다」

하고 말하엿다

「무슨 다른 이야기가 잇서야지 청석골 도둑놈들 이야기나 해들려주까」

「유복이와 돌석이와 졸개들 이야기요」

「유복이와 돌석이외에 괴수가 둘이나 더잇다네」

「아주 대적패요구려 그 괴수들두 다 비범한 인물이요」

「하나는 성명이 곽오주구 하나는 성명이 길막봉인데 둘다 힘꼴들 쓰는 사람이야」

「그자들은 청석골 붓백이 도둑놈들이요」

「아니 유복이버덤 뒤에 도둑놈된 사람일세」

「그자들의 도둑놈된 내력두 들을만 한게구려」

『길막봉이가 남의집 처녀를 훔친것두 이야기거리가 되지만, 곽오주가 제자식 죽인것은 히한한 이야기거린줄 아네』

『제자식을 죽이다니 천하에 흉악한 놈이구려』

『흉악한 놈인가 불상한 놈인가 내 이야기를 듯구 말하게』

하고 꺽정이가 이야기를 시작하야 먼저 곽오주의 일을 되숭 대숭 다 이야기하고 다음에 길막봉이 일까지 대충대충 이야기하엿다 그동안에 밤이 이미 기퍼서

『미진한 이야기는 두엇다 하구 고만 잡시다』

하고 봉학이가 통인을 불러서 술ㅅ상을 치우고 자리를 펴게하엿다

자리에 누은 뒤에 꺽정이가

『가리포 싸움이야기나 좀 듯세』

하고 말하니 봉학이는

『형님 곤하지 안소』

하고 뭇고 그다음에 한동안 자긔의 지난일을 대강 다 이야기하엿다

꺽정이가 봉학이를 차저오든 날부터 멧칠동안 정의읍내에서는 원님 차저온 손님이야기가 자자하엿다

『원님차저온 손님이 상놈이랍듸다』

『상놈 이 다 무어요 백정놈인갑듸다』

『우리 안전하구 척분으루 형님 아우 한다니까 백정놈은 아니겟지』

『그 손님이 힘이 천하장사라우』

『우리 안전께서 영암전장에서 그 손님의 힘을 보신 일이 잇답듸다』

『남방어사가 영암 북문박 싸움에 죽게 된것을 그 손님이 살려냇는데 무슨 군령을 어기엇다구 남방어사가 인정업시 효수시키려구 하는것을 우리 안전께서 빼놔주섯다우』

정의 사람들이 이와가티 꺽정이의 일을 만들하엿는데 만근본은 대개 다 내아관비의 입에서 나왓섯다

봉학이는 꺽정이를 관가에서 묵히고 시퍼스나 꺽정이와 자긔가 모다 비편하야 관가 근처에 정한 사처를 정하야 나가서 묵게 하고 또 천왕동이 일을 전위하야 제주에 올라가서 초하루보름 점고(點考)날 외에는 마음대로 쏘다녀도 조토록 부탁하야 천왕동이도 정의와서 꺽정이 사처에서 가치 묵게 하엿다 봉학이가 꺽정이와 천왕동이를 다리고 각처로 구경도 돌아다니고 사슴산양질도 나다니어서 한반달 심심치안케 보내엇다 이동안에 새현감이 제주 나려왓단 긔별이 와서 봉학이가 정의를 떠나는데 꺽정이는 천왕동이를 다리고 먼저 제주로 간까닭게 봉학

이의 일행은 계향이와 책방뿐이라 인마 통히 합하야 열이 넘지못하나 정의관속 백성 천여명이 제주까지 쪼차왓섯다 봉학이가 제주서 떠날때 정의ㅅ사람들은 배머리에 와서 하직하며 눈물을뿌리고 천왕동이는 언덕우에 주저안저서 땅을 치며 통곡하엿다 정의ㅅ사람의 하직을 밧느라고 고개를 끄덕이는 봉학이와 천왕동이더러 들어가라고 손짓하는 꺽정이가 둘이 다 눈에 눈물이 고이엇섯다

봉학이가 전주와서 책방은 작별하야보내고 계향이는 서울 전접하는동안 잇스라고 떼어노코 꺽정이와 가치 서울로 올라오는길에 길을 돌아 죽산 칠장사(竹山七長寺)에 들어가서 팔십노인 선생을 뫼시고 수일 지내고 다시 꺽정이와 가치 떠나서 서울로 올라왓다 꺽정이가 양주집으로나려 간것은 말할것업고 봉학이는 서울 입성하며 곳 리우윤댁을 차저가서 문안하고 다음날 비로소 궐하(闕下)에 숙배(肅拜)하고 또 그 다음날부 의흥중위(義興中衛)인 외소(外所)에 출사(出仕)하엿다

전란(戰亂)이 업는 평시에는 오위 각소(各所)가 다 일업는 마을들이라 봉학이가 마을 일을 알게 되자 마자 곳 자긔 벼슬이 재미가 업서서 리우윤께 이뜻을 말슴하엿다가 벼슬이란 재미를 취해서 다니는것이 아니라고 꾸중을 듯고 다시 두말 못하엿다 봉학이는 벼슬이 한가한 더에 말미 엇기가 쉬워서 서울 문박게 잇는 부모산소와 교하에 잇는 외조모산소에 소분할뿐 아

니라 고하 외숙에게와 양주꺽정이에게로 돌아다니며 여러날을 묵엇다 유복이는 꺽정이집으로 불러다가 만낫는데 처음 만날때 봉학이는

『유복아』

하고 불르고 유복이는

『봉학언니』

하고 불르고서 한동안 둘이 다 뒷말을 닛지 못하야 갑작이들 벙어리가 되엇느냐고 애기어머니에게 조소까지 바덧섯다 청석골가서 유복이를 불러온 사람은 꺽정이의 집에서 일해주는 재원사람 신불출인데 봉학이가 나종에 신불출이의 내력을 들으니 다르내재에서 도적놈노릇하든중에 유복이 손에 혼이나고 그길로 훌륭한 농군이 되어서 늘근 어미와 어린 자식을 길르다가 어미도 죽고 자식도 죽은뒤에 평일 우러러보는 꺽정이에게 와서 사경도 안밧고 일하는 사람이엇다 봉학이가 유복이를 보고

『신불출이 보기가 부끄럽지 안흔가』

하고 말하니 유복이는 머리를 숙이고 한숨만 쉬엇섯다

봉학이가 양주서 올라온 뒤에야 비로소 리우윤댁 근처에 적은 초가집을 작만하고 계향이를 다려다가 가치 살림을 하게 되엇는데 교하 안해가 외숙과 가치 올라온것을 봉학이가 인정업

시 도루 쪼차 나려보냇더니 불과 멧칠 뒤에 안해가 자처하야 죽엇다는 긔별이 와서 봉학이는 다시 교하 나려가서 죽은 안해를 감장하엿다

수문장(守門將)이 따로업고 사품이상(四品以上) 무변들이 번차례로 돌려가며 궐문(闕門)과성문(城門)을 수직(守直)하든때나 사품이상 무변들이 흔히 자긔마을의 아래ㅅ동관들을 대신 시키는까닭게 리봉학이도 위장들의 대신으로 여러차례 창덕궁 경복궁 두 대궐문을 수직하엿다 왕대비전하(王大妃殿下)왕전하(王殿下)가 다 창덕궁에 와서 기신 중에 어느날 봉학이가 금호문(金虎門)을 수직하게 되엇는데 이날 다저녁때 기생가티 치장을 차린 하님하나가 보자로 싼 목판을 머리에 이고 문아페와서

『령부사댁이요』

말한마듸하고 바로 궐내로 들어가려고하는것을 군사가 막지 아니하야 봉학이가 아프로 나서서

『내말두 들어보지안쿠 어듸를 들어가』

하고 가로 막앗다

『령부사댁에서 왓단말 듯지 못햇소』

『령부사댁에서 왓드래두 수직하는 관원의 허락을 밧구 들어가야지』

『그래 나를 못들어가게 하겟단말이요』

『령부사댁 하님이면 궐문 출립하는 법을 잘 알겟네그려』

『누가 모른답듸까』

『알거든 어서 선인문(宣仁門)으로 가게』

『왜 선인문으로 가라오』

『아는건 무얼 알엇나 이 금호문은 조신(朝臣)이 드나드는 문이구 돈화문(敦化門)은 대간(臺諫)이 드나드는 문이구 자네따위 드나드는 문은 선인문이야 어서 그리 가게』

『별소리 다듯겟소 우리는 이때까지 이문으로 드나들엇소』

『거짓말 아닌가』

『누가 당신하고 말하잡듸까』

하고 하님이 눈을 똑바로 뜨고 얼골을 치어다보니 봉학이가 괘씸한 생각이 왈칵 나서

『맨망스러운 년이구나』

하고 꾸지젓다

『누구더러 년이래』

『네년더러 년이라지 못한단말이냐』

『사람이 살려니까 별꼴을 다보겟네』

하고 하님이 혼자 말하는것을 봉학이가

『무엇이 엇재 이년 다시 한번 말해봐라』

하고 호령할때 마침 궐내에서 재상 하나가 퇴궐하야 나오니 봉학이와 하님이 다가티 하여프로 비켜서서 재상의 나오는 길을 틔워노핫다 재상이 문박게 나오자 비켜섯든 하님이 아프로 쪼차 나오며

『아이구 미동대감마님 쉰네좀 보십시요』

하고소리를 질러서 그 재상이 물그럼히 바라보다가

『네가 명부사댁 정경부인 시녀(侍女)아니냐』

하고 하님을 알어보앗다

『대비마마 저녁수라에 드릴 찬을 가지고 왓는데』

하님의 말이 미처끗나기 전에 재상이

『수과깐 찬보다 조은 찬이 무엇이니』

하고 물엇다

『찬은 조치 안허도 정경부인 마님이 정성으로 바치시는겝니다』

『얼른 들어가 바치고 가지 왜 여기 섯느냐』

『문직이 양반이 못들어가게 한답니다』

『그럴리가 잇느냐』

『그럴리가 무에요 선인문으로 가라고 못들어가게 해요』

재상이 하님의 말을 듯고 빙그레 우스면서 봉학이를 손짓하야 불르니 봉학이가 가까이 나가서 허리를 굽히엇다

『자네 벼슬이 무엇인가』

『외소부장 리봉학이올시다』

『외소부장이야 전에는』

『정의현감으루 잇섯습니다』

『그래 서울온지 얼마나 되엇나』

『인제두어달 되엇습니다』

『이 금호문은 조신들이 드나드는 문이지만 저 기집하인은 그대로 드려보내게』

재상이 잡이를 불러타고 간뒤에 봉학이가 하님을 보고

『들어가게』

하고 말하니 하님이 입속 말로 알어듯지 못하게 종알종알하며 들어갓다 한번 들어간 하님이 다시 나오기 전에 다른 사람이 봉학이 대신 문을 수직하러오며 곳뒤미처 금부라장이가 라졸을 다리고 봉학이를 잡으러왓다 그 하님이 윤원형의 첩인 정란정(鄭蘭貞)의 신임하는 시녀 옥섬(玉蟾)인것과 그 재상이 윤원형의 족질(族姪)윤춘년(尹春年)인것은 봉학이가 금부에 잡혀온뒤에 비로소 알엇다

봉학이는 수문(守門)하는 관원으로 권문박게서 대신댁 기집하인을 붓들고 희롱하엿다고 신문(訊問)을 바덧다 봉학이가 기집은 희롱한것이 아니라고 극구 변명하엿스나 뒤에 왕대비전 분부가 잇는 일이라 금부당상들이 변명을 잘 들어주지아니하고 주장(朱杖)질까지 시키엇다 형문 한두차례 톡톡이 마진 뒤에 봉학이가 금부에서 노혀나왓스나 벼슬은 떨어지고말앗다 벼슬 떨어진것보다도 허물뒤어쓴것이 억울하야서 봉학이는 리우윤께 하소연하려고 매일 리우윤댁에 가서 살다시피 하건만 리우윤이 사진하거나 출입하지 안흐면 손을 보거나 안에 들어가고 봉학이에게 하소연할 틈을 주지 아니하엿다 리우윤이 미타히 여기는줄을 짐작한뒤로 봉학이는 억울한중에 일층 더 억울하야 얼골에 풀끼까지업서젓다 하루지나고 이틀지나고 사흘 나흘이 지난뒤 봉학이가 리우윤댁에 가서 잇다가 점심먹으러왓슬때 계향이가 봉학이의 풀끼업는 얼골을 보고

『오늘 아침에도 구사또를 못 뵈섯구려』

하고 말하니 봉학이는 대답업시 입맛만 다시엇다

『댁에 안기십듸까』

『댁에 기시면 손님이 오섯습듸까』

『손님이 안왓스면 안악에 들어가 기십듸까』

계향이가 세번 뭇는 말에 봉학이는 번번이 고개만 가로 흔들엇다

『그럼 왜 말슴을 못하섯소』

『책 보시어』

『책 보신다고 말슴 못하면 어느때 말슴하시겟소』

『나를 지금 미타이 생각하시는데 불쑥 들어가서 말슴을 여쭐수잇나 불러 물으실때만 기다리지』

『공연히 비슥거리시면 참말 허물이나 잇는줄로 아시지 안켓소 이다음엔 불러 물으시기를 기다리지말고 들어가서 전후사 이만저만하다고 말슴을 여쭈시요』

『글세』

봉학이가 점심 한두술 떠먹은 뒤에 다시 리우윤댁에 와서 보니 대배(大拜)한지 얼마 되지 아

너한 리우윤의 게씨 리정승이 와서 형제 가치 담화하는중이엇다 봉학이가 바로 수청방으로 들어와서 리정승께 문안이나 할까 생각하고 잇는중에 큰사랑에서

『이리오너라』

소리가나서 절믄 청직이가

『네』

대답하고 가더니 얼마 안잇다 도루 와서

『이정의나리 영감께서 오라시요』

하고 말하야 봉학이는

『날 오라시어』

하고 벌떡 일어섯다

『영감께서 지금 수청방에 온 사람이 누구냐 물으시기에 나리라구 말슴 여쭈엇지요』

청직이의 공치사가티 하는 말을 봉학이는 듯는지 만지 하고 큰사랑에와서 리정승께 문안한뒤 두 손ㅅ길을 맛잡고 섯다

『벼슬 떨어지고 무슨 맛에 서울 잇느냐 시굴가서 농사나 짓지』

리우윤의 역증난 말을 듯고 봉학이가 허리를 굽신하며

『황송하오이다』

하고 잠ㅅ간 우물우물하다가

『소인이 벼슬은 떨어젓사오나 실상 허물은 업소이다 이것만은 통촉하야 주시기를 바랍니다』

하고 말하니

『수문하는 관원으로 권문 아페서 대신댁 기집하인을 희롱한것이 허물이 아니면 무엇이 허물일까』

리우윤의 꾸중이 나리엇다

『기집하인을 희롱한것이 아니올시다』

『어듸 네 발명 좀 들어보자』

억울한 사정을 하소연하려고 별르고 별른 봉학이가 그날 일을 자초지종 이야기하야 발명하엿다

『대신댁 기집 하인이 궐내에 바치는 찬품을 가지고 왓는데 엇재 얼른 안드렷느냐 그것은 허물이 아닌줄아느냐』

『금호문은 조신만 드나드는 문이라구 뜻자온까달게 얼른 드리지 안햇습니다』

『조신이 못드나드는 내전에까지 들어가는 기집하인이 금호문을 드나들지 못할것이냐 그만 요량도 업는사람이 벼슬을 다니겟느냐 벼슬 떨어진것이 잘된 일이다 시굴가서 땅이나 파먹구살어라』

대답도 못하고 섯는 봉학이를 리정승이 빙그레 우스며 바라보더니 슬몃이 손을 들어서 나가라고 손짓하야 봉학이는 수청방으로 물러나왓다

『벼슬 떨어지구 무슨 맛에 서울 잇느냐 시굴가서 농사나 짓지』

『벼슬 떨어진것이 잘된 일이다 시굴가서 땅이나 파먹구 살어라』

먼저 말슴은 허물이 잇는줄로 알고 한 말슴이고 뒤의 말슴은 억울한 사정을 다듯고 한 말슴인데 어찌하야 뒤의말슴이 먼저 말슴보다 더 심하실까 리우윤의 처음 말과 나중 말을 봉학이는 속으로 비교하고 일시 역증이 아니거니 생각하였다

『전가트면 내가 그런 말을 하드래두 그만 일에 제손으루 전정을 막어 버린단말이냐 지각업는소리 말구 가만잇거라 꾸중을 하시구 뒤로 복직(復職)을 주선해 주실듯한데 벼슬떨어진것이 잘되엇다구 시굴가서 두더지처럼 땅이나 파먹구 살라시니 혹시 나를 괘씸이 보신일이 잇나 그럴일두 업구 혹시 당신이 환로에 실증이 나서서 내게까지 그러케 말슴하섯나 그런 눈치두 업구 전에업시 심한 말슴을 하실까닭기 무엇일까 알수 업는 일이다 아무러튼지 일

시 역증풀이는 아니신 모양이니 인제 나는 끈떨어진 두룽박이다 서울잇서 소용업스면 말슴대루 시굴루나 가보겟다 시굴루 간다면 교하박게 갈데가업는데 교하는 재미적구 전주가서 살어볼까 이럴줄 알엇드면 계향이 집이나 팔지말랄껄 공연이 자발적게 팔어업샛지 어느 시굴이 조흘까 산수조흔 곳에 초가삼간 지어노쿠 전후좌우에 가진화초 심거노쿠 꼿향내가 사철 끈치지안는 속에 계향이의 가야금이나 듯구 누엇스면 대장부 살림살이 그만해두 족하려니 군층에 뽑혀서 전라도 나려가든때를 생각하면 이정의나 이부장이니 태호를 어든것두 의외의 공명이다 막이 십년 이십년 벼슬을 다닌댓자 날가튼 미천한 놈에게 병수사두 차례에 안올것이니까 진작벼슬을 하직하는것두 역시조타 그러나 오뉴월 화루ㅅ불두 쪼이다 물러나면 섭섭하다지』

봉학이는 마음이 번조하야저서 안것다 섯다 하다가 나종에

『집에 가서 술이나 먹어보까』

생각하고 집으로 돌아오니 계향이가 긔색을 살피면서

『말슴을 또 여쭙지 못하섯소』

하고 물엇다

『여쭐말슴 다 여주엇네』

『그럼 무슨 딴걱정이 생겻소』

『일껀 말슴을 여쭈엇드니 벼슬 떨어진것이 잘된 일이라구 날더러 시굴가서 땅이나 파먹구 잘라시데』

하고 봉학이가 리우윤형제 아페서 말한것을 이야기하고 리우윤의 처음 말 나종 말을 그대로 옴겨들리니 계향이는

『엇재 말슴이 그러실까』

하고 눈을 깜작깜작하다가

『올치 알겟소 그 말슴이 역증에서 나온 말슴이요』

하고 말하엿다

『내가 잘못이 업는줄 아시구 하시는 말슴이 더 심하신걸보면 내게 따루 역증나신 일이 잇는지두 모르겟네』

『나리게 역증나신것이 아니구 자근댁 대감께 역증이 나신게요』

『우애가 유명하신 형제분 사이에 무슨 일에 역증을 내시겟나』

『내 생각엔 자근댁 대감께 나리를 복직 시켜주라고 청하시다가 자근댁 대감이 잘 듯지안흐시니까 역증이 나신것 갓소』

『내 잘못이 잇는지 업는지 아시기두 전에 복직을 청해주실리가잇나』

『설사 나리 잘못으로 낙사(落仕)가 되엇드라도 복직을 청해 주시겟지요』

『내 잘못으루 낙사되엇스면 복직을 청해주실는지 모르겟네』

『아무래도 내 생각엔 나리 복직 청하시다 틀린것 갓소』

『재미업는 벼슬 복직된대두 맘에 조홀꺼 업네 영감 말슴대루 시굴루나 가보세』

『시굴도 조치요』

『이집을 팔어가지구 시굴가면 밧날가리쯤 집에 껴서 살수 잇스렷다』

『전주집 판것도 잇스니까 조그마치 전장도 작만할수 잇겟지요』

『내가 술이 먹구시프니 잇거든 가저오구 업거든 바더오라게』

열마ㅅ동안 뒤에 봉학이는 술ㅅ상을 아페 노코 계향이의 처주는 잔을 한잔 두잔 거듭하면서 시골갈 일을 다시 공론하엿다

리우윤은 봉학이입에서 발명하는 말을 듯기전에 봉학이가 억울하게 벼슬떨어진것을 발키 아는까닭게 곳 복직시켜주라고 게씨에게 청할생각이잇섯다 그러나 게씨나 봉학이에게 속생각은 말하지안코 게씨 면전에서 봉학이를 불러다가 발명시키고 게씨의 귀를 울리도록 봉학이에게 심한말을하엿섯다 그게씨가 봉학이와 가티 리우윤의 농락(籠絡속에 들어서 봉학이가 락향할

준비를 차리는중에 봉학이를 군긔시직장(軍器寺直長)으로 복직시켜주엇다 봉학이가 복직된 뒤 비로소 리우윤의 속생각을 깨닷고 계향이와가치 감지더지 말한뒤에 락향은 곳 파의하고 군긔시에 출사하엿다 군긔시관원은 도제주(都提調) 제주(提調) 정(正) 부정(副正) 첨정(僉正)판관(判官) 주부(主簿)가 직장우에잇고 봉사(奉事) 부봉사(副奉事) 참봉(參奉)이 직장아래에 잇서서 직장은 승상접하(承上接下)의 성가신일이 만핫다 원수는 외나무다리에서 만난다는 속담과가티 옥섬이의 외섬되는 사람이 군긔시부정으로 잇서서 생질녀의 금호문사단으로 봉학이의이름을 들어아는까닭게 처음에 발서 못맛당한 눈치를 보이고 한열흘 지난뒤로는 봉학이의 하는일이 탈잡을만하면 한번 눈더퍼두는 법이 업섯다 환로는 염냥빨은 곳이라 부정이 새직장 미워하는것을 알며부터 첨정 판관 주부들까지 봉학이를 정답게 대하지아니하엿다 가튼 직장한사람이 사람이 조하서 봉학이의 뒤를 만히 싸주는까닭게 봉학이가 한번 술대접을 하려고 어느날 마을에서 나오는길에 집으로 끌고왓섯다 봉학이가 동관과가치 술을 먹어가며 이런이야기 저런이야기 하다가 금호문 사단을 이야기하엿더니 동관 직장이

『영부사댁 시녀를 금호문에 못들어가게한것이 동관의 일인줄은 몰랏소』

하고 말한다음에

『그때 시녀의 이름이 무어시랍듸까』

하고 물엇다

「금부에서 나쟁이에게 이야기를 들으니까 시녀의 이름이 옥섬인데 영부사댁 정경부인께 신임을 바들뿐아니라 왕내비전하께까지 총애를 밧는답듸다」

「올치 알겟소 동관이 부정에게 미움밧는까닭기 잇소그려」

「무슨 까닥이요」

「부정이 옥섬이의 외숙이요 이말이 부정의 귀에 들어가면 큰일이니까 마음에 가선 입박게 내지마우」

「인제 아니까 금호문동틔가 군긔시까지 쪼차왓구려」

하고 봉학이는 어이업는 우슴을 우섯다

봉학이가 마을에서 서름을 촉촉이 밧는중에 리우윤이 함경감사로 나가게 되어서 봉학이는 더욱이 의지가 업서지는것 가텃다 리감사가 함경도로 떠나기전에 봉학이가 한번 조용한틈을 타서 마을에서 서름밧는 사정을 대강 이야기하고 다시 비장으로 따러가기를 청하니 리감사가

「지각업는 소리마라 지금 세상에 벼슬을 다니자면 비위가 조하야하니 비위를참고 지내보아라」

하고 봉학이의 청을 들어주지 아니하엿다 리감사가 떠난뒤에 불과 한달이 못지나서 봉학이가

한번 마을에서 부정에게 톡톡이 망신을 당하고 분난김에

『시녀생질녀를 두신양반 장하시우』

하고 드리대어서 부정이 얼골빗이 새파랏케 질리기까지 하엿다 봉학이가 직장을 즉시내버리고 시펏스나 리감사께 상서할동안 참으려고 마음을먹고 함흥까지 전인을 사서 상서하엿더니 전인회편 에 봉학이에게 오는 답장은 업고 게씨대감께 갓다드리라는 서간이잇섯다 봉학이가 그서간을 갓다 드린지 이삼일후에 봉학이의 벼슬이 갑작이 임진별장(臨津別將)으로 옴기엇다 군긔시직장이 임진별장으로 나가는것은 심한좌천(左遷)이건만 봉학이는 도리어 다행이 여겨서 불불이 서울살림을 거두어 가지고 임진으로 나려갓다

서 림(徐霖)(一)

을사년에 십이세된 어린왕이 등극한후 윤원형이 왕대비의 동긔로 권세를 잡기 시작하야 한해 두해 지나는동안 발호(跋扈)가 차차로 심하여저서 주고빼앗는것은 차치하고 살리고 죽이는것까지 거의 임의로 하게되니 조정이 왕의조정이 아니요 곳 윤원형의 조정이라 왕이 년세가 이십이 가까우며부터 내심으로 윤원형을 몹시 끄리엇다 그러나 대비가 엄하기 짝이업서서 왕이 조금만 뜻을 거슬려도 곳 화를 내며

『네가 오늘날 임금노릇 하는것이 뉘덕이나 내오라버니와 내 덕이아니냐』

왕을 너라고 하고 야단칠뿐 아니라 심하면 두들기기까지 하야서 효성잇는 왕이 대비께 승순(承順)하기를 힘쓰므로 윤원형의 권세를 빼앗을 가망이업섯다 왕은 윤원형의 권세를 갈러나보려고 생각하고 갈러줄만한 사람을 왕비심씨(沈氏)겻쪽에 물색하야보앗스나 왕비의조부 심련원(沈連源)심정승이 사람이 점잔코 조심썽이 만하서 쪼각권세나마 잡지못하도록 자제들을 눌르고 부원군(府院君)심강(沈鋼)이 그부친의뜻을 잘바더서 조정정사를 조금도 알은체 하지 아니하든때 마침 부원군의 처남이요 왕비의 외숙인 리량(李樑)이 등과하니 왕은 리량을 등용하야 윤원형과 권세를 갈러잡게하려고 유의하엿다 리량이 상총(上寵)밧는것을보고 리량에게

부쫏는 사람이 만하저서 조신중의 리감(李戡) 권신(權信) 고맹영(高孟英) 김백균(金百鈞) 리령(李翎)의 무리는 리량의 심복이란 지목을 바덧다 윤원형과 원협(怨嫌)이 잇서서 리량에게 부치는 축에는 윤원형의친족하 윤백원(尹百源)가튼 사람이잇고 윤원형과 리량의 사이에서 두길보기하는 축에는 을사년위훈(僞勳)에 참예한 김명윤(金明胤)가튼 사람이잇섯다 윤백원은 원로(元老)의 아들이니 그아비를 죽인사람이 실상은 삼촌이라고 원형을 아비 죽인원수로 여기는 사람이고 김명윤은 소시에 다소간 이름이 잇서서 긔묘년 현량과(賢良科)에 참예하엿든 위인이 나중에 개두환면(改頭換面)하고 나서서 벼슬을 다니다가 을사년에 경긔감사로 애매한 계림군(桂林君)과 봉성군(鳳城君)을모함하고 사림(士林)에까지 해독을 입힌사람인데 나이절믄 리량을 아비가티 섬겨서 『늘근 아들에 절믄아비』란 말까지잇섯다 평안도관찰사가 궐이난매 리량이 극력주선하야 김명윤을 평안도관찰사를 시키고 우에바칠 진긔한 물품을 만히 구하야 보내달라고 비밀히 부탁하엿다 이때 리량이 상총을 구티려고 가지각색 진긔한 물건을 널리구해서 우에 바치는 중이엇다 김명윤이 평안도로 떠나기전에 윤원형에게 하직하러왓더니 윤원형이 마침 사랑에서 문객을 다리고 바둑을두는데 김명윤이 방에들어와서 절하는것을 보고도 간신히 고개만한번 끄덕하고 장지박게 꿀어안즌 김명윤은 보지안코 바둑판을 드려다보면서

『대감 어느날 떠나겟소』

하고 물어서

『일간 곳 떠나겟습니다』

하고 김명윤이 대답하엿다

『공거(公擧리량의자)의 슬하를 떠나기가 섭섭지 안소』

『공거의 슬하라니 대감께서도 실업슨 말슴하십니까』

『공거가 대감의 절믄 아비라고 세상에서 말들한답듸다그려』

하고 윤원형이 껄껄우스며 비로소 바둑판을 밀처내노핫다

김명윤이 문객보기 부끄러워서 잠ㅅ간 얼골을 붉키엇다가 곳 비위조케

『실업슨 말슴맙시요』

하고 싱글싱글 우섯다

『나는 실업슨말로 한말이 아니요』

『실업슨 말슴이 아니라시는건 더욱 심하신 말슴이올시다』

『참말 공거보고 호부(呼父)한 일이 잇소』

『그럴리가 잇습니까』

『내게 호부좀 하오』

『이번 말슴도 실업슨 말슴이 아니오니까』

『실업슨 말을 햇소 실상 나는 공거보고 호부하는 사람에게 호조(呼祖)밧기도 원치안소』

『소인가튼 나쎈먹은것을 너무 놀리시면 대감의 덕이 손상되십니다』

윤원형이 김명윤의 말은 대답안코 입을 크게벌리고 하픔한뒤

『엇재 졸리다』

하고 혼자 말하엿다

『곤하시면 좀 쉽시지요』

『글세 낫잠한숨 자볼까』

『소인은 곳 하직하여쭙겟습니다』

하고 김명윤이 일어나서 절하엿다

『평안이가우』

『안녕이 기십시요』

김명윤이 윤원형의집 사랑대문박글 나섯슬때 윤원형과 바둑두든 문객이 쪼차나왓다

『나를 불르시나』

『아니올시다 시생이 대감께 청할말슴이 잇습니다』

『무슨 말인가』

『오늘밤에 대감께서 댁에 가시겟습니까』

『내게 오려나』

『댁에 가시면 가보입지요』

『가만잇게 오늘밤에는 내가 집에 업슬는지 모르니 내일 아침에 오게』

『그럼 내일아침에 곡 가겟습니다』

이튼날 아침에 윤원형의 집 문객이 김명윤을 차저왓다 윤원형의 집 문객중에도 윤원형에게 가까이 도는 문객이라 김명윤은 지체안코 곳 마저드리고 인사수작이 끗난뒤에 먼저

『내게 무슨 청할말이잇나』

하고 물엇다

『사람하나 구처해줍시사구 청하러 왓습니다』

『어떤 사람인가』

『광주(廣州)사람에 서림(徐霖)이란자가 잇습니다 그자가 말하자면 시생과 세의도잇고 친분도 잇는터인데 위인은 똑똑하고 영리해서 백집사가감(百執事何可堪)입니다』

『광주 사람을 평안감사에게 청하다니 우숩지 안흔가』

『시생의 말슴을 더블어주십시요 서림이란자가 광주아전으로 경긔감영 영리(營吏)를 다니엇는데 지금 함경감사가 경긔감사로 잇슬때 그자를 무엇에 밉게보앗든지 포흠(逋欠)잇는것을 탈잡아가지고 구실을 떼고 잡아가두기까지 햇섯습니다 그자가 노혀나온뒤에 시생에게 와서 먹고 살게 해내라고 배어달리니 인정에 차마 메칠수가 잇서야지요 그래 작년에 평양서윤(庶尹)이 새로 부임할때 천거해서 평양으로 보냇습니다 아즉까지 서윤의 심부름하고 잇는모양입니다 평양가서서 불러보시구 구실하나 부쳐주셧스면 시생에겐 대단 생광스럽겟습니다』

문객의말이 다 끗난뒤에 김명윤이

『그자의 성명을 쪽지에 적어서 나를주게 아무쪼록 잇지안토록 함세』

하고 문객의 청을 허락하엿다

김명윤이 평양에 도임한뒤 어느날 우연이 성명적은 쪽지를보고 윤원형의 문객의 부탁을 생각하고 서림을 불러보앗나 서림이는 문필도 잇고 언변도 조코 남의 뜻을 짐작도 잘하고 비위를 마추기도 잘하엿다

김명윤이 서림이를 신통하게 보아서 수지국(收支局)섭사(攝事)를 시켜 가까이 부리는데 한번 조용한틈에 서림이를 불러서 물어보앗다

『네가 경긔감영 영리로 포흠을 만히 진일이 잇섯다지』

『네 황송합니다 소인이 적지안흔 포흠을 진일이 잇섯소이다 소인의 늘근 아비가 중병으로 죽게 되엿습는데 의원말이 산삼반근가량 먹여야 살릴수잇다구하옵기에 소인이 우매하온 소견에 아비대신 죽어두 조커니 생각하옵구 막중상납에서 범포를 내서 병든아비에게 산삼을 먹엿소이다 아비가 산삼효험으루 병은 좀 나엇사오나 소인이 잡혀가칠때 놀라서 소인 옥에 잇는 동안에 죽엇소이다 소인이 아전으루 포흠지옵구 자식으루 불효하온것이 실상은 생각 한번 잘못먹은 탓이외다 하여간 소인은 천지간에 용납키어려운 죄인이올시다』

서림의 아비가 자식이 옥에 가친동안에 죽은것은 정말이나 서림이가 아비를 산삼먹이느라고 포흠젓다는것은 거짓말이엇다 그러나 김명윤은 이거짓말을 알까닭기업서서 서림의 거짓말을 정말로 듯고

『포흠을 진것은 죄로되 포흠진 리면(裏面)에는 효심이 잇스니 내가 그때 경긔감사로 잇섯든들 네죄를 용서하엿겟다』

하고 말하니

『황송하오이다』

하고 서림이 눈물까지 흘리엇다

『네 처자는 지금 어듸잇느냐』

『소인의 처는 자식남매 다리구 친가에 가잇소이다』

『처가는 어듸냐』

『경긔 양지(陽智)올시다』

『처자를 이리 다려올 생각이업느냐』

『사또께옵서 내년에 내직으루 승탁되옵시거든 소인두 사또를 뫼시구가서 일평생 대랑하에 서살기가 소원이올시다』

『서울갈때 가드라두 여기서 살림못할것 무어잇느냐』

『다려오구 다려가구 하기가 번거하와 한일년 더 객지에서 지내려구 생각하옵내다』

『시종이 여일하게 성심으로 일만 잘해라 그러면 내년에 서울로 다리고가마』

『사또분부면 부탕도화(赴湯蹈火)라두 질겨하겟소이다』

이후로 김명윤은 서림을 더욱이 신임하야 진상할물건 구하는일을 맛기엇더니 서림이 영롱한 수단으로 각골토산(土産)과 중국물품을 구하야 드리되 감사의 체면을 다치지안케하엿다 김명윤은 서림이를 사자아금니가티 여기게 되어서 반년동안에 서림이를 접사에서 급사(給事)로 급사에서 장사(掌事)로 올려서 수지국일을 주관하게하니 이런발탁(拔擢)은 전에업는 일이엇다 서림이 감사에게 긴한것을 보고 이사람 저사람이 서림이의 환심(歡心)을 사려고하야서

『서장사 나좀 보시우』

하고 보자는 사람도 만코

『서장사 놀러 나갑시다』

하고 끄는사람도 만핫다 서림이 본래 기집을 조하하건만 감사의 눈박게 날까 조심하야 기생집에 잘가지안튼 사람이 남에게 끌려서 한번 두번 놀러다니는중에 조심이 풀려서 밤은 고사하고 나제도 틈이잇스면 기생ㅅ집은 차저가게 되엇다 서림이는 풍류를 짐작하고 시조를 얌전히 불르고 또 우스개ㅅ소리를 잘하야 감사에게 읻긴인것을 자세하지 안트라도 기생들에게 떠받들릴만하엿다 여러기생들이 서림이를 친하려고 애쓰는중에 감사의 수청기생 옥부용(玉芙蓉)이까지 저의 거문고 조예(造詣)은 알아주는맛에 서림이에게 정을주엇다 감사의 신임을 받는 서림이가 감사의 총애를 받는 옥부용과 서로 배가마저서 감사의속을 뽑아내되 감사는 둘을 다의심하지아니하엿다 그러나 불때인굴뚝에서는 연긔가 나는법이라 서림이와 옥부용의 사이를 눈치채인 사람이 하나씩 둘씩 생겨서 감영하인들이 쑥덕쑥덕 말하게된고테 폐방비장의 귀에 말이 들어갓다 폐방비장은 서림이를 곱지안케보는 사람이라 곳 감사에게 고하려다가 다시 생각하고 서림이를 불러다가 말을 물엇다

『자네가 옥부용의 집에 자주 놀러간다니 정말인가』

『더러 갓습니다 그러나 자주 간일은 업습니다』

『더러는 엇재갓나』

『옥부용이 거문고를 들으러 오라구 불러서 갓습니다』

『선화당 수청은 자네가 데리구 놀아두 아무탈이 업슬까』

『사또께 가까이뫼시는 아이라 데리구 실업슨말 한마듸 한일이 업습니다』

『상관까지 햇단 소문이 자자한데 무슨 맨소리야』

『천만의 말슴이올시다』

『정말인가』

『정말이다뿐입니까』

아무리 무러야 서림이가 잡아뗄줄알고 례방비장은 뭇기를 멈추고 한동안 서림이를 노려보다가

『자네말이 정말갓지 안흐나 내가 한번 속는셈잡구 아직 더퍼둘텔세 그대신 오늘부터 다시는 옥부용의 집에 가지말게 한번이라두 갓단말이 내귀에 들리면 곳 사또께 여쭤서 별반거조를 낼테니 그리알게』

하고 말을 일르니

『황송합니다 나리분부대루 이담엔 다시 안가겟습니다』

하고 대답하엿다 서림이가 례방비장의 말을 들은뒤에 한번 남몰래 옥부용과 만나서 사정을 이야기하고 옥부용의 집에 발을 끈코 상종안는표를 남에게 보이려고 일부러 친한기생 도화(桃花)의 집에 가서 숙식하고 잇섯다 옥부용은 간간히 서림이를 생각하야 한번 병핑게하고 집에 나와서 서림이를 만나자고 밤에 기집아이를 보냇더니 서림이 기집아이더러는 먼저가라고 돌려보내고 나종에도 오지 아니하야 옥부용이는

『도화에게 반해서 발서 나를 이젓구나』

하고 서림이를 원망하고

『안만나두 고만이다 어듸보자』

하고 서림이를 벨르기까지하엿다 어느때 창성(昌城)서 초피(貂皮) 수달피(水獺皮)를 만히구해와서 조흔것은 진상품으로 따로두고 그나마지는 선사품으로 집어둘때 서림이 감사몰래 선사품에서 수달피 한두장을 훔처내다가 도화를 주어서 도화가 그 수달피로 덧저구리안을 바처입엇다 옥부용이가 이것을 알고 감사에게 고자질하야 감사가 그당장에 도화를 불려다가 수달피안 바친 덧저구리를 바치라고 야단을 치게되엇는데 서림이는 이때마침 수지국에 가 잇서서 도화의 수달피덧저구리로 야단난것을 빨리 알지못하엿다

서림이가 수지국에 잇다가 감사에게 불려서 선화당으로 들어오며 보니 도화가 충게아래 쪼그리고 안젓는 모양이 잡혀온것이 분명하엿다

『도화가 무슨일루 잡혓슬까 내게 무슨엉결을 입혓슬까』

서림이가 의심을 먹으며 충게아래에 와서 도화에게 가까이 서려고하니 라장이 중간을 가로막앗다 감사가 서림이 대령하엿단 말을 듯고 곳 압창을 밀치고 내다보며

『서림아 네죄를 아느냐』

하고 호령을 나리기 시작하야 서림이 어리둥절하엿다

『막중 진상할 물건을 훔처내다 기생년을 주다니 죽일놈이다』

감사의 호령을 듯고 서림이가 비로소 수달피탈인줄 짐작하고 발명할말을 생각하며

『소인이 언감생심 그런짓을 할리가 잇소리까』

하고 천연스럽게 말하엿다 감사가 통인을시켜 수달피안바친 덧저구리를 내보이며

『이놈 그것좀 보아라 그것이 네가 훔처다준것 아니냐 그런짓을 할리가잇소리까빤 빤한놈가트니 너 가튼놈은 그대로 둘수업다 곤장좀 마저보아라』

추상가티 호령하고 곳 곤장칠 거조를 차리게 하엿다

『소인이 수달피두장을 손쓴일은 잇사오나 훔친것은 아니올시다』

『네가 훔치지 안헛스면 수달피가 어듸서 낫단말이냐』

『요전에 창성서 피물가지구온 하인이 수달피두장을 따루가지구 와서 소인을 주옵는데 소인이 실타구 밧지안헛솝드니 부사가 보내신걸 도루가지구가면 탈을 당한다구 하인이 지성으루 바드라구 하옵구 마침내 두구갓소이다 소인이 그수달피를 토수안이라두 너키가 맘에 께름하온까딸게 내버리는 셈으루 도화란년을 주엇소이다』

『창성부사에게 뇌물바든것이고 진상물품에서 훔처낸것이 아니란 말이냐』

『창성서온 피물중에 초피가 이십오장이옵구 수말피가 십삼장이온데 초피이십장과 수달피십장은 진상품으루 골라두옵구 그나마지 초피수달피는 선사품으로 묵거두옵는것을 사또께서 감하옵신바이오니 여기 내다가 조수하게 하옵시면 소인의 애매하온것을 곳 통촉하실줄 생각하옵내다』

창성서온 수달피가 십오장인것을 서림이 두장을 주리고 십삼장이라고 말하엿다 그때 감사가 물목(物目)을 보고 서림이를 내 주어서 물건을 조수하야 밧게하엿는데 서림이가 물건을 밧고도 물목을 자긔손에 두엇다가 두장을 가므린뒤에 슬그머니 업새버린까달게 서림의 거짓말을 잡아낼거리가 업섯다

『뇌물바든것도 징치할만한 죄지만 이다음 창성다가 알어보아서 네말이 맛지안흐면 한께 치

죄할테니 그리알고 잇거라』하고 감사가 서림이는 곤장을 치지안코 내보내고 도화는 몃저구리를 도루 주어서 내보냇다 서림이가 말을 잘꾸며서 당장 곤장은 면하엿스나 뒷날 걱정이 아주업지 안흔데다가 감사가 서림을 밋는 마음이줄어서 진상할 물건 수습하는일을 서림에게 일임하야 두지안코 례방비장을 시켜 총찰하게하엿다 례방비장이 일은 잘 알지못하며 공연히 까다롭게굴어서 서림이가 성가시가 짝이업는중에 서방님 낫 보아가며 아기씨대접을 말리하는 사람들이 서림이가 감사의 신임을 못밧는줄 짐작하고 대접들이 현저이 전과 달러저서 서림이는 앙앙한마음을 먹게되엇다 이 뒤로 서림이는 진상할물건을 구하야 드릴때마다 자긔의 실사귀를 잇지안허서 슬금슬금 뒤로 돌리는것이 잇건만 일몰으는 례방비장은 서림이에게 속아서 감사가 총찰시킨 보람이 업섯다 김명윤이 평안감사로 오며부터 구하야드린모든 물건을 섯말에 세찬들 보낼때 진상하도록 하려고 미리 봉물을 짐꾸미며 물목을 발긔 적게 하엿다 토산물품(土産物品)은 관하 사십이관(管下四十二官)에서 거두어 바친 산삼(山蔘) 사향(麝香) 안식향(安息香)과 초피(貂皮) 수달피(水獺皮) 청서피(靑鼠皮)와 백옥(白玉) 오옥(烏玉) 담청옥(淡靑玉) 수포석(水泡石) 마노(碼碯)등속이요 중국물품은 주단(紬緞)으로 홍공단(紅貢緞)백공단(白貢緞)과 운문단(雲紋緞) 운문사(雲紋紗)와 궁초(宮綃) 공릉(貢綾)등속이 잇고 문방제구(文房諸具)로 단계(端溪)벼루와 호주(湖州)붓과 휘나(徽州)먹도 잇거니와 옥필통(玉筆筒)과 금향로(金香爐)도 잇스며 유명한 사람의 서화(書畵)도 잇고 옥잔(玉盞)과 옥저(玉箸)와 옥장도와 자마노지환(紫瑪瑙指環)은 오히려 신긔할것도 업고 옥다리미와 비취(翡翠)대접과 자가 넘는 산호(珊瑚)가지와 돌에석긴 덩이 주사(朱砂)가 모두 진귀하고 굴기가 콩알만한 동근 진주(眞珠)와 밤에 광채나는 흰구슬은 히한한 보물이엇다 서림이 물목 발긔를 적느라고 톄방비장청에 종일 잇다가 사처로 돌아오니 도화는 저녁상을 보아노코 기다리는중이엇다

『오늘 좀 느젓네 밥 먹엇나』

『나리 오시기를 기다리고 잇습니다 오늘 엇재 이러케 느지섯습니까』

『진상할 물건 발긔 내느라고 종일 해를 보냇네』

『물건이 얼마나 만흐면 발긔 내는데 하루가 걸립니까』

『한편으루 물건을 조수해가며 발긔를 내니까 자연 더듸지』

『진지 곳 잡수시렵니까』

『배가 고팟네 어서 갓다 주게』

서림이 저녁 밥상을 바든 뒤에 도화가 상머리에 안저서 말을 물엇다

『진상갈 물건에 히한한것이 만탑지요』

「만쿠말구」

「그중 제일 보배가 무엇입니까」

「야광주가 제일되겟지」

「야광주란것이 무엇입니까」

「야광주란것이 밤에 광채나는 구슬일세」

「어둔데서도 광채가 납니까」

「초ㅅ불이나 등ㅅ불미테 광채가 찬란하게 난단 말이야」

「구경이나 한번 햇스면 조켓네 그 구슬이 멧개나 됩니까」

「단 한개지 그런 보배가 어듸 그러케 만흔가」

「그다음 조흔 보배는 무엇입니까」

「굴세 준주가 그 다음입까」

「준주는 저도 구경햇습니다」

「준주두 준주 나름이지 그런 굴근 준주는 자네 구경 못햇슬걸세 사또두 처음 보셧다데」

「얼마나 굴급니까」

「콩알 국기만 할걸세」

『나는 녹두알만한것을 구경햇습니다 그것을 밀ㅅ가루와 가치 싸서두면 색기를 친답지요』

『그러면 자네가 구경햇다는것은 준주가 아니구 무궁출세』

『준주와 무궁주와 달릅니까』

『달르구말구 무궁주에는 준주가튼 광채가 나지 안네』

『그럼 나는 준주도 구경 못햇습니다그려 진상갈 준주두 단 한갭니까』

『굴근 준주는 한개구 그버덤 잔것은 여러갠가부데』

『준주가 잔것이 여럿이거든 한개 갓다가 구경좀 시켜주십시요』

『이사람 누구를 죽이려구 그런 소리를하나 진상갈 준주를 훔처내보게 나는 말할것 업구자네두 요전 수달피 멧곱절 혼이 날껄세』

『남만 안보이면 고만이지요 여보세요 나리』

『진상갈 봉물은 발서 선화당 벽장 다락에 들어가잇네』

『펑게 마세요』

『펑게가 아닐세 오늘 죄다 상자에 담을것 상자에 담구 궤짝에 너을것 궤짝에 너엇네』

『고만 두세요 나리두』

『저런 사람보게 공연이 골을 내네』

『누가 골을 내오』

『여보게 가만잇게 선물루 보내는데두 잔준주가 잇스니까 어듸 보세』

『어듸 보자지말고 꼭 한개 갓다 주세요 밋고 잇겟습니다』

하고 도화는 상긋 웃고 서림이의 대궁ㅅ상을 돌려노코 밥을 먹엇다

서림이 도화에게 졸리어서 진주 한개 가므릴 마음을 먹고 잇는중에 서울갈 선물을 메지메지 논하서 싸노호라고 감사의 분부가 나리어서 례방비장이 택호(宅號)와 물종(物種)을 적어 들고 갈러 싸는것을 지휘하는데 진주 열개는 리승지댁과 윤령부사댁에 보내도록 다섯개씩 두목에 논하서 싸노핫다 례방비장은 선화당에 불려가고 물건싸든 통인들에 하나는 박게 나갓슬때 서림이 남은 통인하나를 심부름시켜 내보내고 방에 사람이 업는 틈에 싸노흔 진주 한목을 뜨더서 다섯개를 네개로 주리고 감쪽가티 다시 싸노핫다 서림이 어찌 알엇스리 심부름 시킨 통인이 방문 박게서 엿본것을 저녁때 서림이가 태평으로 훔친 진주를 가지고 나간 뒤에 통인이 엿본것을 례방비장에게 고하고 례방비장이 통인의 말을 감사에게 고하야 감사가 서림이를 당장잡아드리라고 호령호령하엿다 감영안이 떠들석할때 형방비장이 감사아페 나가서

『전일 수달피와 이번 진주를 합해 생각하오면 서림이 뒤루 돌린 물건이 한두가지만이 아니올듯하오니 서림이의 숙식하는 도화의 집을 집뒤짐해보구 서림이를 잡아 족치는것이 조흘

듯하외다』

하고 품하야 감사가 그리하라고 허락하엿다 형방비장이 감사의 명을 밧고 집뒤짐하러 다리고 나갈 라장이들을 불러 모흐는데 감영관노로 잇는 도화의 외사촌오라비가 사단을 짐작하고 도화에게 뒤ㅅ길로 통긔하야 주어서 도화가 선통을 밧고 어떠케하면 조흐냐고 서림이에게 물으니서림이가 선뜻

『장물(贓物)만 들처나지 안흐면 자네는 빠질수 잇슬테니 내가 갓다준 물건을 죄다 차저 내노케』

하고 말하엿다 도화가 진동한동 세간에서 옥 산삼 피물등속을 차저내노흘때 상목 멧필이 잇는것을 서림이가 보앗다

『그 상목두 치우세』

『이건 아니에요』

『아니지만 그러타구 욱이면 발명하기가 성가시니 내노케』

모든 물건을 뚤뚤 뭉처 큰 보재기로 싸는데 진주도 그속에 너헛다

『마루미테 집어너까요』

『집안에는 두는것이 불긴해』

『그럼 뉘게 맛겨요』

『자네 맛길데 업나』

『업서요』

『내가 어듸갓다 맛겨봄세』

서림이 보재기 싼것을 들고 일어서며

『내가 들어오기 전에 만일 자네가 잡혀가게 되거든 내게서 물건바든것이 업다구만 잡아 떼게 그러면 무사할껠세』

말하고 곳 박그로 나갓다 얼마동안 뒤에 형방비장이 라장이 팔구명을 다리고 대들어서 도화와 도화의집 사람을 한여페 몰아노코 뒨장질을 시작하야 온집안을 삿삿이 뒤젓스나 장물잡아낼것이 별로 업섯다 형방비장이 도화를 아프로 불러내서 말을 물엇다

『서장사 어듸 갓느냐』

『잠ㅅ간 어듸 갓다온다고 나가섯습니다』

『저녁 안먹구 나갓느냐』

『저녁 잡숫고 나가섯습니다』

『준주는 너주구 나갓겟지』

『웬 준줍니까』

『잡아 뗴지 마라』

『정말 구경도 못햇습니다』

『가만 잇거라 잇다 보자』

하고 형방비장은 한동안 서림이가 돌아오기를 기다리고 잇다가 나종에 도화만 잡아 압세우고 감영으로 들어갓다 서림이는 그날 저녁으로 종적을 감추어서 김명윤이 삼사일동안 두고 서림이를 잡아 대령하라고 야단치다가 말고 도화만 매를 처서 내보냇섯다 서림이가 그날 저녁에 바로 평양서 도망하야 서울로 올라오는데 평양 떠난뒤 나흘되든날 금교역말 와서 잣다 이튼날 눈이 부실부실 오는중에 금교서 떠나서 탑거리를 지나 탑고개를 넘어올때 고개ㅅ길에 수건으로 머리동인 수상한 사람이 둘이 나타나서 서림이의 걸머진 보따리가 큼직한것을 보고

『보따리에 든것이 무엇이요』

하고 뭇는것을

『흔 옷가집니다』

하고 대답하엿더니

『어듸 보자』

하고 둘이 한께 대들어서 서림이의 양편 팔을 붓들고 보따리를 벗기엇다 서림이는 도적들을 막을 힘이 업는까달게 하릴업시 보따리를 벗어 노핫다 물건을 빼앗기는것도 아깝거니와 흔옷가지라고 거짓말한것이 뒤가 나서 속으로 조급하엿다 속으로 조급할수록 거트로는 더욱 태연한체하고 도적들이 안치는대로 쪼구리고 안저서 보따리 풀르는걸 보고 잇섯다

『피물 아닌가』

한도적이 거테 싸인 수달피를 잡아 허지니

『옥돌보게』

다른 도적이 속에 잇든 옥노리개를 집어 들엇다 도적들이 서림이를 돌아보며

『이것이 흔옷이냐』

『고따위 입에 발린 가짓말을 우리가 고지들을줄 알엇느냐』

『너가튼 멀정한 놈은 성하게 보내지 안울테다』

『다리마등갱이를 룽져줄테다』

하고 둘이 밧고 채기로 욕설하는데 서림이는 대꾸 한마듸안코 지수굿하고 잇다가 도적들이 보따리속을 다 뒤저보고 거듬거듬 다시 쌀때

『볼것 다 보앗거든 인제 도루 이리 내우』

하고 씩씩하게 말하엿다

『저놈보게』

하고 한도적이 벌떡 일어나 쪼차와서 서림이의 언뺨을 보기조케 한번 우렷다

『내말 좀 듯구나서 손질하우』

『이놈아 말이 무슨 말이냐』

『그게 내물건이 아니요』

『네물건이 아니니 도루 달란말이냐 실업애들놈 다보겟다』

『나는 변변치 못해서 뺏기구 가드래두 물건 임자는 만만치 안허서 안찻구 고만두지 안흐리다』

『만만치 안흔놈이구 만만한 놈이구 다 오래라 우리 청석골와서 물건 차저갈놈은 세상에 아직 생겨나지두 안헛다』

『물건 임자가 차지러 올때는 지금가티 큰소리 못하리다』

『대체 물건 임자가 어떤놈이냐』

『양주장사 임꺽정이가 물건 임자요』

서림이 경긔감영에 잇슬때 양주 백정의 아들 림꺽정이가 장사로 소문이 나서 광주 룡인(廣州龍仁)근처의 좀도적들은 말할것 업고 부평 인천(富平仁川)등지의 유명한 화적패들까지 꺽정이 이름만 듯고도 겁들을 낸다고 여러 사람에게 이야기를 들엇든까닭게 청석골 도적놈도 혹시 그럴까 하고 림꺽정이의 성명을 대어보앗더니 아니나 다를까 긔고만장하든 도적이입을 딱 버리고 여페 와서 수작을 듯고 잇든 다른 도적이 나서서

『양주 임장사의 물건을 댁이 어듸서 가지구가우』

하고 물엇다 서림이 우연히 생각난 꾀가 바로 맛는것을 보고 빙그레 우스면서

『양주 임장사가 나와 연사간이요 내가 평안도루 볼일보러 갈때 물건 사다달란 부탁을 바덧소』

하고 수월하게 거짓말하엿다

『댁은 어듸사우』

『광주사우』

『연사간이라니 임장사하구 어떠케되우』

『임장사가 우리 사돈의 사촌이요』

서림에게 말뭇든 도적이 저의 동무를 돌아보며

『여보게 사돈의 사촌두 촌수를 따지니』
하고 뭇고 그동무가
『촌수는 무슨 촌수야 연사간이지』
하고 대답한뒤
『어떠케 할라나』
『헛물켯지 별수 잇나』
『동네루 끌구 가세』
『두령이나 우리나 마찬가지지 임장사의 물건을 뺏을수 잇나』
『그대루 보내드래두 가서 말슴이나 하구 보내세』
『아무리나 하세』
두 도적이 서로 짓거리고 서림이를 보따리 지워 압세웟다 서림이가 내빼고 시픈 마음은 골똑하나 서뿔리 내빼랴고 하는것이 도리어 이롭지 못할줄 생각하고 도적들이 가자는 대로 쪼차서 탑고개 동네 어느 집 아페 왓슬때 봉당에 섯는 목자 불량한군들이
『저런 괴나리 하나야』
『보따리가 속이나 단단한가』

하고 물어서 서림이를 다리고 오는 도적 하나가

『속은 단단하구두 빈탕이라네』

대답하고 방아페가서 방문을 열고 드려다보며 피물이니 옥이니 림장사니 여러말을 하더니

『그놈을 이리 끌어오너라』

하는 우렁찬 말소리가 방안에서 울려나왓다

서림이가 방문아프로 끌려가서 방안을 드려다보니 나이 새파라케 절믄사람 하나가 아래ㅅ목자리에 안저서 늘근 사람 서넛과 가치 술을 먹는데 그 절믄 사람이 도적의 두목인것은 뭇지안코도 알수 잇섯다 늘근 사람들은 삐끔삐끔 박글 내다 보아도 두목만은 사발ㅅ술을 드리키며 내다보지 안터니 사발을 상에 노코 안주를 입에 너코 한동안 잇다가 고개를 박그로 도리키며

『네 말이 양주 임장사의 사돈이란다니 그 아들은 아직 장가를 안들엇는데 어떠케 되는 사돈이냐』

하고 뭇는 말이 곳 호령이엇다 그 두목이 꺽정이의 집안을 잘 아는것 가터서 서림이가 꺽정이를 팔기가 떨떠름하엿스나 졸개 도적에게 한 말을 갑작이 달리 꾸미기 어려워서

『임장사가 우리 사돈의 사촌이올시다』

하고 대답하엿더니 절믄 두목은 어이 업는듯이 우스면서
『올치 임꺽정이가 네 사돈의 사촌이야 그런데 임꺽정이는 사촌이 업는걸』
하고 예사 언성으로 말하엿다
『의심적거든 임꺽정이에게 물어보시요』
서림이의 말하는것을 절믄 두목은 듯는체 만체하고 졸개들을 바라보며
『얼른 끌구가서 집어치워라 그러구 보따리는 드려오너라』
하고 분부하니 졸개 도적들중의 두놈이 아프로 나와서 양편에서 서림이를 내 끌엇다 서림이가 화색이 박두한것을 깨닷고
『잠ㅅ간만 참어주』
일변 졸개들에게 사정하며
『말슴 한마듸만 더 들어줍시요』
일변 두목에게 애걸하엿다
『무슨 말이냐』
『제가 물건을 여기 두구 양주가서 임꺽정이를 다리구 올테니 제말이 거짓말인가 참말인가 물어 보십시요』

『양주를 갖다 오겟다』

두목은 오겟다란 말에 특별히 힘을 주어서 뇌더니

『그만둬라』

하고 손을 내저엇다 서림이가 졸개도적들에게 끌리어 나오다가 도망해볼 생각으로 별안간 두 팔을 뿌리치니 한 도적은 손을노치고 한 도적은 매어달리며

『이리좀 오게』

하고 소리 질러서 봉당에 잇든 도적 서너놈이 쪼차나왓다

『이놈이 뿌리치구 내뺄라구 하네』

매어달린 도적이 말하는것을 여러 도적들이 듯고 서림이를 중간에 너코 주먹질 발ㅅ길질로 초주검을 시켜노핫다 여러 도적들이 다 죽어가는 서림이를 뒷결박 지워서 아페서 끌고 뒤에서 밀며 죽이러 나갈때 탑고개동네 사는 사람 대여섯이 나와서 구경들하엿다 그중의 젊은 사람 하나가 서림이의 얼굴을 바라보더니 가까이 와서 이모 저모 뜨더보다가 도적하나를 보고

『이사람이 어듸사람인가』

하고 물으니 그 도적이

『광주ㅅ사람이라우』

하고 대답하엿다

『광주사람이여』

하고 그 사내가 눈감은 서림이에게 와서

『성명이 무어요 성명이 무어요』

『광주 서형방아니시요』

하고 물으며 서림이의 몸을 흔들엇다 그사내의 뭇는 말을 서림이가 알어 들엇든지 눈을 뜨고 고개를 끄덕어리엇다 그 사내가 곳 도적들을 돌아보며

『여보게 이사람이 우리집의 은인일세 내가 가서 말하구 나올테니 잠ㅅ간만 참어주게』

부탁하고 바로 두령잇는 집으로 뛰어갓다

그 사내는 곽오주에게 원수를 가프려고 길막봉이를 끌어 오든 자근손가니 지금 탑고개 동네에 나와서는 풍헌노릇하고 청석골 적굴에 들어가서는 적은두목노릇하는 사람이다 자근손가가 두령잇는집으로 한다름에 뛰어 와서 방에도 들어가지 안코

『길두령 나좀보시우』

하고 소리질럿다 이날 탑고개에 나와잇든 두령은 길막봉이다 자근손가가 전가트면 막봉이하고 이름을 불럿슬터이지만 청석골 적굴칭호대로 두령이라고 부르는것이엇다 이때 청석골에는

팔로 모산지배가 만히 모여들어서 노당이 사오십명이나 되는데 줄개우에 두목이잇고 두목우에 두명이 잇서서 등분이 엄절하엿다 막봉이가 방문을 열치고 내다보니 손가가 가쁜숨을 돌리면서

「그사람을 살려주어야겟소」

하고 방문아프로 들어섯다

「그사람이 누구야」

「지금 죽이는 사람이오」

「왜」

「그사람이 우리 형님의 은인이요」

「그사람이 누군데」

「광주에서 형방다니든 서림이란 사람이요」

「서림이 서림이 성명은 나두 들은법하군」

「우리 형님이 광주 분원서 살인옥사에 걸렷슬때 빼노하준 사람이요」

「올치 그때 성명을 들엇섯군 지금 그자가 큰죄는 업지만 하두 가짓말을 하니까 밉살스러워서 죽이라구 햇서」

『그사람을 살려주면 집의 아주머니부터 조하하실꺼요』

서림이를 노하주란말이 막봉이 입에서 떨어지기전에 막봉이의 누님이요 자근손가의 형수인 녀편네가 쪼차와서 먼저 시동생을 보고

『지금 끌려나간 사람이 광주 서형방이요』

하고 뭇고 그다음에 친동생을 보고

『서형방은 우리집 은인이니 우리 인정 좀 보아주게』

하고 청하니 막봉이는 두말안코

『그러우』

하고 쾌히 허락하엿다 막봉이가 졸개들을 불러드려서

『아까 잡어치우란 사람을 그대루 노하보내라』

하고 일른 뒤에 자근손가는 바로 형수와 한께 졸개들뒤를 따러나가고 막봉이는 다시 방문을 다치고 늘근이들과 가치 술을 먹엇다 늘근이 하나가 첨속으로

『거짓말쟁이가 덕택에 살어갑니다그려』

하고 말하니 막봉이는 싱그레 우스며

『큰죄 업스니까 누님생색을 내주엇소』

하고 말하엿다

『누님이 진 은혜를 가파드리는것이 여간 잘하시는 일인가요』

『그까진 일에 잘하구 못하구가 어듸잇소』

『큰손서방이 살인한 일이 잇나요』

『그 변변치안흔 위인이 살인할 주제나되우』

『전에는 똑똑하든 사람이 곽두령 쇠노리깨에 골통이 터진뒤루 천치가 되엇다면이요』

『전에두 사람이 순하기만 하지 변변치는 못햇소』

『그런데 어떠케 살인옥사가튼데 간련이 되엇든가요』

『광주분원서 사긔구울때 사긔막에서 싸움끄테 살인이 낫는데 싸움말린다구 덤볏다가 살인죄의 종범으루 붓들려갓드라우』

『싸움말리다가 그런 봉변한 사람이 탑거리두 하나 잇는데 그사람은 애매하게 귀양까지 갓다왓지요』

『우리 매형이란 사람두 잘못하면 귀양가게 되는것을 서가란자가 힘을 써서 무사이 노혀 나왓다우』

『손서방집에서 은인이라구 할만 하구먼이요』

그 늘근이가 말을 끄친뒤에 여러 늘근이들이 끼리끼리 짓거리기 시작하야

『거짓말쟁이가 보따리 물건을 찾지 못해서 아까웁겟네』

『무슨 경황에 물건을 차질생각하겟나 목숨부지한것두 천만 뜻박기지』

『자네 집에 가지 안흐려나』

『나는 좀 더 잇다가 가겟네』

이런말 저런말들을 하는중에 훌쩨 방문박게 신발소리들이 나고 뒤미처 방문이 열리며 자근손가가 서림이를 부축하고 들어오는데 여러 늘근이들은 고사하고 막봉이까지 보따리를 차지러 온줄로 의심하엿다 서림이가 막봉이를 향하고 공손히 절하는데 업드리고 일어나는것을 자근손가가 거들어 주엇다 막봉이가 서림이의 절하는것은 본체만체하고 자근손가를 바라보면서

『그대루 보내지 왜 다리구왓서 보따리를 차저달라든가』

하고 물으니 자근손가가 고개를 가로흔들며

『아니요 사례하려오섯소 아주머니하구 나하구 집으루 가시자구 말하니까 두령께와서 죽이지 안흔은혜를 사례하구 가신다구해서 아주머니만 먼저 집으루 가시게하구 나는 이리 뫼시구왓소』

하고 대답하였다

『사례는 고만둬두 조치』

막봉이 말끄테

『죽게된건 내 잘못이구 살려주신건 두령의 은덕입니다 나를 나하준이두 부모요 나를살려준이두 부모라니 두령은 곳 나의 부모신데 내가 정신을 차리구서야 먼저 와서 보입지 안흘길이 잇습니까』

서림이가 나직나직 말하는데 말소리는 약하나 말하는것은 똑똑하엿다 막봉이가 머리를 멧번끄덕끄덕하고

『보아하니 몸이 괴로운모양이니 어서 저사람을 따러가서 편히쉬우』

하고 말한뒤 자근손가가

『인제 고만 가십시다』

하고 서림이를 다시 부축하고 나갓다

서림이는 손가의 집에와서 후대를 바드며 수일조리하는 동안에 자근손가에게서 청석골이야기를 만히들엇다 늘근두령하나와 절믄두령넷이 우에잇고 그아래 두목과 졸개가 사오십명이 잇서서 송도의 포도군사들이 근처에와서 어르대지 못하고 사방십리안에 잇는 동네들은 모두 청석골에 매어지내는데 그중에 탑고개와 양지말과 구룡동가튼 동네는 절믄두령들이 격금내기

로 나와서 돌아들어가기도하고 간혹 묵어가기도 한다고하엿다 서림이가 청석골 이야기를 고지고지 파물어보는중에 평양서울 진상불진을 적당에게 가르처줄 생각이나서 자근손가더러

『나를 적굴에 좀 데리구갈수잇소』

하고 물으니 자근손가는 고개를 외치며

『구경 못가십니다』

하고 거절하엿다

『구경가자는것이 아니요』

『그럼 입당하실 생각이 잇습니까』

『두령들이 허락한다면 입당해두 좃소』

『상주가트신분이 적당에 입당하실리가 잇나요 실업슨 말슴이지』

『실업슨 말이 아니요 나두 오늘날 신세가 헐수할쑤 업시되엿소』

하고 서림이가 경긔도서 포흠치고 죽을뻔한일과 평안도서 작죄하고 도망한일을 대총대총 이야기하엿다

『참말 입당하시렵니까』

『두번 다질것업소』

『내가 먼저 두령들에게루 청을 드려 보내보지요』

『내가 폐백을 가지구 가서 입당할테니 청할때 미리 귀뜸해 두시우』

『무슨 폐백인가요』

『열목에 나누면 장자 열이 날만한 큰 재물이 내뒤에잇소』

『참말슴입니까』

『거짓말 아니니 염려마우』

『그재물이 어듸 잇습니까』

『청석골 두령들이 내말만 들으면 그재물이 어듸잇든지 곳 청석골루 굴러들어 올께요』

『실상 까노쿠 말슴이지 내가 청석골 적은두목의 한사람인데 늘근 오두령부터 다섯두령이 다 나를 밋습니다 내가 힘써 천거하면 입당은 어렵지 안습니다』

『말듯기전에 나두 다 짐작햇소』

『청을 드려보내본다구 말슴한건 내가 먼저한번 갓다오려구 한것인데 뒤에 큰재물을 가지구 오신줄 알면 두령들두 조하할꺼니까 바루 나하구 가치 가십시다』

『큰 재물은 잡아오자면 하루라두 일직 준비하는것이 조흐니까 가기가 늣지안커든 오늘이라두 가치 가십시다』

『지금이라두 가기는 느질것 업지만 산ㅅ길을 것기가 아직 어렵지 안흐시까요』

『염려업소 오늘 갑시다』

겨울해가 한낫이 훨씬기운때 서림이 자근손가를 압세우고 탑고개 동네서 나섯다

산ㅅ길을 잡아든뒤로 큰고개 적은고개를 패어넘는데 긔어올를비탈이며 뛰어건늘 구렁에서 서림이는 현긔(眩氣)가나서 손가에게 손붓들린것이 한두번이 아니엇다 적굴은 아직 보이지안코 해는 얼마남지 아니하엿슬때 서림이가 압서가는 손가를 불러세우고

『아푸루 멧리나 남엇는지 어둡기전에 들어가겟소』

하고 물으니

『인제 저등갱이 하나만 넘으면 고만입니다』

하고 손가는 건너편에 잇는 산장등을 가르쳣다 서림이 다리가 아퍼서 손가보다 훨신 뒤떨어저 장등으로 올라오는데 장등우에 난데업는 장정두엇이 나타나서 먼저올라간 손가와 한참무엇을 짓거리더니 장정들은 어듸로 들어가고 손가만 혼자서서 서림이 올라오기를 기다리고 잇섯다

『다리가 아프신 모양입니다그려』

『좀 쉬어갑시다』

『그러십시요』
『지금 나왓든 망ㅅ군들은 어듸갓소』
『망ㅅ군인줄을 어떠케 아섯슴니까』
『눈치가 빠르지 못하기루서니 그것쯤이야 짐작못하겟소』
손가가 눈덥힌 돌하나를 차저가서 손으로 눈을 쓸어버리며
『이리 오십시요』
하고 서림이를 불럿다 서림이가 돌우에와 안저서 쉬는 동안에 장등아래에 저녁연긔가 올라오는것을 보고 장등아패 나와 서서 아레를 나려다보니 골안에 집이 만히들어안젓는데 조금조금한 초가들은 말말고 크고적은 와가만도 여닐곱채나 되엇다
『탑고개보다 크구려』
하고 서림이가 손가를 돌아보니 손가는 서림이 여프로 나서면서
『배포가 크지요』
하고 대답하엿다
『집들이 깨끗한게 모두 새집갓구려』
『새집들입니다 전에는 저안침에잇는 묵은기와집 한채뿐이엇는데 올봄부터 여름가을 내처

역사를 햇습니다』

『목수 미쟁이가튼 장색들은 난데서 불러다쓰우』

『저묵은 기와집 사랑채 세울때는 난데 장색을 불러다 썻지만 졸개들이 만이 모인뒤부는 졸개중에 목수가 업나요 미쟁이가 업나요 대장쟁이 기와쟁이 가진장색이 다잇서서 가을에 도회청지을때는 난데 장색하나두 쓰지 안헛습니다』

『한복판에 잇는 그중큰 기와집이 도회청이요』

『네 원채가 도회청이구 좌우엽채는 길두령하구 배두령하구 각각 한채씩 씁니다』

『오두령이란이는 저묵은 집에 잇소』

『네 그집에 박두령하구 가치 잇습니다』

『적은 기와집들은 사람거처하는 집이 아니요』

『네 고간들입니다 군긔두는 군긔고(軍器庫)두잇구 군량두는 군량고(軍糧庫)두잇구』

『초가는 모두 졸개들의 집이구려』

『네 두목과 졸개의 살림하는 초막들입니다』

『졸개들중에 처자데리구 살림하는 사람이 만소』

『처자잇는 사람이 반이 못될겝니다』

『길두령 배두령은 도회청엽채에 잇구 오두령 박두령은 묵은집에 잇스면 쇠도리깨쓴다는 곽두령은 어느집에 잇소』

『곽두령의 처소는 뒷고개 넘어가서 외따루 잇습니다』

『파수보러 나가잇소』

『아니요 그두령은 우는 어린애하구 비각이라 말하자면 어린애 피접가잇는 셈입니다』

『어린애 우름소리를 들으면 미친다니까 피접두 용혹무괴요』

『지금은 전에대면 나흔셈이라는데 그래두 어린애 우름소리를 들으면 잠두못자구 밥두못먹는답니다』

『그래 혼자가서 끄려먹구 잇소』

『아니요 수청드는 아이놈두잇구 심부름하는 졸개들두 잇지요 그러구 조석은 오두령댁에서 날러다 먹는답니다』

『어 칩다』

눈우의 찬바람이 아프로 안기어서 서림이가

하고 몸을 오므려드리니 손가가

『치운데 셧느니 아래루 나려갑시다』

말하고 곳 서림이와가치 장등에서 나려왓다 청석골적굴의 대소사는 다섯두령이 가치 의논하야 결처하되 늘근오가가 연치 리력 언변으로 괴수격이되어서 의논을 조종하고 결처를 좌우하는일이 만핫다 서림이가 손가에게서 내막이야기를 듯고 먼저 오가를 가서보자고 말하야 손가는 그말을 조차서 도회청을 들리지안코 지나가다가 도회청 길목에서 길막봉이가 박유복이와 가치 나오는것을 만낫다 손가가 유복이와 막봉이에게 인사하는중에 서림이는 막봉이아페 나가서 하정배하듯이 허리를 굽히고

『지금 보이러오는 길입니다』

하고 공손히 인사하엿다 막봉이가 서림이의말은 대답안코

『이사람이 요전 보따리임자요』

하고 유복이를 돌아보고 유복이는 서림이를 본체만체하고

『생소한 사람을 엇재 데리구 왓나』

하고 손가를 바라보앗다

손가가 서림이를 한여페 갓다세우고 와서 박유복이와 길막봉이를 보고 서림이뒤에 큰 재물이 잇다는것을 이야기하엿다

『두령들이 자긔말만 들어주면 한달안에 청석골루 가저온다구 장담합듸다』

「그장담이 허풍인지 누가아나 그말이 나는 엇재 고지들리지 안는데」

「한달동안 속는셈잡으면 되지안소」

막봉이와 손가의 수작하는 말을 유복이는 듯고잇다가 손가더러

「자네말두 유리하니까 어듸 의논해보세」

하고 말하엿다

「지금 어듸루 가시는 길입니까」

「집으루 가는 길일세」

「길두령두 가치가십니까」

「가치가네」

「나두 저사람데리구 따러가겟습니다」

손가는 곳 서림이를 불러서 박유복이에게 인사를시킨뒤에 박유복이와 길막봉이의 뒤를 따러 오가의집으로 왓다 손가가 서림이를 사랑박갓 마당에 세우고 먼저 사랑에 들어가서 오가를 보고 다시 서림이의 일을 이야기하니 오가가 박유복이와 길막봉이를 돌아보며

「우리 그자를 불러서 말을 한번 자세이 들어보세」

말하고 곳 손가더러 불러드리라고 일럿다 서림이가 사랑에들어와서 오가에게 절인사하고 무

름을 꿀고안즈니 오가가 편히 안즈라고 말하고나서 바로

『노형뒤에 큰 재물이 잇다니 그재물이 지금 어듸잇소』

하고 물엇다

『차차 말슴하오리다』

『차차 말한다구 사람이 갑갑증이나게 하지말구 얼른 이야기좀 하우』

『그재물이 지금은 평안감영에 잇습니다 그러나 섯달보름 안에 서울루 올라옵니다』

『그재물이 평안감영 상납이요』

『아니올시다 평안감사가 우에 진상하는 재물입니다』

『감사가 우에 바치는 재물이 상납이 아니면 무어요』

『상납외에 따루 진상하는 재물입니다』

『따루 진상하는것이면 토지소산 아니겟소 소산에 무슨 귀중한 물건이 잇기에 열목에 난워 두 장자 열이난다구 말햇소』

『장자 열이 난다구 말한것두 주려말한 폭입니다』

서림이가 평안감영에서 진상올물건을 이야기하는데 정신조케 물건가지를 자세히 말하니 방안 사람들이 다 눈을 둥그러케 뜨고 서림이의 이야기를 들엇다 저녁밥이 되엇슬때 오가와 박유복이가 길막봉이를 붓들어서 셋겸상으로 내다먹고 서림이는 손가와 겸상하야 웃간에서 먹이는데 겸상반찬이 셋겸상과 별로 충하가 업섯다 이날밤에 오가가 밤참으로 술ㅅ상을 차리게하고 서림이의 이야기를 들리려고 배돌석이와 곽오주까지 마저청하야왓다 술먹을때 서림이만은 다섯두령과 한상에서 먹게되엇는데 서림이가 술먹기전까지는 여러두령의 눈치를 살피며 말을 재작하야 아는것도 모르는채하엿스나 술이거나하게 취한뒤로부터 아는것은 고사하고 모르는것까지 아는체하고 긔탄업시 짓거리엇다 서림이의말이 천문지리(天文地理)의약복서(醫藥卜筮)에 막히는것이 업는것을 보고 오가는 조하하고 박유복이는 공경하고 길막봉이와 배돌석이는 놀라워하엿스나 곽오주만은 조하도안코 공경도안코 또 놀라워도 하지안헛다 밤이 이윽하야 술ㅅ자리가 파한뒤에 곽오주는 장등을 넘어가고 길막봉이와 배돌석이는 도회청으로 나려가고 박유복이는 안으로 들어가고 오가만 남아서 서림이와 손가를 다리고자는데 손가는 웃간에 자게하고 서림이는 자긔와가치 아래ㅅ간에서 자게하엿다

이튼날 아침후에 다섯두령이 도회청에 모여서 두가지 일을 의논하게 되엇는데 한가지는 평양서오는 진상봉물을 빼앗을일이요 또 한가지는 서림이를 도당에 가입시킬일이엇다 진상봉물은 빼앗기로 의논이 일치하야 결말을 쉽사리 지엇스나 서림이의 입당은 곽오주가 찬동하지 아니하야 낙착이 용이하게 나지안헛다 전날 길막봉이가 탑고개에서 들어왓슬때 서림이가 림꺽정

이 팔든것을 이야기하야 곽오주는듯고 괘씸하게 치부한까닭게 서림이를 입당시키지 못한다고 고집을 세우게 된것이엇다 오주가 사돈의 사촌을 듣치면서 고집세우는것을 오가가 보고

『여게 곽두령 내말좀듯게 서씨가 거짓말한것은 나두 잘햇다구는 생각하지 안네만 사내자식이 길나설때 갓모하나 거짓말하나는 가지구 나서야 한다네 입시해버린 거짓말을 가지구 그러케 미워할께 업지안흔가』

하고 너털우슴을 내노흐니 오주는 잠시 눈을 끔벅끔벅하다가

『거짓말두 쓸거짓말이 잇지만 서가의 거짓말은 못쓸거짓말이요 우리게와서 우리 형님을 파는 놈이 천하에 뻔뻔한놈 아니요』

하고 다시 고개를 설레설레 흔들엇다

『우리가 임장사와 친한줄을 알엇스면 그런거짓말을 할리가잇나』

『그러면 꺽정이 형님을 왜 끌어댓단 말이요』

『천하장사 임꺽정이 이름을 내세우면 길두령이 질끔할줄 알엇든게지』

『그러니까 더 고약하지안소』

『글세 자네말이 틀린말은 아니지만 자네좀 생각해보게 지금 우리중에 꾀를 낼줄아는 모사가 하나도 업지안흔가 거기는 서씨가아주 안성마침일것 가트니 두말 말구 입당시키세』

『졸개루 입당시킬테요』

『우리가 모든일을 가치 의논할사람인데 사람대접이 잇지 어떠케 졸개루야 입당시킬수잇나』

『그럼 우리도회청모듬에 너흘작정이요 그건 당초에 안될말이요 드릴라면 졸개루나 드리시우』

『본래 군중에는 장수두잇구 모사두잇는데 장수들이 모사를 졸개대접하는법은 전고에업네 여보게 생각해보게 졸개대접을 해서야 조흔꾀를 낼리가잇나』

『도둑질해 먹는데 장수는 무어구 모사는 무어요』

막봉이와 돌석이가 오주의 말을 나물뿐아니라 유복이까지 오주를 타일럿건만 오주는

『형님두 갓나위에게 속으시우 서가가 우슬때 눈을 살살감는걸 보지못햇소』

하고 전에 잘듯든 유복이의말도 듯지안코 내처 고집을 세웟다 나중에 오가가 곽오주의 고집을 졸연이 꺽기어려울줄 알고 자리에 나안저서 서림이의 입당은 진상봉물을 빼앗은뒤에 다시 의논하자고 말하니 그말에는 오주도 찬동하엿다

서림이가 오가의집에서 숙식하면서 평양진상봉물 뺏을꾀를 오가와 박유복이에게 말하야 미리미리 준비를 시키는데 평양서 떠나오는 인마수효와 노정일짜(路程日字)를 먼저알고 잇스랴

고 졸개들중에서 눈치 빠르고 거름잘걷는 사람을 대여섯명 뽑아서 섯달열흘께까지 하루 한사람씩 평양길로 떠나보내되 어듸서든지 평양진상봉물이 오는것을 보거든 그날 숙소참만 알고 곳 돌아서 밤도아오라고 일러보내게하엿다 마주막졸개를 떠나보내든날 서림이가 오가를보고

「인제 중요한 일을 한가지 작정할것이 잇습니다」

하고 말하야 오가가

「중요한 일이 무엇이요」

하고 물엇다

「봉물을 뺏으려면 뺏을 자리를 작정해야 하지안습니까」

서림이는 미리생각한일이잇는 어취로 말하는데

「뺏을짜리라니 무슨 말이요」

오가는 괴이쩍게 여기는 눈치를 보이엇다

「평양쪽으루 지키든지 서울쪽으루 가서 지키든지 자리를 골라노하야 뺏을계책이 생기지 안습니까」

「탑고개 압뒤를 지키구 고개에서 뺏으면 되지안소」

「탑고개루 올는지 숫돌고개루 갈는지 그것두 아직은 모르지만 탑고개루 온다구 잡드래두

탑고개는 자리가 신통치 못합니다』

『탑고개가 자리가 신통치못하다니 별소리를 다듯소』

『탑고개 자리된품이 움치구 뛸데가 업서서 도망질 칠사람두 도망질을 치지못하구 죽을작정하구 대들기가 쉽습되다 그래서 촌장ㅅ군이나 단출한행인을 세워노쿠 떨기는십상조치만 큰행차나 다솔일행을 막어노쿠 떨기는 조치안흘듯합되다 이번 평양서 오는일행이 짐ㅅ군들만 울리는 만무한일이구 군관들이 영거하구 올것인데 좁은 자리에서 군관들과 맛닥드려 접전이나면 이편저편에서 사람이 만히 상할것아닙니까 접전에 이기구 진상 봉물을 떨어온뒤에는 아무탈이 업겟느냐 하면 그러치두 못할것갓습니다 탑고개에서 일이 낫다하면 그지목이 대번 청석골루 돌아올것이니 셋줄 조흔 김명윤이가 들똘가티 서울다가 긔별해서 관군을 멧백명이나 멧천명 풀어서 청석골을 치게하면 큰탈 날것아닙니까 사람을 상하지안쿠 뒷탈을 당하지 안흐려면 탑고개외에 다른자리를 골르는것이 조흘줄루 압니다』

『말을 듯구보니 그럴듯두하우 자리를 골른다면 어듸가 조켓소 생각한곳이 잇거든 말슴하우』

『평양쪽으루 가서 지킨다던 총수산(葱秀山)속두 조쿠 동선령새남사이두 조쿠요 서울쪽으루 가서 지킨다면 임진나루 못미처두 조쿠 해음령덕밋두 조씁니다』

『너무 멀리나간다면 되려 비편한일이 만흘테니 송도와 평산중간에서 자리를 골르는것이 어떠켓소』

『자리가 여기서 가까울수룩 지목을밧기 쉬우니까 그건 생각해하십시요』

『오늘 여러두령을 모하가지고 의논해보리다』

오가가 다른두령들과 자리를 의논해본즉 박유복이 한사람외에는 모다 탑고개를 주장하야 마침내 결정을 짓지못하고 오가가 다시 서림이를보고 탑고개주장이 만흔것을 말하니 서림이는 고개를 가로 흔들며

『아무리 주장하는 사람이 만트래두 탑고개는 신통치 못합니다』

하고 말하엿다

『노형말을 들은뒤엔 내맘에두 신통치 못해서 자리를 작정안쿠 고만두엇소』

『여기서 가까운 평산이나 금교에 그일행이와서 숙소하거든 그숙소에서 빼어오면 어떠켓습니까』

『숙소에가서 빼기가 어듸쉽소』

『숙소에가서 빼기루 작정만되면 조흔꾀가 날겝니다』

『조흔꾀가 잇거든 말슴하우』

『낭패업시 빽어올쎄는 제가 목버힐다짐하구 마를테니 다른두령들이 딴소리나 못하두룩 해주십시요』

『글세 곽두령가튼 사람이 공연이 고집을 세울는지 모르지만 박두령하구 둘이서 힘을 써보리다』

오가와 박유복이는 서림의 말을 조차서 평양진상봉물을 가까운숙소에가서 쌔로빽어 오자고 다른 두령들과 합의하엿다

서 림 (二)

섯달초생에 평안감영 례방비장은 서울보낼 세찬을 분별하느라고 여러날동안 분주하엿다 세찬 보내는곳이 만하서 촛궤와꿀항아리만 서너짐이되고 이외에 또 초피 수달피 청서피가튼 피물(皮物)이며 민어 광어 상어가튼 어물이며 인삼 복령(茯苓) 오미자가튼 약재(藥材)며 면주(綿紬) 면포(綿布)실 칠(漆)지치(紫草) 부레(魚鰾)가튼 각색물종이 적지안허서 세찬이 모두 대여섯짐이 되는데 여기다가 상감과 중전께 진상하는 물건과 세도집에 선사하는 물건을 함께 올려 보내자면 봉물짐이 굉장하엿다 세찬을 다 봉해노흔뒤에 례방비장이 감사께 들어가서 세찬 봉물끗마친 사연을 아뢰니 감사가 고개를 끄덕이고

『인제 일간 곳 올려 보내도록 해보세』

하고 말하엿다

『진상봉물두 한께 올려보내시랍니까』

『그럼 한께 보내라고 두지안핫나』

『소인의생각에는 따루 올려보내시면 조흘것갓소이다』

『엇재서 따로 보내는것이 조흘까』

『한께 보내시면 봉물짐이 너무 굉장할듯합니다』

『굉장하니 어떠탄말인가』

『남의 이목에 어떨까 생각합니다』

『남의 이목에 어떠탄말이야』

감사의 언사가 불쾌스럽게 나오니 례방비장은 허둥지둥하며

『아니올시다』

하고 말하엿다

『무에 아니란 말이야 사람이 말을 좀 똑똑이하게』

『중노에적변가튼것이 염려스러워서 말슴이올시다』

『따루따루 보내면 적변이 염려스럽지 안흔가』

감사의 반문(反問)하는 말에 례방비장은 대답을 못하고 한참동안 손만 부비고 섯다가

『봉물짐이 굉장하오면 더 염려스러울듯하외다』

하고 부드러운 목소리로 말하엿다

『누가 짐ㅅ군들만 보낼세말이지 군관들 시켜 영거해 보낼텔세』

『진서위려맹(鎭西衛勵猛) 김량달(金良達)이가 맨주먹으루 호랭이 잡은 장사랍니다 그런장사시켜 영거해보내시면 적은 도적들은 염려업슬듯하외다』

『그런손이 조켓지 그손이 사람이 어떤고 려직(勵直)을 부르라게 좀 자세히 물어보세』

『려직은 지금 곳 부르랍십니까』

『다시 물어볼것 무어잇나』

『황송하오이다』

례방비장이 감사아페서 물러나간지 한식경쯤 지난뒤에 진서위려직이 불려들어와서 선화당대청에서 문안하는데 감사가 방으로 들어오라고 말하야 방웃간에 들어와 양수거지하고 섯다

『려맹 김량달이가 장사라지』

『네 용맹이 놀랍소이다』

『사람이 어떤고 성실하냐』

『나이 아직 절믄까닭게 주색이 과합내다』

『이번에 진상봉물을 영거해보내랴고햇더니 사람이 그러면 시원치못하군』

『그런 중난한일을 혼자맛기기는 좀 어려울것갓소이다 그러나 누구든지 다리구가며 단속하면 탈이 업슬줄 압내다』

려직이 서울가보고 시픈 눈치로 말하는것을 감사는 알지도 못하며

『그러면 잘 알겟다』

하고 고개를 끄덕끄덕하엿다 감사가 얼마동안 다른수작하다가 려직을내보내고 다시 례방비장을 불러서 봉물짐 영거해갈 사람을 상의하다가

『누구누구 할것업시 자네가 김량달이 다리고 갓다오면 어떠켓나』

하고 물으니 례방비장은 서울집에 다녀오는 맛에

『사또겝서 갓다오랍시면 갓다옵지요』

하고 대답하엿다

『원악 자네가 가면 세찬들 분전하는데도 조켓네』

『그건 이곳 사람보담 좀 낫겟습지요』

『폐일언하고 자네가 영솔하고 가도록 준비하게』

하고 감사가 분부하야 례방비장은 곳 서울갈 준비를 차리게 되엿다 봉물짐중에 보물상자가튼 드다르기 조심스러운것과 꿀항아리가튼 짐만들기 거북한것만 짐ㅅ군하야 지이고 그 남아지 봉물과 길량식은다 말에 실리게되엿고 영거하야 갈사람으로 김량달이는 저하나면 족하다고 장담을 하엿지만 마침내 건장한 장교들을 뽑아서 다리고 가게되엿다 이것은 례방비장이 감사께 취품하야 정한것이엇다 길떠날 준비는 섯달초일헷날 다되엿스나 팔일은 파일이자 또 불의출행일(不宜出行日)이라 하루 지나서 아흐렛날 례방비장이 일행을 영솔하고 평양서 떠낫다 일행의 사람은 례방비장과 김량달을 수에너치안코 장교다섯 말ㅅ군넷 짐ㅅ군셋 마부하나 도합 열셋이고 말은 북마 네필 외에 례방비장의 부담마 한필까지 모다다섯 필이엇다 일행이 첫날은 평양서 늣게떠난 까달그로 겨우 오십리 중화(中和)와서 숙소하고 이튼날은 황주서 중화(中火)하고 봉산(鳳山)와서 숙소하엿다 동지섯달 짤븐해에 구십리길을 온까달게 짐ㅅ군 말ㅅ군들이 저녁밥먹고 바로 쓸어진건 말할것도 업고 타고온 례방비장도 종일 얼엇든 몸이 녹으며 조름이 와서 저녁밥도 변변히 먹지안코 누으며 곳 코를 그리엇다 례방비장과가치 사처방에 들어잇는 김량달은 혼자 봉물짐짝을 의지하고 안저잇다가 방박게서 누가

『이런달밤에 술한잔 먹엇스면 조켓다』

하고 혼자말하는것을 듯고 술생각이 불현듯이 나서 방문을 고히열고 박그로 나오니 마당에서 달을 치어다보든 절문사내가 아프로 가까이와서

『손님 엇재 안주무십니까』

하고 물엇다

『자네가 이 객주에 잇는 사람인가』

『네 객주 주인의 동생이올시다』

『지금 술먹구 십다구 말한사람이 자네지』

『혼자 짓거린 소리를 들으섯습니다그려』

『자네가 술을 잘 먹나』

『웬걸 잘 먹을줄두 모릅니다』

『여기 술파는집이 멧집이나 되나』

『술파는 집은 여러집이올시다』

『큰애기가 술파는집두 잇겟네그려』

『큰애기 술장사는 업습니다만 절믄 녀편네 술장사는 더러 잇습니다』

『이뿐술장사 잇는집으루 나를 좀 데려다주게 그러면 자네두 술한잔 줌세』

김량달은 객주주인의 동생을 다리고 술집에 가려고 객주집 문박게까지 나왓다가 관히 자는 례방비장을 밋고 갈수업는 생각이 나서 다시 들어와 큰방문을 열고 짐ㅅ군말ㅅ군들이 가로세로 쓸어진 여페 따로 떨어저 누어자는 장교들을 소리질러 깨웟다

『어느새 무슨잠들이냐 내가 잠ㅅ간 박게나가 돌아다니다 올테니 그동안 사처방좀 살펴라』

『례방나리두 가치 나가십니까』

『벌서부터 정신모르구 주무신다』

『소인들이 번갈어가며 일어 안젓겟습니다』

장교들의말을 듯고 김량달은 마음을노코 객주주인의 동생을 압세우고 술집을 차저왓다 머리에서 기름내나는 술장사 기집이 여페와서 부니는 바람에 부어라 먹자 부어라 먹자 하고 술을 부어주는대로 바더 먹엇다 술먹는 동안에 객주주인의 동생이 잠ㅅ간 박게나갓다온다고 나가서 들어오지 안는데 김량달은 술장사 기집과 농탕을 치느라고 사람업는것을 해롭지 안케 여기어 찻지아니하엿다 김량달이 술을 실컨먹은뒤에 몸에 지니고 나온 상목으로 술갑을 노코 술집에서 나와서 길을 휩쓸며 객주로 돌아나오는중에 압길에서

『이눔아』

『도독놈아』

하고 고성치는 소리가 나서 취중에도 정신을 차리고 아플 내다보니 사내하나가 머지아니한 골목길로 뛰어들어가는데 뒤에서 쪼차오는 여러사람이 장교들인것가텃다 김량달이 봉물생각이나며 정신이 번쩍나서 쏜살가치 골목길로 쪼차가서 도망하는 사내를 몃간인에서 붓들엇다 김량달이 처음에 도적의저구리 뒷고대를 움켜 잡앗더니 도적이 몸을틀어 빼치랴다가 못빼치고 칼손질로 김량달의 고대잡은 팔을 번개가티 후려첫다 김량달이 비록 술이 억병취하엿더라도 손에 잡은 도적을 허펍하게 노칠사람이 아니라

『이놈 봐라 하룻강아지 범무서운줄 모르구 이놈아』

하고 얼른 고대잡앗든 손으로 도적의 팔목을 잡아 뼈가 으스러지라고 꽉 쥐니 도적의 입에서

『아이구 아이구』

소리가 줄달어 나왓나

『이놈 인제는 영문을 좀 알겟느냐』

『아이구 살려줍시요 죽을때라 잘못햇습니다』

도적의 말소리가 귀에설지아니하야 김량달이 괴이쩍게 생각하고 다른손으로 도적의고대를 뒤로저처서 달아래 얼골을 보니 도적은 다른 사람이아니고 곳 객주주인의 동생이엇다

『아 이놈 네가 도독놈이냐』

하고 말할때 장교들이 그제사 쪼차왓다

『김려맹 나리십니까』

『나리가 잡으시길 잘햇습니다 하마트면 노칠뻔햇습니다』

『이놈이 봉물짐한짝을 훔처냇습니다』

『봉물짐은 어듸잇느냐』

하고 김량달이 급히 묻으니 한장교가 아프로 나서며

『소인이 마침 일어안젓다가 수상한긔척을 알구 뛰어나와보니 이놈이 벌서 봉물ㅅ짐 한짝을 억개에 메구 대문박그루 나가겟지요 그래서 소리를 질르구 쪼처나오니까 이놈이 짐짝을 내버리구 도망질을 첫습니다』

『짐짝을 일치안헛스니 다행이다』

『소인까지 마저 잡이 들엇드면 큰일날번 햇습니다』

『이놈이 객주주인의 동생이란다 객주루 끌구가자』

김량달이 도적을 장교들에게 내맛기고 장교들의 아플서서 객주에 와서보니 대문박게 짐ㅅ군 말ㅅ군들이 웅긋중긋 나섯는데 객주주인도 그틈에 끼어섯섯다 김량달이 장교들을 돌아보며

『형놈두 도망하지 못하게 잡아놔라』

일르고 사처방으로 들어왓다 안저잇는 례방비장이 김량달이 들어오는것을 보고도 말한마듸를 아니하야 김량달은 주제주제하고 섯다가 자리에 펄썩 주저안저서 례방비장의 찌프린상을 바라보며

『놀라셧지요』

하고 먼저말을 부첫다

『여보게 김려맹 밤ㅅ중에 어듸 갓다왓나』

『잠ㅅ간 박게 나갓섯습니다』

『장교들의 말을 들으니까 초저녁에 나갓다는데 지금 정밤중이 지낫는데 무슨놈의 잠ㅅ간이 그런가』

『잠ㅅ간 박게 거닐러나갓다가 술집에 들어가서 술잔먹느라구 좀 지체가 되엇습니다』

『떠날때 사또께서 무어라구 분부하시든가 이번에 잘다녀오면 술을 실토록 먹여줄테니 서울 가는동안 술을끈흐라구 분부하시지 안햇나 사또분부를 하루ㅅ동안에 이저버렷단 말인가』

『잘못됏습니다 이 아프루는 다시 안먹겟습니다』

김량달은 망건뒤를 극죽극죽하며 다시 이어서

『아주 맹세를 치오리까 서울땅 밥기전에 다시 술을 먹거든 제얼골에 침을 배트십시요』

하고 말하엿다

『어듸 보세』

『네 두구보십시요』

『도독놈은 잡아왓나』

『네 잡어왓습니다 그놈이 객주주인의 동생놈이랍니다』

『형제놈이 배가 마저가지구 가치햇는지두 모르겟군』

『혹시 그럴는지 몰라서 형놈까지 잡어놔두라구 일럿습니다』

례방비장이 객주주인 형제를 잡아드려서 매질하야 문초를 바더보니 동생이 술과노름을 조하하야 형이해준 살림을 세번째 떨어마치고 처자는 처가로 보내고 저한몸만 형에게와서 언처잇는 위인인데 봉물짐이 굉장한것을 보고 일시 불량한마음이 나서 형도 모르게 한짓이 분명합으로 형은 노하주고 동생만 본관맛겨 치죄시키라고 결박하야노코 밤을 지내엿다

이튼날식전 길떠나기전에 례방비장이 군수를 들어가보려고 하다가 군수가 독감으로 알어서 조사까지 폐하엿단말은 듯고 리방을 보자고 불르러보냇다 이때 봉산리방은 성이 배가(裵哥)니 황천왕동이의 장인 백리방이사위연좌로 리방이 떨어지며 곳 뒤를바더들어선 사람인데 그

집이 쇠전꺼리아래라 쇠전꺼리 우에잇는 백리방집에서 동안이 멀지안헛다 평양장교가 리방을 불르러 질청에 왓슬때 리방이 마침 집에나가고 업서서 평양장교는 리방이 들어오기를 기다리지못하고 질청에서 그집잇는 곳을 배워가지고 집으로 차저나오는데 쇠전꺼리를 다와서 어떤 사람을 보고

『배리방집이 어듸요』

하고 물으니 그사람이 곳 건너편 고샛을 가르치며

『저기보이는 저 큰집이요』

하고 가르처주엇다 평양장교가 그 큰집아페와서 기웃거리다가 마당쓰는 사람을 바라보고

『여보 여보 나좀보우』

하고 불르니 그사람이 손에 비를든채 가까이 나왓다

『여기가 배리방집이요』

『네 그럿소』

『리방상찰 집에기시우』

『네 기시우』

『평안감영서 온사람이 잠ㅅ간 보입잔다구 들어가 말슴좀 하우』

『아직 긔침하실때가 못됏스니 좀 기다리시우』
『질청에 다녀나와서 다시 주무시우』
『리방 내노신뒤루 질청에 가시지안소』
『리방을 내노타니 무슨 소리요』
『월전에 리방내노신걸 모르구왓소』
『아니 여보 오늘 죽어서 어제 장사지냇단 수작이요 방금 내가 질청에서 다녀나가섯단말을 듯구왓소』
『배리방이 다녀나간걸 잘못듯구 오지안헛소』
『아니 여기가 배리방집이 아니요』
『아니요 여기는 백리방집이요』
『아까 배리방집이냐구 물으니까 그러타구 하지안헛소』
『백리방집이냐구 뭇는줄알구 그러타구 햇지요』
『떡먹듯기 배리방집이냐구 물엇는데 백리방집으루 들엇다니 임자 귀ㅅ구멍이 좀 덜뚤렷구려』
『자긔말이 똑똑지 못한건 생각안쿠 남의귀를 나물하우』

『임자의 귀ㅅ구멍이 귀ㅅ구멍이거나 창구멍이거나 그까지건 고만두구 여기가 전임 리방 백씨의 집이면 신임 리방 배씨의집은 어듸요』

『배리방집은 이압 쇠전꺼리지나가서 물어보우』

『인제 잘알엇소 어서 가서 마당이나 쓰우 나는가우』

평양장교가 다시 고삿에서 나와서 쇠전꺼리아래 배리방집을 차저가서 배리방을 보고 온사연을 말한뒤에 가치 다리고 객주로왓다 례방비장은 길떠나기바뿐때 지체하엿다고 장교를 꾸지람하는데 쇠전꺼리 아래우에 사는 배리방 백리방이 뒤석긴것을 장교가 이야기하야 다른 사람들은 차치하고 례방비장까지 우슴을 참지못하엿다 배리방이 례방비장아페 들어와서 문안한뒤 례방비장은 지난밤에 봉적할뻔한것을 대강 이야기하고 잡아노흔 도적을 징치하야 달라고 부탁하니 리방이 대번에

『그런놈을 징치하다뿐입니까 소인이 마터가지구 단단이 징치하두룩 하올터이니 염려말으십시요 소인네골에 옵서서 그런변을 당합신일이 매우 황송하외다』

하고 선선히 부탁을 바덧다 례방비장이 여페잇든 김량달을 돌아보며

『인제고만 길을떠나지』

하고 말하야 김량달이 사처방에서 나와서 짐ㅅ군말ㅅ군을 불러내어 길떠날준비를 차리게하엿

다 짐ㅅ군말ㅅ군들이 짐짝들어 내는것을 배리방이 보고섯다가 례방비장을 보고

『저만흔 봉물을 영거합시구 청석골가튼 화적패잇는 곳은 지나갑시기 조심스러우시겟습니다 숫돌고개루 돌아가시면 모를까 탑고개를 지나가시려면 아무쪼록 저녁때는 지나가지 마십시요 화적이 저녁때 제일잘난다구 하옵듸다』

하고 말하니 례방비장이 고개를 끄덕이며

『숫돌고개루 돌아갈이야기두 잇섯지만 돌뿐만아니라 길이 더험하구 조심스럽긴 매일반이라 청석골루 가기루 햇네 서흥평산 숙소한다음에는 금교역말이 대개 숙소참이 될테니까 청석골은 아침결에 지나가게 되겟지』

하고 대답하엿다 일행이 봉산서 떠나서 검수역말 중화하고 서흥(瑞興)와서 숙소하니 이날길은 칠십리요 서흥서 떠나서 총수산중(葱秀山中)중화하고 평산(平山)와서 숙소하니 이날길은 팔십리다 평산서 금교는 륙십리요 송도는 백여리니 송도는 대처라 숙소하기 조치마는 짤븐해에 백여리를 참대기도 어렵거니와 화적나는 청석골을 늦게지나기 무서워서 례방비장은 다음날 숙소참을 금교역말로 작정하고 잇는데 평산숙소에 들어서 저녁밥을 먹은뒤에 김량달이 례방비장을 보고

『내일 첫새벽 여기서떠나서 금교역말가서 중화하구 송도가서 숙소하면 숙소두 조커니와 압

길이 가벼워지니 조치안습니까」

하고 의견을 말하니 례방비장은 들을만하고 잇다가

『총도가서 숙소하면 서울을 하루일찍 들어갈수두 잇지마는 총도백리가 멀기두 하려니와 청석골을 늣게지나가기가 재미업네」

하고 고개를 가로흔들엇다

『화적은 백명 이백명이 나오드래두 제가 혼자서 능준이 담당할테니 염려말구 가시지요」

『일잇는것버덤 일업는게 조흐니까 작정하구 온대루 내일은 금교역말가서 숙소하세」

『일이잇스면 제가 신명떠름이나 한번해보지만 무슨 일이잇겟습니까 제생각엔 내일 꼭 총도까지 갓스면 조켓습니다」

『신명떠름하려구 위태한걸 무릅쓸까닭 잇나 내일숙소참은 금교역말이니 딴소리말게」

김량달이 례방비장과 수작할때 사처방박게서 방안수작을 엿듯는사람이 잇섯다 장교하나가 소변보러 자는방에서 나왓다가 사처방아페 사람이부터 섯는것을 보고 살몃이 가까이 오는데 그사람이 홱 돌아서며 곳 나는새가티 박갓행길로 나가 버렷다 장교가 급히 뒤를 쪼차나와보니 그사람은 잔곳업시 업서지고 술취한사람 두엇이 억개동무하고 코노래를 불르며 아플지나갓다

『여보 지금 여기서 사람하나 나가는것 못보왓소」

『어떤사람이 어듸서 나갓단 말이요』

『못보왓거던 고만두우』

『고만두라니 우리는 고만 갈테요』

술취한사람들이 멀니가기까지 장교는 사방을 돌라보고 섯다가 사처방에 와서 사연을 말하니 례방비장이 장교를 보고

『그것이 아마 봉산객주의 동생놈가튼 불량한 놈인게다 오늘밤엔 우리두 잠을 설잘께니 너의는 하나씩 번갈녀가며 일어안젓거라』

이르고 그다음에 김량달을 돌아보며

『오늘밤엔 봉산서처럼 박게나가지말게』

하고 말하엿다 상하가 조심하야 무사히 하루ㅅ밤을 지내고 이튼날 해가 노피도든뒤에 평산서 떠낫다 오조천(吾助川)에 와서 중화할때 홍의역말사람 두서넛이 짐ㅅ군말ㅅ군들과 가치안저 이야기하게 되엇는데 그중의 한사람이 봉물짐이 저가티 굉장한것은 처음본다고 말하니 나이 젊은 짐ㅅ군 하나가

『그까지것만 보구 굉장하다우 속에는 천하보물이 다 들엇다우』

하고 자랑가티 말하엿다 그사람이 비앙스럽게 우스면서

『평안도사람들 다잘엇구려 등꼴들을 빼먹히구 무슨수루 살겟소』

하고 말하는것을 폐방비장이 박게나왓다가 귀ㅅ결에 듯고 곳 장교들을 불러서 그사람을 잡아내어 매를치는데 뒤에서 오는 행인 대여섯이 발을멈추고 구경하엿다 평산서 엿듯는사람을 뒤져쪼친 장교가 행인들을 가까히 들어서지 못하도록 밀어내다가 그중의 두어사람을 보고는 지난밤 달빗아래서본 술ㅅ군들의 모습을 생각하엿다 폐방비장이 중의역말사람을 매처서 내친뒤에 금교역말가서 숙소를 미리잡으라고 장교두사람을 압서보내는데 그장교들이 행인들과 가치오며 서로 짓거리는중에 금교역말와서 숙소잡을것까지 의논하게 되엇다

그행인들이 조흔 사처하나를 지시하마하고 장교들과 가치 금교역말 와서 장터끄테잇는 어느집으로 끌고왓다 그집은 술파는집이라 안에는 식구가 거처하는 방이잇고 박게는 술청으로 쓰는 방이잇는데 거처하는 방은 깨끗하고 술청으로 쓰는 방은 널찍하엿다 그집 주인내외는 처음에 사처로 빌리기를 즐겨하지 안는데 행인중의 늘근사람 하나가 친숙한 말씨로

『여게 이사람들아 하루ㅅ밤동안에 술을팔면 얼마나 팔텐가 이런 큰행차에 사처루 빌려드리구 시중을 잘 들면 상급나오는것이 술파는데 대겟나 자네들을 남달리 생각해서 우리가 일부러뫼시구 왓스니 어서 어서 방을 치우게 그러구 우리가 오늘 밤에 술을 만이 팔어줌세』

하고 말하야 주인내외는 비로소 저의가 건넌방 술독 여페서 자기로하고 안방도 내노코 박갓

방도 치웟다 뒤의 일행이 다온뒤에 례방비장과 김량달은 안방에들고 장교들과 집ㅅ군 말ㅅ군들은 행인들과 가치 박갓방에 들고 말들은 따로 마바리집에 갓다 매고 봉물ㅅ짐과 행구는 모다 안방 안에 드려싸코 길량식은 조석 두끼꺼리를 떠내서 주인주고 다시 묵거서 안방 박게 노하두엇다 이날 평산서 늣게 떠나고 오조천서 늣잡드린 까달게 저녁밥들을 먹고낫슬때 밤이 되고 달이 노피 올라왓섯다 밤이 기퍼저서 저이 삼경이나 되엇슬때다 전가트면 집ㅅ군 말ㅅ군은 말할것 업고 장교들도 천귀잠잠 잠들이 들엇슬터인데 박갓방에서 떠들석하게 짓거리는 소리가 안방에까지 들려서 김량달이 나와보니 박갓방에 술판이 벌어저서 술사발이 이사람 저사람에게로 뺀질도는 중이엇다 김량달이 체모도 불고하고

『나두 한사발 먹자』

하고 들어안고 시픈것을 억지로 참고 장교들을 불러내서

『내일 식전 일직 떠날텐데 자지안쿠 술들을 처먹는단 말이냐 술판 고만 치워라』

하고 일럿다 김량달이 들어간 뒤에 장교중에서

『우리 떠들지말구 가만가만 먹읍시다』

말하는 사람도 잇섯지만 정작 술을 내든 행인들이 모다 흥이 깨어저서 고만 먹겟다고 주인을 시켜 술판을 치우게하엿다

『우리 성주바지 구경이나 가세』
『뉘집에서 성주를 밧는다든가』
『어물전 주인 살림하는집 문아페 황토펴노흔것 보지 못햇나』
『황토를 펴노핫기루 꼭 성주를 밧는지 어떠케 아나』
『내가 아까 이집주인에게 물어봣네』
『이집안주인이 어델 가구 업나 햇드니 성주바지 구경갓네그려』
『우리 가보세』
하고 행인들끼리 짓거린 다음에
『성주바지 구경 안가실라우』
『우리 가서 무당년의 낫바댁이나 보구 옵시다』
『자 갑시다 일어들서시우』
하고 장교들을 끌엇다 행인중의 늘근사람 하나와 장교중의 조심만흔 사람 하나만 떨어지고 그남아지 행인과 장교가 다 성주바지 구경을 가는데 짐ㅅ군 말ㅅ군 멧사람까지 한께무쳐갓다
늘근 행인이 남은 장교를 보고
『우리는 술이나 좀 더 먹읍시다』

말하고 장교의 말리는것도 듯지 안코 주인을 불러서 술은 가저오라고 일럿다 주인이 술을 가저온 뒤에 장교는 한두사발 바다먹고 더 못먹겟다고 누엇스나 늘근행인은 짐ㅅ군 말ㅅ군 자는사람까지 잡아 이르켜노코 술을 권하엿다 늘근 행인이 너무 긔탄업시 떠드는것을 보고 장교가

『떠드는소리가 사처방에 들리면 우리가 술먹으며 떠드는줄루 아시기가 쉬우니 너무 떠들지 마시우』

하고 말까지 하엿건만 늘근행인은

『녜녜』

대답만하고 짓떠들어서 마침내 김량달이 떠드는 소리를 듯고 박갓방에를 다시 나오게 되엇다 김량달이 나오는 신발소리에 장교부터 눈을 감고 자는체하고 짐ㅅ군 말ㅅ군중에는 자지도 안호면서 흉물스럽게 코까지 고는 사람이 잇섯다 김량달이 박갓방아페 와서

『이놈들아 왜 자지안쿠 떠드느냐』

하고 방문을 왈칵 열어저치니 주인은 분주히 술푼주와 술사발을 한여프로 치우고 늘근행인은 얼른 일어나 문아플 향하고 서서

『황송합니다』

하고 허리를 굽실하엿다

『지금 떠든 사람들이 누구야』

『저의들이 술ㅅ잔간 먹으면서 짓거렷소이다』

『장교들은 다 어듸갓노 정녕 만녜루 술먹으러 간게지』

『아니올시다 성주바지 구경을 갓소이다』

『성주바지란게 무슨 구경이야』

『무당년들 뛰노는 구경입지요 이근방은 송도가 가까운 까닭게 송도물이들어서 사람들이 대체루 신ㅅ귀두 발급지요만 무당들이 원청간 타도무당들과 다룹니다 이근방 무당년들이 소리하구 뛰노는건 기생가무를 제처노쿠 구경할만합니다』

김량달이 늘근행인의 말을 듯고 슬몃이 성주바지 구경가고 시픈 마음이 나서

『구경들 간데가 어듸쯤인가 여기서 가까운가』

하고 물으니 늘근행인은 한번 빙그레 웃고

『웃장터 어물전집이올시다 장구소리가 여기까지 들립니다 가만이 들어보십시요 저기저 뚱땅 뚱땅 하는소리가 거기서 오는것입니다』

하고 귀를 기우리며 말하엿다

『이눔들이 밤 늣도록 자지안쿠 내일 길을 어떠케 갈라노 그대루 내버려두면 언제꺼지 잇슬는지 모르지 내가 가서 몰아와야겟군』

김량달의 말이 입에서 떨어지자 늘근행인이 곳 주인을 돌아보며

『여보게 자네 좀 뫼시구 갓다오게』

하고 말을 일럿다

『손님들 주무시거든 구경갈라구 햇드니 이왕 가면 아주 구경하구 오겟소』

『저 나리는 이곳 성주바지를 처음 구경하실테니 잠ㅅ간이라두 구경좀 잘 시켜드리게 무당들 쉬일매 절믄년하나 붓들어다가 노래까락이나 한마듸 시켜서 들으시두록 하게』

『내수루 어떠케 절믄년을 붓들어내우』

『주변업는사람일세 그집절믄주인만 충동이면 대번 될것아닌가』

늘근행인과 주인 사이의 수작하는 말을 김량달이 잠자코 듯고 섯다가 주인을 보고

『쓸데업는소리 고만두구 나를 거기까지 데려다만 주게 나는 장교를 불러가지구 곳 올텐세』

하고 말하는데 주인이 대답하기 전에 늘근 행인이 나서서

『그러실것 무어잇습니까 기왕 가시면 한동안 구경하시다 오시지요』

하고 권하듯 말하니 김량달이 증을 내며

『내야 구경을 하든 마든 웬 참견이야』

하고 늘근행인을 무안주엇다

김량달이 례방비장에게 말하고 나와서 주인을 압세우고 성주바지 하는 집으로 간뒤에 늘근행인은 곳

『뒤 보구와서 잠이나 자야겟다』

혼자말하고 박그로 나왓다 뒤보러 간다고 나온 늘근 행인이 쏜살로 주인한집 뒷집에와서 불업는 방 하나를 열어보며

『여기들 잇나』

하고 말하니 방안에서 어느 사람이

『네 여기 잇습니다』

하고 대답하엿다

『가긴 갓네만 곳 올모양이니 어떠케하나』

『우리두 지금 그런줄 알구 공론하는중인데 조흔수가 잇습니다』

『조흔수가 무슨수야』

『잠ㅅ잔 들어오십시요』

늘근 행인이 방안으로 들어간 뒤에 멧사람의 쑥덕공론하는 소리가 나더니 쑥덕 공론이 끗나며 곳 늘근 행인은 도루 나와서 주인한집으로 돌아왓다

례방비장은 석후에 바로 잠한숨을 잣지만 평산서 하루ㅅ밤 통히 잠을 설친까달게 잠에취하야 김량달이 장교불르러가는것도 꿈속만 여겻다가 어떠케 정신을 차리고 일어나서 봉불짐을 바라보고 안저 잇섯다 김량달이 오기전에 또 잠이와서 머리를 벽에기대고 깜빡 깜빡 조으는중에 얼골에 찬바람이 홱 끼처서 눈을 언뜻 뜨고본즉 방안에 사람이 들어서고 방문이 열리엇섯다 들어선 사람을 김량달인줄만 생각하고

『문을 왜 열어놧서』

하고 나물하다가 집신 감발한것이 눈에 뜨이어서 그사람의 얼골을 치어다보니 낫모를 사내가 흉증맛게 웃고 서잇다

『네가 웬눔이냐』

『아니꼽게 호령말구 내말 들어 우리 대장이 할말슴이 잇다구 잠ㅅ간 오라시니 가세』

『대장이 누군데 나를 오란단말이냐』

『가보면 자연 알테니 어서 일어나』

『가만 잇거라 다님이나좀 매구』

례방비장이 끌려노흔 다님을 찻는체하고 슬몃이 자리 여페 노하 두엇든 적은 환도를 차저쥐고 벌떡 일어서며 곳 칼날을 뽑아 아프로 내밀면서

『이도적놈아』

하고 큰소리를 질럿다 그사내는 미리 다 알고 기다린것가티 슬쩍 대들어서 환도쥔 팔을 잡아 환도를 뺏어버리고 품에서 긴수건을 끄내서 아갈잡이를 시키고 또 활시위를 끄내서 뒤ㅅ결박을 지웟다 례방비장이 아갈잡이와 뒤ㅅ결박을 안 당하려고 항거하엿스나 그사내는 마치 허수아비나 어린아이를 다루듯하야 항거하는보람이 조금도 업섯다 례방비장이 주저안저 일어나지 안는것을 그 사내가 멱살을 잡아 이르켜 세우더니 끌어안어서 방박그로 내노흐며

『어서 와서 끌구들 가자』

하고 말하엿다 봉당구석에서 그 사내의 부하 네댓놈이 우 하고 물려나와서 례방비장에게 달려들엇다 아페서 상투를 풀어잡고 끄는놈에 좌우에서 팔죽지를 끼어들고 끄는놈에 뒤에서 등덜미를 지피서 미는놈에 례방비장이 꼼짝 못하고 박갓행길까지 끌려 나왓슬때 박삿방에서 장교와 말ㅅ군 짐ㅅ군 멧사람이 쪼차나왓다

『이눔들 웬놈들이냐』

장교의 고함치는 소리가 나고

『이눔아 소리 지르지 마라 시끄럽다』

방에 들어왓든 사내의 꾸짓는 소리가 난뒤에 바로 쿵소리가 나더니

『아이쿠』

하고 장교가 길바닥에 나가 잣바젓다

『이눔들 모주리 동댕이를 처줄테니 이리들 오너라』

하고 긔세 부리는는것은 그 사내요

『아니올시다 아니올시다』

하고 뒤를 빼는것은 짐ㅅ군 말ㅅ군들이엇다 늘근행인이 대담하게 아프로 나와서 례방비장을 가르치며

『이양반을 무슨 일루 붓들어가우』

하고 물으니 그 사내가 볼메인 소리로

『상관 업는사람은 저리 가라구』

하고 늘근 행인을 한여프로 떠다밀엇다

『떠다밀지 마우 늘근사람 잣바지우』

『잔소리 말구 얼른 저리 비켜』

『당신이 운달산 박대장패의 절믄 두목 아니시우』
『나를 언제봣다구 운달산이니 박달산이니 하구 떠들어』
『내가 년전에 당신 손에 혼난일이 잇는대 늙근사람이 눈이 어둡기루서니 당신을 몰라보리까』
그사내가 늙근행인의 말을 듯고
『음』
하고 잠ㅅ간 생각하더니
『이 늙근사람을 두구가면 우리 종적을 가르처주기 쉽다 귀찬치만 붓들어 가지구가자』
하고 부하에게 분부하엿다 늙근행인이 례방비장 뒤에 붓들려오며 운달산 박대장패의 운자도 입박게 내지안홀터이니 노하달라고 그 사내에게 애걸하나 그 사내는 검다쓰다 말이업섯다 례방비장은 늙근행인의 말을 주어듯고
『늙근 사람의 말을 들으니 운달산 화적패가 분명한테 엇재서 나를 잡아갈까 나를 잡어다 노쿠 봉불짐을 갓다 바치라구 할셈인가』
속으로생각하고 무섭기도하고 춥기도하야 벌벌떨며 끌려갓다
김량딸이가 성주바지하는 집에를 와서보니 남녀로소 구경ㅅ군들이 널븐 마당에 가뜩 들어섯

는데 장교는 하나도 눈에 뜨이지 안헛다 다리고온 객주 주인에게 차저보라고 일러서 주인이 한두사람더러 물어본끄테 뜰아래ㅅ방에 들어 안젓는 장교들을 불러냇다 장교들은 가치온 행인들의 주선으로 그집 절믄주인에게 주식대접을 밧든중이라 불려나올때 어떤 장교는 입에 음식을 꺼귀꺼귀 씹으며 나왓다

『일찍 자렛스면 잘것이지 구경이 무슨 구경이냐 내일 새벽길들을 어떠케 갈테냐』

김량딸이 책망하는 말에 여러 장교들은

『네 곳 가겟습니다』

『내일 첫새벽에 일어들 납니다 염려맙시요』

『나리께서 친히 불르러 오섯습니까 황송합니다』

각인 각색으로 대답하고 뒤를 따러나온 행인들과 그집 절믄주인을 돌아보며

『우리는 먼저 갈테니 구경들 만이하구 나중들 오시우』

『잘들 먹구 가우 이다음 또 뵙시다』

하고 갈 인사들을 짓거릴때 절믄주인이 김량딸이 아페 나와서 문안을 드렷다

『저는 이집 주인의 아들이올시다 이왕 누추한곳에 행차하섯스니 잠ㅅ간 들어안지시지요』

『들어안질것 업시 바루 가겟네』

『술이나 떡이나 좀 잡숫구 가시지요』

『내가 술은 끈헛구 떡은 질기지 안네』

『돼지 다리두 잇구 쇠머리두 잇슴니다 고기ㅅ점이라두 좀 잡숫구 가십시요』

김량달이 도야지고기를 즐기는까발게 속으로 침은 삼키면서 거트로

『폐끼칠것 업네』

하고 말하엿더니

『천만의 말슴이지 무슨 폐오니까』

절믄주인이 청할뿐 아니라

『금교 제일 부자집에 폐좀 끼치서두 좃습지요』

『절믄 무당의 소리나 한마듸 듯구 가시지요』

『그대루 가신다면 주인이 무안하야합니다』

행인들이 입을모하 권하야서 김량달은 마침내 장교들을 돌아보며

『주인이 초면에 하두 정답게하니 잠ㅅ간 들어안젓다 가는게다』

말하고 절믄주인의 지도하는대로 제물상이 노힌 건넌편방에 들어와 안저서 방문을 열고 무당들의 성주바지 하는것을 구경하엿다 절믄주인이 주육상을 내다노코

『변변치못한 음식이나마 좀 잡수십시요』

권한뒤에 곳 일어서서 나가더니 절문무당 하나를 끌어드려다 상머리에 안치면서

『나는 아래ㅅ방 손님들을 좀 가봐야겟스니 네가 내대신 이 손님나리께 음식두 권하야 드리구 또 노래까락두 한마듸 들으시게 해라』

하고 아래ㅅ방으로 나려갓다 장교들과 행인들과 객주주인은 아래ㅅ방에서 술들을 먹고 김량딸은 혼자 건넌방에서 무당을 여페끼고 도야지고기를 먹는중에 박게서

『김려맹나리 어듸 가십니까』

하고 큰소리로 찻는 사람이 잇섯다 김량딸이 박게 나와서 짐ㅅ군 말ㅅ군 두서넛이 온것을 보고

『웬일이냐』

하고 물으니 짐ㅅ군 하나가 재발르게 례방비장이 화적에게 붓들려간 사연을 말하엿다 김량딸이 긴말 뭇지안코 곳 장교들을 불러내서 다리고 다름질을 처오는데 짐ㅅ군 말ㅅ군들과 행인들과 객주주인도 다 뒤를 쪼차왓다 김량딸이 사처에 와서 봉물짐이 고시란히 잇는것을 보고 불행중 다행으로 생각하며

『봉물짐 일치 안흔것이 천만 다행이다 그러나 례방나리를 어떠케하면 조흐냐 도독놈이 어듸루 간지나 알어야 차저가보지 건공대매루 차저나설수야 잇느냐』

하고 장교들 보고 공론할때 행인 하나가 들어와서

『붓들려가신 양반을 차지러 가시지 안흐렵니까 지금 뒤ㅅ집사람의 말을 들으니 도독눔들이 릉안(陵內)으루 가드랍니다 저의두 동행노인을 차지러 갈테니까 가실테면 뫼시구 가겟습니다』

하고 말하엿다

례방비장 업는것이 진상봉물을 영거하야가는데 지장이 되지 안흠으로 김량딸은 례방비장을 차질마음이 도저치 안흐나 행인의 말을듯고 한번 색책으로라도 차저 나서지 안흘수 업서서

『도독눔들 간 방향을 알면 뒤쪼차가서 붓들려간 사람을 뺏어와야지 이녁네들이 간다니 우러하구 가치 갑세』

하고 행인에게 말한 뒤에 장교 세사람은 안방에서 봉물짐을 지키고잇게하고 머리통이 깨어진 장교 한사람은 박갓방에 누어잇게하고 남은 장교 한사람만 다리고 행인들과 가치 가기로 하엿다 장교 한사람이 안방에 떨어저잇는 환도를 집에 꼬자서 김량딸에게 바치며

『나리 이 환두 가지구 가시지요』

하고 말하니 김량딸이 고개를 가로 흔들며

『환두는 해 무어하늬 도독눔 멧눔쯤 이주먹으루 때려눕히지』

하고 주먹을 내보엿다

『그럼 소인이나 가지구 가겟습니다』

다리고 갈 장교가 말하는것을

『아무리나 하렴으나』

김량딸이 허락하야 환도는 그 장교가 허리에 질럿다

초저녁에 달을 가리든 적은 구름이 한쪽각도 남지 안코 업서저서 달빗이 대낫가티 발깃다 김량딸이 행인들은 압세우고 장교는 뒤세우고 릉안 길로 쪼차오는데 압선 행인들이 눈우에 남아잇는 발자국들을 살펴보고

『이거보게 사람을 끌구간 자국이 환하지 안흔가』

『중간의 한사람을 양편에서 끌구간것 가테 길이 좁아서 셋이 느런히 서갈수 업스니까 이편놈이 길박그루 나갓다 저편놈이 길박그루 나갓다 한 모양일세』

『발자국을 보니 종종거름들을 친모양일세 우리가 이러케 빨리 가면 릉안 안짝 에서 붓잡겟네』

『그럼 릉안까지 갈께 잇나』

저의끼리 서로 짓거리엇다

김량딸이 행인들더러 짓거리지 말고 더 빨리 가자고 재촉하야 오리길을 조히왓슬때 여러 사람이 뭉텅이 저서 가는것이 멀리 아페 보이엇다

『올타 저기간다』

행인 하나가 소리치자 김량딸이 곳 행인들을 제치고 아프로 나서서 장다름을 노흐니 행인들과 장교가 숨이 턱에 닷게 쪼차왓다 사람들을 두패로 붓들고가고 사람 하나가 뒤에 따로가는것까지 분명히 보이게 되엇다

『이놈들 게잇거라』

『이놈들 견데봐라』

김량딸이 호통소리에 산골이 울렷다 아페가는 여러 사람이 가지안코 서는듯하더니 즉시 다름박질처서 도망들 하는데 주저안즌 사람 하나만 뒤에 남기엇다 김량딸이 주저안즌 사람을 와서 보니 곳 례방비장이라 얼른 대들어서 아갈잡이와 뒤ㅅ결박을 풀러노코

『다치신데는 업습니까』

하고 물으니 례방비장이 긴숨을 내쉬고나서

『다친데는 업는 모양이나 그러나 죽을번 햇네』

하고 긔운업시 말하엿다 김량딸이 뒤에 온 장교를 돌아보며

『례방나리 뫼시구 찬찬이 가거라 나는 도독놈들 쪼처가서 주먹맛좀 보이구 오마』

하고 말하는것을 례방비장이 손을 붓잡고

『김려맹 고만 두구 객주로 가세』

하고 말리엇다 행인 하나가 례방비장을 보고

『늘근이는 도독놈들이 엇재 끌구갓슴니까』

하고 물으니

『도독놈들말이 늘근사람을 내버리구가면 종적이 탈로나겟다구 하드니 그래서 끌구 간게지』

하고 례방비장이 대답하야주엇다 행인들은 어듸까지든지 쪼차가서 동행을 차저오겟다고 도적의 뒤를 발바가고 김량딸은 례방비장이 손을 잡고 노치 아니하야 장교와 가치 례방비장을 부축하고 돌아왓다

례방비장이 거름을 빨리 것지못하야 금교까지 돌아오는데 보리밥 한솟짓기 착실히 걸렷다 객주집에 다왓슬때 박갓방에서 두런두런 짓걸짓걸하는 소리가 나서 김량딸이 방문을 열고 드려다보니 짐ㅅ군 말ㅅ군들이 모두 일어나안짓섯다

『왜들 안자구 안젓느냐』

김량딸이 뭇는말에

『아이구 나리 오셧습니까』

『엇재 이러케 더듸셧습니까』

『나리 큰일 낫습니다』

하고 대답들하며 일어서는데 누엇든 장교까지 일어서서 아프로 나오며

『례방나리는 어떠케 되셧습니까』

하고 물엇다

『여기 오신다 그런데 또 무슨일이 낫느냐』

『나리 가신 뒤에 얼마 아니잇다가 화적패가 몰려와서 봉물ㅅ짐을 다 가저갓습니다』

『무엇이 엇재 봉물ㅅ짐을 가저가』

김량딸이 펄적 뛰어 나서며 장교에게 부축밧고 섯는 례방비장을 돌아볼 사이도 업시 안으로 쪼차들어왓다 안방에는 장교 세사람이 죽은사람가티 늘빈하게 쓸어저잇다가 김량딸이

『이놈들아 죽어잣바졋느냐』

하고 소리질르는 바람에 빨떡빨떡 일어들낫다

『봉물ㅅ짐 어듸갓느냐』

장교들은 얼빠진 사람들가티 멀거니 서로 보기만하고 대답이 업섯다

『이놈들아 맏근정신 다 나갓느냐』

하고 김량딸이 신발 신은채 방에 뛰어들어와서 세 장교의 귀ㅅ통이를 강그리 쥐어박으니 두 장교는

『아이구』

『아이구머니』

하고 주저안는데 한장교가 꼿꼿이 서서

『김려맹나리 왜 이러십니까 우리들은 아무 죄두 업습니다』

하고 발명하엿다

『봉물ㅅ짐 어떠케 햇느냐』

『화적들이 가저갓습니다』

『너이놈들은 가만이 보구 잇섯느냐』

『화적들 수효가 엄청나게 만허서 꼼짝 못하구 결박들을 당햇습니다 나중에 주인의 말을 들으니 화적들이 삼사십명이나 되드랍니다 삼사십명을 어떠케 당합니까 제말이 거짓말인가 주인불러 물어보십시요』

『화적들이 어듸루 갓느냐』

『그걸 소인들이 어떠케 압니까 화적들이 다 간뒤에야 주인이 와서 소인들의 아갈잡이와 뒤ㅅ결박을 풀러주엇습니다』

『박갓방에 잇는놈들은 다 죽엇드냐』

『나중에 말들으니까 화적의 괴수한놈이 철퇴를 들구 박갓 방문을 가루막구 서서 꿈젹만 하면 때려죽인다구 얼르는 통에 짐ㅅ군 말ㅅ군들은 끽소리두 못하구 잇섯답니다 화적의 괴수두 한놈뿐이 아니에요 안에 들어와 섯든 괴수놈은 큰 칼을 쥐구 안팍그루 드나들든 괴수놈은 긴창을 지펏습듸다』

『너의놈들이 밥병신이지 사람이냐 하다못해 여기 찰방한테 가서 말하구 역졸들과 가치 쪼처가보지두 못한단말이냐』

『저의들두 그런 공론을 햇습니다만 나리들 오시기를 기다렷습지요』

『네까지놈들이 무슨 공론을 햇겟느냐 우리 오기를 기다릴것 업시 우리에게루 쪼처 오기라두 해야지』

『어듸까지 가섯는지 몰라서 못갓습니다』

『이놈아 발명마라 그래서 편하게들 잣바저 잣느냐』

『자지들 안헛습니다』

『그래두 발명이나』
김량딸이 장교의 뺌을 한번 후려갈기니 그 장교는 손으로 뺌을 가리고 한참 쩔쩔매엿다 김량
딸이 장교하고 말하는동안에 례방비장은 가치온 장교를 다리고 박게서 들어왓고 객주 주인은
건넌방에서 뛰어나왓다 김량딸이 먼저 례방비장을 보고
『이걸 어떠케하면 좃습니까』
물으니 례방비장은 넉일흔 사람가티 말대답도 못하고 다음에 주인을 보고
『화적놈들이 지금 얼마나 갓겟나』
하고 물으니 주인은 고개를 비틀면서
『글세요 거의 십리길이나 갓슬껄이요』
하고 대답하엿다
장교들이 방에서 나가고 례방비장이 방안에 들어안즌 뒤에 환도가지고갓든 장교가 환도를 방
에 드려노타가 김량딸이 방안에 신발신고 섯는것을 보고
『나리 왜 신발 안벗으십니까』
하고 깨우처서 김량딸이 비로소 집신을 벗어 내노코 주저안젓다 그 만흔 봉물짐과 행구가 하
나 남지 안흔것을 김량날이 재삼스럽게 둘러보고 두주먹을 불끈 쥐며 부르르 떨엇다 례방비

장이 겨우 정신을 수습하고 첫박세하는 말이

『여보게 김려맹 올때 다짐두구 오지 안헛나』

책잡는 말투로 나오니 김량딸이 어히가 업서 대답을 못하고 그 얼골만 빤히 바라보앗다

『다짐둘때 호긔가 어듸가구 벌벌 떨기만 하니 웬일인가』

폐방비장 다음말에 김량딸이 뿔끈하며

『어떤 밥병신녀석이 벌벌 떤단말이요 벌벌 떠는녀석들은 따루 잇소』

말씨가 곱지안케 나왓다

『벌벌 떠는녀석들이라니 누구더러 하는 말인가』

『못생긴 녀석들이 눈뜨구 봉물ㅅ짐을 뺏겻는데 그러케 말안해요』

『봉물ㅅ짐은 성주바지 구경에 날러갓스니 그런줄이나 알구 말하게』

『나는 성주바지를 구경가지 안헛소』

『성주바지 구경을 안갓스면 장교들 불르는데 그러케 동안이 오래걸렷나 또 장교들은 꼭 친히 불르러 가야하나 그따위 핑게를 누가 고지듣을줄 아나』

『핑게라거나 말거나 나만 잘못한일이 업스면 고만이요』

『잘못한 일이업다니 그런 말이 입에서 쉽게 나오나 봉산서 출타령한것이며 여기서 성주바

지 구경간것이 다 잘한일인상 시픈가」

「봉물ㅅ짐 차질 생각은 안쿠 비랭이 자루찟기요」

「봉물ㅅ짐은 다짐두구 온사람이 차저노켓지」

「아무리 다짐나짐하구 내게다 허물을 뒤어 쓰이려구해야 나혼자 몸팔릴 까닥 업소」

「몸팔릴 까닥 업거든 몸팔리지 말게 감영에 돌아가서두 그런 소리하구 백이나 어듸보세」

「나를 별르면 어쩔테요」

김량딸이 목자를 부라리니

「내게다 목자를 부라리면 어쩔테야」

례방비장이 호령ㅅ긔잇게 말하엿다

「누게다 호령이요」

「네게다 호령이다」

「너는 누구야」

「네가 너지 누구야」

「아니꼽게 누구더러 너래」

「되지못한 토관(土官)놈이 뉘아페서 거센체하느냐」

김량딸이 속에서 불덩이가 치미는 바람에 뻘떡 일어서며

『주먹맛좀 보구시프냐』

하고 소리를 질르니 례방비장이 눈ㅅ결에 환도를 집어 날을 빼어 들고 일어서며

『뉘게나 주먹을 내미느냐 아프루 더 내밀기만해라 팔묵을 끈허노흘테니』

하고 마주 소리를 질렀다 김량딸이 발ㅅ길로 한번 례방비장의 아래ㅅ도리를 거더차니 례방비장이 헛가비가티 고꾸라지고 또한번 례방비장의 환도든 팔을 거더차니 환도가 떠러젓다

『이놈 사람 죽인다』

례방비장 고함질르는 소리에 박갓방에 나가 잇든 장교들이 뛰어들어오고 그뒤에 짐ㅅ군 맡ㅅ군들까지 떠러들어왓다 그러나 모두 마당과 봉당에 몰려섯고 방에는 들어오지 못하엿다 김량딸이 방안에 고꾸러진 례방비장을 나려다보고 또 방박게 겹처섯는 여러사람들을 내다보며

『내가 죽을 운수가 뻐처서 너놈들가튼 밥병신하구 가치 왓다』

하고 큰소리로 말한 뒤에 방바닥에 떨어진 환도를 집어들며 곳 자긔 목을 질르고 아프로 업드러젓다

례방비장은 엉겁결에 일어안고 장교들은 아플 다투어 들어왓다 김양딸을 여러 손으로 떠밧들어 반듯이 눕힌 뒤에 목에 박힌 칼을 뽑아주는데 선지피가 내뿜듯 나와서 칼을 뽑든 장교는

온몸이 피투성이가 되엇다 나오는 피를 막으려고 머리수건으로 목을 친친 감어주엇더니 눈을 딱 감은 김량딸이 목에 감긴 수건을 잡아뜨드며 머리를 흔들다가 감앗든 눈을 번쩍 뜨고 둘러보며

『나는 죽기 다짐두구왓다 그래서 죽는다 처자식은 사도께』

말하다가 말끄틀 못마치고 입을 다물엇다 례방비장이 그제사 아프로 가까히 나안즈며

『김려맹 이게 무슨짓인가 여보게 정신 차리구 내말 좀 듯게 내가 말을 과히 햇네 용서하게 김려맹』

하고 짓거렷스나 김량딸은 흰자만흔 눈을 부릅뜨고 잇슬뿐이엇다 진서위(鎭西衛)의 유명한 장사 김량딸이 이와가티 허무하게 자문(自刎)하야 죽엇다 김량딸이 죽은 뒤에 얼마 아니잇다가 밤이 새엇다 례방비장과 장교들은 밤을 반짝 새웟스나 화적의 뒤는 수탐해보지도 못하엿다 이튼날 식전에 례방비장이 금교찰방을 차저보고 또 강음현에까지 들어가서 현감을 보고 전후 사정을 말한 뒤 화적패의 종적을 속히 알도록 염탐하야 빨라고 부탁하고 김량딸 치상(治喪)하야갈 부비를 취대하야 빨라고 청하니 현감이 두만 안코 허락하엿다 진상 봉물을 경내에서 도적마진것이 큰일이라 강음현감이 금교에 나와 안고 금교찰방이 객주에 나와보고 탈미끌 군영에서 군관이 군사를 다리고 나려와서 화적의 종적을 사방으로 수탐하엿다 례방비장과 가치

잡혀간 늘근행인이 돌아오면 화적의 종적을 자세히 알까하고 기다리엇스나 잡혀간 늘근행인은 고사하고 동행을 차지러간 다른행인들까지 돌아오지 아니하엿다 이틀동안에 치상이 대강 끗나서 금교서 전후 사흘을 묵고 평양으로 회정하엿다

김량딸의 상여는 마주잡인데 짐ㅅ군 말ㅅ군들이 번갈러서 상여를 메엇다 상여아페는 례방비장이부담을 타고가니 부담은 짐부담이요 상여뒤에는 말들이 가니 말들은 빈말들이엿다 일행이 금교서 떠난지 나흘되는날 식전에 평양에 도달하엿는데 례방비장도 바로 감사를 들어가 보지못하고 장교들을 다리고 포정문박게 대죄하엿다 감사가 이것을 알고 펄펄뛰며 례방비장이하 여러사람을 선화당 마당에 잡아드려서 죄인가티 문초를 바덧다 례방비장과 장교들은 아무록쪼 자기들의 허물을 적게 하려고 입을 모아가지고 죽은 김량딸이 잘못이 만흔양으로 말하엿스나 감사는

『너이나 량딸이나 죄는 일반이다 너이도 량딸이처럼 죽엇스면 모르되 너의 죄를 그대로 용서할수 업다』

하고 천동가티 호령하엿다 감사는 숙정패(肅政牌)를 내걸게하고 좌긔(坐起)하고 안저서 례방비장과 장교 다섯사람을 장령(將令)어긴 죄목으로 효수한다고 엄포하야 여러사람의 혼을 다 빼노흔뒤에 례방비장은 서울로 쪼차버리고 장교들은 구실을 떼어버리고 김량딸이만은 죽은것

이 불상하다고 그 처자를 구휼(救恤)하야 주엇다 감사는 또 화적들을 잡아서 진상봉물을 차저달란 사연으로 황해감영에 이문(移文)을 부치고 서울 포청(捕廳)에 긔별을 띄웟다

평양 진상봉물을 빼앗어간 화적이 청석골패요 전후 폐를 낸 사람이 서림인것은 다시 말할것도 업는 일이다 서림이 이 폐를 낼때 평양서 오는 일행이 평산서 숙소한 다음에 금교와서 숙소하거든 금교서 빼앗고 송도를 숙소참 대거든 평산서 빼앗자고 말하엿건만 말을 가장 잘좇는 늘근오가와 박유복이까지 다 금교역말은 모르되 평산부중은 자리가 조치안타고 평산가서 일하기를 즐기지 아니하야 금교를 주장삼아 준비하고 만일 금교를 숙소안코 지나가거든 차라리 탑고개에서라도 빼앗서보자고 의논을 정하게 되엇섯다 늘근오가는 적은두목 네댓명을 다리고 평산가서 평양일행을 장마지하야가지고 가치오며 동정을 살피기로 되엇는데 오조천에서 압서오는 장교들과 동행한 행인들은 곳 늘근오가의 일행이요 검량딸이 성주바지를 오래 구경하지 안흘줄 짐작하고 아주 멀직이 끌어내라고 례방비장을 밋끼로 붓들어갓는데 례방비장을 어린아이가티 다루든 사내는 길막봉이요 봉물ㅅ짐을 빼앗어갈때 박갓방문을 지키든 두령은 곽오주요 짐짝 들어내는것을 지휘하든 두령은 배돌석이요 안팍그로 드나들며 총찰하든 두령은 박유복이니 모두 평소에 쓰는 병장긔는 가지지 아니하엿섯고 또 숙소한 술집 주인은 청석골의 이목(耳目)노릇하는 사람이요 술집 뒷집은 청석골서 술집 주인을 사준집이요

어물전 절믄주인은 청석골과 긔맥을 통하는 사람이라 술집 주인이 청석골 지휘를 밧고 어물전 절믄주인에게 말하야 집안 우환을 핑게삼고 불시에 성주를 밧게하엿섯다 금교역만서 평양진상봉물을 빼앗어간 화적이 왕청된 운달산패보다도 가까운 청석골패가 아닐까 십분 의심하는 사람은 허다하엿스나 청석골 테박게 사람으로 참말 속내를 아는사람은 하나도 업섯다 평안감영 예방비장이 운달산 박대장패라고 들은말을 강음현감에게 말하고서 운달산 소문이 퍼저나와 자자한까달게 서울 포도군관들과 황해감영 군관들이 금교 와서 몟칠씩 묵색이며 화적의 종적을 수탐하다가 소득이 업스면 반듯이 평산으로 나갓다 나종에 어명(御命)을 바든 선전관(宣傳官)이 평산와서 운달산 적정(賊情)을 탐문하고 해주가서 황해감사에게 어명을 만하야 황해감사가 평산(平山)연안(延安)백천(白川)강음(江陰)네골에 비감(秘甘)을 발송하엿다 평산부사(平山府使)와 연안부사(延安府使)와 백천현령(白川縣令)과 강음현감(江陰縣監)이 각각 군병(軍兵)을 조발(調發)하야 거느리고 운달산아래 모이어서 적굴을 드리치려고 하는데 화적의 괴수 박련중(朴連中)이 어떠케 먼저알고 부하 이삼십명을 허터보내고 자긔도 도망하야 관군은 빈소굴만 소탕하엿다 환갑이 가까운 박련중이 이십여년동안 웅거하야온 소굴을 일조에 빼앗기게 된것은 속담에 애매한 두꺼비 돌에 치인 격이엇다 운달산 적굴에서 평양 진상봉물의 형적도 보지 못하고 네골 수령(守令)이 각기 환관한뒤에 황해감사가 연유를 비변사

(備邊司)에 보하엿더니 조정에서 다시 개성류수(開城留守)에게 청석골 적굴을 소탕(掃蕩)하라고 명하엿다 류수는 아무 계책(計策)도 업시 다만 경력(經歷)에게 군사 몃십명 주어 내보내고 경력은 아무 력량(力量)도 업시 다만 군사 몃십명을 거느리고 청석골로 나갓다 경력이 탑고개 동께에 결진하고 묵은까달게 청석골패는 경력진중의 대소 동정을 손우에 노코 보듯이 알고 한번 접전에 관군을 함몰(陷沒)시킬 승산(勝算)이 십분 잇섯지만 대병이 뒤에 이를 념려가 잇스니 접전을 피하라고 서림이가 늙근 오가와 박유복이를 달래어서 다른 두령들을 눌르고 여러 졸개들을 거두어 나다니지 못하게 하엿다 경력이 십여일동안 군사를 노하 탑고개 근방을 뒤젓스나 화적의 그림자도 보지 못하고 송도부중에 돌아와서 화적들은 멀리 도망하고 평양 진상봉물은 형적도 보지 못하엿다고 류수께 회보하엿다 류수가 경력의 회보대로 비변사에 보하엿더니 조정에서는 평양 진상물목을 각도 각관에 보내고 물목중의 물건을 감춘집이나 또는 가진사람을 고발하는사람이 잇스면 중상을 준다고 각 읍촌에 전령을 돌리게하엿다

청석골 두령들은 평양서 오는 봉물ㅅ짐을 송두리째 뺏어다노코 여덜목에 나누어서 한목은 도중소용으로 제치고 한목은 적은두목들을 내주어서 나누게하고 그나마지 여섯목은 여섯두령이 한목식 차지하엿다 서림이도 입당하야 두령 한목을 보게되엇섯다 이와가티 도회청에 돌려안저서 논호목을 할때 야광주란 힌구슬은 도중목으로 드러가고 굴근진주는 늙근오가의목으로

돌아갓는데 곽오주가 굴근진주를 집어다가 손바닥에노코 드려다보더니 늘근오가더러

『이것을 무엇하실라우』

하고 물엇다

『글세 무엇햇스면 조흘는지 모르겟네 아직은 그대루 집어두구 보겟네』

『집어두느니 내목에 아무거나하구 바꿉시다』

『자네는 무어할라나』

『내아페 잇는 아이놈을 쓸라우 이까지것 막상 보물이래야 어른은 가저서 아무짝에 소용업겟소』

곽오주 여페 안즌 길막봉이가 오주의 억개를 툭치며

『이번 아이놈은 대단 신통한 모양이군』

하고웃으니

『사람을 툭툭 치지 안흐면 말 못하나』

하고 오주는 눈을 흘기고 곽오주 건넌편에 안즌 배돌석이가 오주를 바라보며

『히한 보물을 가질 사람이 업서서 아이놈을 준단 말인가 아이놈이 그걸 가지면 무어하나 개발에 주석편자지』

하고 말하니

『제기 남이 바꿈질하려는데 왜들 나서서 헤살을 놋소』

하고 오주는 상을 찌푸렸다 늘근오가가 빙그레 우스면서

『자네가 가지구십다면 혹시 바꾸어줄지 모르지만 아이눔 주라구는 바꾸어주지 못하겟네』

하고 말하니 곽오주는 곳

『내가 가지구십소』

하고 싱글싱글 우섯다

『참말인가』

『참말이요』

『만일 아이놈을 갓다주면 삼천육부지자(三千六父之子) 노랑개색기라구 맹세를 치게』

『점잔치못하게 그게 무슨소리요 내가 맹세를 친다구 노랑개색기가 되우 고만 두구 그대루 바꾸어주시우』

『이사람아 내가 자네 속을 다 아네 거짓말 고만두게』

『바꾸어주기 실커든 고만두우』

『아이놈은 무어하라구 갓다 줄텐가 어듸 말좀 들어보세』

『주머니끈에 께여 차라지요.』

곽오주 말끄테 서림이가 우스면서

『그 준주가 은(銀) 오십냥이나 주구 산것이라오 그것을 주머니끈에 채우시긴 아깝지요』

하고 말하야 곽오주는 한번 흘낏 서림이를 보고나서

『미친놈들이다 날더러 서라면 상목한끗두 안주겟다』

하고 혼자말로 짓거렷다

『준주는 의려두 여차지요 야광주는 의주부윤이 대국서사오는데 이백냥인지 삼백냥인지 주엇답되다』

서림이 말한뒤에 박유복이가 힌구슬을 집어다가 만작 만작 해보며

『지금 이것을 판다면 상목 멧십동이나 바들수 잇겟소』

하고 물어서 서림이가

『작자만 잇스면 멧십동만 밧겟소』

하고 대답하엿다 곽오주가 서림의 말을 듯고 잠ㅅ간 고개를 비틀엇다가 다시 바로 세우며

『내가 도중에 할말이 잇소 도중으루 내논목은 우리 양주 꺽정이형님에게 보내줍시다』

하고 말을 내노흐니 다른 두령들은 말이 업고 박유복이가 나서서

『도중목은 그냥 두구 우리들 목에서 모아서 보내는게 조치 안홀까』

하고 말하야 다른 두령들이 조타고 찬동할뿐아니라 곽오주까지 그것도 조타고 자긔 맘을 고집하지 아니하엿다 박유복이가 리봉학이게도 보내주엇스면 조켓다고 말하고 또 황천왕동이도 두엇다 주엇스면 조켓다고 말하야 각기 친분대로 내서 모으는데 림꺽정이 목에는 다른 두령뿐아니라 서림이까지 내노코 황천왕동이 목에는 서림이만 빠지고 다섯 두령이 다 내노코 리봉학이 목에는 박유복이 의에 배돌석이 한사람이 내노핫다 그뒤에 앙주림꺽정이와 림진리봉학이게 물건을 보냇더니 꺽정이는 말업시 밧고 봉학이는 밧지안코 돌려보냇섯다

결의 (一)

양주 림꺽정이는 아비병이 겨울을 넘기지 못할것가터서 겨으내 집을 떠나지못하엿다 사람의 목숨이 모질어서 숨만부튼 병인이 죽을듯 죽지안코 하루하루 넘기어서 온겨울을 다지냇다 미음을 떠너허도 맛모르고 삼키든 병인이 개춘이되며부터 조금조금 나허서 중둥밥까지 발게 먹게되엇다 아비병이 그만한뒤에 꺽정이는 칠장사 선생을 보러가려고 하는데 애기어머니가 노인 시아버지에게 옷한벌을 지어보내겟다고 말하야 꺽정이가 옷되기를 기다리고 잇든중에 림진별장 리봉학이게서 전인으로 편지가 왓는데 언문이나 똑똑이 볼사람이 업서서 애기어머니가 이웃집 최서방에게 가서 술한사발 사주고 편지를 보아왓다 그편지에 안부의 사연은 기쁜소식을 들려줄것이 잇스니 놀기겸하야 나오라고 청하는것이엇다 꺽정이가 애기어머니의 옴기는 말을 듯고나서

『기쁜소식은 무선 소식이랍되까』

하고 물으니

『편지에 기쁜소식이라고만 햇지 기쁜소식이 무슨소식이란말은 업대 리별장이 재미잇는 사람이니까 꼭오라고 그런말을 햇는지 모르지』

하고 애기어머니가 대답하엿다

『봉학이가 내겐 실업슨말을 할리가 업는데』

『글세 참말 무슨 기쁜일이 잇슬까』

『내게 무슨 기쁜일이 잇겟소』

『혹시 잇슬는지 누가아나』

『사람이 혹시루 속아산다지만 우리는 혹시두 바랄께업스니까 속구말구 할꺼잇소』

남매간 수작하는 말을 꺽정이안해 백손어머니가 엿페서 듯다가

『우리 동생이나 노혀 오면 기쁠까』

하고 말하니 꺽정이가 깨도가되는것처럼

『올타 천왕동이 소식인가부다』

하고 안해를 돌아보앗다

『이별장한테 나하구 가치갑시다』

『또 주착업는 소리한다』

『동생소식을 들으러간다는게 주착업는 소리란 말이요』

『말대답이 일수르군』

『임자는 누님 동생이 다 한집에 잇지만 나는 둘도업는 동생이 하늘끄테 귀양가잇소 인정이 잇거든 남의 생각도 좀 해보시요』

『수다 떨지말구 가만이잇서』

꺽정이는 안해를 욱박질럿다

이튼날 꺽정이가 전인온사람과 가치떠나서 림진을 나왓다 봉학이의 기뿐소식이란것은 다른소식이 아니요 곳 천왕동이의 귀양이 풀린다는 소식이엇다

『내가 제주목사께 상서할때마다 천왕동이말을 비첫섯소 작년세미데 상서한 답장이 일전에 왓는데 그답장에 황천왕동이는 곳 귀양이 풀릴듯하다구 햇습듸다』

봉학이의 말끄테 꺽정이는

『그거 참말 기뿐소식일세』

하고 조하서 입을 벌리고 우섯다

『우리가 제주서 떠날때 천왕동이가 언덕우에 주저안저서 울든것이 지금까지두 눈에 선하우』

『그애가 수이 풀려오지 안흐면 나는 한번다시 제주를 가보려구까지 생각햇네』

『천왕동이가 수이 풀리게 된것은 목사의 힘뿐이아니구 이정승대감의 힘두 잇슬것이요』

『이정승에게두 말은햇섯나』
『세전에 문후하러 갓슬때 마침 조용한틈이 잇서서 천왕동이 쳐가 애매한것을 조만이 말슴하구 귀양이 풀리두록 주선해줍시사구 청까지 햇섯소』
『뉘힘뉘힘 할깨잇나 자네힘이지 그런데 나는 내일 곳 도루 집으루 가겟네』
『무엇이 그러케 급하시요 배ㅅ노리나하구 멧칠놀다 가시우』
『우리집 사람은 지금 동생의일이 궁금해서 곳 죽으려구하네 이번에 기뿐소식이 잇단말을듯구 동생이 노혓는가보다구하구 여기를 가치오겟다구까지하는걸 욱박질러서 주저안첫네』
『왜 욱박질럿소 가치오시지 그래 내일 가실테면 수이한번 다시 오시려우』
『내가 칠장사가서 선생님을 뵈입고온뒤에 한번 다시옴세』
꺽정이는 림진서 하루ㅅ밤을 지내고 곳 양주집으로 돌아왓다 천왕동이의 귀양풀린단 소식을 듯고 꺽정이집 식구들이 다 조하하는중에 백손어머니는 조하서 저녁밥도 먹지아니하엿다 애기어머니가 동생의댁을 보고 우스면서
『여보게 귀양풀린단 소식을 듯고 밥을 못먹으면 풀려와서 서로 만나는날은 굴머죽으려나』
하고 말하야 백손어머니가
『동생을 만나보면 굴머죽어도 조와요』

하고 말대답하는데 백손이가 여페서 불쑥

『외삼촌 아저씨 귀양이 풀리지말어야겟소』

하고 열통적게 말참녜하엿다

『무엇이야 이자식아 네가 어미의위를 긁는게냐』

『어머니가 굴머죽으면 탈이거든』

『하면 다하는것만 여겨서 너까지 어미를 놀리느냐』

『누가 어머니더러 유난을 부리랍듸까』

『너두 지각좀나』

『내가 아무리 지각이 안낫기루 설마하니 어머니 지각만 못하리까』

『잘한다 잘해 저자식이 사람인가』

백손이 모자간에 오락가락 하는말을 꺽정이가 듯다가

『어미 자식이 똑 갓다』

하고 우스니 백손이가 저의 어머니더러

『어머니 고만둡시다 아버지 웃는것이 아니곱소』

말하고 아비의 얼골을 흘긋 돌아보앗다 꺽정이는 잠자코 잇는데 애기어머니가 눈을 흘기면서

『저 자식의 아가리는 마구난 창구녕이야』

하고 말하니 백손이는 아래입살을 길게 빼물엇다

『이애 내말좀들어라 대가리 커단 자식이 어머니더러 지각업다는건 무엇이고 아버지더러 아니 꼽다는건 무엇이냐 그런 버릇 어듸서 배웟늬』

『아주머니 잔소리엔 사람이 머리가 빠지겟소』

『너의 아버지가 할아버지께 하는걸 좀보구 배우지못하느냐』

『아버지가 하라버지가튼 반신불수 병신이면 내가 아버지버덤 더잘할는지 누가 아우』

꺽정이가 별안간

『이자식 되지못한 소리 짓거리지마라 듯기실타』

하고 소리를 질러서 백손이와 애기어머니는 다가티 말을끈치엇다 백손이와 팔삭동이 숙질은 뜰아래ㅅ방으로 나려가고 꺽정이와 애기어머니 남매는 안방으로 들어가고 또애기와 백손어머니 숙질은 저녁먹은 그릇을 설거지할때 삽작께서

『누님』

하고 불르는 소리가 나며 뒤미처 마루아페잇든 애기가

『아이구 아주머니 백손옵바 외삼촌아저씨』

하고 소리첫다 부억에서 솟을부시든 백촌어머니가
『무엇』
하고 한거름에 뛰어나와서 들어오는 천왕동이게로 쪼차나가며
『아이구 이게 누구야 아이구 이게 웬일이야』
하고 우름반 짓거렷다 안방에서 꺽정이남매가 쪼차 나오고 뜰아래ㅅ방에서 백촌이숙질이 뛰어나왓다 천왕동이와 백촌어머니가 남매 서로 끌어안고 우는것을 꺽정이는 한동안 물끄럼히 보고섯다가 나종에 끌어안은 남매를 떼어노흐며
『인제 고만 방으루 들어가자』
하고 천왕동이의 손목을 끌고 안방으로 들어왓다 여러사람이 뒤따러 들어와서 각기 인사을마친뒤에 꺽정이가 천왕동이를 돌아보며
『귀양이 수이 풀린단말은 들엇지만 이려케 속히올줄은 생각못햇다 대체 어느날 귀양이풀리구 어느날 제주서 떠낫느냐』
하고 물으니 천왕동이는
『모두가 꿈속갓소』
하고 백촌어머니로부터 여러사람들을 한번 다시 돌라보고 나서

『보름정구를 가지러들어가니까 득사가 따루불러서 귀양이 풀렷스니 내일이라두 고향으루 가라구 분부합듸다 열닐헤날 떠나나오는 배편이 잇서서 제주서 불불이 떠나는데 형님하구 이정의하구 떠날때 주구간 상목으루 그동안 객비쓰구 남저지가 선가가 겨우됩듸다 그래서 무테나린뒤는 과객질루 어더먹구왓소 그끄저께 무테나렷는데 온사흘동안 풍낭에 부대낀까닭그루 첫날은 다리가 허전해서 구십니박게 못것구 그저께 어저께 양이틀은 하루 이백뉵십리식 것구 오늘은 한삼백리 너머걸엇소』

하고 꺽정이 말을 대답하엿다 천왕동이가 저녁을 안먹어서 밥을 새로 짓게 되엇는데 백손어머니는 동생여플 잠시도 떠나려고 아니하야 애기어머니가 애기를 다리고나가 밥을지어서 저녁굴문 백손어머니와 남매 겸상하야 먹게하엿다 밥먹기전과 밥먹은후는 고사하고 밥먹는중에도 천왕동이는 귀양살이하든 이야기를 하느라고 수깔질이 동안 뜰때가 만핫다 천왕동이의 이야기가 대충 끗이 낫슬때 꺽정이가 천왕동이더러

『이번 귀양풀리는데 이별장이 매우 힘을 쓴 모양이다』

하고 말하니 천왕동이는 리별장이 리봉학인줄 몰라서

『이별장이란 사람이 누구요』

하고 물엇다

『이봉학이가 지금 임진별장이다 네귀양이 수이풀린단 소식두 내가 임진가서 듯구왓다』

『언제가서 듯구왓소』

『가기는 어제가구 오기는 오늘왓다 이별장이 놀다가가라구 붓드는데 네소식들은것을 빨리 집에와서 알리려구 불불이 되지퍼왓다』

『내일 다시 나하구가치 갑시다 내가 가는길에 잠ㅅ간 이별장을 차저보구 가겟소』

천왕동이 말끄테 백손어머니는

『내일 곳 봉산으로 갈테야』

하고 뭇고 애기어머니는

『저주제를 해가지고 염체 별장나리를 차저갈 작정이요』

하고 물엇다 천왕동이는 주제가 사나운품이 헐벗지안흔 거지로 보기조흘만하엿다 꺽정이가 애기어머니와 백손어머니를 돌라보며

『참말 주제가 말아니군 아무것으루나 옷한벌 해입히지』

하고 말하는데 천왕동이가

『언제 옷을 해입구잇겟소 내일 봉산가서 가려입지』

하고 말하니 백손어머니는

『주제가 이런걸 내가 그대로 보내면 나는 이다음 동생의댁 볼낫이업서 그러고 하루두 묵지 안쿠 간단말이 될말이야 너는 간대도 나는 못보내겟다 수일묵어서 옷한벌 해입고 가거라』

성을내서 사설하고 애기어머니는

『백이방댁 아가씨를 보이러가기가 급하겟지만 하루이틀 못참겟소 참기좀 어렵더라도 주리참듯 참어보구려』

조롱하고 깔깔거리엇다 천왕동이는 한참ㅅ동안 잠자코잇다가 꺽정이를 보고

『나갈때 형님 임진까지 가치갈라우』

하고 다시 물으니 꺽정이가

『네가 가치가자면 임진은 고만두구 봉산꺼지라두 가치가지』

하고 대답하엿다

『이왕 느질바엔 청석골두 거처갈테니 형님 꼭 나하구 동행합시다』

『청석골이 요새는 전과딸려서 놀러가기두 재미적지만 네가 간다면 동행하지』

꺽정이가 천왕동이하고 동행한단말에 애기어머니는

『그럼 죽산은 언제갈라고』

하고 꺽정이더러 말하니 그말속에는 청석골가는것이 부지럽단뜻이 숨겨잇고 백손어머니는

『갓다와선 가지못해요』

하고 꺽정이대신 말하는데 그말속에는 동생을 봉산까지 다려다 주엇스면 조켓단뜻이 들어잇섯다

『날이 차차 더워가면 옷해노흔건 어떠케하나』

『옷보내기가 급하면 신서방더러 먼저 갓다두고 오라지요』

『그러치만 이왕 가려는길을 자꾸 느처서 쓰겟나』

백손어머니가 말대답하기전에 천왕동이가 먼저

『내길은 느치라구 형님길은 느치지말라우 애기어머니 차치구 포치구하는 꼴이 보기실혀서 내가 내일갈까보우』

하고 우스니 애기어머니도 우스면서

『귀양살이까지하구 지각좀 낫슬줄 알엇드니 전이나 마찬가지로군』

하고 댓구하엿다 인해 정당한말은 끈치고 실업슨말이나서 한동안 여러시한께 웃고 떠들다가 정밤중에 돗는말이 노피올라온뒤 비로소 잘자리들을 보게되엇다

이튼날식전에 애기어머니가 백손어머니를 다리고 천왕동이의 옷지을것을 의논하엿다

「바지 저고리 두루맥이를 다 무명으로 지을까」

「내가 무얼 알어요 형님생각대로 해주시지」

「애기할아버지 바지짓고 남은 명주가 저구리한감 넉넉할테니 저구리는 명주로짓세」

「명주저구리 조치요」

「요전에 마전한무명이 여남은자 남지안핫나」

「한 반필 남앗슬께요」

「그럼 두루맥이 한감만 새로 마전하면 되겟네」

「안집들은 어떠케하오」

「흔것으로 너치」

「애기할아바지 두루맥이도 안집이 만만치 안하서 애쓰시고 그려시요」

「팔십 노인이니까 아직 홋두루맥이가 일를것가터서 겹으로 지엇지 절믄이들이야 누가 지금 겹두루맥이를 입나」

「그러면 무명을 한필만 마전하지요」

「두루맥이한거죽이니까 한필탐이나 들것도 아니지만 이왕이면 필로 마전하세」

「행전도잇고 버선도 잇서야지요 한필이 얼마나 남겟소」

『앗다 쓰는대로 쓰고 남는대로 남겨두세그려』

『그럼 다락에서 한필을 끄내주시요』

『가만이잇게 잇다 아침지난뒤에 내가 골라서 끄내줌세』

아침밥이 끗난뒤에 애기어머니가 다락에 들어가서 세목(細木)한필을 골라가지고 나와서

『여기 무명 내왓스니 어서 갓다삼께』

하고 박게잇는 백손어머니더러 말하는것을 천왕동이가 듯고

『그게 내옷 해줄께요』

하고 물으니 애기어머니는

『옷감이 맘에드나 좀보오』

하고 무명을 천왕동이아페 내밀엇다

『삼기는 왜 삼소』

『마전을해야 옷을짓지』

『그대루는 옷을 짓지못하우』

『상제아닌 사람이 누가 깃것을입어』

『지금 마전해서 오늘해전에 옷을짓게 될수잇소』

『급하기라니 우물에가서 숙냉을 찻겟네 오늘은 살머서 헹구어서 말리고 내일은 다듬고 모레나 옷을 짓게될까 아직멀엇스니 청처짐하게 잡고깁시요』

『아이구 그러면 나는 옷못입구가겟소 느저두 내일모레 안으루는 떠나야겟스니 알어해주시우』

『안될껄 억지로 어떠케하오』

『짓것두 조흐니 마전말구 그대루 해주시우』

천왕동이가 나종에 애걸하다시피 청하야 애기어머니는 아모쪼록 옷을 빨리 입게하야 주마고 허락하고 백손어머니더러 무명을 올케마전하지말고 깃만 빼라고 말하엿다 백손어머니가 두루맥이감 깃을 빼는동안에 애기어머니는 전에 마전한 무명으로 바지를 지엇다 이날저녁때 바지하나박게 된것업는것을 천왕동이가 보고 밤에 일을하야 내일식전 입게 하야달라고 부득부득 떼를써서 할길업시 명주저구리는 이웃집 최서방녀편네의 손을 빌고 두루맥이와 행전과 버선은 시누의올케 둘이 어울러짓고 허리띄와 다님은 애기가 접엇다 그이튼날 느진아침때 옷한벌이 가추 다되어서 천왕동이가 새옷을 갈어 입은뒤에 림진가서 잘작정하고 떠나자고 꺽정이를 졸랏다 꺽정이가 병든 아비를 들어가보고 천왕동이를 봉산처가에 다려다 주고온다고 말하니 병인은 고개를 끄덕이고 속히 다녀오라는 뜻으로 속히속히하고 두어마듸 얼버무려 말하엿다

꺽정이가 네네 대답하고 나와서 애기어머니더러

『내가 불과 열흘안에 와서 죽산을 갈테지만 선생님 옷은 먼저 불출이시켜 보내두 좃소』

말하고 박갓방에잇는 신불출이를 불러서

『칠장사에 옷가저 갈것이 잇스니 자네좀 갓다두구 오게』

하고 일르기까지하엿다 이날 점심뒤에 꺽정이는 천왕동이를 다리고 떠나갓다

꺽정이의 이웃집 최서방은 회만이서 잘살다가 패가하고 읍으로 들어온사람인데 위인이 난봉이요 또 게으른뱅이라 늘거꼬부라진 어미와 올망졸망한 자식삼남매를 굶겨죽이지 안는것이 전수히 그안해의 힘이엇다 그안해는 사람이 번잡스러운것이 병통이나 부침ㅅ성이 조코 일이 시원칠칠하야 이집저집에 일을 해주고 음식도 어더오고 곡식도 어더와서 여섯식구가 구차히나마 연명하고 지내는 처지이엇다 최서방집에서 꺽정이집 이웃으로 이사온뒤 처음 한두말은 이웃간이라도 통 내왕이 업섯스나 꺽정이의집 살림이 구차치안흔것을 짐작한뒤 최서방의 안해가 먼저 차저와서 애기어머니와 백손어머니를 보고

『이웃간에 왕내가업서 쓰겟소 이웃사촌이라니 사촌처럼 정답게 지냅시다』

하고 말은 부치엇섯다 다른 양민들은 백정의집이라고 돌리는데 최서방의안해가 말만이라도 간격을 두지안는것이 녀편네들 마음에 대단고마워서 쉽게 서로친하엿다 해포이웃하야 지나

는동안에 꺽정이와 최서방만 사이가 서로 벗버듬하야 친하지 못할뿐이고 그나마지 두집식구는 다들 친할만큼 친하야서 최서방의 아들딸이 꺽정이의집 조석때 오면 애기가 불러서 대궁법도 거두어먹이고 꺽정이동생 팔삭동이가 최서방의집 어질더분한때 가면 최서방의 안해가 구실려서 비질도 시킬만큼 무간하게 지내엇다

꺽정이가 천왕동이와가치 떠나든날 팔삭동이는 전에업시 저도 형과가티 훨훨다니고 시픈마음이 나서 다른식구들이 다 집안으로 들어간뒤까지 삽작귀틀에 등을기대고 멀거니 섯다가 나종에 최서방집 삽작께 와서 기웃이 드려다보앗다 최서방은 봉당에 자리쪽깔고 번듯이 들어누엇고 최서방의안해는 남편발채에 안저서 어린아들 머리에 이를 잡아주다가 팔삭동이를 바라보며

「왜 거기섯나 들어오게」

하고 불러드렷다 팔삭동이가 들어와서 봉당끄테 걸터안즌뒤 최서방의안해가

「손님이 떠낫지」

하고 물으니 팔삭동이는 고개를 끄덕하엿다

「손님이 새옷입은 뒤에 보니까 외모가 깍근서방님이데」

「외모가 무어요」

「외모가 얼굴이지 무어야」

「새옷입엇다구 얼굴이 달러지우」

「사람은 입성이 날개라네 입성을 잘입으면 얼굴이 돗보이다뿐인가」

「나두 날마다 새옷이나 달래입을까보다」

「자네옷이 얼마나 만키에 날마다 새옷을 입는다나」

「옷이업스면 새루 해달라지」

「자네집에 필육도 만흔가베」

「필육이 퍽만소 다락에두 잇구 광속에두 잇소」

「명주도 만흔가」

「명주가 다 무어요 대국비단두잇소」

「자네집엔 별게 다잇네그려 대국비단은 어듸서 생겻나」

「어듸서 생긴건 나두 모루우 그런데 우리집에와서 내가 대국비단말햇다구 말마우 우리누님이 남더러 말말라구 합듸다」

이때 최서방의큰아들 여덜쌀먹은 아이가 훌적훌적 울면서 박게서 들어왓다

「너 왜 우늬 어떤놈하구 싸왓느냐」

하고 그어머가 물으니

『백촌어머니가 내머리를 이러케 쥐어박엇다우』

하고 그아이는 쥐어박든 시늉을 내엿다

『네가 가만이잇섯스면 쥐어박힐라구』

『콩복근이 조금 집어 먹엇더니 나더러 거지색기라구하구 막 쥐어 박겟지』

최서방이 벌떡 일어안즈며

『어떤년이 너더러 거지색기라구 그래』

하고 소리를 질러서 그안해는 얼른

『백촌어머니가 귀여해서 좀 쥐어박은걸 이못생긴게 울고온게지』

하고 남편에게 눈짓하엿다

『창피한것들하구 이웃해살라니까 별꼴을 다보겟네』

『이웃집선 잘사는데 우리집에선 하두못사니까 창피도해요 아닌게 아니라』

『농사두안쿠 장사두안쿠 소두안잡구 잘살면 남에게 의심이나 사지』

『의심을 살때 사더라도 우리도 남가티 잘 살어밧스면 조켓소』

최서방은 팔삭동이의 이야기를 돌처생각하고

「백정의 집에 대국비단잇는것두 조흘꺼업서」

하고 속으로 슬그머니 모함잡을 마음을 먹엇다

이날 다 저녁때 양주장교와 사령들이 꺽정이집에 쏘다저 나와서 집안식구들을 한여페 몰아노코 집뒤짐을 하게되엇스니 이것은 꺽정이의 이웃집 최가가 양주관가에 들어가서 백정의 자식꺽정이집에 평양진상봉물이 잇다고 밀고 한까딸기이엇다

외방에서 진상이나 선사하는 물건이 다락에서 만히 나왓다 주단이 여러필이요 피물이 여러장이요 초가 몃궤요 면주、반주、주속과、세목。상목。목속은 다락뿐이아니라 광에서도 나왓고 공단수의、북포수의。수의두벌은 병인의방에서 나왓다 장교들이 집안세간을 삿삿이 다뒤진뒤에 사령들이 집안식구들을 대루따루 묵거내세우는데 다죽어가는 병인까지 끌어내니 애기어머니가 보다못하야 담을 크게먹고

「소인네 아비는 반신불수병신으로 누어서 꼼짝을못한지가 여러해올시다 저기저 기집아이년하고 집에 남겨두시고 소인네들만 잡아가십시요」

하고 사정을 하엿더니 여페 가까이섯든 장교하나가 대들어서 보기조케 뺌을한번 부치며

「이년아 두순잔말이냐」

하고 욱박질럿다 애기는 말할것업고 병인까지 잡혀가게되엇는데 병인의입에서 아이구아이구

소리가 절로 나오는것을 무직스러운 사령들은 엄살이라고 야단을치면서 개색기처럼 끌고갓다 양주군수(이매는 목사가아니다)가 림꺽정의집에서 나온 물건들을 동헌대청으로 올리라고하야 낫낫이 친히살펴보니 초궤에쓰인택호는 모다 깍고끌거버렷는데 그중에 령부사택호는 흔적이남어잇서서 아는사람이 짐작으로 볼수잇섯다 군수가 곳 꺽정의집 식구들을 차례로 잡아드려서 물건의 소종래(所從來)와 꺽정의거처(去處)를 문초밧는데 꺽정이의아비는 형틀에 올려매기전에 다죽은 송장이라 매를 멧개치지안코 끌어내치고 꺽정의아들은 매를치기전에 물어도

『모릅니다』

매를 치면서 물어도

『모릅니다』

모릅니다 한마듸외에 다른 말이업슴으로 매를 한차례처서 끌어내치고 꺽정의 기집은 물볼기를치려고 사령들이 옷을벗길때

『이놈들아 녀편네 찬 걸레를 할터먹을라느냐 왜 옷을 벗기느냐』

하고 사령들을 욕하기 시작하더니 나중에는 군수까지 치어다보며 이놈저놈하야 군수가 화가나서 말도 뭇지안코 물불기만 되우처서 끌어내치고 그다음에 꺽정이 누의를 잡아드려서 어퍼노코 군수가

『이년 너는 아는대로 아뢸테냐』

하고 호령하야 관속들이 호령을 바더나리고

『소인네 아는것이야 존전에 어찌 긔망하올길이 잇소리까』

하고 대답하야 관속들이 다시 대답을 바더올렷다

『저물건들이 어듸서 난것들이냐』

『소인네동생과 상종하는 양반님네들이 보내신것이올시다』

『백정의 자식과 상종하는 양반이 어듸잇단말이냐』

『소인네가 천한 백정이오나 소인네아비는 이찬성부인과 내외종남매간이옵고 소인네 시아비는 서울 재상님네와 친분이 잇섯삽고 소인네동생도 여러양반님네와 상종이잇숩는데 소인네는 다압지못하오나 지금 함경감사께도 친졉게다닌다고 하옵듸다』

『함경감사가 누구란말이냐』

『전라감사와 경긔감사를 지냅시고 함경감사로 나갑신양반말슴이올시다』

『백정의 자식으론 발이 대단 너르구나』

하고 군수는 고개를 그덕인다음에

『네동생은 어듸를 갓느냐』

하고 말을 고처물엇다

『임진별장 이봉학이란이가 놀러오라고해서 가옵는길에 황해도 봉산사는 처남을 다리고가온 까달게 봉산까지 갓다올뜻하외다』

『언제쯤온다고 하고 갓느냐』

『과즉 한열흘된다고 하고갓소이다』

『네동생이 운달산이나 청석골 화적들하고 상종하는것을 보샷느냐』

『소인네동생이 온뒤에 물어봅시면 알으실테지만 소인네는 본일이업소이다』

꺽정의 누의가 대답이 능난하야 대답을 듯는 군수는 말할것도 업고 대답을 바더올리는 관속들도다 속으로 놀랫엇다

군수는 꺽정이기집에게 봉욕하고 꼭두까지 낫든 화가 꺽정의누의를 문초밧는중에 만히풀리엇스나 아즉도 화가 좀남아서

『이다음 네동생의말이 네말과 달르면 너는 장하에 죽을줄 알어라』

하고 추상가티 호령한뒤에 꺽정의누의를 끌어내치고 꺽정의동생을 잡아 드렷다 절뚝바리 병신일망정 키는 엄부렁하게 큰것이 어린아이가티 엉엉울며 끌려들어왓다 사령들이 쥐어질르니 고함치며 더울고 군수가 호령하니 느껴가며 더울어서 형틀에 올려매노키만하고 문초를 밧지

못하는중에 우름을 잠간그치며 고개를 치어들고

『형님 나죽소 형님 살려주우』

하고 고개를 끄떡끄떡하엿다 팔삭동이는 공중대고 형에게하는말을 집장사령부터 동헌을 보고 원님에게 하는말로 짐작하고

『이놈아 무슨소리냐』

군수가 채처서 관속들이 말을바더올리니 군수는 형님이란말을 이놈저놈 소리보다도 더 봉욕으로 생각하야

『그놈이 실성한놈이다 실성한놈에게 말물을것업다 매를 처라』

하고 호령을 나리엇다 얼뜬위인이 매네댓개에 까물처서 고개가 축늘어지니 군수가 이것을보고

『그놈이 흉물쓴다 더처라』

하고 호령하야 매열개를 채운뒤에 끌어내치엇는데 까물친것이 깨어나지못하야 다 죽은송장과 가터서 사령들이 들어냇다

『이제 또 어떤것이 남앗느냐』

하고 군수가 꺽정의식구의 남은사람을 물어서

『여남은살먹은 기집아이년이 하나 남앗소이다 그것이 대답똑똑이 하든 기집의 딸이랍내다』

하고 형리가 애기 남아잇는것을 아뢰니 군수는 곳

『그기집아이년을 마저 잡아드려라』

하고 분부하엿다가

『그년 모녀를 한께 잡아드려라』

하고 고처분부하엿다 어미는 한여페 안치고 딸만 아프로 내세우게 한뒤에 군수가 나려다보며

『꺽정이가 네게 무엇이 되느냐』

하고 물으니 애기는 발발떨며 대답을 못하엿다

『네 외삼촌이냐』

『녜』

『네 외삼촌의집에 저기노힌 물건들이 어느때 생겻느냐』

『빨리 아뢰라』

긴대답소리에 나오든 말도 도루 들어가서 애기는 입만옴질거리엇다

『고년도 마저야겟다 고년을 거더세우고 종아리를처라』

딸이 종아리를 맛는동안에 어미는 머리를 땅에부듸젓다 종아리에서 피가난뒤 군수가 매를 그

치게하고 어미를 아프로 잡아내서 꿀려노코

『네딸년을 네눈아페서 쳐죽이기전에 네년이 아는대로 다 바로아릴테냐』

하고 호령하니

『무엇이든지 물읍시면 소인네 아는대로 다아뢰겟소이다』

하고 꺽정의누이가 대답하엿다

『저물건들이 언제 생긴것이냐』

『작년설에 생긴것도 잇솝고 올설에 생긴것도 잇소이다』

『초궤들은 언제 생긴것이냐』

『그것도 작년설과올설에 생긴것이올시다』

『그것이 함경감영에서 온것이냐』

『어듸서 온것은 모르오나 서울서 왓다고하옵듸다』

『네동생이 영부사댁에도 다닌다드냐』

『그건 소인네가 압지 못합내다』

『네 동생이 화적질다니는것을 이웃에서까지 다아는데 네가 모른단말이 될말이냐』

『하늘이 나려다봅시지 소인네동생은 화적질다닐리가 만무하외다』

『네집에 자주드나드는 사람은 누구누구냐』

『소인네집에는 혹간오시는 손님외에 일ㅅ군하나박게 드나드는 사람이업소이다』

『그일ㅅ군은 어듸잇느냐』

『오늘식전에 죽산칠장사에 옷가지고 갓소이다』

『뉘옷을 가지고 갓단말이냐』

『소인네시아비 옷이올시다 소인네시아비가 칠장사에서 중노릇을 하옵는데 죽산근방에서 생불스님이라고 한답내다』

군수는 꺽정의 누의의 말을듯고 고개를 멧번 끄덕끄덕하엿다

이때 양주군수는 죽산안진사와가티 칠장사에 놀러갓든 리참봉의백씨라 칠장사 노장중이 경력이만코 도덕이노픈것을 그게씨에게 들어서 아는터이엇다

『너의 시아버지가 나이 올에 얼마냐』

『여든다섯살이올시다』

『근력이 아직도 조타느냐』

『아직 큰병은 업슬줄로 아옵내다』

『네가 언제 보러갓더냐』

「소인네모녀는 오지말라고해서 가지못하옵고 소인네동생이 자주 다니옵내다」

「네동생이 언제갓다 왓느냐」

「작년 겨울에 갓다오고 그뒤엔 아비병까딸게 하루도 집을 떠나지 못햇소이다」

「네아비병이 지금은 나흔모양이냐」

「봄을 잡아들며 조금식 나하서 지금은 세전에대면 아주 다 나흔셈 이외다」

「작년 섯팔에는 네동생이 어듸 나간일이업느냐」

「어듸를 나갈수잇섯스면 선생을 안보러갓겟삽내까」

「선생이 누구냐」

「소인네 시아비가 소인네동생의 선생이올시다」

「네 동생이 글짜하느냐」

「글은 못하옵내다」

「조흔선생에게 배웟다며 글을 못한단말이냐」

「임진별장 이봉학이란이도 소인네 동생의 동접이온데 역시 글을 잘못한다하옵듸다」

「네 동생이 너의 시아버지가튼 도덕잇는중의 제자라고하면 불법한짓은 안할듯하나 저 물건들의 소종래가 종시수상하고 또 초계에 쓰인택호를 글거버린것이 적은일 일망정 대단 수상하니 네동생이 와서 수상한것을 명백히하기까지 너의돌은 다 가쳐잇슬줄알어라』

『소인네가 감히 주검을 무릅쓰고 한마듸 사뢸말슴이 잇소이다』

『무슨말이니』

『소인네 아비는 옥에가치는날 옥에서 죽지 살지못할것이오니 노하줍시고 저기집아이년하나만 가치 노하줍서서 미음이라도 끄려먹이게 해줍시면 소인네 남매가 죽은뒤 풀을 매저서라도 은혜를 갑사오리다』

꺽정의누의가 눈물석거 사정하니 군수는 별로 자저하지도안코

『그건 그래라』

하고 허락하엿다 애기어머니 시누의올케와 팔삭동이숙질은 옥에 가치게되고 애기조손만 집으로 노혀나왓는데 집이라고 란리처간뒤 가텃다 관속들이 빈집을 그대로 두고 갓는지 양민들이 세간을 뿔뿔이 들어갓는지 눈뜨이는 세간이 만히업서젓겟다 병인이 매맞고 나온뒤 이틀동안 미음한모금 먹지안코 알는데 애기가 미음그릇을 들고 지성스럽게 권하야도 눈도 떠보지 안흘때가 만헛다 눈감고 누은병인은 목에서나는 가르랑소리가 죽지안흔표이엇는데 사흘되는날 아침에 애기가 병인의방에 들어와본즉 그 가르랑소리가 업서저서 마음이 섬뜩한것을 간신히 참고 병인여페 가까히와서

『할아버지』

하고 큰소리로 불르며 얼골에 손을 대어보니 차기가 곳 어름가텃다

『아이구머니』

하고 소리를 질르며 박그로 뛰어나왓다 애기가 혼자 울고 불고하다가 최서방내외를 가서 보고

『할아버지가 죽엇는지 모르겟스니 좀 와서보아주세요』

하고 사정하엿더니 최서방은

『내집에 왜왓느냐 가거라』

하고 소리질르고 최서방의 안해는

『우리가 백정의 송장을 만질사람이냐』

하고 소리를 질러서 애기는 두말못하고 울며 돌아섯다 이튼날 나제 죽산갓든 신불출이가 돌아와서 죽은사람의 뻿뻿한수족을 억지로거두고 홋이불폭으로 더퍼노흔뒤에 애기를 보고

『옥에가서 말햇느냐』

하고 물으니 애기는 눈물을 흘리며

『어머니까지 죽으라구 가서말해요』

하고 대답하엿다

『이웃집 최가내외가 와보드냐』

애기가 고개를 흔들며 최서방내외가 아든정보든정업시 소리질러 쫏든것을 이야기하니

『내가 지금 장터에서 이야기를 듯고왓다 이웃집 최가가 밀고해서 이번일이 낫다드라 내가 오늘 곳 떠나서 너의아저씨를 차저뫼시구 올테니 그동안 참구 지내라』

하고 애기에게 말을 일르고 신불출이는 곳 봉산으로 떠나갓다 꺽정이가 황천왕동이와 가치양주집에서 떠난뒤 첫날은 림진리봉학이게와서 자고 다음날은 청석골산속에와서 잣다 청석골두령들이 황천왕동이를위하야 밤잔치를 차리어서 술들을 먹는중에 박유복이의 안해가 저녁먹은것이 관격이 되어서 유복이는 말할것업고 오가까지 안에를 자주 드나들게 된까딸게 다른두령이 잇지만 재미가업서서 꺽정이가 술을만이 먹지안코 상을 치우게하고 진상봉물뺏어온 이야기도 대강듯고말엇다 청석골서 떠나서 이틀에 봉산을가고 봉산서 천왕동이 장인에게 붓들려서 가든날까지 사흘묵고 회정하게되엿는데 회로에는 청석골을 알과할작정하고 오다가 공교히 탑고개에서 곽오주를 만낫다

『유복이네 아주머니 일어낫나』

『일어낫소 한두군데 돌아보러나왓드니 고만두구 형님하구 가치들어가야겟소』

『자네는 자네볼일 돌아보러가게 나는 나대루 가겟네』

『큰볼일업소 가치 들어갑시다』

『내가 이번은 그대루 지내가겟스니 여러사람에게 가서 말이나하게』

『나는 그런말 하기실소 형님이 가서 말하구 가우』

『말하기 실커든 고만두게』

『형님 그대루가서되우 여러사람은 고만두구 내가 우선 섭섭하우 이번에 들어가서 술이나 실컨먹읍시다』

『내가 집에가서 죽산길을 떠날테니까 바루가야겟네 술은 이다음에 먹세』

『형님을 만낫다가 그대루 놔 보내구 들어가면 나는 여러사람에게 지천구밧소 잠ㅅ간이라두 들어갓다 가우』

오주가 붓들고 노치안하서 꺽정이는 마지못하야 다시 청석골 산속에를 들어오게되엇다

이날밤에 여러두령과 서림이가 오가의집 사랑에 모여서 꺽정이를 술대접하는데 술사이에 운팔산박련충이 소굴빼앗긴이야기가 나서 꺽정이가 듯고 여페안즌 오가를 돌아보며

『연중이가 잡히지나 안헛답듸가』

하고 물으니 오가는

『박련중이가 왜 시라손이요 잡히게』

하고 대답하엿다 서림이가 오가의대답을 바더서

『박연중이가 스라손이는 아니라두 두꺼비는 틀림업지요』

하고 웃고 여러사람이 두꺼비란말을 알어듯지못하는것을보고 서림이가 다시

『두꺼비라 돌에 치엇지요』

하고 우서서 여러사람이 다가치 우섯다

『여기는 정작 아무뒷탈이업섯지』

하고 꺽정이가 물으니

『곱게먹구색엿지 탈이 무슨탈이요 금교역말 술ㅅ집주인의 매마진것이나 탈이라구할까』

하고 오가가 꺽정이의 말을 대답한뒤 곳 이어서

『속내모르는 사람이보면 술ㅅ집주인이 무슨 나타난 죄야잇소 강음읍에 잡혀가 가친것을 우리가 친분잇는 강음리방에게 한두번 부탁햇드니 십여일만에 우물쭈물해서 내보냅듸다 어물전 절문주인이 우리심부름한것은 그아비두 까막케 모른다우 대체 다른사람의패는 구석이 비는데가 만치만 서장사의패는 물부어 샐틈이업습듸다 서장사는 지금 우리의보배요』

하고 늘어놋는데 서림의 칭찬을 곽오주가 못맛당하게 여겨서

『어서 술들이나 먹읍시다』

하고 술그릇을 불이나케 돌리엇다

밤이 늦도록 술을먹고 이튿날 식전 해정한뒤에 꺽정이가 떠나려고하는것을 여러사람이 하루만 더묵어가라고 구지붓들어서 마침내떠나지못하고 나제 여러사람들과 가치 도회청마루에서 술을 먹는중에 적은두목하나가 들어와서

『일전에 왓다가신 손님이 또 오셧습니다』

하고 고하며 뒤미처 곳 천왕동이가 바쁜거름으로 들어왓다

천왕동이는 여러사람이 마저올릴 사이도 업시 대청우로 올라오고 꺽정이가 말을물을사이도업시 말하기시작하엿다

『형님 큰일낫소 형님이웃의 최가란놈이 형님집에 평양진상봉물이 잇다구 양주관가에 고발해서 관속들이 나와서 집뒤짐을 해가구 집안식구를 깡그리 잡어갓다우 지금 우리누님 애기어머니 백손이 팔삭동이 넷은 옥에 가쳐잇구 백손이할아버지 애기 둘만 노혀나와 집에잇는데 백손이 할아버지가』

하고 천왕동이가 잠ㅅ간 우물거리니 꺽정이가

『무어야』

하고 소리를질럿다
『병이 더처서 다돌아가게되엿다우』
꺽정이가 곳 좌중을 향하야
『나는 가우』
하고 일어서니 여러두령은 어안이 벙벙하야 말들을 못하는데 서림이가 꺽정이를 보고
『잠ㅅ간만 기다리시우』
말하고 곳 천왕동이를 보고
『대체 양주소식을 봉산서 어떠케들으셧소』
하고 물엇다
『형님집에 잇는 사람이 형님을 차저서 내게를 왓습듸다』
『그사람은 지금 어듸잇소』
『어제밤중은 해서 내게와서 오늘새벽에 가치떠낫는데 내가 먼저왓소』
서림이가 다시 꺽정이를 보고
『아무리 급하시드라두 그사람이 오거든 자세한 이야기나 듯구서 떠나시는것이 조켓소』
하고 말하니 꺽정이의 대답이 나오기전에 천왕동이가

『나는 허허실수루 여기를 들렀지만 그사람이야 이리 들어올리잇소』

하고 말하였다

『오는길목에 사람만 내보내두면 될테니까 그것은 어려울것 업지요』

『그사람이 오면 무슨별소리 잇슬줄 아우』

『별소리야 업겟지요 그러치만 그사람이 오면 좀 자세한 이야기두 들을수잇구 또 그동안 사람을 양주보내서 관가동정을 탐지한뒤에 이것저것 다생각해보구가야지 낭패가업지 지금 그대루 덥벅가는것은 섭지구 불에 뛰어드는셈이요 잘못하면 양주가지두 못하구 포교나 장교손에 잡힐는지 누가아우』

서림이의 말이 근리하야 천왕동이가 꺽정이를 돌아보며

『형님 그러케하는게 조흘까보우』

말하고 곳 여러두령들이 우하고 나서서 서림의말대로 하는것이 조타고 말하니 꺽정이는 고개를 외치며

『안되어 안되어』

하고 부적부적 박그로 나갓다 여러사람들이 다 꺽정이의 뒤를 따러 나오는중에 박유복이가 천왕동이더러

『자네 양주까지 갈텐가』

하고 물으니 천왕동이는

『그럼가구 말구』

하고 대답하엿다

『나두 가치가겟네』

『가치가는게 부지럽소 고만두우』

『형님이 어떠케 될는지 모르는데 내가 가만이 안저잇슬수 잇나』

꺽정이가 뒤를 돌아보며

『유복이가 나하구 가치가겟단말이냐 당치안흔소리하지마라 천왕동이두 여기서 도루 봉산으루 가거라』

하고 말하니 천왕동이가 성을 빨끈내며

『우리누님이 옥에가처서 죽을지 살지 모르는데 날더러 봉산으루 도루가란말이요 새벽에 떠날때 장인장모 모두 대들어서 가지말라구 붓들기에 대판 쌈질을하구 봉산은 아주 하직한다구까지하구 왓소 형님이 나하구 가치안간다면 나혼자 먼저 가겟소』

하고 휘적휘적 아프로 나갓다

『이애 가만잇거라 가치가자』

꺽정이가 천왕동이를 혼자 가지못하게 붓든뒤에 박유복이를 보고

『너만은 고만둬라』

하고 이르니 유복이는 고개를 숙이고 대답이 업섯다 서림이가 아프로 나와서 먼저 박유복이를보고

『양주를 가시드래두 좀 봐가며 가시우』

말하고 그다음에 꺽정이를 보고

『물건출처를 대게될경우에는 평양서 내가보냇다구하시요 그러면 얼마동안 날짜는 끌수 잇슬께요』

하고 말한즉 꺽정이는 그저 들을만할뿐이엇다 서림이의 말이 끗난뒤 꺽정이가 여러사람의 인사도 변변이 밧지안코 총총이 떠나갓다

결의 (二)

꺽정이가 천왕동이를 다리고 청석골서 떠나서 일력을 다하야 림진까지 왓스나 나루를 건늘수가업서서 나루까에서 하루ㅅ밤을 드새고 이튼날식전 첫배를타고 건너온뒤 줄다름을 치다시

피하야 점심나절도 채되기전에 양주집에를 들어왓다 반겨 내닷는 애기를 보고 꺽정이는 고개만 멧번 끄덕이고 바로 아비방에와서 방문을 열엇다 눈에 뜨이는것은 얼골더픈 홋이불폭이요 코를 찔르는것은 살썩는 시취라 꺽정이는 정신이 아뜩하며 눈아피 캄캄하야 털석 주저안젓다가 간신이 정신을 차리고 벌떡일어서서 방으로 들어왓다

『아버지 나왓소 꺽정이왓소』

하며 홋이불폭을 거더치니 눈아페 들어나는것이 아비의 얼골이 아니다 꺼진눈짜위 악물린이빨 어듸가 조금이나 보든얼골 가틀까 꺽정이가 다시 넉일흔사람가티 안젓는것을 천왕동이가 와서붓들어 이르켜서 안방으로 건너왓다 꺽정이가 안방에 와서 안즈며 비로소 아이구소리 한마듸를 질르고 네이웃에 다들일만큼 큰우름소리를 내노핫다 천왕동이는 꺽정이의 우름을 진정시키라다 못하고 나종에 애기에게 옥에갓다온다고 말하고 나갓다

천왕동이가 나간뒤에도 한동안 착실히 지나서 꺽정이는 우름을 겨우 끈치고 자긔손으로 머리를 푸는데 박게서 여러신발소리가 나서 애기가 얼른 내다보니 꾸역꾸역 집으로 들어 오는것이 장교와 사령들이엇다

『아이구 아저씨 잡으러들 왓소』

애기의 말을 듯고 꺽정이가 곳 머리를 거듬거듬하야 수건으로 눌러동이며 마루로나왓다 압장

선 두장교가 마루아프로 가까이오며 하나가 먼저

『꺽정이 관가에 잡혓다』

하고 말을 부치고 또하나가 뒤를이어

『곱게 잡혀가자』

하고 말을 일렷다 꺽정이가 힘이 장사인줄 아는까딸게 꺽정이하나를 잡아가려고 장교와 사령이 십여명 몰려나왓지만 그래도 염려스러워서 마구 욱대기지 못한것이엇다 꺽정이가 한동안 눈만 부릅뜨고 말이업시 섯다가 나종에

『내가 지금은 못잡혀가겟소 죽은아버지를 아무러케라두 땅에 끌어뭇구야 잡혀갈테니 오늘은 그대루들 가구 내일모레쯤 다시나오』

무거운 말소리로 띄엄띄엄말하엿다

『관가일을 네맘대루 지휘하느냐』

『그런 어쭙지안흔소리 말구 얼른 나서라』

『내가 잡혀가구 십지안흔걸 잡어갈사람이 누구요 십여명은 고만두구 백여명이라두 내몸에 손 끗하나 못댈테니 알어하우』

꺽정이눈에 불이 철철흘렷다 장교와사령들이 꺽정이의 긔안에 눌려서 말한마듸 못하고 서로

돌아보기들만 하는중에 나이먹은 장교하나가 아프로 나서서

『여보게 꺽정이 내말듯게 자네를 우리자의로 잡으러 온것가트면 내일모레는 고사하구 열흘 보름이라두 관한(寬限)을 해주겟네 그러치만 우리자의가 아니구 안전 분부니 자네가 관가에 들어가서 안전께 사정을 말슴하게』

말씨곱게 말하니 꺽정이가 수건을 벗고 풀어진 머리를 내보이며

『지금 막 머리를 푸는중이요 들어가서 안전께 이런사정을 여쭈어주시우 내가 한번 잡혀간다구 말한바엔 도망할리두 업구 또 식구들이 모두 옥에가쳐잇는데 나혼자 도망한들 무어하겟소』

하고 순순히 대답하엿다 그장교가 다른장교사령들과 쑥떡쑥떡 말하고나서 다시 꺽정이를 보고

『자네사정이 하두 딱하니 우리가 들어가서 안전께 말슴을 여쭈어봄세 그러치만 또 나오게 될는지 모르겟네 자네두 좀 더 생각해보게』

하고 먼저 돌아서나가니 다른 장교들도 다 그뒤를 따러나갓다

장교와사령이 십여명이나 한께 몰려나왓다가 뒤ㅅ통수들을 치고 들어가니 그중에는 남보기 창피하다고 두덜거리는 사람도 업지안코 또 원님께 죄책을 당하겟다고 귀성거리는 사람도 업

지안엇다 그대로 들어가자고 발론하든 나이먹은 장교가 두덜거리는 사람들보고는

『큰 창피를 안당하려면 작은 창피는 참어야하네 꺽정이가 어떤장산지 자네들 잘 아는가 스무살 안짝에 벌서 기둥을 처들구 물건을 끼엇다 뺏다한 장살세 내가 아까 말하지안튼가 꺽정이 잡으러오는데는 한둘이나 십여명이나 마찬가지라구 십여명쯤으루 건드리지못할껄 아니까 그러케 말한겔세 꺽정이를 서뿔리 건드리지 안흔것은 잘한일인줄만 알게』

하고 중언부언 타일르고 또 귀성거리는 사람들 보고는

『안전께는 말슴만 잘여쭈면 꾸중한마듸 안들을테니 염려들말게 말슴여쭐것은 내마틈세』

하고 한말로 담당하엿다 장교와 사령들이 관가에 들어왓슬때 그나이먹은 장교가 군수아페 나와서

『꺽정이를 잡으러 가보온즉 머리를 풀구 죽은 아비여페 업드려 통곡하는 중이옵듸다 아무리 천인이라두 아비임종두못한놈이 막와서 발상하옵는것을 잡아내기 어렵사와 말미를 주구 왓소이다』

하고 아뢰니 군수는 듯고 다른 말이 업시 다만

『도타할염려가 업겟느냐』

하고 물엇다

『처자식이 가처잇사온까닭게 도타할염려는 업사오나 튼튼할성으루 소인들이 꺽정이집을 지키겟소이다』

『그럼 내일식전 조사뒤에 잡아대령하도록 해라』

『네 그리하오리다』

그장교가 삼문박게 물러나와서 동무장교와 사령들을 보고

『내말이 어떤가 영낙재업지』

하고 말이 마진것을 자랑하엿다

『그러나 밤에 누가 나가지킬테요』

『나제 십여명이 나가 못잡은놈을 밤에 한둘이지켜 무어하우』

『내일 식전에는 무슨 용뺄수잇소 어떠케 잡어올테요』

『또 무슨 거짓말을 꿈여낼라우』

여러사람이 중구난방으로 짓거리고 나서는것을 그장교가 손은 내저으며

『가만이들 좀 잇게』

하고 눌르고 나서

『우리가 나가서 지키지 안트래두 꺽정이는 도망못할꺼니 염려말게 집에 뻐처노흔 아비총장

이잇지 옥에 가친 식구가잇지 어딜 도망하겟나 그러구 내일식전에는 여럿이 나갈것업네 누구든지 하나만 나하구가치 나가서 꺽정이를 잡어오세 오늘 맘을 늑여준까발게 제입으루 말한모레안에 잡어올수 잇슬테니 내일 두구보게』

하고 말하니 다른장교와 사령들은 다행히 여겨서

『그러면 작히조켓소』

『우리는 모르니 잘 해보우』

이와가튼 말을 짓거리고 다각기 집으로 허터저갓다

황천왕동이가 옥에서 돌아왓슬때 꺽정이는 멍하니 안방에 안저잇섯다

『형님을 잡으러 한떼가 나왓다드니 안왓습듸까』

『지금 막들 왓다 갓다』

『형님을 가만두구 갓스니 웬일이요』

『초상상제라구 인정쓰구 간 모양이다』

『나는 옥에가서 보구왓소』

『병들이나 업다드냐』

『누님이 장독이 나서 말아니구 팔삭동이가 다죽어 갑듸다』

『옥사쟁이가 말성부리지 안트냐』

『그까지 자식이 말성부리면 소용잇소 한여프루 떠다밀구서 애기어머니하구 이야기햇소』

『우리 누님은 장독이 안낫다드냐』

『애기어머니는 괜찬흔갑듸다 형님더러 관가에 들어가기전에 한번 오라구 말하랍듸다』

『지금 좀 가보구 올까』

『나하구 가치갑시다 내가 가서 옥사쟁이를 붓듣구 실랭이할께 그틈에 형님 애기어머니하구 이야기하우』

『그럼 가치가자』

꺽정이는 천왕동이를 다리고 옥에잇는 식구들을 보러왓다

옥이라고 허수하기 짝이업서서 옥문을 열고 안에까지 들어가지 안트라도 아페잇는 창쌀틈으로 가친사람을 드려다보며 이야기할수 잇섯다 그러나 옥쇄장(鎖匠)이란것이 열의 아홉은 심청이 고약하야 옥아페 사람이 얼씬을 못하게 쫏는까닭에 옥에 가친 사람을 보려오자면 옥쇄장이의 인정을사려고 코아래진상을 갓다드리는것이 의전례잇는 일이엇다 꺽정이가 천왕동이를 압세우고 옥아프로 들어올때 옥쇄장이가 보고 마주나오며

『네가 아까 나를 떠다박질르든놈 아니냐』

하고 황천왕동이를 노려보앗다

『여게 자네게 사과하러왓네』

『뉘게다가 하게를 던지느냐 이눔아 내가 언제 네놈더러 사과하러 오라드냐』

『내가 아까 잘못햇네 용서하게』

『네가 아까와서 행패한것이 벌서 관가에 입문됏다 경칠테니 두구봐라』

『나중 경칠것은 엇잿든지 지금 잠ㅅ간 나좀보게』

『누가 네놈을 보구십다느냐』

『그러지말구 조용이 좀 보세그려』

『날 왜 보자느냐』

『볼일이 잇스니까 보자지』

『볼일이 무어냐』

『잠ㅅ간만 저 뒤루 돌어가세』

천왕동이가 옥채장이의 손을 끄너

『뒤에 들어가서 볼일이 무어냐』

옥채장이는 황천왕동이의 품이 불룩한것을 유심히 보면서 못이기는체하고 끌려갓다

꺽정이가 옥아페와서 창쌀을 붓들고 어둔속을 드려다보며

『누님 어듸잇소』

하고 물으니 안에서

『아이구 형님』

하고 팔삭동이가 소리를 질럿다

『오 너냐』

꺽정이는 동생을 살펴보는데

『아버지 나두 여기잇소』

백손이가 아비를 알은체하엿다

『오 백손이냐』

꺽정이가 자세히 드려다보니 백손이와 팔삭동이가 둘이다 머리에 칼을 쓰고 발에 착고를차고 안저잇섯다

『아주머니하구 너의어머니는 어듸들 잇느냐』

『다음칸에들 잇소』

꺽정이가 다음칸아페 와서 서니

『동생 왓나』

하는것은 애기어머니의 목소리요

『인제 왓소』

하는것은 백손어머니의 목소리엿다

꺽정이가 안침을 드려다보며

『큰 병들이나 업소』

하고 물으니 애기어머니가

『나는 매를 안마저서 괜찬치만 백손어머니는 장독이 낫서』

하고 대답하엿다

『어떠케든지 할테니 염려들 마우』

『그런데 아버지가 대단하시다지』

『아버지 돌아가셧소』

애기어머니가 아이구하고 우름을 내노흐니 백손어머니도 따라서 아이구 소리를 내엿다

『누님 고만 그치시구 나보구 할말이 잇거든 말이나 얼른하시우』

『물건출처하구 초궤의 글씨굴근것만 잘 발명하면 무사할것가테 나는 작년올절에 서울서 왓

다구 대답햇스니 외착나지안케 말하게 애기년이 내가 대답하는걸 다 들엇는데 말하든가』

『아직 못들엇소』

『그러치 그년이 정신이 업섯슬꺼야』

백손이가 큰 소리로

『아재 아재』

하고 팔삭동이를 불르는 소리가 나더니 나종에

『아버지 아재가 죽엇소』

하고 소리를 질러서 꺽정이가 다시 팔삭동이 숙질 잇는데로 왓다

『죽다니 숨이 막혓느냐』

『앗가 아버지보구 소리한번 질르드니 고만 정신을 못차리구 폭그라젓소』

『숨은 잇니』

『숨이 잇는지 업는지 모르겟소』

『큰일 낫구나 물을 좀 먹여봐라』

『물이 여기 어듸잇소』

『가만잇거라』

꺽정이가 옥쇄장이를 보려고 옥뒤에 돌아와서 보니 황천왕동이가 옥쇄장이를 붓들고 서로 이놈저놈 욕질하고 잇섯다

옥쇄장이가 처음에 황천왕동이게 끌려갈때는 속으로 은근히 무엇을 줄까하고 바랏는데 급거 옥뒤에 들어가서는 한껏하는 말이

『오늘밤에 틈이잇거든 나하구가치 술먹으러가세』

하는 시쁘장스러운 소리라 옥쇄장이가 사람이 부처님의 중간토막이라도 골이 안날수 업섯다

『이눔아 누가 너더러 술팔라드냐』

『이눔 저눔 안하구는 말못하나』

『백정눔더러 눔이라구 못하면 누구더러 눔이라구 하랴』

『나는 백정두 아닐세 황해도 봉산서 군관 다니시든 어른이야』

『백정눔의 부치루 의관하구 다니며 거짓말하구 그건만두 귀양갈죄다』

황천왕동이가 불룩한 품에서 뚤뚤뭉친 때무든 수건을 끄내더니

『너줄 물건아니니 봐라』

하듯이 옥쇄장이 눈아페 훌훌 털어서 얼골을 씻고 다시 뚤뚤뭉처 품에 집어너헛다

『한눔은 날붓잡구 실랭이하구 한눔은 가친년눔들하구 짬짬이하구 너의눔께 다알엇다』

하고 옥쇄장이가 급히 돌처서 나가려는것을 황천왕동이가 쪼차와서

『내만좀 듯구가게』

하고 손을 꽉 잡잇다

『손 놔라 못노켓느냐』

『글세 잠ㅅ간 내말좀 듯게』

『이놈아 말이 무슨 말이냐』

『관가에 드러간 물건이 잇지 그물건을 차저내오거든 자네를 좀 논하주두룩 내가 말함세』

『이놈이 누구를 놀리나』

『놀리는게 무언가 참말일세 만일 그물건을 못차저내게 된다면 내가 소매동냥을 해서라두 자네의 수구를 가플테니 가친사람들을 좀 잘 봐주게』

『무엇이 엇재 가친년놈을 잘 봐달라구 오냐 잘 봐주마 저승가는데 활개들을 치구가두룩 잘 봐주마』

『지금 한말 한번다시 해봐라 네놈이 만일 가친사람놈에 털끗만치라두 손을대면 네놈의 배때기에 칼이 들어갈테니 그리 알어라』

『이놈이 누굴 얼르나 경칠놈가트니』

『이놈아 누가 경을치나 두구 보려느냐』
옥쇄장이와 황천왕동이가 서로 욕질들하는중에 꺽정이가 들어와서 옥쇄장이를 보고
『가친 아이하나가 방금 죽어가니 물한모금만 갖다먹여 주우』
하고 청하엿다
『내가 너이들의 심부름ㅅ군인줄 아느냐』
『심부름ㅅ군 아니면 사람죽는걸 가만두구 볼테요』
『제명짤러서 뒤어지는걸 내가 알배잇느냐』
『이놈 심뽀조타 어듸보자』
꺽정이가 옥쇄장이를 떠밀어 잣바지자 바로다리를 잡아 까구로 치켜들엇다
『물을 갓다 먹일테냐 어쩔테냐 말해라』
옥쇄장이의 고개가 끄덕끄덕하는것을 꺽정이가 나려다 보고
『내 동생이 죽기전에 네가 죽지안홀라거든 물을 갓다 먹여라』
하고 다리를 나려노핫다
꺽정이와 천왕동이는 옥쇄장이를 끌고 옥아프로 나와서 곳 물을가질러 보낸뒤에 꺽정이가 창살아페 와서서 백손이더러 말을 물엇다

『좀 피어낫느냐』

『아무리 보아두 아주 죽은것 갓소』

『손발이 어떠냐』

『발은 만저보지 못해서 모르지만 손은 어름짱갓소』

『코미테 손을 대어보앗느냐』

『더운김은 업서지구 찬김이나우』

『젓가슴은 뛰느냐』

『가만잇소 만저봅시다 제미 칼에 걸려서 맘대루 만저 볼수두업네 아이구 살이 차듸차우 조금두 뛰지안소』

『아이구 그러면 아주 죽엇구나 여보 누님 팔삭동이가 죽엇다우』

꺽정이는 옥아페 주저안저서 눈물을 흘리고 애기어머니는 옥안에서

『아이구 불상해라 얼뜬위인이 주검까지 얼뜨게 햇네 아이구 불상해라』

넉두리하면서 울엇다 옥쇄장이가 저의집에를 몃고팽이 왓다갓다 할동안이 지나도 오지아니하야 황천왕동이가 괴이쩍게 생각하며

『형님 고만 집으루 갑시다』

하고 꺽정이를 붓들어 이르킬때 홀제 아우성 소리가 들리며 창칼가진 관속한패가 옥아프로 쪼차들어왓다

천왕동이가 꺽정이의 옷을 잡아다리며

『형님 얼른 피합시다』

하고 말하니 꺽정이는 고개를 가로흔들엇다

『그럼 어떠케 할테요』

『잡혀가지』

『형님이 잡혀가면 뒤ㅅ일은 어떠케하우』

『원님보구 사정해서 내가 나오게되면 조쿠 만일 나오지 못하구 가치거든 네가 이별장에게 가서 말하구 벳자를 어더다가 아버지를 묵거노쿠 팔삭동이두 차저내다가 묵거놔라』

『형님이 마저 잡혀가게 된다면 나는 청석골패를 끌구와서 파옥하겟소』

『장사 지낸뒤에는 나혼자서라두 어떠케 할테니 내말대루만 속히해다우』

꺽정이와 천왕동이가 멧마듸수작하는 중에 수교가 장교 사령 이십여명을 영솔하고 가까이 들어왓다 꺽정이가 멧거름 아프로 나서며

『잠ㅅ간 거기들 서서 내말좀 들으우』

하고 큰 소리를 질르니 칼들고 압장선 수교부터 발을 멈치며

「네가 파옥하러왓다지」

하고 호령하엿다

「파옥이라니 파옥하러왓스면 옥문을가만두엇겟소 옥문 좀 보구 말하우」

「옥사쟁이는 엇재서 매려눕혓느냐」

「옥사쟁이를 누가 매렷단 말이요 우리는 매린일업소」

「매린일 업는것은 관가에 들어가서 발명하구 줄을 곱게바더라」

「어차피 한번 원님께 들어가서 사정할 말슴이 잇스니까 내가 갈텐데 여기섯는 처남은 저의 누의를 잠ㅅ간보러온 사람이니 잡지말구 보내우」

「안된다」

「안되어 그러면 내가 먼저 처남을 보내구 나중 다시 이야기하겟소」

「이놈아 힘골쓴다구 힌소리 마라」

「꺽정이가 여기 섯스니 칼루 칠사람이 잇거든 처보구 창으루 찔를 사람이 잇거든 찔러보우」

수교가 뒤를 돌아보며 눈짓하더니 장교와 사령들이 일시에 좌우로 갈려서서 꺽정이와 천왕동

이의 아플막고 들어오며 아우성을첫다 꺽정이가 수교를 노리며 쪼차나가다가 한번 뛰어 수교뒤로 넘어가서 발은팔을 잡아저치고 칼은 뻿엇다 장교와 사령들이 이것을 보고 쪼차올때 꺽정이는 벌서 칼을쥐고 이리닷고 저리닷고하엿다 꺽정이가 삽시간에 장교 사령이십여명을 치는데 치는것은 칼등이라 사람은 하나도 상치아니하엿스나 치는 곳은 발은팔이라 병장긔를 모다 떨어트리어서 옥문에 기대서서 구경하든 황천왕동이가 땅에 떨어진 칼과 창을 집어다가 한여페모하노핫다 장교와 사령들이 슬금슬금 뒤를 빼려고 드는것을 꺽정이가 보고 소리를 질러서 도망질들은 치지못하게 한뒤에

『인제 꺽정이를 함부루 건드리지 못할건 알엇소』

하고 수교를 바라보니 수교는 고개를 푹수이고 안저잇섯다

『저기 또한패가 오는구려』

황천왕동이가 소리처서 꺽정이가 아플 바라보고 섯는중에 재로 장교사령 팔구명이 쪼차들어오며 그중에서 꺽정이에게 인정쓰든 나이먹은 장교가 아프로 나섯다

『꺽정이 자네두 관령거역하는것이 큰 죈줄알겟지 그만것은 잘 알사람이 이게 무슨짓인가 아까 머리풀구 안젓슬때는 차마 가자구 욱이지 못햇지만 지금 여기까지 나온바엔 거역말구 곱게 가세』

『나하나만 잡어간다면 긴말아니하겟소 그러치만 일에 상관업는 내처남까지 잡어간다니 사람이 비위ㅅ장이 갈러지지 안쏘』

『자네 처남은 잡어갈것업지 가만잇게』

하고 나이먹은 장교가 수교에게 귀ㅅ속 말하고와서

『자 자네만 가세 그대루 가두 조치만 관령이 그러치 못하니 줄을 지구가세』

하고 불근줄을 내밀엇다

꺽정이가 옥아패서 잡혀서 관가에 들어갓슬때 날이 이미 어두엇섯다 군수가 저녁먹기가 느진까발게 꺽정이를 잡아드려서 옥쇄장이에게 행패한것만 대강 사실하고 곳 장방에 나려가두게 하엿다

이튼날 조사끄테 비로소 장물에대한 꺽정이의 초사를 밧게되엇는데 군수는 꺽정이의 인물이 사내답게 생긴것을 보고 백정의 자식으로 난것을 아깝게 여기는마음이 업지아니하엿다

『네가 본래 양주사람이냐』

『네 양주서 낫소이다』

『나이 올에 멧살이냐』

『설흔여덜쌀이 올시다』

「네가 백정의자식으로 푸주도 안하고 다솔식구에 어떠케사느냐」

「그럭저럭 살어갑니다」

「그럭저럭이라니 모호한 말이다 분명이 말할수업느냐」

「남의 도음이 만소이다」

「네 집에서 나온 주단포목 등속은 어듸서 생긴것이냐」

「평양서 온것이올시다」

「평양서 보냇서 평양서 누가 보냇느냐」

「수지국장사 서림이란 사람이 보낸것이올시다」

「서림이가 어듸 사람이냐」

「광주아전으루 경긔감영 영니를 다니든 사람이올시다」

「경긔감영 영니가 어떠케 평양가서 토판을 다니느냐」

「평안감사께 신임을 바덧답니다」

「서림이가 너하고 대단 친하냐」

「네 친합니다」

「네누의 말은 물건들을 서울냥반의댁에서 보냇다니 그건 거짓말이냐」

『물건이 올때 서울편으루 온까달게 서울서 보낸줄루 잘못안 모양이올시다』

『물건이 오긴 언제 왓느냐』

『재작년 섯달과 작년 섯달에 세찬으루 왓소이다』

『초시궤두 평양서 온것이냐』

『네 그럿소이다』

『초시궤에 령부사택 택호쓰엿든것이 분명한데 네게보낸것이면 그런택호가 쓰엿슬리잇느냐』

『택호쓰인것은 못보앗습니다 글씨를 썻다가 글거버린 자국만 잇습듸다』

『네가 글거버리지 안헛느냐』

『보낸 사람이 그런것을 보냇습듸다』

군수가 별로 까다럽게 뭇지안코 뭇는것을 끄친뒤에

『네집물건의 소종내가 네말과 가튼지 평양으로 알어보기까지 너는 가치어 잇서야 할테니 그리 알아라』

하고 말을 일르니 꺽정이는 죽은아비와 동생을 감장하도록 이삼일동안 말미를 달라구 사정하엿다

군수생각에 꺽정이의 죄잇고업는건 나종발키면 들어나려니와 죄가 잇다고 치더라도 상제되

기전에 범한죄가 상제된뒤에 발각될때는 십악대죄(十惡大罪)이외에는 다 속을 밧고 내노코 만일속을 못바치거나 안바치려고하면 백일거상시킨 뒤에 비로소 결벌(決罰)하는것이 국법(國法)이라 꺽정이를 내노하 죽은아비를 감장하게하는것이 국법에 비치어서 합당할듯하야 꺽정이에게

『네정경이 가긍해서 특별이 사흘말미를 줄것이매 그안에 감장하구 다시들어와서 가치게해라』

하고 처분을 나리엇다

꺽정이가 집에 나와보니 천왕동이는 림진을 나가고 죽은끝이된 애기혼자 집에 잇섯다

『오늘 아침에 옥에 갓다왓느냐』

『어제 저녁에 밥을 가지고 갓다가 밥도 못드리고 매만 마젓서요』

『옥사쟁이게 마젓느냐』

『네 다시오면 다리를 분질러 놋는다구해요』

『밥가지구 나하구 가치가자』

꺽정이가 애기를 다리고 옥에 가려고 집에서 나설때 사령하나가 쪼차오며

『꺽정이』

하고 불렀다

『무슨 일이 잇소』

『어듸를 가나』

『옥에 밥드리러 가우』

『그럼 마침 잘됏네 지금 형방이 옥에 나오서서 동생송장을 바더가라구 불르시네』

꺽정이와 애기가 사령뒤를따러 옥에와서 꺽정이는 팔삭동이의 송장을 차저내고 애기는 옥에 남은 세식구에게 밥을 드리는데 옥쇄장이가 형방에게도 눌리려니와 꺽정이를 긔탄하야 긔광을 부리지 못하엿다

이날 점심때 천왕동이가 돌아오고 저녁때 리봉학이가 하인하나 안다리고 혼자오고 이튼날 나제 신불출이가 돌아오고 밤에 박유복이가 서림이와 작반하야 가치왓다 유복이가 올때 다른두령들이 다가치 오랴고하고 더욱이 곽오주가 몸달게 오랴고 하는것을 일체로 못오게하고 급할때 지혜를 빌랴고 오죽 서림이와 가치온것이엇다 서림이의 온것을 꺽정이는 의외로 생각하야 서림이를 보고 의외라고 말하니 서림이가 우스면서

『이번 액회당하신것을 귀기본하야 말하자면 내탓이라구 할수잇는데 내가 안와볼 길이 잇습니까』

하고 대답하엿다 실상 서림이가 유복이를 따러온것은 유복이의 비위도 마추고 꺽정이의 환심도 사고 또 갓지안흔 의긔도 보이려는것이엿다

범절업는 초종이나마 서림이 온뒤에 비로소 두서를 차려서 상포로 수의명색들도 만들고 상제의 상옷도 지엇다

이튼날 점심때가 지난뒤에 북망산 한모퉁이에 장사를 지내게되엿는데 서림이는 먼저가서 산지를잡고 박유복이와 황천왕동이는 서림이를 따러가서 산역들하고 꺽정이는 아비의관을 여페끼고가고 신불출이는 팔삭동이의관을 지개에 지고가고 리봉학이는 애기의 손을잡고 관뒤에 따러갓다 평토된것을보고 리봉학이는 산에서 바로가는데 갈때 꺽정이에게 무슨귀ㅅ속말을하엿다

장사를 다지내고 집에 돌아왓슬때 꺽정이가 새삼스럽게 통곡함을 마지아니하야 박유복이가

『형님 그만 우시우』

황천왕동이가

『운다구 죽은사람이 살어오겟소 고만울구 가친사람들 빼내올도리나 생각합시다』

서림이가

『지금 우시구만 기실때가 아닙니다』

또 신불출이가

『고만 진정하십시요』

하고 여렷이 말로 말리는외에 애기까지

『아저씨 고만 그치세요』

하고 팔목을잡고 흔들며 말리엇다

꺽정이가 곡을 그친뒤에 서림이가 먼저 꺽정이더러

『아프루 어떠케 하실생각입니까』

하고 물으니 꺽정이가 한참만에

『아직 질정한 생각이 업소』

하고 대답하엿다

『아까 이별장이 갈때 무슨 말슴합듸까』

『나만 피하구 업스면 내식구쯤은 자긔힘으로 주선해서 빼놀수잇다구 나더러 피하랍듸다』

꺽정이 말끄테 박유복이는

『그러면 됏소 형님우리게루 갑시다 숨어잇기는 우리게가 조치안소』

하고 권하는데 황천왕동이는

『아니 그게 될말이요 옥에 남은식구들이 모두 팔삭동이처럼 죽어나오게 되란말이지 말이되
우』
하고 타박하엿다 박유복이가 서림이를 돌아보며
『이별장말이 유리하지안소 서장사생각엔 어떳소』
하고 의견을 물어서 서림이가 나직나직한 말소리로
『황서방의 염려가 좀 과하긴하나 그런염려가 바이업진안소 이별장의 주선이 어련할것 아니
로되 그주선이 도는동안에 옥에 가친 사람이 멧번죽구 멧번살는지 누가아우 사람의 목숨
이 원악초로(草露)갓다지만 옥에가친 사람의 목숨이야말루 참말 초로갓소 내 생각가터서는
옥에가친 사람들까지 아주떼가지구 우리게루 가시는게 제일 상책일듯하우』
하고 대답하는것을 꺽정이는 눈을 감고 듯고잇섯다
『그러케하면 더 조켓소』
박유복이가 말하고
『지금 그러케라두 햇지 별수잇소』
황천왕동이가 말하는데 꺽정이는 여전히 눈을딱감고 잇서서 천왕동이가 속으로 조바심이
낫다

『형님 어떠케든지 좌단해말하우』

꺽정이가 천왕동이의 말을듯고 비로소 눈을뜨고 애기를보며

『저녁밥 곳 지어라』

하고 이르고 다른말이 업섯다

꺽정이아페 세갈래길이 노혀잇섯다 한갈래는 식구들이 가처잇는 옥으로 들어가는길이니 이길로가면 적어도 극변(極邊)이나 원악도(遠惡島)를 안가지 못할것갓고 또한갈래는 식구들을 버리고 정처업시 떠나가는길이니 이길로가면 나종 돌아올 긔약이 망연할뿐아니라 돌아오게되더라도 식구들을 다시 보지못할것갓고 마지막한갈래는 식구들을 옥에서 빼내가지고 청석골로 달아나는길이니 서림이가 가르치고 유복이가끌고 또 천왕동이가 권하나 이길로가면 막이 적굴에 빠저서 도적놈으로 일생을 마치게 될것이라 세갈래길이 다가티 꺽정이 마음에는 조치안핫다 도적놈의 힘으로 악착한 세상을 뒤집어 어플수만잇다면 꺽정이는 발서 도적놈이 되엿슬 사람이다 도적놈을 그르게알거나 미워하거나하지는아니하되 자긔가 늣깍기로 도적놈 되는것도 마음에 신신치안커니와 외아들 백손이를 도적놈만드는것이 더욱 마음에실혓다 서림이가 충언부언 이해를말하고 천왕동이가 조급하게 결정을 재촉하야도 꺽정이는 이러타저러타 대답한마듸가 업서서 사람이 좀늘천한 유복이까지 답답하게 생각하야

『당초에 말이업스니 사람이답답하지 안쏘 대체 형님가티 과단성만흔이가 오늘은 웬일이요』

하고 말하엿다 얼마뒤에 꺽정이가 꿈꾸다가 깬때와가튼 테도로

『서장사 말대루할테니 식구빼내올 게책을 서장사가 담당하우』

하고 말하야 서림이는 선뜻

『그건 염려맙시요』

하고 대답하엿다

『나는 따루 할일이잇소』

『무슨일인가요』

『이웃집에 버릇좀 가르칠것들이잇소』

『네 고발한놈말슴이지요』

꺽정이가 한번 고개를 끄덕하엿다

『내가 알어서 사람을 분배하오리다 그런데 이집은 어떠케 하실텐가요』

『내던지구 가지 별수잇소』

『아주 불질러 버리구가면 어떠켓습니까』

『좃소』

『그러면 사람분배를 이러케합시다 박두령하구 황서방은 옥에 가친사람을 끄내오시구 주인은 이웃집에가서 할일하시구 나는 이집에서 불을노쿠 신서방은 기집애데리구 압길에가서 기다리구잇게합시다』

서림이가 꺽정이보고 말한뒤에 유복이와 천왕동이를 돌아보며

『두분하실일이 제일 중요한데 두분으루 어려우실것가트면 신서방까지 마서가게하겟스니 어떠합니까』

하고 물으니

『그럴것업소 옥문이라구 한번 발ㅅ길루 내질르면 부서질놈의 옥문이니까 파옥하는데는 나혼자만가두 넉넉하우』

황천왕동이가 먼저 장담하고

『옥은 아무리 허술하드래두 옥사쟁이 쪼차올것과 다른관속들이 쏘다저나올것을 생각해야하지안쏘』

하고 서림이가 말하니

『우리가 오래지체되면 다른 관속들까지 쏘다저 나오게될테지만 옥이 허술하면 그러케 오래지체될것두 업구 설혹멧십명 쏘다저나온다손 잡드래두 우리둘이 처치할수잇슬께요』

박유복이마저 장담하엿다 대체의논이 긋난뒤에 여럿이 둘러안저서 저녁밥들을 먹는데 꺽정이도 여러날만에 밥한그릇을 다먹엇다 저녁상을 일변치우며 곳 집안세간을 뒤저서 가저갈만한 물건을 골라서 짐을 만드는데 예전에 검술선생이 준 장광도는 다행이 집뒤짐에 들처나지안코 벽장구석에 처박혀잇서서 꺽정이가 몸에 지니려고 내노핫다 땅금이 지나서 박기캄캄할때 신불출이는 짐을 지워서 애기와가치 먼저떠나보내고 네사람은 집신감발들까지 단단히하고 일시작할 시각으로 작정한 정밤중이 되기를 기다리고 잇섯다

개짐생까지 잠이드는 정밤중이라 사방이 괴괴하엿다 때 되기를 기다리느라고 애석이든 황천왕동이가

『한밤중이 지낫나보우 인제 고만들 일어납시다』

하고 재촉하야 다들 가치 일어서 박그로 나왓다 먼저 황천왕동이와 박유복이가 옥으로 가는데 옥을 깨칠 제구로는 천왕동이가 독긔한자루를 몸에지닐뿐이고 관속을 대적할 무긔로는 유복이가 대ㅅ가지표창을 한줌 가득쥐엇슬뿐이엇다 옥으로 가는패가 나간뒤에 꺽정이는 한손에 장광도를 빼어들고 최가의집 사이울타리를 훌쩍뛰어넘어갓다 최가의집은 아래우칸 방이둘인데 최가의어미는 손자형제를 다리고 아래칸에서 자고 최가내외는 젓먹이딸을 다리고 우칸에서 자는것을 꺽정이가 잘아는까닭게 대번 우칸에와서 방문을 열어저첫다

『이게 누구야』

새된 기집의소리가 난다음에

『엉 웬일이여』

얼뜬 사내소리가 나고 기집사내가 다 벌떡 일어안는것이 히미하게 보이엇다 꺽정이가 잠ㅅ간 눈을 감앗다가 다시뜨고 어둔방안을 드려다보며

『너의년놈이 우리와 무슨 원수가 잇서서 우리를 고발햇느냐』

하고 불호령하는중에 최가가 도망하려고 살몃이 아래칸사이문을 열엇다

『이눔 어듸를 도망할테냐』

꺽정이가 방안으로 쪼차들어가니 최가가 아래칸으로 뛰어들어가서 압문을 박차고 박그로뛰어 나갓다 꺽정이가최가의 뒤를쪼차나와서 삽작안에서 칼로첫다 아래ㅅ도리 발가벗은 최가가 삽작아페 쓸어질때 최가의 기집은 속것바람으로 봉당에 나와서 고함을치고 최가의어미는 방문박게 머리만 내밀고 악을쓰고 또 최가의자식들은 방안에서 소리내어 울엇다 꺽정이가 봉당아페와서

『모든조화가 네년에게서 낫슬테지 네년두 죽어라』

하고 최가의기집도 칼로첫다

꺽정이가 최가내외를 죽인뒤 피무든 칼을들고 박그로 나올매 서림이는 발서 꺽정의집 전후좌우에 불을 질러노코 최가의 집으로 달어왓다

『죽이셧소 죽이섯거든 아주 화장까지 지내줍시다』

서림이의 말을듯고 꺽정이가 삽작께잇는 사내의송장과 봉당에잇는 기집의송장을 방에 집어넛는동안에 서림이는 압뒤로 돌아다니며 집에불을질럿다 최가의어미와 자식들은 집압뒤에 불이돌때까지 뛰어나오지못하엿스니 필경 불속에서 타죽엇슬것이다 꺽정이와 서림이가 일을마치고 옥에간 패와 만날약속한자리에 먼저와서 한동안 기다리어도 오지들아니하야 꺽정이가 갑갑증이나서 서림이를 보고

『내가 얼른 옥에까지 가보구 올테니 그동안 여기 혼자 기시우』

말하고 그자리에서 나서서 옥으로 오는데 옥에 다 오기전에 풍편에 아우성소리가 들리어서

『이거 무슨일 난게다』

꺽정이는 생각하고 곳 다름질을 노하 쪼차왓다

황천왕동이와 박유복이가 아무 거침업시 옥에까지와서 가친사람들에게 온뜻을 알린뒤에 곳옥문을 깨치는데 발ㅅ길한번에 부서질것가튼 문짝이 그러케 쉽게 부서지지아니하야 마침내 도끼로 깨치게되엇나 고요한밤ㅅ중에 도끼소리가 굉장히 울려서 도끼질을 연거퍼하지못하고 한

번하고 한참씩 쉬엇다
옥쇄장이집에서 옥문깨치는 도끼소리를 듯고 놀라서 온집안식구가 다 일어낫스나 파옥하는사람이 무서운 꺽정인줄 짐작하고 옥쇄장이부터 옥에는 가볼생의를못하엿다 옥쇄장이집식구어른아이가 각각 리방이하 관속들의 집으로 쪼차다니며 잠들을 깨워서 관속들이 바쁜거름으로 왓다갓다 하든고데 다치엇든 관가삼문의 엽문하나가 다시열리엇다
군수가 꺽정이파옥한단 급보를 듯고 일변 급한대로 장교사령십여명을 먼저 쪼차 내보내고 일변 불이야불이야 수교이하장교들과 기타관속을 불러드려서 일제히 병긔를 논하주며 꺽정이와 그가속을 살려잡어기렵지든 죽여도 조타고 분부하야 내 보내고 그다음에는 읍내각동 동소임과 양민의 장정들을 불러내서 각처길목을 지키게하엿다
황천왕동이와 박유복이가 옥문을 부시고 들어가서 칼과착고를 벗기고 가친 사람들을 옥박그로 다려내온뒤에 백손이는 혼자걸리고 백손어머니는 황천왕동이가 부축하고 애기어머니는 박유복이가 손을잡고 나오는데 옥에서 멧간쯤 나왓슬때 관속십여명이 압길을 막고 고함들을 질럿다 박유복이가 황천왕동이를 보고
『저것들은 내가 처치할테니 세사람은 자네가 보호하게』
하고 말하야 황천왕동이는 세사람을 다리고 뒤로 물러나고 박유복이는 대ㅅ가지표창을 쥐고

아프로 나섯다

『네놈들이 우리를 가지 못하게 막을테냐 죽어두 원망안할라거든 막어봐라』

박유복이의 재주를 모르는 관속들이 꺽정이 아니라고 넘보고서 몽치들을 휘둘르며 아프로 내닷다가 대ㅅ가지표창이 면상에 들어가박히는바람에 두서너사람이 땅에 업드러지자 그나마지사람들은 다 슬금슬금 도망하엿다

박유복이와 황천왕동이가 다시 한테모여서 세사람을 다리고 나오는중에 백손어머니가 갈증(渴症)이나서 못견듸겟다고하야 옥쇄장이집아패와서 황천왕동이가 집안동정을 살피고 물을뜨려들어갓다가 집안이 하두괴괴하야 방안을드려다보니 사람의색기 하나업는 빈집이라 여러사람을 불러드려서 백손어머니외의 다른 목마른 사람도 물들을 가치먹엇다

옥쇄장이집에서 나왓슬때 아플 바라보니 관속 여러십명이 풍우가치 몰려오는데 병긔들이 달빗에 번쩍번쩍하엿다

『이번은 사람수두 만커니와 모두 병장긔를 가진모양일세』

『셋은 옥사쟁이집에 드려안치구 우리둘이 막어내봅시다』

박유복이와 황천왕동이의 수작하는 말을 애기어머니가 듯고

『그럴것업시 우리다섯이 다 집에 들어가서 숨어잇다가 옥에들 가서 찻는틈에 도망해보지』

하고 말하야 박유복이와 천왕동이가 다 애기어머니의 말을 쪼차 옥쇄쟁이집으로 도루 들어와서 어둠침친한 봉당구석과 부억구석에 숨어들안저서 박갓을 내다보앗다

장교가 옥쇄장이집 아플지나서 옥으로 쪼차갈때 뒤에따러오든 옥쇄장이가 공무니를 뺄생각이나든지 저의집으로 들어오다가 봉당구석에 숨어잇든 박유복이에게 대ㅅ가지표창한개를 맛고 땅에 쓸어젓다가 곳박그로 기어나가며

『도독놈들 여기잇소』

하고 소리를 처서 숨어잇는사람들이 도망하야 나가기전에 장교패가 몰려와서 집을 에워싸고 아우성들을 질럿다

박유복이와 황천왕동이 단둘만 가트면 한편을 물코 도망도하겟지만 백손이도 다리에 힘이업서서 장다름질을 치기어렵거니와 백손어머니 시누의 올케가 당초에 다름질칠 가망이 업서서 도망할생의를 못하엿다

『이거 큰일낫소 어떠케 하면 좃소』

천왕동이가 몸을 달리기 시작하니

『지금 내손에 대ㅅ가지두 여남은개 남어 잇구 또따루 쇠가 한벌잇스니까 아직은 염려업네』

유복이는 위로하듯 말하엿다

『이놈들이 박게서 아우성만치구 들어오지를 안호니 우리가 쪼처나가볼라우』

『무슨꽤들은 쓰는지 모르니 가만이 좀 잇서보세』

『얼른 여기를 벗어저 나가야하지안쏘』

『설마 어떠케든지 벗어저 나가게되겟지』

박유복이와 황천왕동이가 봉당구석에서 수작하고 섯슬때 압뒤울타리가 일시에 부서지며 관속들이 사방으로 뛰어들어왓다 유복이는 표창을 내치고 천왕동이는 표창마진 장교에게서 창한자루를 뺏어들고 내둘럿다 유복이의 표창이 쇠박게 안남엇슬때 홀제 박게서

『꺽정이 여기왓다』

벽력가튼 소리가 나고 삽작깨를 막고섯는 장교들이 업드러지며 고꾸라지고 꺽정이가 칼을춤추며 마당으로 들어왓다 천왕동이가 얼른 내달으며

『형님 우리들 다 여기잇소』

하고 소리치니 꺽정이는

『오냐』

한마듸 대답하고 곳 황천왕동이를 등지고 돌아서서 칼을 머리우에 빗겨들고 좌우를 둘라보며

『죽구시픈놈은 내칼을 바더라』

하고 호통을 질렷다 꺽정이의 호통한번에 죽은장교와 중상당한 관속들만 뒤에 남고 성한관속들은 다 도망하엿다

꺽정이는 칼을들고 아페서고 황천왕동이는 창을메고 꺽정이의 식구와가치 중간에서고 박유복이는 쇠표창대여섯개를 손에쥐고 뒤에서서 술렁거리는 양주읍내를 무인지경가티 지나나오는중에 꺽정이의 발ㅅ길이 자긔집잇는 곳으로 향하엿다 꺽정이의집과 최가의집은 다타서 주저안고 최가의집 이웃집까지 타서 겨우 빼대만 남앗는데 불잡든사람들이 아직만히 남아서 웅굿중굿 서잇다가 꺽정이의 일행이 오는것을보고 와하고 허터젓다 꺽정이가 불탄집아페와서 발을 멈추자 애기어머니가 꺽정이 여프로 쪼차나오며

「여기가 우리집아니야」

하고 소리를 질럿다 백손어머니가 마저 시누의여프로 나서려고할때 꺽정이는 발서 압서 걸어나갓다

길목지키는 사람들이 먼빗보고 도망들하야 꺽정이의 일행은 아무거침업시 약속한 자리에나와서 서림이를 만나고 또다시 얼마동안 더나와서 애기와 신불출이를 만낫다 꺽정이는 칼을 집에교자 허리춤에 질르고 황천왕동이는 창을 풀섭에 내던지고 박유복이는 쇠표창을 주머니에너흔뒤에 애기는 꺽정이가 업고 애기어머니는 유복이가부축하고 백손어머니는 천왕동이와 백

손이가 양여페서 부축하고 길을걸엇다 이십리 남짓하게와서 날이 밝그니 서림이가 꺽정이를 보고

『나제 파주 장단을 지나가기 위험하니 산속 으슥한곳에 숨어잇다가 밤ㅅ길을 걸읍시다』

하고 말하엿다 황천왕동이가 여페서

『밤에가서 임진을어떠케 건느겟소』

하고 타박하니 서림이가 황천왕동이를 돌아보며

『이별장의힘을 빌면 오밤중이라두 건늘수잇슬께요』

하고 대답하엿다 서림이말을 박유복이가 올타고할뿐아니라 발이아픈 애기어머니까지 조타고 하야 꺽정이가 마침내 서림이의말을 조차서 나제는 종일산속에 숨어잇다가 어둠침침한때 길을 나서서 림진나루을 나왓는데 꺽정이가 리봉학이를 들어가보니 봉학이는 양주소식을 나제 듯고 근심하고 잇든차이라 긴말안코 배한척을 내주엇다 꺽정이의일행은 밤ㅅ중에 림진나루를 건느고 이튼날 또다시 밤ㅅ길을 걸어서 밤ㅅ중에 청석골을 들어왓다

꺽정이가 양주서 큰난리를 내다시피하고 달아난뒤에 양주군수의 급한보장이 경긔감영과 포도청으로 올라갓다 경긔감영에서는 감사가 보장사연을 드듸어서 시급히 장계하고 포도청에서는 부장(部將)이 양주나려가서 엄밀히 조사하엿다 평양 진상봉물에 관계잇는 범인을 허수히 잡

도리한것은 군수의 과실이요 파옥 살인 방화 가지가지 중죄를 낭자히 저질른것은 꺽정이의죄상이라 양주군수는 즉시 파직되고 림꺽정이는 경긔감영과 포도청에서 다가티 체포하려고 서들엇다 꺽정이가 양주서 파주ㅅ길로 달아난것은 분명하나 림진나루를 건너간 형적이 업서서 다른곳으로 빠저갓는가 의심하야 포천(抱川) 련천(漣川) 적성(積城) 마전(麻田) 삭녕(朔寧) 토산(兎山) 신계(新溪)등지를 모주리 수색하는데 포도군관 포도군사 장교사령들이 도처에 들싼을노하서 애매한 백성들만 부대낌을 바덧다 이때 청석골적당의 두목다섯명이 신계(新溪)땅에 나온것을 현령리흠례(縣令李欽禮)가 모짝 다잡앗는데 그놈들 초사에 꺽정이가 청석골잇는것이 들어나서 황해감영과 서울포청은 말할것업고 개성류수도 이것을 알게되엇다 개성류수가 경력과도사를 불러서 꺽정이체포할 방책을 의논하니 경력은 한번 헛수고를 해본 사람이라 선뜻대답을못하고 도사가

『패두(牌頭)리억근(李億根)이를 불러서 물어보시면 조흘것갓습니다』

하고 대답하엿다 리억근이는 서울서 나려온 포도군사의 패두인데 도적잘잡기로 경향에 이름난사람이엇다 류수가 곳 리억근이를 불러드려서

『양주꺽정이란놈이 지금 청석골적굴에 숨어잇다는데 어떠케 잡을수업겟느냐』

하고 물은즉 리억근이는

『소인을 정병백명만주시면 다짐두읍구 체포하야 바치겟소이다』

하고 장담하엿다 류수가 경력을돌아보고 군사뽑아줄것을 상의한즉 경력이 리억근이의 장담하는것을 불쾌하게들엇든지

『우선 군사이삼십명만 주어서 청석골적당의 내정을 염탐하게한뒤에 차차봐가며 군사를 백명이구 이백명이구 더주시는것이 조흘듯하외다』

하고 말하야 류수가 경력의 말을 올히듯고 다시 리억근이더러

『우선 이삼십명다리고 나가서 적정(賊情)을 탐지해봐라』

하고 분부하엿다 리억근이는 이십여명군사를다리고 나와서 적굴잇는 방향을 탐지한뒤 도적들이 새벽 일어나기전에 드리치려고 오경머리에 청석골산속에를 들어왓다가 파수군에게 들켜서 화적들이 산우에몰려나와서 활들을 나려쏘는데 리억근이도 죽고 이십여명군사도 거지반 다죽엇다 개성류수는 패두리억근이가 군사수십명다리고 화적을 잡으러나갓다가 화적에게 죽엇다고 간단하게 장계 한장만 우에올리고 일을 더크게 벌리지아니하엿다 각읍으로 퍼진 포도군관 포도군사들은 림꺽정이를 체포하려고 수색하는것이 헛수고인줄을 미리짐작하야 수색을 건정으로하고 꺽정이의 조력군을 사출하기 시작하엿다 포도부장 한사람이 군사몃명을 다리고 봉산나려가서 장교다녓다는 림꺽정이의 처남의 근지를 탐문하야 전리방 백가의 사위인것을 알

고 백가를 잡아서 사위의 종적을 대라고 족칠때에 백가는 그럴싸한 거짓말로 발을 빼엇다

『소인의 사위명색 황가란것이 본래는 그다지 상업지안튼위인이온데 못된자들과 교유가 생기며부터 주색을 발켜서 소인의 내외가 다 못맛당하게 여기옵든차에 그 교유하든자중에 경천역졸배가란자가 살인하구 도망하는것을 방조해주옵구 그죄루 제주귀양을 가올때 소인은 아주의절하다시피 말해보냇섯소이다 황가가 이달에 귀양이풀려서 소인의집을 차저왓습기이 소인이 밧자아니하려다가 인정에 박절하와 후일이나 경계하려구 말마듸 꾸지젓숩드니 어리석은것이 되려 곡가껴듯구 소인에게 불공설화를하옵기에 나가라구 야단을처서 오든이튼날 바루나갓소이다 갈때 봉산땅에 다시 발두 드려노치안는다구 말하구가든것이 불과 륙칠일만에 도루와서 기집을 내달라구 야료를 하옵는데 동네가 부끄러워서 소인은 악연상거를 못하옵구 딸자식을 불러서 부모와 가치잇슬테냐 서방명색을 따러갈테냐 물어보온즉 무남독녀루 귀엽게 길러노흔보람이업시 서방이란자를 따러갈 의향으루 대답하옵기에 소인이 패씸한맘에 전후 게하구 딸자식이란것더러 너가튼 자식 죽어업는셈 잡으면 고만이니 서방따러 가라구해서 딸자식까지 내쪼첫소이다』

천왕동이가 그동안에 몰내 처가에와서 장인장모에게 전후사정을 이야기하고 그안해를 청석골로 다려간까닭게 백가의말이 얼숭덜숭하야 서울서 처음온부장은 고사하고 봉산에 오래잇는군

수까지 거짓말로 듯지아니하엿다 부장이 백가의처치를 군수에게 맛기고 돌아간뒤에 백가의 결지들이 군수에게 청질하야 백가는 아무탈업시 노혀나오게되엿다 봉산백가가 사위의 연루로 단련을 밧는동안에 림진별장 리봉학이가 림꺽정이와 형제가티 친하야 꺽정이아비장사에 회장까지 간것이 들어나서 꺽정이가 청석골로 달아나는데 리봉학이가 림진나루를 건너주엇스려니 의심들 하게되엿다 이때 림진진군(津軍)륙십이명중에 봉학이에게 한두번 매ㅅ개를 마즌자가 밤ㅅ배낸것을 포도군사들에게 말하야 주어서 봉학이가 꺽정이일에 간련잇는것이 의심업시 되엇스나 봉학이는 조정명관(命官)이라 조정처분이 나리기전에 포도군사들이 바로 잡지못하엿다

봉학이의소실 계향이가 이때대중만삭이라 봉학이는 계향이를 근심시키지 안흐려고 꺽정이의 련루 밧게되기쉬운것을 사색(辭色)에도 나타내지 안핫스나 눈치빠른 계향이가 발서다짐작하고 은근히 근심하야 조석도 잘먹지못하고 밤ㅅ잠도 잘자지못하엿다 어느날밤ㅅ중에 봉학이가잠을 일코 누어서 몸을이리뒤적 저리뒤적하다가 술먹고시픈 생각이나서 일어나 박그로나와서 안으로난 일각문을열고 드려다보니 안방에불이키엇는데 머리맛뒤창문에 덕살고이고안즌 계향이의 그림자가비치엿다 봉학이가 신을끌고 안으로들어오니 뒤창문이열리며 계향이가머리를 내밀고

하고 물엇다

『왜 이때까지 자지안쿠 안젓나』

『누엇다가 허리가 아퍼서 잠ㅅ간 일어나안젓세요』

『산점이 잇나』

『아니요』

리봉학이가 안방에 들어설때 웃간에서 자든 상직군이 일어나서 건넌방으로 건너가려고 이불쪼각을 끌어안엇다

『거기서 그대루 자거라』

봉학이가 상직군에게 말을 일르는데

『가만 내버려두세요』

계향이가 리봉학이의 말을 가로 막앗다 머리맛 되창문을 다치고 단둘이 마주안즌뒤에 계향이가 먼저

『요새잠을 잘 못주무시지요』

하고물으니 리봉학이는 즘짓 괴상히여기 는 모양을보이며

『왜 못자 잘자지』

하고 대답하엿다
『고만두세요』
『무얼 고만두어』
『속에 근심하시는 일이잇는줄 다 알어요』
『근심하는일이 잇스면 자네에게 왜 말을 안하겟나』
『그러키에 말슴이지요』
『말안허는걸 보면 근심하는 일이 업는줄 알것아닌가』
『아니에요』
『아니라니 그럼 업는 근심두 잇다구할까』
『요새 날마다 진군들이 포도군사에게 단련을 밧는다는데 엇재 근심이업다세요』
『그건 근심이된다면 되겟지만 그저 그러치 무슨 큰 근심이야 될것잇나』
『밤ㅅ배를 낸것이 발각되지 안켓서요』
계향이는 입안 소리로 근심스럽게 말하는데
『그걸 아는진군들은 다 내심복이니까 누설될바두업구 설혹 누설이되어서 말ㅅ성이 된대두 삭탈관직박게 더되겟나 삭탈관직을 원하는건아니지만 그것두 해로울것업네 어느조용한 시굴에가서 나는 밧매구 자네는 길쌈하구 살세그려 그러면 고만 태평이아니겟나』

리봉학이는 소리를 내서 껄껄우섯다

『그러케쯤만 되어도 조치요』

『그럼 그박게 더되겟나』

『귀양이 되지나안홀까요』

『친한친구 사폐 잠ㅅ간봐준것이 귀양갈죄야 되나』

『그래도 미리 주선을 좀해두시지요』

『미리 주선이라니 내가 이런짓을햇소 하구 내입으루 떠들구 다니란말인가』

『이정승대감께 미리 말슴해두시는게 조치안켓세요』

『글세 어듸 생각해보세 그이야기는 고만두구 술이나 한잔주게』

계향이가 골방에노힌 술항아리에서 술한대접을 딸아다가 화로의불씨를 헤치고 거냉하야 주엇다 봉학이가 한대접술을 거의다 마시다가 계향이를 돌아보며

『자네 좀 남겨주까』

하고 물으니

『그러지안허도 숨이가뿐데 술먹고 백이나요』

하고 계향이는 고개를 잘래살래 흔들엇다 봉학이가 술ㅅ대접을 노흔뒤에 안주로 내노흔 포한쪽에 반쪽을 찌저씹으면서 남은반쪽을 먹으라고 주니 계향이가 실타고 밧지아니하야

『포두먹으면 숨이 가빠지나』

하고 리봉학이가 우슴의 소리를 해서 이때것 웃지안튼 계향이도 방그레우섯다

『나두 여기서 좀 자다 나갈까』

『나가서 편히 주무시지요』

『내가 나가면 자네 혼자 오두마니 안젓슬테니 나하구 가치자세』

『잘테니 나가세요』

『상직군을 쪼첫스니까 내가 대신 상직하지』

리봉학이가 먼저 자리에들어누어서 계향이를 바라보며

『이리와서 눕게』

하고 엽자리를 가르첫다 계향이가 자리에 누을때 달기 울엇다

『요새 달기 퍽 더듸 울어요』

계향이 말끄테

『그주탈기 묵은달기지』

리봉학이가 동떨어진 말을 묻으니 계향이는 속으로 괴이쩍이 생각하며

『네』

하고 대답하엿다

『묵은달기라 변덕이나서 우는때가 들죽날죽하는가베』

『실업슨말슴 고만두세요』

『쓸데업는 근심말구 잠운 잘자게 그러면 딸기 어련이 때마처 울겟나』

『참말로 요세가티 밤이 지리해선 사람이 못살겟서요』

『오늘밤두 지리한가』

『그건 무슨말슴이세요 오늘밤은 별난밤인가요』

『녀편네가 사내하구 가치자며 밤이지리하다면 그건 사내를 소박하는 표적일세』

『듯기 실혀요』

『할말이 만흔데 듯기실타니 그만두는수박게 그럼 잠이나 자야겟다』

『졸리시지안커든 내이야기좀 들으세요』

『내말은 듯기실타는 사람이 무슨이야기를 들으라나 나두 듯기실혜』

모로 누엇든 계향이가 반듯이 누으랴고 몸을 움직이다가 배속이 켕기어서 미간을 찌프리니

리봉학이가 보고

『이야기를 안들어준다고 골이 낫나』

하고 물엇다

『골은 무슨 골이에요』

『그럼 왜 눈쌀을 찌프리나』

『배속이 켕겨요』

『어듸가 어떠케 켕겨』

하고 리봉학이가 배를 만저보려고하니 계향이는 봉학이의 손을 가볍게 막앗다

『배속에 든것이 대체 아들일까 딸일까』

『그걸 미리 어떠케 알어요』

『애 나이 만이한 녀편네들은 배를 만저보구 미리안다데 그려 상직군할미두 잘알겟지』

『아무리 잘안대도 구질구질해서 어떠케 배를 만저보라나요』

『정이 궁금하면 잠ㅅ간 구질구질한걸 못참겟나』

『되ㅅ박 어퍼노흔것가티 배가 불쑥 솟으면 딸이고 허리까지 둥글게 배가불으면 아들이랍듸다 그러치만 그말이 맛는지 누가 알어요』

『내가 어듸좀 만저보세』

『고만두세요』

『불쑥솟지나 안헛나 어듸 만저보세』

하고 리봉학이가 배를 어루만지는데 계향이는 못이기는체하고 가만이 잇섯다

『불쑥솟지안헛네 아들인가베』

『아들이든지 딸이든지 얼른 나키나햇스면 조켓는데 상직할미 말들어선 엇재 남의달을 잡을 것가터요』

『글세 속히 순산해야겟는데 남의달을 잡어서는』

하고 리봉학이가 말고를 내지안코 우물우물하니

『하루바삐 순산 기를 나리가 속으로 조이시는줄 나도 알어요』

하고 계향이는 시름업시 말하엿다

『만삭이되니까 자연 마음에 조이지 안조일리잇나 참말 아까들으라든 이야기는 무슨이야긴가』

『초저녁때 포도군사 두서넛이 담박그로 돌아다니는걸 아래ㅅ것들이 보앗다는데 그게 혹시 조치못한 소식이나 아니겟세요』

『그런 근심은 말라니까 그래』

『근심이 절로되는걸 어떠케해요』

『우의정대감 형제분이 내뒤를 봐주실테니까 별념녀업네』

『미리 구사또께 상서도 해두시고 우의정대감께 말슴도 여쭤두시는게 조치안허요』

『글세』

『내소견에는 속히 서울한번 갓다오시는게 조켓세요』

『그래 한번 갓다오까』

『아무쪼록 속히 갓다 오세요』

『내일 가지』

『내일 길떠나실테면 좀 주무시지요』

『자네두 고만자게』

리봉학이와 계향이가 서로 짓거리기를 끄치고 각각 잠을 청하엿다 이튼날 봉학이가 안장마에 마부하나만 다리고 서울ㅅ길을 떠나기로 작정하야 마부가 안장지운말을 대문박게잇는 로두ㅅ돌아페 내세웟슬때 포도군사 셋이 아래로부터 올라왓다 압장선군사 하나가 먼저 마부에게로 쏘차와서

『누구 어듸가시나』

하고 물으니 마부가 하기실흔 대답을 억지로

『나리께서 서울행차하신다우』

하고 대답하엿다

『나리라니 별장나리 말이겟지』

『그럼 여기 별장나리박게 또 누구잇소』

그군사가 동무들과가치 한여페가서 수군수군 공론한뒤 동모하나는 아래ㅅ길로 도루 나려보내고 남은동무하나와 둘이 대문안으로 들어갓다 리봉학이가 관속들을 뒤에 떨리고 박그로 나오다가 중문턱에서 포도군사들과 마주첫다 포도군사들이 문안헷것하는것을 봉학이는 흘겨보며

『너의들 엇재왓느냐』

하고 물으니 군사하나가

『나리 서울행차 하신답지요』

하고 되물어서

『내가 서울가는게 너의들에게 무슨상관이 잇느냐』

하고 뇌까렷나

『소인들이 부장나리의 전갈을 마터가지고 왓습니다』

『무슨 전갈이냐』

『양주도독놈 꺽정이를 밤ㅅ배루 건너 주신일이 탈로되엿스니 조정처분 나리시기전에는 어듸든지 출입을 못하십니다구 여쭈라구하십듸다』

리봉학이가 포도부장의 전갈이란것을 밧고 한참이나 말을 못하고 입쌀만 깨물고 잇다가

『너의 부장께 가서 나는 서울갑니다구 답전갈해라』

하고 말한마듸 겨우하엿다

『소인들이 올때 부장나리께서 따루 분부가 기섯습니다』

『무슨분부냐』

『나리께서 고집세우구 떠나시거던 떠나신뒤에 안으서를 잡어가지구 오라구 분부하십듸다』

『너의부장이 누구를 잡어오래 이놈들아 조정처분이면 모르까 너의부장 맘대루 누구를 잡어가 내첩은 고사하구 내수하에 잇는 하인하나두 못잡어간다 이놈들 정갱이를 분질러 노키전에 어서가거라』

봉학이는 펄펄뛰며 호령하는데

『소인들은 형장마질 죄가 업습니다』

『소인들을 왜 호령하십니까』

포도군사들은 유들유들하게 말대답하엿다 리봉학이가 뒤에섯는 관속들을 돌아보며

『저놈들을 몰아내라』

하고 분부하야 관속들이 포도군사를 등지펴 몰아낼때 포도군사 하나가 머리를 도리키고

『나리가 떠나시기만 하면 안으서는 잡어갈줄압시요』

하고 큰소리를 질럿다 리봉학이는 분이 속에 복바처서 눈아피 캄캄하야지며 선자리에 쓸어질것 가튼것을 중문설주를 집고 간신히 진정하엿다 봉학이가 관속들의 부축을 밧고 도루 방으로 들어왓슬때 관속하나가 아페와서

『안으서님께서 갑작이 복통이 나서서 정신을 못차리신답니다』

하고 고하야 의원을 불르러보내고 안에 들어와보니 계향이는 정신업는중에

『나리 서울 갓다 오세요 서울 갓다 오세요』

하고 군소리하듯 중얼거렷다 계향이가 약을 연복으로 두서너첩먹고 밤늦도록 신고한뒤 사내아이를 나핫는데 만삭아이라 아이는 충실하나 산모가 정신을 일코 늘어저서 첫국밥도 먹지못하엿다

림꺽정이의 종적을 탐지하러 림진에나려온 포도부장이 봉학이의 죄상을 적확히 안뒤에 일변

포도청에 보하고 일변포도군사들을 시켜 동정을 살피게하엿섯다 포도부장이 다리고온 군사들에게 번하번으로 별장의집 근처를 돌라고 분부할때 유년 포교질에 잡이난군사가

『별장이 혹시 눈치채구 도망할때는 어떠케하오리까』

하고 물어서

『조정처분이 나리시기까지 손댈수는업스니 너의가 알어서 수단대루 도망하지만 못하게해라』

하고 부장은 말을 일럿섯다 수단대로하란 부장의말을 들어둔까닭게 포도군사들이 봉학이를 서울가지못하게 막을때 부장에게 통긔하고 어주(위조)전갈과 거짓분부로 봉학이를 공동한것이엇다 봉학이가 그공동을 밧고 겁이나서 서울을 못간것은 아니로되 포도군사로보면 성공이지 실패가아니엇다

계향이가 산후에 인해 긔진맥진하야 그날밤은 자몽한채 지내고 이튿날 새벽부터 비로소 정신ㅅ긔가 돌아서 아침때쯤은 갓난애 얼골을 드려다보며 우슴도 머금고 미역국그릇을 바더서 국물도 마시게되엇다 봉학이는 안에서 밤을 고빡 새우고 아침에 나가누어서 한숨자는체하고 다시 안에 들어와보니 계향이가 갓난애를 여페끼고 누어잇섯다

『어느새 젓을 먹이나』

하고 봉학이는 모자를 나려다보며 싱그레웃고 섯는데 계향이가 치어다보며

『서울 안가세요』

하고 물어서 봉학이는 안간다는 대답으로 고개를 가로흔들엇다

『왜 안가세요』

『차차 가지』

『차차 언제』

언제든지 가지』

『내가 잡혀갈까보아 안가세요』

『누가 미친놈들의말을 고지듯구 안가겟나』

『오늘이라도 가서 다녀오시지요』

『고만두게 내가알어할테니』

리봉학이가 곳 계향이아페 와안저서

『우의정대감께 미리여쭙지안트라두 내뒤를 안봐주실리가 업스니 염려말게』

하고 소근소근 짓거렷다 봉학이가 한동안 삼ㅅ방에잇다가 밧그로 나온뒤 얼마아니잇다가 관속하나가 마당에들어와서 국궁하며 말을 아뢰엇다

『평안도에서 올라오시는 김판서대감 행차가 오늘점심때 나루를 건넙신다구 노문이 왓소이다』

『그럼 우선 큰배두척만 건너편에가서 등대하구 잇스라구 지휘해라』

『지금 점심때가 거의다 되엇소이다 나리께서두 곳 건너갑시지요』

『오냐 큰배부터 건너보내라구 일러라』

큰배가 건너간지 한동안뒤에 봉학이가 관복을가추고 적은배를 타고 나루를 건너오니 김판서 행차의 전배가 발서 강까에서 바라보이엇다 평안감사 김명윤이 경직으로 올마 상경하는길이라 요여와 사인교와 장독교와 보교들로 배두척이 거의다차고 배두어척이 더잇서도 다 실지못할만한 부담마와 복마들이 뒤에 남게되엇다 배가 한번다시 갓다왓다하는동안 길이 더듸어서 김명윤이 리봉학이를 사인교아페 불러세우고 거행불민하다고 중책(重責)하엿다 진군들과 백성들의 눈아페서 봉학이가 곤욕을 당할때 창피하고 분한것을 참고

『황송하외다』

『죄만하외다』

하고 사과하엿스나 속에처진 불쾌한마음은 좀처럼 사러지지아니하야 별장청에 돌아온뒤 관속들을 물리고 방문을 다치고 들어누엇는데 말업시 웃간방문을 여는사람이 잇서서

『그게 누구냐』

하고 소리를 꽥 질럿다

의관이 분명한 깍근선비하나가 리봉학이의 누어잇는 아프로 나서는데 그선비가 뜻박게 황천왕동이라 봉학이는 말문이 막히어서 자리에 일어안즌뒤 한참만에야 비로소

『이게 웬일인가』

하고 말을내엇다 황천왕동이가 리봉학이가 놀라워하는 눈치를보고 져이 우스면서 아래ㅅ목에 나려와 안즐때 봉학이는

『박게서 아무두 본사람이 업나』

하고 물으며 곳 압미다지를 활짝 열어노앗다

『마침 박게 아무두 업기에 그대루 막 들어왓소』

『대체 엇재왓나』

『서울가는길이요』

『서울은 엇재가나』

『소문좀 들으러 가우』

『이사람아 지금이 어면판인줄 알고 나섯나 포교들이 길까에 널렷네 사람들이 대담해두 분

수가 잇지안흔가 공연이 서울갈생각말고 도루가게』

『포교가 나를 어쩌겟소 아까 이나루ㅅ가에 와서두 긔찰을 한번 당햇지만 시임 황해감사 신히복(愼希復)의 삼종질 신생원에게 저의가 고개나 숙엿지 별수잇소』

『자네가 신생원행세하나 만일 얼굴아는 사람을 만나면 탈아닌가』

『양주읍에 들어서기전엔 내얼굴을 알놈업소』

『지금 포도군사놈들이 네신변에 눈을쏘구잇는중일세 내게 오래 안젓는것이 불긴하니 곳 가게』

『곳 가겟소 그런데 내가 들은말이 잇서서 참말인지 아닌지 잠ㅅ간 물어보러왓소』

『무슨말인가』

『어제 서울가려다가 포교들에게 붓잡혀서 못간일이잇소』

『그런소리 날만한일이 잇섯네』

『밤ㅅ배를 내준일이 발각되엇다는구려』

『그런모양일세』

『그럼 탈아니요 내생각엔 진작 우리가티 피신하는것이 상책일것 가튼데 의향이 어떳소』

『그러케까지 안허드래두 내일은 펴일수잇슬껠세』

「그러면 작히조켓소 그러나 아까 사인교아페서 욕당하는걸 보니까 벼슬이 조흔지 모르겟습듸다」

「말말게 속상하네」

「그 긔구잇는 일행이 어제 청석골을 지나왓소」

「왜 가만두엇나」

「의논이 서루 맛지안허서 그대루 곱게 보내는갑듸다」

관속하나가 들어와서 서울서 사람이 왓다고 거래하야 봉학이가 그관속을 내다보며

「웬사람이 엇재 왓다드냐」

하고 물으니

「그건 물어두 잠ㅅ간 보입겟다구만 말슴하옵듸다」

하고 관속이 대답하엿다

「불러드려라」

리봉학이가 분부하야 관속이 도루나간뒤에 황천왕동이는

「나는 가겟소」

하고 곳 일어서 나갓다 리봉학이가 박글 내다보고 잇는중에 서울서왓다는 사람을 관속이 다

리고 들어오는데 그사람은 서울잇슬때 낫이익은 리의정댁하인이라 봉학이가 반겨서 먼저

『자네 엇재 왓나』

뭇고 뒤미처 또

『대감마님 문안 안녕합시구 댁내에 별고가 업스신가』

하고 물으니 그하인은

『대감마님 문안안녕합시구 댁에 아무연고 업스십니다』

뒤의말을 먼저 대답하고나서

『풍덕서사는 소인의 삼촌이 죽어서 통부밧구 가는길이온데 댁의 늘근청직이가 이편지을갓다 나리께 드리라구 부탁해서 잠ㅅ간 들렷습니다』

먼저 말을 나중대답하고 조그만 편지봉을 퇴ㅅ마루에 올려노핫다 봉학이가 팔을느리어서 그편지를 집어다가 뜨더보니 그속에든 편지란것이 스사로자(自)머리수(首) 진서글자두자 적힌쪽지이엇다 리봉학이가 쪽편지봉을 뜨더보기전엔 부의주란 부탁편지려니 생각하엿다가 생각박게 글자두자에 놀래서 얼골빗까지 달러겻다 퇴ㅅ마루아페섯든 하인이 봉학이의 얼골을 바라보며

『무슨 조치안흔 긔별이오니까』

하고 물으니 봉학이는 걱정으로

『아니야』

하고 대답하엿다

『저는 곳 물러갈랍니다』

『이왕왓스니 하루 묵어가지』

『오늘 장단가서자구 내일일직 풍덕을 대어가겟습니다』

『풍덕을 내일가야해?』

『사촌이 아직 미거한까달게 제가 가서 장사지낼마련을 해주어야 할테니까 한시각이라두 일직가봐야지요』

『오 참말루 누가 죽어서 풍덕을 간댓지』

『아비의동생 친삼촌입니다』

『내가 부의를 좀할테니 잠ㅅ간만 기다리게』

하고 봉학이가 관속을 불러서

『안에 무명이 잇슬테니 한필달래서 저사람주어라』

하고 분부하엿다 그하인이 하직하고 관속과가치 박그로 나간뒤에 봉학이는 다시 두자편지를

집어들고 조이가 뚤어지도록 드려다보며

『자수 자수』

하고 입속으로 옴기다가 훌제

『옳치 우의정대감께서 시키셧구나』

하고 고개를 끄덕끄덕하엿다 늘근청직이로는 죄가잇고 업는것도 아죽 알지못하려니와 설혹 알더라도 죄를 자수하라고 자수 두자를 써보낼의사가 나지못할것이라 우의정대감께서 시킨것이 틀림업다고 봉학이는 생각하엿다 봉학이가 금부(禁府)에 가서 자수하기로 마음을먹고 곳 이날저녁때라도 상경하고 시퍼스나 한번 금부에가서 가치면 언제 나오게될지 조만을 모르는까닭게 뒤ㅅ일을 처리하지안코 불시에 일어서기가 어려웟다 우선 계향이를 그대로 내버려두고 가면 갓난피떵이를 다리고 갈바가업서 고생할것이라 시골서울간에 몸부처 잇슬곳을 정해주어야 할터인데 맛당한곳이 생각나지아니하엿다 계향이의말을 들어보려고 봉학이가 안에 들어와서 해산구원하는 할미와 다른기집하인을 박그로 내보내고 서울서온 긔별이 곳 우의정대감의 분부인것을 자세히 이야기한뒤에

『나는 금부에가서 자수하면 우의정대감께서 뒤를봐주실테니까 아무걱정이 업지만 자네일이 걱정일세 내가금부에 가처잇는동안 자네가 갓난것을 데리구 어듸가서 부처잇스면 조켓나』

하고 의논하니 계향이는 미리 생각해둔것처럼 조곰도 서슴지안코

『서울가서 잇슬랍니다』

하고 말하엿다

『서울가서 어떠케잇서 그래두 교하의삼촌에게 가잇는것이 조치안흘까』

『나는 교하가기 실여요』

『그러니 서울가서 지낼수가 잇서야지』

『구사또댁에 가서 간청하면 몸담어잇슬 방한칸이야 어더주시겟지요』

『방만잇스면 사나』

『서투른 바누질품이라도 팔지요 그런건 걱정마세요』

『아무리나하게 그럼 나는 내일이라두 먼저 서울루 가겟네』

『나도 가치 가요』

『자네야 내일 어떠케 가나』

『어린것을 폭 싸서안고 승교바탕 타고가지요』

『죽다살어난 산모가 삼두 안나간 피떵이를 데리구 어떠케 길을 간단말인가』

『나리가 내일가서 자수하시면 나도 멧칠안에 여기서 쫏겨나게될테지요 멧칠잇다가 근두박

질해서 쫓겨나가느니 나리와 가치가는것이 조치안하요』

『그럼 교하의삼촌을 청해다가 자네를 맛기구 감세』

『실여요 나리따러 갈테요』

『내일 삼이나 나간뒤에 다시 의논하세』

『다시 의논할것도 업시 내일가치 떠납시다』

『그러케 아주 떠나자면 여기서 뒤를 말켜노쿠 갈일두 더러잇스니까 어차피 내일은 못떠나겟네』

『내일 못떠나면 모레떠납시다』

『가치가서 임시전접이라두 시켜노쿠 자수햇스면 나는 아주 한시름을 잇겟네만 자네가 무사이 길을 갈수잇슬까』

『염려마세요 남들은 해산하고 곳일어나서 제손으로 국밥까지 끄려먹는데 가만이 타고가는것이 어때요』

계향이가 고집을 세우는 바람에 리봉학이도 다리고 갈의향이 만하것다

이튿날 리봉학이가 림진을떠날준비로 뒤ㅅ일을 처리하는중에 파주읍에서 우병교(右兵校)가 나와서 시각 지체말고 대령하란 군령을 전하니 이는곳 파주목사가 군령을 노흔것이엇다 리봉

학이가 인궤(印櫃)외에 중요한 문부(文簿)까지 다가지고 병교를 따러서 읍으로 들어갓다 파주목사가 병마수군동첨절제사의 위의(威儀)를 가추고 리봉학이를 불러드려서 양주도적꺽정이를 밤ㅅ배로 건너주엇다는것이 어찌된일이냐고 사문(査問)하는데 경긔감영과 병조의관자들을 내보이며 일이 발서 감영뿐아니라 조정에까지 들어낫스니 일호 긔만(欺瞞)할 생각을 두지말고 자복하라고 얼르고 또 전후 사정은 조금도 숨기지 안코 세세히 자복하면 죄가 경감(輕減)되도록 보하야 주마고 달래엇다 리봉학이가 얼르는걸 겁내서 말할사람도아니요 또 달래는걸 밋고서 말할사람도아니나 자긔의 지은죄를 자수하려고 마음먹은 사람이라 꺽정이와 형제가티 친한것부터 꺽정이를 밤ㅅ배로 건너준것까지 전부다 로설하엿다 목사가 리봉학이의 초사를 다바든뒤에 관원으로 천만부당한짓을 하엿다고 꾸짓고 임소(任所)에 가서 조정처분이 다시나리기를 기다리라고 일렀다 리봉학이가 서울 올라가서 금부에 자수하겟노라 말하고 가지고온 인ㅅ궤와문부를 마터달라고 목사께 바치니 목사가 처음에는

『어듸루 도타할생각이 잇서서 갓다맛기는 것이 아닐까』

말하고 밧지안타가

『도타하려면 인ㅅ궤나문부나 다내버리고 도타하옵지 마터줍시사고 가저올리가 잇습니까』

리봉학이의 사리바른 말을 듯고 비로소 바더주엇다 봉학이가 파주읍에서 나오는 길에 나루에

와서 묵는 포도부장을 차저보고 꺽정이를 밤ㅅ배로 건너준것이 사실이라고 말한뒤에 금부에 자수하러 내일 상경하겟다고 말하니 부장은 싱글싱글우스면서

『금부에 자수하러 가는사람이 안식구는 왜 데리구 가시우 안식구두 자수시킬죄가 잇소』

하고 빈정거려 말하엿다

『안식구를 여기 내버려두면 뒤에 돌보아줄사람이 업스니까 아주 서울데리구가서 방한간이라두 어더서 전접을 시키구 자수할생각이요』

『생각을 빈틈업시 잘하셧소』

『내말을 거짓말루 들으시는것 가트니 그건 사람대접이 아니요』

『거짓말을 참말이라면 참말이되구 참 을 거짓말이라면 거짓말이되우 그러구 우리는 사람을 볼때 죄인으루 보는버릇이 잇서서 사람대접을 잘할줄 모르니 과히 책망마시우』

『그럼 내가 철가도주나 하는줄루 아시우』

『철가도주하실리가 만만업드라두 우리는 철가도주를 못하두룩 방비하지안흘수업지요』

『방비는 어떠케 하실작정이요』

『내일보면 아시지요』

『내일떠날때 귀별해주리까』

『그러실것업소 안식구까지 데리구 가실 작정은 언제 우리게 귀별해주셧소』

『미리 말슴한마듸 해둘것은 요전가티 떠날때 군사들 보내서 간다 못간다 하진마시우 그러면 자연조치못한 광경이 날것이요』

『그런일은 업슬테니 염려마시우 내가 군사멧놈 데리구 서울까지 배행해다 드리리다』

『가치가는것은 나두좃소』

『조치안타구하서두 우리는 안갈리업소』

『잘 알엇소 내일 만납시다』

리봉학이가 포도부장에게서 별장청으로 온뒤에 곳 관속들은 내보내서 걸구를 서너마리 사다 잡고 막걸리를 수십동의 사다가 걸러서 륙십여명 진군을 풀어먹이엇다 수족가티 부리든 진군들을 작별안코 떠나기가 섭섭하엿든것이다

림진나려온 포도부장이 리봉학이의 죄상을 탐지하야 포도청에 비밀히 보한뒤 포도대장이 우에 아뢰어서 처음에는 우에서 파주목사를 시켜 별장의 죄지유무를 사문하라고 처분을 나리엇섯는데 리량이 이것을 알고 편전에 입시하엿슬때

『별장의 죄상이 귀위 입문까지 되온바엔 바로 금부에 압상(押上)하와 엄형(嚴刑)으로 국문하옴이 맛당하올줄 알외오』

하고 우에 주달하야 마침내 림진별장 리봉학을 구격나래(具格拿來)하란 전교가 금부에 나리게되엿다

금부에서 전교를 밧자온뒤 금부도사(禁府都事)는 서울서 새벽떠나 림진으로 나려오고 리봉학이는 아침때 림진서떠나 서울로 올라오는데 리봉학이의 일행은 리봉학이탄 부담마와 계향이 탄 승교바탕외에 하인하나와 짐ㅅ군하나뿐이라 실상 초솔하기 짝이업건만 포도부장이 포도군사 삼사명을 다리고 압서거니 뒤서거니 가치오는까달게 속모르는 사람이 보기에는 긔구잇는 행차보다 도리어 무시무시하야 길을 잡기전에 오고가는 사람들이 미리미리 길을 비키엿다 리봉학이의 일행이 파주읍을 지나서 두마니를 채 못미처 왓슬때 서울서 나려오는 금부도사의 일행과 로상에서 서로 만낫다 그일행은 도사의 말뒤에 금부의 라장 라졸사오명이 따랏섯다 리봉학이 일행보다 멧거름 압섯든 포도부장이 도사의 말아페가서 수어인사수작을 마치고

『어딀 가십니까』

하고 물으니 도사가 말우에서

『임진 가우』

하고 대답하엿다

『별장을 잡으러 가십니까』

『그럿소』

『별장이 지금 서울가는 길입니다 저기 부담마탄 사람이 별장이구 승교바탕탄 사람이 그소실입니다』

도사가 부장의 말을 듯고 곳 라장을 돌아보며

『저것이 임진별장이란다 어서가서 잡아나려라』

하고 분부하엿다 리봉학이는 라장라졸들이 와서 나려라마라 하기전에 황망이 말께서 뛰어나렷다 도사가 리봉학이를 잡아다가 말아페 꿀리고 자긔도 말우에서 나려와서 전교를 일러들린뒤에 곳 격식대로 의관을 벗기고 줄을지웟다

금부도사는 림진가서 하루ㅅ밤 숙소하려고 예정(預定)하엿든것인데 의외에 중로에서 리봉학이를 체포하게 되어서 예정을 변경하야 고양읍(高陽邑)을 숙소참대고 곳 회정하엿다 도사가 봉학이를 보고

『고양읍에 가선 집보교를 변통해서 태워주까』

하고 뭇는말에

『서울까지 걸어가두 좃소이다』

리봉학이는 대답하고 갓신벗고 미투리신고 라졸 군사들과 가치걸엇다 리봉학이가 오라ㅅ줄지

고 길을것는것이 생의의 처음이라 마음의 창피한것과 몸의거북한것이 이를데업스나 자긔의 창피하고 거북한건 오이려도 여차이고 계향이의 소리업시 우는꼴이 차마 보기어려웟다 계향이가 처음에는 구상전만난 종의 자식가티 정신업시 떨기만하다가 떠는것이 진정되며부터 두눈에 눈물이 샘솟듯하는것을 씻다못하야 치마짜락으로 얼골을 통히 가리엇다 그러지안허도 부숙부숙한 계향이의 눈뚜던이 얼마동안 안지나서 퉁퉁이 부어올랏다 리봉학이가 자주 뒤를 돌아보다가 계향이의 눈과 마주칠때 울지말라고 눈짓하면 계향이는 고개를 끄덕이면서도 눈물이 흘러나리는걸 금치못하엿다

두일행이 한데합한뒤에 포도부장은 포도군사들을 다리고 아플서고 라장라졸들은 리봉학이를 다리고 또 금부도사는 말을타고 중간에 들고 계향이의 승교바탕과 봉학이의 다리고온 하인짐ㅅ군은 뒤에 따러왓다 해지기전에 고양읍을 대어오려고 금부도사가 길을 재촉하야 두마니와 밧화산길목과 안화산길목을 얼른지나서 동거리를 향하고 오는중에 아이놈 하나도 다리지아니한 선비한사람이 이편을 바라보고 오다가 흘쩨 돌쳐서서 오든길로 도루가는데 번쩍번쩍 걸어가는 거름이 예사 다름박질로 따러가기 어려울만큼 빨렷다 아페선 포도군사들이

『지금가는사람 거름빨레』

『축지하는 사람인가베』

『양주 꺽정이의처남 황가눔이 거름이 유난히 재다든데 혹시 그눔이 아닐까』

『그런지두 모르지 쪼차가보까』

『벌서 어듸갓는지 모르는걸 쪼차가면 붓들겟나』

하고 짓거리는 말을 봉학이가 귀ㅅ결에 듯고

『천왕동이가 서울을 다녀오다가 포도군사들을 보구 어듸루 피한게로군』

하고 속으로 생각하엿다 분수내를 건너고 양지말을 지나고 고골길목을 지나서 바로 혜음령을 바라보고 올라오는데 길에 행인도업고 산에 나무ㅅ군도업고 다만 길까 나무우에 까막까치들만 지저귀엇다 금부도사가 말우에서 서산에 가까운 해를 치어다보며

『잘못하면 해진뒤에 들어가기 쉽겟다 얼른 고개를 넘어가자』

라장들을 재촉하고 라장들이

『아페서 좀 더 빨리들 가세』

하고 포도군사들을 재촉하야 혜음령미테 다왓슬때 고개중턱에 사람서넛이 뭉처섯는것을 보고 포도부장이 수상하게 여기어 뒤에오는 일행을 잠ㅅ간 정지시키고 포도군사들만 먼저 올려보냇다 포도군사들이 사람들 섯는곳에 가까이오자 그중에 한사람이 손에 굴근몽둥이를 집고멧 거름 아프로 나서서

『이눔들아 너의눔들은 포두청에서 낫잠이나 잣바저자지 왜 여기꺼지 나와 돌아다니느냐』

하고 바로 호령하듯이 말을 부첫다 포도군사들이 제잡담하고 팡무니에서 방망이를 뽑아들고

『으악』

소리를 질르며 쪼차들어가니 그사람은 조금도 황겁한 기색이업시 지펏든 막대를 들어서 군사들의 방망이를 막는데 방망이 너덧개가 몽둥이 하나를 당치못하엿다 포도군사들이 슬금슬금 뒤로 물러나는중에 포도부장이 칼을 빼어들고 쪼차올라왓다

포도부장이 군사들을 한여프로 비키고 몽둥이 든자를 향하야

『너의가 웬눔들이냐』

『우리가 어떤 사람인걸 알구 시프냐 우리는 고개 임자다』

하는 대답이 나왓다

『고개 임자란게 다 무어냐 이눔아』

『고개를 넘어다니는 행인에게 고개ㅅ세를 밧는 사람이다 너의두 고개를 넘어가려거든 세를 갓다밧처라』

『쥐색기가튼 도독눔이 무열밋구 큰 소리냐』

『이걸 밋구』

하고 몽둥이 든자가 한편주먹을 내보이니

『잘 미덧다 칼좀 바더봐라』

하고 부장이 칼을 둘르며 달려들엇다

몽둥이가 워낙 칼과 맛서기 어려운데 더욱이 칼은 법수잇고 몽둥이는 함부루라 몽둥이가 칼아페 쩔쩔 매엿다 산덤이로 정수리를 눌르는듯 칼이 우에서 나려오고 풀헤치고 뱀을 찻는듯 칼이 아래로 나와서 몽둥이가 칼을 막느라고 우아래로 올지갈지하다가 그자가 몽둥이를 내던지고 고개우로 도망할때 뒤에섯든 자들은 압서 뛰여 올라갓다

『너의들은 구경하구 섯느냐 빨리 쪼처 올라가자』

부장이 군사들을 몰고 셋의 뒤를 쪼차서 고개마루턱으로 올나오자 먼저 올라간 셋이 서낭의 돌무데기를 헐어서 돌을 던지는데 그중에 하나는 물빠가튼 큰 돌멩이를 펑펑 내던젓다 부장이 돌을 무릅쓰고 올라갈까 피하야 나려갈까 잠ㅅ간 주저하는 동안에 군사하나가 면상을 돌에맛고

『아이쿠』

하고 소리를질럿다 부장이 소리질르는 군사를 돌아보다가 아페 떨어지는 큰 돌멩이에 발ㅅ등을 짓쩟고 펄쩍 주저안젓다 여페 가까이 섯든 군사가 쪼차와서 얼른 부장을 붓들어 이르키며 아래로 나려가자고 말하니 부장은 말업시 고개를 끄덕이엇다

군사하나는 부장을 부축하고 압서고 군사둘은 상한동무 군사를 양쪽에서 붓들고 뒤를 따러서 급한거름으로 몟간동안 나려왓슬때 뒤에서

『이놈들 게섯거라』

고성이 들리며 아까 몽둥이 들엇든자가 두손으로 돌뗑이하나를 치어들고 쪼차오는데 그돌뗑이는 크기가 조그만집 주추ㅅ감이 조이될만하엿다 군사들이 흘끔흘끔 뒤를 돌아보며 아래로 뛰어가려고하는데 부장은 담ㅅ긔가 달러서 부축하는 군사까지 여프로 치우고 돌아서서 칼을 바로잡앗다 그자가 부장을 노리고 돌뗑이를 내던저서 부장이 자칫하면 어더 마질것을 날쌔게 가로뛰어 피하엿다 그러나 지덕은 험한데 짓찌인 발에 힘이 업서서 한편으로 쓸어젓다 부장이 몸을 이르키려고 할즈음에 그 자가 뛰어오며 곳 발ㅅ길로 칼잡은 팔을 거더차서 칼이 손에서 떨어젓다 부장이 몸을 이르킬 사이업시 그자가 연거퍼 발ㅅ길로 차서 일어나지 못하게 하고 나종에 한번 몽굴려차서 산ㅅ골창으로 띄굴띄굴 굴러나려갓다 여러군사들이 부장을 돌보지못하고 고개미트로 도망하는데 그자가 부장의 칼을 줏어들고 뒤에서 쪼차왓다

고개우에 화적이 난것갓다고 포도부장이 칼을 빼들고 쪼차올라간뒤에 금부도사는 생각하기를 포도군사 서너명이 갓고 포도부장까지 갓스니 화적멧명쯤 쥐잡듯하려니 태평 마음을 노코 말에서 나려서 길ㅅ가에 안저잇섯다 한동안이 착실이 지나도록 포도청패가 돌아오지 아니하야

도사가 라장라졸을 돌아보며

『엇재들 이러케 아니올까 너무 오래 지체가된다』

하고 말하니 라장이하나는

『굴세올시다 너무 늣소이다』

하고 도사의 입을 따러서 대답하는데 라장이하나는

『아마 도독눔들이 도망질 치니까 뒤쪼차 갓는가보오이다』

하고 대답한뒤 제가 가장 요량이나 잘한듯이 곤대짓까지하엿다 도사가 화가나서

『그래 우리더러는 여기서 기다리라고해노코 무작정 어듸까지 쪼차간단말이냐』

그라장이를 포도부장인듯이 책망하고

『더 잇다간 여기서 해지겟다 고개넘어서 벽제(碧蹄)까지 가기전엔 쾌를 잡힐데도 업다 화적을 잡거나 수적을 잡거나 우리겐 알은곳 업스니 우리만 먼저가자』

여러사람들을 다 이르켜 세웟다 도사가 다시 말에 올라안즐때 고함치는 소리와 악쓰는 소리가 풍편에 가까이 들려서 고개우로 올라가지 못하고 자저하고 잇는중에 창과몽치를 든자 십여명이 뒤에서 풍우가티 몰려오며 곳 도사와 라장들에게 대들어서 창으로 지르고 몽치로 조기는데 리봉학이가 창든자하나를 바라보고 소스라치도록 놀래엿다 황천왕동이가 양반의 의관

을 벗어버리고 다른자들과가티 머리를 질끈 수건으로 동이고 창을들고 납뛰엇다

『이사람 이게 웬짓인가』

『이사람 이리좀 오게』

리봉학이가 목이 터지도록 소리를 질르니 황천왕동이가 창을 멈추고 돌아보며

『잠ㅅ간만 기다리우 이놈들을 다 처치하구 이야기합시다』

하고 대답하엿다

『어서 이리와서 내말좀 듯게』

『무슨말이요』

황천왕동이가 리봉학이아페 와서 섯다

『저자들을 자네가 데리구 왓나』

『그럿소』

『사람을 상하지 말라구 일르게』

『저까지것들 살려보낼것 무어잇소 아주 요정들 내게 가만둡시다』

『자네가 나를 다시 안볼테면 모를까 그러치 안커든 내말대루 일르게』

황천왕동이가 마지못하야 채주염난자 하나를 가서보고 말을 일러서 그자들은 창질과 몽치질

들을 끄치고 말에서 떨어진 도사와 땅우에 잣바지고 업드러진 라장라졸을 발가벗기고 상투를 풀어서 맛잡어매안치는데 봉학이가 다리고온 하인까지 도사의 하인으로 알고 발가벗기어서 한테 안치엇다 이동안에 황천왕동이는 봉학이의 오라ㅅ줄을 풀르려고하니 봉학이가 밀막으며

『줄을 가만두구 이야기부터하게 이게 대체 웬 짓인가』

하고 말하엿다

『오라 푸르구 안저 이야기 합시다』

『그대루 안저 이야기하세』

『잇다 고지식하게 구지마우』

황천왕동이가 리봉학이의 말을 듯지안코 오라ㅅ줄을 풀러주엇다 이때 고개우에서 도망하야온 군사들이 고개미테 광경을 바라보고 섯는중에 칼든자가 뒤에서 쪼차나려오며

『오냐 이놈들 게잇구나』

하고 소리를 질러서 군사들은 다급하야 고개미트로 뛰어나려왓다 여렷이 와하고 대들어서 군사들은 붓잡아안칠때 군사뒤를 쪼차오든 사람이 언덕우에서 아래를 나려다 보며

『황두령 게잇소』

하고 소리치니 황천왕동이가 치어다보며

『길두령인가 어서 나려오게』

하고 마주소리를 첫다

황천왕동이가 길두령이라고 불른 사람은 길막봉이다 막봉이가 고개미테 나려와서 봉학이에게 인사하고 나서 한여패 모아안친 발가벗은 사람들을 가르치며

『저것들을 왜 죽여버리지 안헛소』

하고 황천왕동이더러 물으니 천왕동이는 리봉학이를 한번 훌낏 돌아보고

『죽이면 조켓는데 죽이지말라네그려』

하고 길막봉이의 말을 대답하엿다

『저것들을 놔준대두 우리들 가기전엔 놔주지 못하우』

『그러니 어떠케 처치햇스면 조켓나』

『글세』

하고 길막봉이가 고개를 비틀고 생각하다가 채수염난자를 바라보며

『상갑이 이리좀 오게』

하고 불렷다 길막봉이가 상갑이란자를 다리고 잡아안친 사람 처치할도리를 의논하는 중에 리봉학이는 황천왕동이를 불러가지고 엇지된 사단인것을 물엇다

『내가 정신이 얼떨떨해서 영문을 모르겟네 속시원하게 이야기 좀 하게』

『저것들을 다 처치해 노쿠 이야기합시다』

『대체 이일을 형님이 시켯겟지』

『그럿소』

『형님은 지금 어듸잇나』

『여기 오지안햇소』

리봉학이가 또 말을물으려고 할즈음에 길막봉이가 황천왕동이를 오라고 불러서 황천왕동 이는 길막봉이 여프로 가고 리봉학이는 계향이의 승교바탕 아프로왓다 계향이가 포대기로 폭싼 갓난애를 꼭 끄러안고 드려다보고잇다가 리봉학이가 가까이왓슬때 얼굴을 조금 치어들고 나즉한 말소리로

『화적들이 우리를 구해주려 왓지요』

하고 물으니 리봉학이는 입맛쓴 모양으로

『우리를 구해주려 왓는지 죽을고루 몰아너흐려 왓는지 나는 모르겟네』

하고 대답하엿다

『서울가면 일이 어떠케 되까요 덧거치지 안흘까요』

『엇재 덧거치지 안켓나 잘못하면 죽기쉽지 그피떵이가 아마 나의 한세상난 표적이 될까베』

『중로에 적변당한것이 죄될것도 업겟지만 죄가된다고 하더래도 포도부장이나 금부도사에게 죄가될망정 나리께 죄될까닭이 무어요』

『적변이 나매메 난 적변이니까 화적들의 죄까지 내가 홈빡 뒤집어쓰게 될것일세』

『그러면 화적들 따러 적굴루 가실지언정 서울은 가실생각 마시요』

『죽은 정승이 산강아지만 못하다니 도독눔이 되드라두 살어노쿠 보잔말인가』

하고 리봉학이는 서구픈 우슴을 우섯다

채수염난자가 여러졸개 도적들을 다리고 잡아안친 군사들을 마저 옷벗기고 상투풀어 맛잡아매는 동안에 고개우에서 새로 둘이 나려오는데 채수염이 치어다보며

『여게 판돌이 자네부자는 고개우에서 이때까지 무엇햇나 어서 빨리 나려오게』

하고 소리첫다 둘이 고개미트로 나려온뒤에 채수염이 그중의 나이먹은 탑삭뿌리와 멧마듸이야기하고 곳 졸개도적들을 시켜 잡아안친사람을 모주리 잡아이르켜 세웟다 리봉학이는 이것을보고 죽이려는 줄로 알고 황천왕동이를 와서 붓들고

『그에 다 죽일작정인가』

하고 시비하니 황천왕동이는 고개를 가로 흔들엇다

『그럼 왜 잡아 이르켜세우나』

『여기다 그대루 두구가면 벌거벗구 십리 이십리를 가서 고발할는지 모르니까 숩속 나무에 동여매노쿠 가기루 햇소』

이때 리봉학이의 하인이 큰소리로 나리나리하고불럿다

『내 하인은 왜 동여매나』

『저 나리찻는것이 하인이요 곳 빼노라겟소』

황천왕동이가 가서 말하야 리봉학이의 하인은 빠지고 도사와 라장과 라졸과 포도군사들은 모다 숩속으로 끌려갓다

해진지가 오래라 어둔빗이 지텨저서 네뎃간박게 사람이 어림풋이 보이게 되엇다 숩으로 간사람들이 떠드는 소리만 들리고 형용은 보이지아니할때 뒤에남은 황천왕동이는 리봉학이와 가치 길ㅅ가풀섭에 주저안저서 전후곡절을 이야기하엿다

황천왕동이가 리봉학이를 차저보든날 서울로 가지안코 청석골로 돌아가서 봉학이의신변이 위태한테 봉학이의 고집이 안저 당하려고하야 불구에 서울로 잡혀가게 될것을 일장 이야기하엿더니 림꺽정이가 이야기를 듯고 곳 박유복이더러

『우리둘이 임진을 나가보자』

하고 말하야 박유복이도

『그래봅시다』

하고 대답하는데 여페잇든 서림이가 나서서

『두분이 가시면 이별장을 꼭 끌고오시겟소』

하고 뭇고 잼차

『이별장이 만일 끌려오지 안흐면 어떠케 하실테요』

하고 물으니 림꺽정이가

『숫제 우리두 가치 잡혀가겟소』

하고대답하엿다

『아무리 정분들이 여타자별하시드래두 가치 잡혀가신다는건 안될말슴이요』

『봉학이가 내엉절루 죽게되지안쿠 제죄루 죽게되엇더라두 우린 가만이보구 잇슬수가업소』

『그러니 이별장을 구해낼 도리를 생각합시다』

『무슨 조흔도리가 잇소』

『찬찬이 생각하면 더 조흔도리두 잇겟지만 지금 언뜻 생각나는걸루 말슴하면 이별장이 서울루 잡혀갈때 중로에서 뺏어오는것두 한 게책이 될듯하우』

『그러케 하자면 우리가 미리 중로에가서 지켜야 하지안소』

『언제 잡혀갈지 모르구 여러사람이 미리가서 지킬수도 업스니 황두령이 한번 서울까지 가서 자세한 소식을 알어오시면 조켓소』

『천왕동이가 갓다오기전에 잡혀올라가면 낭패아니요』

『황두령 거름에 내일하루면 갓다오실텐데 오늘까지 별장노릇하구 안젓는 사람이 설마 하루이틀동안에 잡혀가게 되겟소』

황천왕동이가 서림의말을 듯고 고개를 외치며

『일이 속으로 발서 잔뜩 골맛스니까 언제 박그루 터질는지 모르겟소』

하고 말하야 서울 길목을 미리와서 지키려고 지킬자리를 의논들하게 되어서 혜음령말이 낫슬때 길막봉이가 아프로 나안즈며

『혜음령을 가서 지키려면 혜음령패를 불러쓰는것이 제일 편한데 그패의 괴수 바눌틔 정상갑이와 호랭이골 최판돌이가 나하구 면분이잇스니 내가 내일 황두령하구 면저 떠나서 황두령은 서울을 다녀오구 나는 정상갑이나 최판돌이를 가서보구 여러분 오시기전에 그패를 모하노흐면 어떠켓소 황두령이 서울 왕래하는동안에 만일 이별장이 잡혀올라 가게되면 그건 내가 담당하리다』

하고 말하니 서림이가 길막봉이의 말을 조타고 찬동하고 또 림꺽정이와 박유복이에게 서울소식을듯고 떠나라고 력권(力勸)하야 이튼날 길막봉이와 황천왕동이만 먼저 떠나게 되엿섯다 천왕동이가 막봉이를 따러서 바눌틔 정상갑이집에 와서 하루ㅅ밤자고 밤들도록 술먹은탓으로 아침에늣게 일어나서 서울가서 금부도사가 이날재벽에 떠난 소식을 듯고 곳 회정하야 청석골로 가는길에 리봉학이가 묵겨오는것을보고 길막봉이에게 알리려고 급히바눌틔를 와서 보니 정상갑이는 고골너메놀미근처에 퍼저잇는 졸개들을모흐러가고 최판돌이부자만 막봉이 여페와서 잇든중이라 길막봉이는 먼저 판돌이부자를 다리고 고개우로나가게하고 황천왕동이는 놀미까지가서 상갑이의 십여명한패를 몰고 뒤에 오게 되엿든것이엿다

황천왕동이는 총긔잇는 사람이라 말들한것까지다 다시 옴겨가며 이야기하느라고 숩속에 갓든 사람들이 돌아온 뒤에사 이야기가 비로소 끗이낫다 천왕동이가 이야기를 마친뒤에

『인제 우리와가치 청석골루 갑시다 오늘밤에 임진가서 또 밤ㅅ배를 탓스면 조켓는데 탈수가잇겟소』

하고 물으니 리봉학이는

『밤ㅅ배』

하고 긴한숨을 쉬고나서

『그겨야될수잇겟지』

하고 대답하엿다

결 의 (四)

한편 리봉학이를 노친죄로 금부도사는 삭탈관직(削奪官職)되고 포도부장은 병신되고 락사(落仕)되고 라장과 라졸과 포도군사는 모두 결곤(決棍)을 당하고 또 한편 리봉학이를 구한공노로 황천왕동이와 길막봉이는 칭찬을듯고 정상갑이와 최판돌이는 상급을 바덧다 이것은 더자세이 이야기할것이 업는 일이고 리봉학이가 청석골 들어온뒤 그소실 계향이가 산후에 실섭한까닭그로 바로 병들어 눕게되어서 의약을 짐작하는 서림이가 약을 써보앗스나 병이 말을 듯지아니하야 할수업시 난데의원을 구하야 드리게 되엿는데 박유복이의 처가동네 산상ㅅ골서 멀지아니한 허풍ㅅ골사는 허생원이 의술이 도저하단 말이잇서서 유복이가 장인 최서방에게 긔별하야허생원을 다려오게하엿다 허생원이 와서 계향이 병에 약을 쓰기시작하야 불과 멧첩에 대세를돌리고 그뒤의 두어제로 뒤ㅅ탈도업게 고치어 노핫다

청석골 두령들이허생원을 붓들어두려고 공론하고 구변조흔 오가가 쓸만한 집도 치워주고 온갓 살림도차려주고 또 먹을것도 대어줄것이니 청석골로 반이하라고 입이 달토록 허생원을 달

래보앗스나 허생원은 허풍ㅅ골을 떠날수업다고 고집을세워서 도루 내보내게 되엇슬때 꺽정이가 도회청에 나와안저서 허생원을 불러다노코

『들어올때는 산사람으루 들어왓지만 나갈때는 죽은사람으루 나갈테니 그리아우』

하고 얼러메어서 허생원은 림꺽정이 말한마듸에 움찔하야 다시는 나가겟단 말을 입박게도 내지못하엿다

청석골안에 집이 째이는 판이라 허생원을 반이시키는데 집이 맛당한것이 업서서 우선 졸개의 초막하나를 치워주엇다 허생원의 약국집은 고사하고 두령들의 살림집이 부족하야 집을 멧채 더 짓기로 작정되어서 곳 역사를 시작하야 도회청뒤 빈터에 새집 다섯채를 이룩하엿다 새집역사가 손떨어진 뒤에 여러두령들이 공론하고 집들을 논하드는데 오가는 식구가 단출하야 큰집이쓸데업다고 잇든집을 식구만흔 림꺽정이에게 내주고 새집중의 제일 번듯한채로 나려안고 박유복이는 오가의 새집과 격장한집에 와서 딴살림을 시작하고 봉학이와 허생원과 서림이도 각각 새집을 한채씩들엇다 서림이는 그동안 양지(陽智)처가에 사람을 보내서 처자를 다려왓든것이다 황천왕동이는 꺽정이집 근처에잇는 묵은집을 한채 들고 배돌석이와 길막봉이는 전과가티 도회청 좌우엽채에 들어잇고 곽오주역시 전이나 다름업시 등넘어 외딴집에 따로가서잇섯다 오주는 녀편네와 담싸흔 사람이라 녀편네가 업다고 고물도 쓸쓸할 까닭기 업지마는

돌석이와 막봉이는 홀아비살림이 쓸쓸하야 밤저녁에 두홀아비가 실업슨 말로 서로 위로하는 때가 만핫다 어느날 달발근 밤에 돌석이와 막봉이가 꺽정이집 큰 사랑에 가서 놀다가 밤늦게 돌아와서 막봉이는 바로 자긔방으로 들어가려고 하는것을

『여게 달아래서 좀 거닐다가 자세』

하고 돌석이가 붓들엇다

『밤이 느젓는데 졸리지 안쏘』

『졸리면 거닐자겟나』

『기집 생각이 또 간절하신 모양이구려』

『자네는 기집생각이 업나』

『절믄놈이 기집 생각 업스면 변이지』

『그럼 왜 나를 빈정거리나』

『당신은 너무 과하니까』

『여보게 우리두 어떠케 기집 하나씩 변통해가지구 살림을 해보세그려』

『어듸 맛당한 기집이 잇서야지』

『나는 기집이 업는 사람이니까 새로 구해야 할테지만 자네는 안해가 잇지안혼가 서장사처

렴 사람보내서 데려오게그려』

『데려올만하면 벌서 데려왓지 남의 혼수를 기다리겟소』

『무남독녀라 잘 내노치안커든 장인장모까지 다 데려오게그려』

『그만 기집이 어듸 업서서 불천지위까지 마터온단말이요』

『자네가 각금 안해 말하는걸 보면 옛정을 잇지못해하며 딴 소리말게』

『기집 낫작은 별루보잘것 업서두 속살은 조커든』

『그따위 소리하지 말게 그러지 안허두 맘이 싱숭생숭해 죽겟네』

『달아래서 밤을새두 월궁선녀는 안나려올테니 고만 들어가잡시다』

『자네 먼저 들어가 자게 조흔꿈을 꿀라거든 왼손은 가슴우에 언구자게』

하고 배돌석이가 하하우섯다 길막봉이가 방으로 들어간뒤에 돌석이는 한동안 마당에 서서 발도 치어다보고 그림자도 나려다보고 하다가 홀제 무슨 맘을 먹고 대문박그로 걸어나갓다 돌석이가 도회청대문박게 나서며 곳 압산미테잇는 조그만 초막으로 발ㅅ길을 향하엿다 그초막에들어잇는 졸개는 압산파수군(把守軍)김억석이니 본래 풍덕 양반의집 비부로서 자식들을 종노릇시키지 아니하려고 기집자식을 다리고 양반의 집에서 도망하야 처음에는 장음촌에 와서 숨어살다가 종말에 청석골로 들어오게 된사람이다 억석이가 청석골 들어온뒤에 기집은 죽고 지금남은식구는 딸과 아들 남매뿐인데 딸은 과년한 처녀요 아들은 누의보다 나이 훨씬 치지하야 아즉 코ㅅ물흘리는 아이엇다 배돌석이가 초막방문아페 와서

『억석이 억석이』

하고 불럿다 억석이는 밤ㅅ번파수를 보는중이라 산우 파수막에 올라가서 짝패하나와 둘이 밤을 돌려 새우느라고 집에서 자지아니하엿다 사산파수제도(四山把守制度)가 그동안 일신하게 작정되어서 사방 산우에 파수ㅅ막이 잇고 파수ㅅ막하나에 사람이 다섯씩 매어잇는데 다섯사람중의 넷은 그저 파수ㅅ군이요 하나는 파수ㅅ군의 패두(牌頭)인데 파수ㅅ군넷은 둘씩 짝패를 지어서한패가 낫번을 들면 한패는 밤ㅅ번을 들되 낫번과 밤ㅅ번을 선보름 후보름으로 서로 돌리고 패두는 번에 빠지는 대신에 낫이고 밤이고 하루 멧차레씩 올라가서 파수ㅅ군의 잘잘못을 돌보고 그우에는 사산파수를 총찰하는 두령이 잇서서 파수ㅅ군의 군호를 날마다 정하야 주고 또 파수ㅅ군과 패두의 상벌(賞罰)을 마터보앗다 배돌석이가 이태동안 나려 사산을 총찰하야 오는까닭게 파수ㅅ군의 식구들을 거지반다 알고 또 파수ㅅ군의 번차레를 대개다 짐작하엿다 억석이가 밤ㅅ번인것을 짐작 못하고 온사람이라도 자꾸불러서 대답이 업는것을 보면 짐작이 나 서련만 배돌석이는 대답업는 것을 헤이지안코

『억석이 억석이』

하고 불르다가 나종에는 방문까지 두들겻다 얼마만에 방안에서 부스럭 소리가나고 다시 한참만에 방문이 부시시 열리며 억석이 딸인 처녀가 내다보며

『파수ㅅ막에 밤ㅅ번들러 갓습니다』

하고 말하엿다 배돌석이가 갑작이 주접어저서 공연히 입맛을 다시며

『아직두 밤ㅅ번이든가』

하고 혼자 말하니

『무슨 급한일이면 잠ㅅ간 불러 오리까』

하고 처녀가 물엇다

『파수선사람을 불러올것은 업다』

『그러면 새벽에 교대주고 나려오거든 곳 가서보이라고 말하오리까』

『급히 물어볼말이잇는데 네어른 대신에 네게 물어봐두 조흐까』

『무슨 말슴입니까』

『방에는 누가 잇느냐』

『동생아이 하나뿐입니다』

『동생아이는 자느냐』

『자는 모양이올시다』
『방에 좀 들어가두 조켓느냐』
『잠간이라두 들어안지실테가 못됩니다』
『그럼 이리좀 나오너라』
처녀가 방에서 나온 뒤에 배돌석이는 방문압 적은 봉당끄테 걸터안저서 엽자리를 손바닥으로 쓸어노흐며
『여기와 안저라』
하고 처녀를 돌아보앗다 처녀가 와서 안지안코
『물어보실 말슴이무슨 말슴입니까』
하고 뭇는것을 배돌석이가 노긔잇는 음성으로
『와 안지라거든 얼른 와 안저라』
하고 명령하듯이 말하야 처녀는 마지못한 모양으로 배돌석이 여페와서 쪼구리고 안젓다
『네가 나이 멧살이야』
처녀는 대답이 업섯다 배돌석이가 한번 씽긋웃고 처녀의 손목을 덤썩쥐니 처녀는 깜짝 놀라 뿌리치려고 하엿다 배돌석이가 손목을 더 단단히 쥐면서

『네가 내게 수청들 맘이 잇나업나 이걸 내가 급히 알구십다』

하고 말하니 처녀는 몸을 부들부들 떨면서

『그건 내일 아비더러 물어 보십서요』

하고 말하엿다 배돌석이가 싱글싱글 우스며

『네어른에겐 물어보나마나 조타구 할테지만 네생각에 어떠냐』

하고 처녀의 말을 기다리는것가티 한동안 잇다가 다시

『내게루 가치가서 이야기좀 하자』

하고 곳 처녀를 이르켜세웟다 억석이의 딸은 양반의 집에서 아이종노릇할때 발서 약을대로 다약은것이 지금은 나이를 먹어서 속에대감이 멧개 들어안젓는 처녀라 처음 놀라든때와 딴판으로 아주 아양스럽게

『날더러 도회청으로 가잔말슴입니까 난 가기가 실흔데요』

하고 몸을 흔들엇다

『딴 소리말구 가자』

『안가면 어쩔실테요』

『네까지것 하나를 내가 못끌구 갈듯하냐』

『꿀려가면서 소리를 질르면 사람들이 쪼차 나오겟지요』

『소리질르라구 주둥이를 가만이 둘세 말이지』

『죽기 한사하고 날뛰면 좀 어려우실걸요』

『이애 순순이 가잣구나 죽기한사하면 장할것이 무엇이냐』

『가기실흔걸 순순이 가요』

『내게루 가기실흐면 너의 방으로 들어가자 저웃방은 무어하는 방이냐』

『아비가 집에서 잘때 저자는 방이에요』

『너자는 방이면불필타구다 그리루 들어가자』

『먼저 들어가 방을 좀 치워야겟스니 손을 노하주세요』

배돌석이가 줄곳 잡고 잇든 처녀의 손목을 노핫다 처녀가 웃방으로 들어가서 아래웃간 사이문을 열고 두방으로 왓다갓다하며 부스럭거린끄테 웃방에 등잔ㅅ불을 달려노코 기직자리를 깔어놋는데 그동안에 배돌석이는 박게서

『대강만 치워라』

『불은 켤것업다』

『고만 들어가랴』

하고 재촉재촉하엿다

『자 들어오십시요』

배돌석이가 웃방에 들어와서 기직자리에 안즈며 곳 섯는 처녀의 손목을 잡아달렷다

『안질테니 노흐세요』

『내무릅에 와서 안저라』

『내가 어린앤가요』

『내게대면 어린애지 무어냐』

『점잔흐신 어른께서 왜 어린애를 잠도못자게 하십니까』

『잠못자게 하는게 분하냐』

『단잠을 깨면 누구든지골나지요』

『네 동생두 잠이 깨엿느냐』

『그애는 잠ㅅ귀가 질겨서 한번 잠이들면 듸굴려도 안일어난답니다』

『너두 잠ㅅ귀는 박지못한모양이드라 내가 불르다 못해서 방문까지 두들기니까 그제사 겨우 부시럭 부시럭 일어나지 안헛늬』

『방문아패서 소리질르는걸 모르도록 잠ㅅ귀가 어둡지는안습니다』

『그럼 불르는 소리를 듯구서두 가만이 누어잇섯구나』

『멧번 불르시다가 아비의 대답이 업스면 의례밤ㅅ번인줄 짐작하고 가시려니 생각햇지요』

『그러면 나중에는 무슨 선심으루 일어낫늬』

『총찰두령께서 아비에게 죄책을 나릴까봐 겁이나서 일어낫지요』

『단잠을 깨운대신 내가 품에끼구 재워주마』

『자장자장해서 재워주실랍니까』

『얼굴이 덜밉지 안트니말대답두 역시 밉지안케 하는구나』

배돌석이가 처녀를 품에 끌어안으며바로 자리에 눕히려고하니 처녀는 사지를 떠는듯 마는듯 떨엇다

『나종에 뫼시고 잘테니 정당한 말슴이나 좀 해주세요』

『정당한 말이구 실업슨 말이구 다 두엇다하자』

『그럼 저의 덥개와 벼개나 가저오겟스니 잠ㅅ간만 혼자 누어기십시요』

처녀가 배돌석이를 목침까지 비여주고 아랫간으로 나려갓다 한동안 부스럭 소리만 나고 처녀는 좀처럼 올라오지 아니하야 배돌석이가어서오라고 멧번 재촉한뒤에 처녀가혼니불 쪼각을끌어안고 올라오더니 배돌석이 발채에 그린듯이 서서 안지아니하엿다 배돌석이가 번듯이누어서

처녀를 바라보며 두팔을 벌리는중에 처녀가별안간 배돌석이 배우에와서 걸더안즈며 왼손으로 흔니불쪼각을 제처버리는데 바른손에든 칼날이 들어낫다

배돌석이가 수족을 놀릴사이도 업시 처녀는 세로잡은 칼로 곳 돌석이의 젓가슴을 나려질를것가티 겨누면서

『꿈쩍만하면 찔를테니 그리 아시우』

하고 야무지게 말하엿다

배돌석이가 어이가 업서서 도리어 우스면서

『찔르구 십거든 맘대루 찔러라』

하고 두손을 깍지껴서 이마우에 언젓다

『작난으로 생각하시요』

『작난이라면 좀 과하다 대체 이게 웬짓이냐』

『당신의 말을 들어봐서 약차하면당신 죽이고 나 죽을 작정이요』

『네가 듯구시픈말이 무슨 말이냐』

『당신이 날더러 수청을 들라니 나를 화냥년으로 여기섯소』

『내가 너더러 언제화냥년이라구 하드냐』

『두령만 사람이아니요 졸개도사람이고 졸개의 딸도사람이요 오장륙부가 다가튼 사람이요』

『누가 사람이 안니랄세 말이지』

『사람인줄로 알면 엇재사람 대접을 안하시요』

『무엇이 사람대접이 아니냐』

『아닌 밤중에 남의집 편발 처녀를 끌어내서 수청들라는것이 사람 대접이요』

『임자업는 편발처녀니까 말을 건너봣지 임자잇는 남의 기집가트면 생의나 햇겟느냐』

『내몸을 버려노흔뒤에 나를 어떠케 해주려고 생각햇소 그걸좀 분명이 말슴하오』

『무얼 어떠케 해주어 너만 실타지 안흐면 데리구 살려구햇지』

『명색업시 다리고 살려고 생각햇소』

『가치살면 가시보시지 엇재명색이 업느냐』

『가시보시니 무엇이니 하지말고 분명이 말슴하오 나를 첩을 삼으려고 생각햇소 안해를 삼으려고 생각햇소』

『내가 어듸 안해가 따루 잇슬세 첩을 삼으려구 생각하지』

『새로 오신 이두령은 안해는 업서도 기생첩만다리고 삽듸다』

『이두령이 전에는 안해가 잇섯스니까 첩으루 어덧지만 지금이야 그첩이 첩이냐 안해지』

『나를안해 삼을 생각이면 우리 아버지보고 통혼을 할것이지 왜 나를 보고 수청을 들라고햇소』

『그건 그러치만 그러치 안흘수두잇지 먼저 관계를 맷구 나중대사지내는일두 세상에 흔치안흐냐』

『지금도 나를 안해로 다리고 사실 생각이 잇소』

『생각이 잇다뿐이냐』

『이러케 칼부림을 당하고도 그런 생각이남아잇소』

『네가 도독놈두령의 안해째목으루 짝말업다』

『정말이요』

『그럼 정말이지 내가 설마 네칼이 무서워서 거짓말하랴』

『정말이면 옷고름 을 매집시다』

『나는 옷고름 맷는법을모르니 네가 가르처라』

『이때까지 명세를 처보신 일이 업소』

『맹세야 더러 처봣지』

『천지신명 아페 맹세를 치고 맹세친표로 내옷고름에 매듭을 매저주시구려』

『오냐 그래라 천지신명아페 맹세를 치자면 일어안저야지』

『누어서라도 정성만 드리시요』

돌석이가 누은채 눈을 스르르 감고

『돌석이가 억석이의 딸을 안해로 다려다가 길래살겟습니다 만일 이말을 저바리면 천지신명께 벌역을 밧겟습니다』

하고 중얼거린뒤에 다시 눈을 뜨고처녀의 옷고름에 매듭을 지엇다 처녀가 그제사 배우에서 나려안즈니 돌석이는 일어안저서 처녀의 뺨을 찰싹 따리며

『네가 고약한년이다』

하고 우섯다

『손이 아프시지 안흐시요』

『얄미운 소리하지 마라』

『나도 맹세를 치리까』

『암 너두 처야지』

돌석이가 옷고름을 아프로 내어미니 처녀는 고개를 숙이고

『저는 당신의 안해가 되겟습니다 만일 못되면 칼로 자결해 죽겟습니다』

먼저마듸는 어물어물말하고 나종마듸는 또박또박 말하고나서 정성스럽게 옷고름에 매듭을 매젓다

재벽이 가까워서 달기 자칠때 돌석이가 처녀를 보고

『나는 고만 갈테다』

말하고 일어나려고 하니 처녀가 붓들엇다

『왜 붓드느냐』

『아버지가 나려오거든 아주 보고 아퀴를 짓고가시요』

『너의 아버지를 여기서 보기는 면괴스러우니 잇다 내가 조용이 청해다가말하마』

『잇다 언제요』

『아침때나 점심때나 틈나는 대루 청해다가 말하지』

『그럼 그러세요』

돌석이가 자긔 처소에 돌아와서 밤에 잠못잔 오력을 내느라고 개잠한숨 늘어지게 자고 여러두령이 도회청에 모일때 비로소 일어낫다

『오늘 웬 늣잠이요』

『무슨잠을눈이 붓두룩 잔단 말이요』

『코가 다 삐뚤어젓네그려』

『어제 밤에 무슨짓 을 하느라고 잠을 못잣소』

이사람 저사람이 돌석이를 조롱할때 길막봉이가 우스면서

『월궁선녀를 생각하고 달아래서 건밤을 재운 모양이요』

하고 말하니 돌석이도 역시 우스며

『내가 월궁에를 갓다왓네』

하고 길막봉이 말을 대꾸하엿다

『월궁에가니 선녀가 만습듸까』

『선녀 하나들 맛낫네』

『거짓말이 난당이구려』

『자네가 거짓말을 시켯지 내가 거짓말을 햇나』

돌석이 말에 길막봉이만 우슬 뿐아니라 여러두령도 거지반다가치 우섯다 아침때가 지나고점심때가 지나고 저녁때가 다 되엇슬때 돌석이가 역석이를 불러볼까 말까 자저하다가 긔왕 느젓스니 내일 불러보리라 생각하고 길막봉이와 둘이 도회청 마당에서 거닐며 한담하는중에 역석이가 대문박게 와서 기웃기웃하다가 길막봉이눈에 먼저 뜨이엇다

『그게 누구냐』

『압산 파수ㅅ군 김억석이올시다』

길막봉이가 다른말을 뭇기전에 배돌석이는 얼른 대문ㅅ간으로 나왓다

『무슨 할말이잇서 왓느냐』

『두령께서 소인을 불르러 보내신 일이 잇습니까』

『누가 그러드냐』

『소인이 잠ㅅ간어듸를 나간동안에 사람이 왓다갓다고 딸년이 말슴하옵듸다』

『오늘은 느젓스니 내일 식전 일직 오너라』

『두령분부내에 옷고름을 잇지말라고 합셧다하오니 그게 무슨 분부를 잘못 전한것이 아니오니까』

『긴말할것 업시 내일 오너라』

돌석이뒤에 따러 나와섯든 막봉이가 억석이 간뒤에

『여보 옷고름을 잇지말라는게 무슨 소리요』

하고 물으니 돌석이는 우물주물하고 대답을 못하엿다

『억석이란 자의 딸년이 뻿잘이요』

『열팔구세 되엇는가부데』

『자세이 물어보지 못햇소』

『내가 기집애나이 물어보러 다니는사람인가』

『역석이의 딸을 불러다가 좀 물어봐야겟군』

『기집애 나이가 그러케 알구시픈가』

『우선 옷고름이란 말부터 물어봐야겟소』

『내가 일러보낸말을 그기집애가 알까닭기잇나』

『일러 보냇다면 그게 무슨 소리요』

『그게 사산에 군호준말일세』

『요새는 사산군호를 파수ㅅ군들의 집에 외치구 다니기루 햇소 대체 옷고름하구 군호하면 그대답이 무어요 어서 대답하우 공연이 나를 속이려구』

『내가 무얼 속인다구 그러나』

『그러지말구 똑바루 다 토설하우』

『이야기거리가 잇기는 하나잇네 그런데 차차 이야기합세』

『차차라니 명짤은놈 턱떨어지거든 말이요』

『앗다 조급하게두 구네 그럼 방으로 들어가서 이야기하세』

돌석이는 막봉이와 가치 방에 들어와 안저서 지난밤일을 전부다 이야기하엿다 석후에는 여러 두령이 꺽정이게로 모이는것이 전례라 막봉이가 저녁먹고 나와서 방에잇는 돌석이를 나오라고 불르니 돌석이는 억석이 딸에게 놀러갈마음이 긴하야

『오늘 저녁은 일찌거니 자겟네』

하고 핑계하엿다

『참말 초저녁부터 잘테요 만일 다른데가면 무어요』

『다른데가면 무어라니』

『맹세하란 말이요 옷고름까지 매질것은 업구』

『예 이사람』

『오래 굼주리다가 과식하면 탈나는 법이요』

『실업슨 소리 고만두구 내말좀 듯게』

『무슨 말이요』

『아까 이야기한 일관은아직 자네만 알어두게 여럿에게 알리진말게 여럿이 알구보면 나를 여간들 놀리겟나』

『내귀에 박힌 이야기를 도루 파가기전엔 입으루 나오구말테니까 그런부탁은 해두 소용업소』

『내일 내가 이야기할테니 오늘밤만 참어주게』

『참구말구 할것업소』

길막봉이가 여럿에게 이야기 안할리업슬것을 안뒤에 돌석이는 숫제 자긔가 가서 이야기하고 먼저 일어서 올 생각으로

『그럼 나하구 가치가세』

하고 방에서 나왓다

배돌석이와 길막봉이가 꺽정이집에 왓슬때 오가와 곽오주만 아직 오지안코 그나마지 다른 두령들은 발서 와서 방안에 늘어안젓섯다 저녁인사들을 마치고 자리에 안즌뒤에 막봉이가 곳 좌중을 돌라보며

『배두령이 오늘 저녁에 조흔 이야기를 한답니다』

하고 말을내니 배돌석이는 혀를 쩟쩟차며 길막봉이를 흘겨보앗다

『조흔 이야기가 무슨 이야긴가』

『조흔 이야기 좀 들읍시다』

『배두령 어서 이야기하우』

여러 사람이 돌석이더러 이야기하라고 졸을때 마침 오가가 오고 좌정되자 또 곽오주가 마저 왓다 오주가 돌석이를 보고

『뒤산파수ㅅ군의 패두눔 못쓰겟습되다 곳 태거해버리우』

하고 말하니 배돌석이가

『그눔이 무슨 작죄를 햇나』

하고 물엇다

『그눔이 내아페잇는 아이눔을 살살 꼬여내니 그런놈이 어듸잇소』

『고약한 놈일세 내가 치죄해줌세』

돌석이 말끄테 길막봉이가 우스며

『그패두눔을 태거하구 억석이루 대를 냇스면 조켓군』

하고 말하는것을 오가가 듯고

『억석이라니 압산파수ㅅ군 김억석이 말인가 그애 사람이 신통하지』

하고 말하엿다

『억석이가 사람이 신통한가요 아비가 신통하니까 딸두 신통하겟구려』

『역석이의 딸이 신통한건 어떠케 아나』

『배두령이 잘아니 물어보시우』

『배두령은 엇재서 잘알까』

오가의 말끄테 배돌석이가

『창피한 이야기를 하나할것이 잇습니다』

하고 허두를 노코 역석이의 딸과 관계된것을 대강 다 이야기하엿다 오가가 먼저

『그기집애년이 여간 내기가 아닐세그려 우리 마누라에게 바누질을 배우러오는데 보니까 사람이 영리는하데만 배두령가튼 영웅을 개떡가티 주물을 줄은 생각못햇네』

하고 말한뒤 이사람이 한마듸 돌석이를 조롱하고 저사람이 한마듸 역석이의 딸을 칭찬하는중에 박유복이가 배돌석이를 바라보며

『기집애가 사람이 똑똑하다니까 안해삼는것두 조키는 조호나졸개의딸을 안해삼구보면 좀거북한 일이 잇슬것 갓군』

하고 말하니 돌석이가

『나하나 거북한건 말할것이 업지만 다른 두령들 얼굴이 깍길까봐서 자저하는 중이요』

하고 대답하엿다 꺽정이가 배돌석이의 자저한단말을 귀거슬리게 듯고

『사내대장부가 나이 어린기집애에게 언약해노쿠 자저하는게 다 무언가』

하고 나물한뒤

『기집애를 어듸한번 불러보세』

하고 곳 좌우에서 심부름하는 졸개더러 압산파수ㅅ군 김억석이의 딸을 불러오라고 분부하엿다

억석이의딸을 불르러간뒤에 서림이가 아프로 나안저서 배돌석이를 바라보며

『여보 배두령 지금 임두령의 말슴이 올흔말슴이요 나이어린기집애에게 한번 언약한것을 저버리는법이 어듸잇소 언약해노쿠 자저하는건 되려 사내루 견모요 그러나 박두령의 말슴과 가티 거북한 일은 적지 안흘것이요 우선 억석이에게 대한 언사부터 거북할것이 존대하잔쪽 명색업는 소졸(小卒)이구 하대하잔쪽 뚜렷한 두령의 장인이구려 생각해보우 거북하지 안켓소 그래두 배두령은 상감이 부원군에게 하우하듯이 하우루대접할수잇지만 우리들은 대접하기가 썩 거북할것갓소』

하고 길게 늘어놋는데 돌석이는 어른에게 훈계듯는 아이처럼 지수굿하고 듯고잇섯다 억석이의딸 이야기가 난뒤로 좌중의 여러사람이 모다 짓거려도 입한번 뻥긋아니하고 안젓든 곽오주가 서림이의 하는말을 듯고

『우리가 거북할께 무어잇담 아비는 졸개루 대접하구 딸은 제수루 대접하면 고만이지』

하고 말하엿다 오가가 우스면서

『배두령의 안해를 제수루 대접한다니 배두령이 자네 아운가』

하고 오주의말을 책갑으니 오주가 코ㅅ방구를 뀌며

『그럼 나이어린 기집애를 형수아주머니 대접하겟소』

하고 오가의 말을 뒤바덧다

『나이어린 기집애라두 형되는사람이 데리구살면 형수대접해야지』

『형수루 대접하구 십거든 하시우 누가 말라우』

『자네는 게수대접하구 나는 형수대접하면 을축갑자루 셈판이 잘되겟네』

오가의 말에 다른두령은 고사하고 돌석이까지 우섯다 오가가 다시 오주더러

『박서방댁 나이 자네버덤 멧살이 아랜가』

하고 물으니 오주는

『난 모르우』

하고 무뚝뚝하게 대답하엿다

『멧살아 아래든지 아래지 그런데 엇재 자네가 게수루 대접을 아니하나』

『나이 어숙비숙한것과 여남은살아래와 갓단말이요 억지소리 하지마우』

『올치 자네말을 듯구보니 그럴듯해』

오주는 다시 말안코 한동안 잇다가

『나는 먼저 갈라우』

하고 일어서려고 하는것을

『좀 잇다가 가치 헤어지자』

하고 박유복이가 붓들어서 다시 주저안젓다 서림이가 좌중을 향하고

『내가 아까 배두령께 말한건 불과허두말이구 정작할말을 못하구 말엇습니다 내생각에는 억석이딸을 오두령내외분이 수양딸루정하시구 혼인를 햇스면 조흘것가튼데 여러분 생각은 어떠십니까』

말하고 여럿의 얼굴을 돌라보니 오가가 조타고 말하고 박유복이가 조타고 말하고 다른두령은 조타굳타 말들이업섯다

억석이의 딸을 불르러간 졸개가 돌아와서

『기집애년을 불러왓소이다』

하고 고하야 여러 두령이 박글내다보니 추녀끄테달린 등롱불빗에 덜밉지안흔 얼골이들어낫다

『그년 곳잘 생겨구나』
『참말 똑똑하게 생겻스니까 고런 맹낭스런짓을 햇구나』
하고 멧두령이 칭찬들하는중에 꺽정이가 뜰아래에 섯는 억석이의 딸을 나려다 보며
『이년 네 말듯거라 배두령께서 엇재 네게 실업시하섯든지 실업시하섯스면 순순이 바들것이지 생심쿠 칼부림을 한단말이냐 그런 발칙한년이 어듸잇단말이냐』
하고 호령하엿다
꺽정이의 호령질이 뜻박게일이라 배돌석이도 당황하엿스나 억석이의딸은 초풍함직하건만 고개를 폭숙이고서 눈한번 거들떠보지아니하엿다
『옷구룸에 매듭지인것을 네손으루 풀어버려라』
『못풀어버리겟느냐』
『어떠케 할테냐 어서 말해라』
꺽정이의 큰소리가 연거퍼 난뒤에 억석이의딸은 비로소 고개를들고
『배두령께서 매저주신것이니 배두령께서 풀어주섯스면 조켓습니다』
하고 대답하는데 말은 똑똑하게하나 말소리는 떨려나왓다 오가가 내다보며
『결자해지라니 그년의말이 올소 구중고만하우』

하고 말하야 꺽정이가 고개를 도리켜 배돌석이를 바라보며

『겁업는건 조치만 눈적은건 흠일세』

하고 껄껄 우섯다

꺽정이가 올라오라고 명하야 억석이의 딸이 방압퇴마루에 올라섯다

『이리나서라 얼굴을 다시좀 보자』

하고 오가가 우스며 말하니 억석이의딸은 가리마가 아프로 보이도록 얼굴을 옷깃에 파무덧다

『얼굴들구 내말좀 들어라 내가 너를 수양딸루 정하구 시픈데 네맘에 어떠냐』

『맘에 실흐냐 왜 말이 업느냐』

『아비에게 물어보십시요』

『내아비의뜻두 물어볼테지만 우선네 생각에 어떠냐』

『제야 무슨 생각이 잇겟습니까』

『내게 수양딸루 올생각이 업단말이냐』

『아니올시다』

『당세의 영웅 호걸 한분을 내가 사위ㅅ감으루 점찍어노쿠 딸을 구하는 중이다 네가 내딸이 되면 그영웅호걸은 네차지가될테니 조치안흐냐』

억석이의딸이 수삽한 태를지으며 외면하느라고 고개를 여프로 도리킨단것이 공교히 돌석이안즌편으로 도리켯다가

『배두령이 사위깜인줄을 저년이 어찌알구서 벌서 눈을 마출까』

오가에게 조롱을 밧고 아주 방을 둥지고 돌아섯다 오가가 억석이의딸을 바로서라고 이른뒤

『수양딸노릇을 할테냐 안할테냐』

하고 다시 다즈니 억석이의딸은 천연스럽게

『아비가 다른말이 업슬줄은 짐작하옵지만 저야 아비의말을 듯지안코 대답을 여쭐길이 잇슴니까』

하고 대답하엿다

『네말이 올타 곳 네 아비를 불러서 물어보자』

하고 오가가 적은두목하나를 불러서 압산파수ㅅ군의 교대를 잠ㅅ간변통하고 김억석이를 나려오도록하라고 분부하엿다

억석이가 와서 여러두령께 문안을 드린뒤에 오가가 억석이를 보고

『네딸을 내가 수양딸루 정하구 시픈데 네맘에 어떠냐』

하고 물으니 억석이는 대번에

『황감한 처분이올시다』

하고 허리를 굽신거리엿다 오가가 그제는 역석이딸을보고

『네아비가 허락햇스니 인제는 내딸노릇 할테지 자 내게 먼저 절한번하구 다른두령께 차례루 절한번씩해라』

하고 일러서 역석이딸이 오가에게부터 절하기시작하야 돌석이까지 빼노치안코 모주리 돌려절하엿다 오가가 좌중을 돌라보며

『나는 새루 어든딸을 데리구가서 모녀상면을 시켜야겟네 딸어든턱으루 내일나제 내가 술한잔냄세』

말하고 일어섯다 오가가 역석이부녀를 다리고간뒤 돌석이는 먼저일어서 갈생각을 고만두고 다른 두령들과 가치 꺽정이에게서 밤늣도록 놀다가 나종에 막봉이와한께 처소로 돌아왓다

배돌석이와 길막봉이가 도회청문안에 들어설때 달빗이 마당반쪽만 비치어서 한마당안에 환한데도잇고 침침한데도잇는데 환한데가잇슴으로 침침한데가 더욱이 침침하야보이엇다 막봉이가 자긔처소에 가려고 침침한데로 들어가다가 다시 환한데 나와서 돌석이더러

『여보 가만이 생각하니 용심이 나는구려』

하고 말하엿다

『무에 용심이 난단말인가』

『가티 홀애비루 지내다가 혼자 장가를 드니 엇새 용심이나지안켓소』

『기집애가 탐난다면 자네게 물려줌세』

『진국은 나먹구 후ㅅ국은 너 먹으란 수작이요』

『잠ㅅ간 맛만밧지 진국은 고시란이 남안잇네』

『진국이구 후ㅅ국이구 혼자다먹으우 구차이 물려달란말 안쏘』

『그럼 왜 용심난다구 말하나』

『장가들어 가지구 재살림을 차리구나가면 나혼자 도회청의 수복이노릇을할테니 내신세가 가엽지안쏘』

『내가 딴집살림을 하게되거든 자네두 가치가세』

『남진기집 농탕치는판에 절믄놈이 건성화나서 죽으라구』

『남진기집이라니 말버릇두 고약하다』

『말버릇을 배운것이 그뿐이니 어떼케하우』

『여보게 자네 안해를 꼿데려다가 우리둘이 일시에 살림을 차려보세』

『조혼 이요 그러치만 내안해 데려오기를 기다리자면 한참 쉬어야할껄』

『자네가 안성행보를 한번만하면 될것아닌가 나는 자네 자저하는속을 모르겟네』

『속모를꺼 무어잇소 안해란것이 후살이를 안가구 저의집에 잇드래두 아비어미가 내노치 안흘것을 뻔히 아는데 데려올맘을 먹을까닭잇소 그아비어미가 사람이 황두령의 장인장모 반만이라두하면 내가 벌서 데릴러갓겟소』

『장인장모가 외딸이라구 내노키 실혀하거든 장인 장모까지 데려오라니까 그럼 말썽 업슬것아닌가』

『내외가 다말썽쟁이라 내가 가서 끈다구 따러 나설리가업소』

『딸하구 가치오지 안흘라면 딸만 내노라구 염병을 부리지』

『염병을 부리다가 살인나게 애초에 고만두는게 상책이지』

『그러면 달리 기집하나를 구해보게』

『차차 구하지』

『늘어지기는 오뉴월 쇠불알일세』

『그러다가 욕하겟소』

『자네는 졸리지 안흔가 나는 졸례』

『졸리거든 고만잡시다』

막봉이와 돌석이는 서로 잘자라고 인사하고 각기 허터젓다 막봉이가 자리에 누은뒤에도 오래ㅅ동안 뒹굴거리다가 잠이든까닭게 이튼날 식전 잠이 아직몽롱한중에 누가 방안에 들어오는 것을 알고 시중드는 졸개로만 여기어서

「불르지 안는대 왜 들어오느냐」

하고 나물하다가

「남은 조반먹구 길을왓는데 이때까지 무슨잠이요」

하는 대답에 놀라서 벌떡 일어안저보니 탑고개 자근손가가 방안에 들어섯섯다

「식전에 웬일이야」

「셋재형님이 어제밤에 왓소」

「셋재 형님이라니 뉘 셋재형님 말이야」

「잠이 아직 덜깻구려 삼봉이가 왓단말이요」

「무어 삼봉이 형님이 왓서? 어듸잇서」

「내게 잇소」

「왜 가치오지안쿠」

「가치 들어오자니까 한사쿠 실탑듸다」

『날더러 나오라든가』

『그럽듸다』

막봉이가 일어나서 부지런히 소세하고 조반요긔한뒤에 배돌석이와 밋 다른두령들에게 셋재형 삼봉이를 다리고 오마고 말하고 자근손가가 와서 가치 탑고개로 나왓다

삼봉이는 진주(晋州)가서 살다가 진주서 상처하고 자식남매를 발안이부모에게 갓다맛긴뒤에 다시 등짐장사로 떠돌아다니는중에 천안(天安)어느양반의집 기집종을 보고 반하야 그양반의 집에 비부를 들게되엿는데 막봉이와 형제 서로 만나는것이 비부든뒤에 처음이라 막봉이는 형이 그저 등짐지고 다니는줄로 알고

『형님 그동안 어듸루 다녓기에 그러케 오래 안들렷소』

하고 물엇다 삼봉이가 미처대답하기전에 누의 큰손가의안해가 여페서

『양반의집에 가서 비부쟁이노릇한다네』

하고 말하니 막봉이는 다시 형더러

『참말이요』

하고 물엇다 삼봉이가 천안 양반의집에 비부들게된것을 이야기하야 막봉이가 들은뒤에

『형님 생각잘못햇소 어듸 기집이업서서 남의집 종의서방노릇을 한단말이요』

하고 책망하야 말한즉 삼봉이는 우스면서

「너는 그러케 말할줄 알엇다」

하고 대답하엿다

「사람의 비위를 가지구서 어떠케 양반의덕찍기를 어더먹구 사우」

「나두 처음에는 아니꼬운 꼴을 만이 보려니 생각햇드니 생각과는 다르드라」

「형님 비위가 천버덤 조와젓구려」

「내비위가 조은것버덤 주인양반의집 인품이 조타」

「남에게 매인몸이 어떠케 나왓소」

「발안이 집에 다니러온길에 너두보구 누님두 볼라구 여기까지 왓다」

「어머니 아버지 다 안녕하십듸까」

「어머니버덤두 아버지가 큰력이 아주 말아니드라」

「그저 내걱정들 하십듸까」

「그럼 어머니는 전과가티 노상 질금거리구 아버지는 잇다금 한숨을 쉬는데 근력이부쳐서 전처럼 가슴두 짓찟지 못하는것이 더욱 가엽드라」

「돌아가기들전에 내가 한번 가뵈일작정이요」

『아버지 어머니두 가보이려니와 네안해를 한번 가봐라 내가 첫안가서 비부들기바루전에 안
성가사리를 갓다가 만나밧다』
『저의큰집에 다니러 온것을 만나밧소』
『그어머니가 작년겨울에 독감(毒感)을 앓타가 죽엇서 초상치르느라구 땅마지기잇든것은 업
서지구 지금 부녀 두식구가 큰집을 의지하구 가사리와서 사는데 큰집의 토심이 여간아닌모
양이드라 그어머니가 살엇슬때 다른사위 어드려구하는것을 그아버지가 말하나가지구 사위
두셋식 엇는법이업다구 못엇게햇다는데 네안해가 나를 보드니 어떠케 우는지 내가 아주 곡
경을 치렷다 너를 한번 만나보면 죽어두 한이 업겟다구 중언부언하기에 내가 힘써보마구 말
을햇다 이번에 발안이 집에와서 들으니까 그아버지가 그동안발안이를 두번이나 왓다갓다는
데 한번은 와서 네소식을 들엇느냐구 뭇구가구 한번은 와서 네가 화적질한단말이잇스니 그
런말을 들엇느냐구 뭇구가드란다』
『집에서 무어라구 대답해보냇담되까』
『그런말 못들엇다구 대답햇슬건 뭇지안허두 알수잇지 안흐냐』
『못난이 형님들이 종업시 짓거렷는지 누가 아우』
『형님들 말마라 형님들은 자긔네 신상에 혹시 누(累)가 미칠까 겁을 내서 집안식구까지두

네이야기를 입박게 뻥끗 못하게 한단다』

『내가 가면 집안에 들어서지두 못하게하겟네』

『그러키가 쉽지』

막봉이가 한참동안 잇다가

『형님 산으루 들어갑시다』

하고 말하니 삼봉이는 고개를 외치며

『산에 들어가면 여럿에게 붓들려서 지체될테니까 못들어가겟다』

하고 대답하엿다

『멧칠 놀다가면 어떳소』

『내일은 천안서 올줄알구 기다릴테니가 곳가야겟다』

『그럼 오늘 곳 떠나겟소』

『암 떠나야지』

『내가 수이 한번 발안이루 안성으루 다녀서 될수잇스면 천안까지 가리다』

『오너라 너의재형수를 한번보면 내가 양반의집 비부살이하는것을 괴이적게 생각하지 안할께다』

삼봉이는 막봉이와 이야기할말을 대강마치고 누의의해주는 점심을 재촉하야 먹은뒤에 총총히 도루 떠나갓다

막봉이가 삼봉이에게 안해소식을 들은뒤에 안해를 다려올마음이 불현듯이 나서 먼저 돌석이에게 이야기하엿더니 돌석이는 자긔와 한때 살림을 차리도록 하루바삐 다려오라고 독촉하듯이 권하엿다

「도중에 말하구 내일곳 사람을 띄우게」

「내가 가야지 사람만 보내서 안되우」

「그럼 자네가 내일 떠나두록 의논해보세」

「혼인술두 먹지안쿠 어딀가란말이요」

「서장사가 택일한 대사ㅅ날ㅅ자가 아직두 대엿새나 남엇는데 그안에 못다녀오겟나」

「내가 가는길에는 고향에 들려가구 오는길에는 천안을 다녀올테니까 적어두 한열흘 걸릴께요」

「그럼 서장사더러 날ㅅ자를 물려서 택일한번 다시 하라지」

「내가 아주 보구가면 고만인데 정한날ㅅ자를 왜 공연이 물린단말이요」

「자네말두 올킨 올흐나 내일 공논해서 작정하세」

돌석이가 막봉이더러는 더 권하지안코 이튼날 도회청모임에서 막봉이를 안해다리러 보내자고 좌중에 발론하고 그끄테 자긔의 혼인날을 막봉이 갓다온뒤로 물려달라고 오가에게 말하엿다 오가가 돌석이의말을 듯고

『길두령이 안해를 데릴러가기루 자네의 대사ㅅ날을 물릴까닭기 무어잇나』

하고 물으니

『길두령이 가면 대사ㅅ날전에 오기 어렵다구 안간다니까 숫제 대사ㅅ날을 좀 물리잔말이요』

하고 돌석이가 대답하엿다

『길두령이 자네 대사지내는걸 아주 보구가면 조치안혼가 보구간다구 낭패될건업겟지』

『낭패될건 업지만 하루바삐 안해를 데려다가 나하구 한꺼번에 살림을 차리면 조켓소』

『도회청 양쪽에서 서루 건너다보구 지내는 정분이 달레그려 둘이 한꺼번에 살림 차리기가 소원이면 그건 어렵지안헤 대사지낸뒤에 얼마동안 자네 색씨를 내게 맛겨두엇다가 길두령이 안해데려오는날 가치 재살림을차리면 되지안나』

『그럴생각은 미처 못햇소』

오가가 막봉이를 돌아보면

『두말말구잇다가 내 새사위 달어먹구 떠나게』

하고 허허 우스니 막봉이도 역시 우스며

『나두 벌서 그러케 생각하구 룩모방맹이까지 깍거노쿠 기다리우』

하고 실업슨말하엿다 신랑을 단다는 말이 신방을치자는 공론까지 자어내서 여러두령들이 웃고짓거리는중에 길막봉이와 황천왕동이는 둘이 압잡이서서 첫날밤에 톡톡이 북새를 노켓다고 배돌석이 보고 땅땅별렷다 우스개들이 끗난뒤 서림이가 꺽정이를 보고

『길두령이 내권(內眷)데릴러 가는것을 어떠케 생각하시우』

하고 물으니 꺽정이는 서림의 뭇는뜻을 몰라서

『데려오면 데려오는게지 무얼 어떠케 생각한단말이요』

하고 대답하엿다

『글월을 보내서 거기서 오게하면 몰으되 길두령이 몸소 데릴러 가는건 불긴할듯하우』

서림이의 입에서 말이 떨어지자마자

『불긴할께 무어요』

하고 길막봉이가 나서고

『불긴한 곡절을 말하우』

하고 배돌식이가 뒤를 바첫다

『불긴하다는건 오이려 헐후한 말이구 내조견대루 말하자면 극히 위태하다구 말해야 올소』

『글세 불긴하거나 위태하거나 곡절을 말하우 곡절이 무어요』

길막봉이가 다두치니 서림이는 좌중의 이사람저사람을 둘러보며 막봉이 안해다려 가는데 위태한 곡절을 말해들리엇다

혜음령사변이 난뒤에 청석골 드나드는 길목의 긔찰이 전에업시 심하야젓슬뿐아니라 개성부와 강음현에서 청석골 화적괴수들을 잡아바치면 중상을 준다고 방까지 부치엇는데 그방에 용모파긔가 올른 사람이 양주백정 림꺽정이와 전날 봉산장교 황천왕동이와 전림진별장 리봉학이 외에 양주읍에서 장교사령을 상한 박가와 혜음령에서 군관을 해친 길가이엇다 방에올르지안흔 사람도 나다니기가 위태하거니 허물며 방에올른 사람이며 근처에도 나다니기가 위태하거니 허물며 원처이랴

이러한 위태한곡절을 서림이가 중언부언하는것을

『잘 알엇소 고만두우』

하고 길막봉이가 가로막고

『그만한 위태한곡절을 우리두 잘아우』

하고 배돌석이가 뒤바드니 서림이는 막봉이와 돌석이를 돌라보며 개연한 어조로

『사람이 원려가업스면 눈아페근심이 생기는법이요』

하고 말하엿다 박유복이가 꺽정이를 보고

『형님 서장사 말이 올소』

하고 말하는것을 봉학이가 여페서 그러타고말하고 황천왕동이가 꺽정이를 보고

『복색이나 달리 차리구나서면 누가 안단말이요』

하고 말하는것을 오주가 건너편에서 올타고 말하야 서림이의 염려하는말이 올흐니마니하고 짓거릴때 오가가 출반좌하고

『길두령이 지금당장 떠나는것아니니 두구두구 의논하세』

하고뒤로밀어서 여러두령이 그만큼 짓거리고 고만두엇다

오륙일이 잠간 지나서 돌석이의 대사ㅅ날이 다달어왓다 청석골은 법업는 천지라 혼인을 나라 가례(嘉禮)가티 지내기라도하겟지만 가례의궤(儀軌)는 알사람이업고 여러두령이 문견자라는 대로 재상가혼인절차를 차리엇다 이날 느진아침때 신부잇는 오가의집에서 신랑잇는 도회청으로 세번 청좌가 온뒤에 신랑행차가 떠나가는데 신랑치장을 볼작시면 머리에는 사모요 몸에는 관듸요 허리에는서띄요 발에는 목화엿다 신랑이백마타고 압서고 우유선 리봉학이가 관복입고

사인남여(籃輿)타고 뒤를 따렷다 산안을 한바퀴 휘돌아 오가의 문전에와서 신랑이 기러기를 드리고 박유복이의 팔미리로 초례청에 들어섯다 초례청안침에 독좌상이 노히고 독좌상아페 적은상이 노혓는데 적은상우에는 술ㅅ병과 교배ㅅ잔과 청실홍실두타래가 노혓슬뿐이나 독좌상우에는 노힌것이만핫다 달떡 두그릇과 국수 두그릇과 포두접시와 식혜두접시와 밤, 대추, 곶감, 삼색실과 각각두접시씩 여섯접시가 늘어노히고 이외에 와룡초ㅅ대한쌍이 노히고 나주ㅅ대하님이들고나왓든 나주ㅅ대두개가 쟁반에 걸처 노히고 꼭지에 다홍실을매인 큰바리뚜껑한개가 노히엇다 색씨가 어려서먹든 꼭지숫갈이나 돌빠리가 업는까달게 큰바리뚜껑을 대신노흔것이니 이것은 신랑 따려온 꼭지도적이 훔처다 신랑집에 두엇다가 첫아들 난뒤에 돌려보낸다는것이다 여러녀편네들이 신부를 부축하야내다가 신랑과 마주세웟다 신부는 머리에 칠보족두리를 쓰이고 몸에 원삼을 입히고 연지찍고 곤지찍은 얼골을 진주부채로 가리워주엇다 부채를 떼고 큰절을 시키어서 신랑이 서서 밧고 답배한뒤에 신랑과 신부를 마주안치고 청실홍실느린 교배ㅅ잔을 전하는데 검은머리가 파뿌리되도록 백년해로하고 아홉아들에 고명딸아기 나흐라는 덕담이잇섯다 초례한뒤 방합례가잇고 방합례한뒤 안팍게 잔치가 벌어젓다 사람마다 먹는빗으로 하루해를지우고 저녁밥들을 먹는지만지한뒤에 곳 신방을 차리엇다 노신랑이 낫익은 신부를 마저서 홍초불아페 얼골을 대할때 신부는 재삼스럽게 붓그럽든지 고개를 숙이고

신랑은 신부를 바라보며 싱글벙글하엿다 신랑이 신부몸에 손을대지안코 한식경이나 가만이 안저잇다가 나중에

『이사람들이 나제 술을 만이 먹드니 초저녁부터 골아떨어젓군』

하고 혼자말하엿다 그뒤에 신랑이 신부의옷을 벗기어 자리에 갓다눕히고 자긔도 옷을 벗고 초ㅅ불을 끄고 신부와가치 누엇슬때 훌쩨 박게서 신발ㅅ소리가 요란하게나더니

『우리가 술에 골아떨어젓서』

하고 웃는 길막봉이 말ㅅ소리가 들리고

『아무리 첫날밤이기루 염치업시 초저녁부터 자는법이 어듸잇담』

하고 혀를차는 황천왕동이 말ㅅ소리가 들리엇다 신랑신부가 옷을 다시 입을사이도업시 거는고리업는 신방문이 활짝 열리고 등불빗이 환하게 비치며 막봉이와 천왕동이가 압서서 들어오고 여러두령들이 뒤따라 들어오는데 상제몸인 꺽정이와 기집실혀하는곽오주와 장인노릇하는 오가까지 하나빠지지안코 다왓다 돌석이가 오가를보고

『장인두 사위의 신방을 치러왓소』

하고 소리치니 오가는 허허우스며

『나는 신방에서 너무들 야료할까봐 말리러왓네』

하고 한여프로 비켜섯다 막봉이가 고의바람의신랑을 이르켜세우고 천왕동이가 속것바람의 신부를 이르켜세운뒤에 준비하야가지고온 긴노랑수건으로 둘을 맛부처서 동여노핫다

막봉이와 천왕동이가 조신한사람들이아니라 작란이 장업섯다 신랑신부를 맛부처 동여노코 막봉이가 천왕동이를 돌아보며

『둘다 발가벗기는게 조켓치』

하고 말하니 천왕동이는 대번에

『고의는 자네가 벗기게 속것은 내가 벗김세』

하고 신부속것끈에 손을대엿다 노신랑 돌석이로도 발가벗기는것은 난당하야서

『그것만은 용서해주게』

하고 사정하니 막봉이가 우스면서

『내가 시키는대루 다한다면 용서하지』

하고 말하엿다

『할만한일이면 하라는대루 다함세』

『그럼 우선 색씨입을 한번 마치우』

돌석이가 입마치는 시늉을내엇다

『누가 입마치는시늉을 내랫나 쭉쭉소리가 나두룩 쩍지게 마처야지』

그제야 돌석이가 입마치는 소리를 내엇다

『자 인제는 색씨뺌을 할트우 싹싹 할터야하우』

돌석이가 뺌할는시늉을 내고나서

『실업시 장가들구 봉변이다』

하고 두덜거리엇다

『봉변이라니 용서 못할말인걸』

『말잘못햇네 용서하게』

『옷은 대체 무엇부터 벗겻소』

『발떠쿠가잇서 잘잘라구 버신부터 벗겻네』

천왕동이가 신부의발을 나려다보며

『고린발에 발떠쿠가 잇나 고린내가 몹시 나네』

하고 웃는통에 신부가 주저안즈려고하야 돌석이는 신부와가치 간신이 주저물러안젓다 막봉이가 신부뒤에 쭈구리고 안저서

『아이 잘걸르까 젓 좀 봐야지』

하고 신부의젓을 만저보니

『자네가 무슨 젓을 알겟나 내가 봐야지』

하고 천왕동이도 신부의 젓가슴에 손을 너혓다

『이쁜젓일세 이다음 두구보면 알지만 영낙업시 대접젓 되겟네』

『대접젓이란 무어야 사발젓은 어떠쿠』

『사발젓이 어듸잇나 젓의보학을 좀 들려주까 묵모가튼 대접젓이 제일 이쁜젓이구 그외에 가지각색 젓이 다잇다네 연적가티 넙적한건 연적젓이요 병가티 길쭉한건 병젓이요 쇠뿔가티 끗이빠른건 쇠뿔젓이요 쇠불알가티 축느러진건 쇠불알젓이요 그러구 젓꼭지가 들어간건 구융젓이라네』

『젓의 보학이 참말 무던하군 그런건 다 뉘게 배웟소』

『뉘게 배운건 알어무어하나』

『베게우에서 배웟겟지』

『베개우에서 배우기커녕 내가 가르처주네』

『그럼 함부루 지어낸게지』

늘근오가가 천왕동이를 바라보면서

『다른것은 몰라두 쇠불알젓만은 자네가 지어낸겔세 나는 금시 초문일세』
하고 웃는데 돌석이가 오가를 돌아보며
『장인행세 하실라거든 이 작난군들을 꾸중이나 좀하시우』
하고 말하니 오가가 선뜻 아프로 나서서 일부러 틀을 지으며
『내딸 내사위 고만들복게』
하고 껄껄껄 우섯다 오가가 말리지안코 도리어 부축이고 꺽정이가 다른두령과가치 웃고 서서 구경하니 막봉이와 천왕동이의 짓구진작란이 그칠줄을 몰랏다 돌석이는 웃고당하지만 신부는 다부저도 종시 기집아이라 부끄럼을 못이겨서 나종에 눈에서 눈물까지 흘러나왓다 천왕동이가 신부의눈물을 보고
『색씨를 홈친사람은 용서할여지가업지만 죄업는 색씨가 아처로우니 우리 고만용서하구 가세』
하고 막봉이를 돌아보니 막봉이는 큰선심이나 쓰는듯이
『앗다 그러지』
하고 천왕동이의 손을잡고 가치일어섯다
곽오주는 아이니 젓이니하는소리가 듯기실혀서 박게 나와잇다가 다들 나오는것을보고

『신방에와서 밤새자드니 어느새 갈테요』

하고 말하니 능청마즌 오가가 우스면서

『자네가 슬슬 베도니까 재미들이 업서서 고만간다네』

하고 대답하엿다

『그럼 내가 들어갈테니 다시들 들어갑시다』

『한번 나온바엔 다시 들어갈 맛대가리 업네 고만 박갓방으루 나가세』

『그럴테면 박갓방엔 나가 무어하우 각각 헤어집시다』

서림이가 오가를 보고

『내일아침에 남침(覽寢)들 올텐데 주육(酒肉)이나 만이 작만하섯소』

하고 뭇는것을 오주가 듯고

『남침이란게 두어요』

하고 서림이더러 물엇다

『남침이란것이 자리보기란 말이요』

『자리보기라면 다알것을 왜 남침이라우』

『남침이라구 말하는 사람두 만흔데 곽두령은 못들엇소』

『듯지못햇소 대체 아는말 두구 모르는말하는사람의 심사를 나는알수업서』

『곽두령은 내말이라면 곳 시비를 차리니 무슨살이 끼엇는가보우 이다음에 한번 살풀이를 합시다』

오주가 서림이의말은 대답안코 오가더러

『자리보기 오는사람들 대접할 술고기를 오늘밤에 먼저좀 먹읍시다』

하고 말하니 오가가 헌감스럽게

『그거 조흔말일세』

하고 허락한뒤

『자 다들나갑시다』

하고 여러사람들을 다리고 박갓방으로 나왓다

박갓방은 이칸방이라 칠팔인이 들어안저 술먹기가 조금 비좁으나 아래웃간의 압뒤창호를 다 열어노흐면 바람이 잘통하야 과히 덥지아니한방이엇다 술ㅅ상들을 내다가 아래웃간에 한상씩 노코 사람여덜이 한상에 넷씩 안젓다

아래ㅅ간에 안즌사람은 오가와 꺽정이와 리봉학이와 서림이요 웃간에 안즌사람은 박유복이와 황천왕동이와 곽오주와 길막봉이엇다 아랫ㅅ간에서도 언간이웃고 떠들지만 그래도 웃간에 밀

릴때가만핫다 웃간에서 먼저 신방이야기를하다가 상소리들을 내노하서 아래ㅅ간과 가치 우슨 뒤에 웃간에서 또먼저 막봉이의안해 다려올이야기를 시작하야 아래웃간에서 한께얼리어 떠들엇다 막봉이 당자는 안해를다려러 속히간다고 말하고 서림이는 전날말과가티 아직 가지못한다고 말하야 둘의말이 맛서게되엇슬때 오주가 서림이의 말을 간간이 뒤밧고 천왕동이가 막봉이말에 가담할뿐이라 만일 종공론하야 작정한다면 막봉이가 꼼작업시 지게된판에 막봉이는결ㅅ긔를 내면서

『사내자식이 무슨일을하려구 한번 맘먹은다음엔 백이 백소리하구 천이 천소리해두 소용업소』

하고 소리를 질럿다 이때까지 말이업든 꺽정이가 막봉이를 바라보며

『여보게 우리가 만일 공논하구 못간다면 못가는게지 그래 자네가 갈텐가 아직 가만잇게 차차공론해서 가두룩해줌세』

하고 말하니 막봉이가 다시는 검다쓰다 말을 아니하엿다 그뒤에는 다른이야기가 끗업시 나와서 밤이 이슥도록 여러두령이 웃고 떠들다가 술들이 진취하야가지고 각기 허터저 돌아갓다

이튼날 식전에 여러두령이 자리보기하러 오가의집으로 모이는데 선동으로 쪼차올 막봉이가 다른두령들이 다온뒤까지 오지아니하야 막봉이처소에 사람을 보내보니 막봉이도 업고 막봉이

에게 시중드는 졸개도업섯다 한동안지난뒤에 그졸개만 혼자와서

『길두령께서 수원、안성、천안을 다녀오신다구 떠나시는데 소인이 탑고개까지뫼시구 나갓다 왓습니다 떠나실때 말슴이 열흘안에 돌아올테니 여러두령께 염려들맙시사구 여쭈라구하십듸다』

하고 말하야 여러두령들은 듯고 모두 어이업서하엿다

결 의 (六)

금교역말 어물전 절믄주인이 어듸서 상쟁이 한사람을 다려왓는데 상을 썩 용하게본다고 소문이 청석골 산속에 들어왓다 서림이가 관상을 조하하는까달그로 상쟁이를 한번 다려다보자고 도중에 공론을 돌리엇더니 서림이의말이라면 쌍지팽이를 집고나서는 곽오주가

『우리네 상파대기를 관상쟁이 보이면 무슨 조흔소리가 나올줄 아우』

하고 뒤밧는외에 다른두령들은 다 조타고 찬동하엿다 상쟁이를 다려오기로 되어서 인마를보낼때 가는사람에게 일르고 또 어물전 절믄주인에게 긔별하야 상쟁이를 속이게한까달게 상쟁이는 적굴인줄을 모르고왓다

여러두령이 도회청에서 회의하는끄테 그대로 둘러안저서 상쟁이를 불러드렷다 서림이가 상쟁

이에게 자리를권하야 안치고 수인사한뒤에

『관상이 투철하시단 말슴을 듯구 쳥위해서 뫼서왓스니 우리들 상을 한번 잘보아주시우 차차 유념들두 낼테지만 지금 대강의논부터 좀 들읍시다 자 저 어른부터 보시구 말슴하우』

하고 오가를 가르치니 서림이 말하는사이에 발서슬금슬금 여러두령의 얼굴을 겻눈질하야 보든상쟁이가 오가의 얼굴을 한참 뻔히 바라보고

『일평생 의식걱정이 업스시겟소』

하고 말하엿다 오가가 허허우스며

『의식걱정이 업다니 부는 다시 물을것업구 귀는 어떳소』

『상이 귀인은 아니시우』

『내가 첨사를 지냇는데 첨사쯤은 귀갑세못가우』

『첨사를 지내시다니 그건 나를 속이는 말슴이구 잘하면 혹 출신은 하섯슬것갓소』

『출신을햇스면 멧살에 햇겟소』

『스물두서넛때 하섯슬듯하우』

오가는 스물두살에 비로소 장가를 든사람이다 오가가 고개를 끄덕끄덕하엿다

『종신할아들은 메치요』

『자궁이 아주 조치못하우 아들은 고사하구 딸두업겟소』

서림이가 나서서

『아들 업스시단건 마젓지만 따님은 형제분이나 잇는것을 업다니 말되우』

하고 말하니 상쟁이는 다시 오가를 바라보면서

『글세 누당(淚堂)이 저러쿠는 자녀간 두기어려울텐데 난 모르겟소』

하고 고개를 가로흔들엇다

『저어른상은 어떳소』

하고 서림이가 꺽정이를 가르치니

『저러케 극히 귀하구 극히 천한상은 나는 처음보우』

하고 상쟁이는 꺽정이의 얼굴을 다시 보고보고하엿다

『귀하면 귀하구 천하면 천하지 어떠케 귀하구두 천하단말이요』

『상이 그러탄말이지 낸들아우』

『수는 어떠시우』

서림이뭇는말을 상쟁이는대답안코

『성명은 천하후세에 전하시겟구 또 귀자를 두시겟소』

하고 말하니 꺽정이가 빙그레우스면서

『백손이놈이 장내 귀인이 될모양인가』

하고 여페안즌 리봉학이를 돌아보앗다 황천왕동이가 아무말업시 자리에서 일어나서 박그로나가는데 상쟁이가 서림이를 돌아 보며

『지금 박그루 나가시는분이 후분조키가 아마좌중에 제일일것갓소』

하고 말하니 서림이는 황천왕동이의 법령(法令)이 조흐니 지각(地閣)이 조흐니하고 아는체하야 대답하엿다 상쟁이가 리봉학이를 보고 얼골에 귀격(貴格)이 잇다고 말하고 박유복이를보고 겁운한번만 잘지내면 상수를 누리겟다고 말하고 또 배돌석이를보고 처첩궁인 어미(魚尾)에 풀은힘줄이 얼키어서 장가를 여러번들겟다고 말하고 나서 목이말르니 먹을물을 좀 달라고청하야 미수한그릇을 갓다 주어서 상쟁이가 막 마시고난때 천왕동이가 백손이를 다리고 들어왓다

천왕동이가 백손이를 상쟁이아페 내세우며

『이아이 상이 어떳소 좃소』

하고 물으니 상쟁이는 고개를 한편으로 갸웃동하고 백손이의 얼굴을 치어다보고나서

『조타뿐이요 장내 병수사ㅅ감이요』

하고 천왕동이말을 대답한뒤 꺽정이를 바라보구

『자제를 잘두셧소』

하고 치하하엿다

『내 자식인줄 엇지 아셧소』

『골격과 모습이 방사한데 보다 모르리까』

『그래 귀자라구하든것이 한것 병수사ㅅ감이란말이요』

『평지돌출(平地突出)루 병수사할인물이 조혼가문에 태어낫스면 장상(將相)ㅅ감이지요』

꺽정이가 백손이를 보고 가라고 말하야 백손이가 천왕동이에게 눈을 흘기면서 공연이 불러왓다고 두덜거리고 나간뒤에 서림이가 상쟁이더러

『인제 내상좀 보아주시우』

하고 얼굴을 상쟁이 아패 내어미니 상쟁이는 말이

『아까말슴을 들어보니 상ㅅ법을 대강짐작하시는 모양인데 의심나는것을 물으시우 그러면 내가 아는데까지 대답하리다』

하고 상을 이야기하지아니하야 서림이는 캐어물을듯키 하다가 말고

『그럼 내상은 나중 이야기할셈잡구 저분의상을 이야기하시우』

하고 곽오주를 가르첫다 황천왕동이가 아프로 나안즈며

『내상부터 보아주우』

하고 상쟁이더러 말하는데 천왕동이 여페안젓든 돌석이가

『자네상은 벌서 다 이야기햇네 자네 상이 이좌중에 판상이라네』

하고 상쟁이 대신 대답하엿다

『참말이요』

하고 천왕동이가 상쟁이를 바라보니 상쟁이는 그러타고 고개를 끄덕거렷다

『그럼 더물을것 업지』

하고 천왕동이가 뒤로 물러안즌뒤에 상쟁이가 오주를 가르치며

『저분은 눈이 승냥이눈이구 목소리가 일히소리라』

하고 상이야기를 하기시작하자 오주가 벌떡 일어나 상쟁이게 대들어서 뺨을 한번 보기조케 내갈겻다 상쟁이에게 가까이안젓든 오가가 얼른 오주를 붓들면서

『이게 무슨짓인가』

하고 나물하니 오주는

『날더러 일히니 승냥이니 욕하는놈을 가만둔단말이요』

하고 식식하며 말하엿다

『자네더러 숭냥이나 일히라구 하는말이 아닐세 자네눈이 숭냥이눈 갓구 목소리가 일히소리 갓단말이야』

『그게 날더러 숭냥이라구하구 일히라구하는소리지 무어요』

『그런말이 아닐세 여보게 저기가 안저서 잘못햇다구 사과하구 상이야기나 더듯게』

『어떤 개아들놈이 욕먹구 사과한단말이요 나는 갈테니 상이야기 듯구시픈 사람이나 실컨들 들으우』

하고 오주는 곳 붓든손을 떨치고 박그로나갓다 상쟁이는 어더마진 뺌이 당장에 죽장가티 부어올랏다 여러두령이 미안하게 여기어서 오주대신 사과일체로 말들하는데 상쟁이가 사람이 싹싹하지못하야 뺌이 부을뿐아니라 한편니가 다 소삿다고 엄살하고 또 오십평생에 처음봉변이라고 중얼거리니 여러두령은 도리어 배리들이 틀려서

『이가 아주 물러나지 안흔게 다행이요』

하고 빈정거리는 사람도잇고

『뺌마질것은 상보구 모르우』

하고 씨까슬르는 사람도잇섯다 그중에 서림이는 유독 상쟁이의비위를 마처주느라고

『그사람 성정이 너무 우악스러워서 우리두 잘 가래지못하우』

하고 곽오주를 처서 말하니 박유복이가

『여보 서장사 오주잇는데선 그버덤 더한소리를 해두 조치만 업는데 그런소리하는건 조치안소』

하고 서림의말을 탄하엿다 서림이가 박유복이를 돌아보며 눈을 끔적거리고 나서 다시 상쟁이를보고

『그러니 우리 여럿의 낫을 봐서 고만 화를 푸시우』

하고 눈우슴을 치니 상쟁이는 화가 적이 풀리어서

『그런 우악스러운사람은 평생에 처음보앗소』

하고 말하엿다

『쇠도리깨의 신성을 전에 혹 들으섯소』

『쇠도리깨라니 그자가 어린애 잘죽인다는 쇠도리깨 도독놈이요』

하는 말이 상쟁이입에서 떨어지자 황천왕동이가 빨근하고 대번에

『이놈아 지금한말 다시 한번 해봐라』

하고 소리를질러서 상쟁이는 눈이 휘둥그래젓다

『우리아페서 우리동무를 욕해두 가만둘줄 아느냐』

하고 천왕동이가 일어나서 상쟁이에게 대어들려고하는것을 서림이와 오가가 중간을 가로막고 말리엇다

『무심ㅅ결에 말잘못햇소』

하고 상쟁이가 사과한뒤 천왕동이가 도루 주저안즈며

『그자란건 무어구 도독눔이란건 무어야 그따위말 함부루 하다간 목숨이 성하지못할테니 조심해라』

하고 뇌까렷다 상쟁이는 무시무시한 생각이나서 한시각이라도 빨리 적굴을 모면하야 나가려고 속으로 궁리한뒤 서림이를 보고

『내가 신긔가 조치못하우 신긔가 조치 못한때는 상두바루 보이지안쏘 이다음 신긔 조흔때 다시 들어와서 잘보아드릴테니 오늘은 고만 도루나가게 해주시우』

하고 청하엿다

『여기서 멧칠동안 쉬시우 신긔가 조치못하면 편히 쉬게해드리리다』

『금교역말 주인집에 가서 편히 쉬겟소』

『금교역말까지 나가느니 여기서 편히 쉬는것이 조치안소』

『나는 버릇이 고약해서 심게가 조치못하면 신긔가 따려 조치못하구 신긔가 조치못하면 즉시 자리를 옴겨야하우』

『여럿이 공논하구 뫼서왓스니까 나혼자생각으루 나가시라구 말할수업소』

『그럼 얼른 다시 공논해서 나가게해주시우』

서림이가 여러 두령을 둘러보며

『지금 말슴은 다 들으섯지요 어떠케하실테요 말슴들하시우』

하고 공논을 물을때 마침 박게서 적은두목하나가 들어와서

『길두령뫼시러갓든 손두목이 옵니다』

하고 고하고

『어듸오느냐』

『길두령두 오시느냐』

하고 뭇는말에

『손두목 혼자 압장등을 나려옵니다』

하고 대답하엿다 꺽정이가 그 적은두목에게

『여기안진 상쟁이를 데리구가서 정한방하나 치워주구 내말듯기진엔 어듸 나가지 못하게해

라』

하고 일러서 상쟁이를 맛겨 내보내고 난뒤 얼마아니 잇다가 자근손가가 한편다리를 절뚝절뚝하며 들어왓다

막봉이가 여럿에게 알리지 안코 도망하듯이 길을 떠난뒤에 황천왕동이를 뒤쪼차보내서 붓드자는 의논도 잇섯고 가만두고 열흘동안 기다리자는 의논도 잇섯다 황천왕동이를 보내자니 한번떠나간 사람이 좀처럼 붓들려올리 업슬것이고 열흘동안 기다리자니 급한일이 생겨도 그동안 까막히 모르고 잇슬 모양이라 난만히 서로 의논들한끄테 막봉이네 집과 연사간인 자근손가를 보내보자고 작정하야서 자근손가는 급작스럽게 사긔ㅅ짐을 해지고 막봉이의 뒤를 밟바가게 되엇든것이다 자근손가가 뜰아래 들어서자 꺽정이가 급한말로

『길두령은 엇재안오나』

하고 물으니 자근손가는 대청우를 치어다보며

『큰일 낫습니다』

하고 대답하엿다

『무슨 일이낫서』

『길두령이 안성서 잡혀가첫습니다』

『길두령이 잡혀가치다니 얼른 올라와서 자세히 이야기하게』

자근손가가 대청우로 올라와서 안즈란 명을 밧고 한구석에 안즌뒤에 곳여러두령들을 바라보며 이야기를 하기시작하엿다

『제가 떠나든 이튼날 혜음령에서 호랭이ㅅ골 최가를 만낫는데 그 때 최가 말이 길두령께서 그저께 바눌틔 정가의집에 와서 주무시구 갓다구 하구 제가 벽제(碧蹄)서 자구 이틀만에 수원발안이를 들어갓는데 그때 길두령의 아버지 길첨지 말이 막봉이가 사흘전에 왓다갓다구 합듸다 날ㅅ자를 따저보니 길두령은 여기서 떠나든날 바눌틔가서자구 그이튼날 바루 발안이를 대어갓습듸다』

전에 막봉이가 발안이 집에가면 한사흘 묵어야 한다고 말하든것을 배돌석이가 생각하고

『길두령이 집에가면 적어두 이삼일동안 묵을것인데 엇재 하루두 묵지안쿠 떠낫드란 말인가』

하고 물으니

『길두령이 집에 들어서는 길루 집안에 풍파가 나서 이삼일 묵기는 고사하구 잠ㅅ간 편히 쉬지두못햇답듸다 그 풍파를 지금 이야기하겟습니다』

하고 자근손가가 대답하엿다

『그래 어서 이야기하게』

『길두령이 저녁나절 집에를 들어갓는데 그 맛형 선봉이와 둘째형 자근봉이가 들일들을 마치구 둘어와서 길두령 온것을보구 정답게 인사한마듸안쿠 대번에 이눔아 너 왜 왓느냐 늘근부모와 우리들까지 관가에 잡혀가서 마저죽는꼴을 볼라구 왓느냐 남의 눈에 뜨이기전에 빨리가거라하구 야단을 치는걸 길두령이 형들의 심사를 거느라구 내가 아버지 어머니를 보러왓지 형님네를 보러온것 아니요 아버지 어머니가 가라시기전엔 한달장간 묵을는지 모루우 하구 엇조루 대답햇드랍니다 선봉이 작은봉이 두놈이 그대답을 듯구 그러면 우리가 관가에 들어가서 고발할테다 하구 얼러서 길두령이 골ㅅ김에 형들을 죽인다구 서드는것을 길첨지 내외가 붓잡구 말려노흐니까 길두령은 홀쩨 눈물을 좌르르 흘리드니 마지막 하직이라구 부모에게 절한번씩 하구 곳 나가버렷답듸다』

자근손가의 이야기가 단락이 나자 여러두령들중에서

『천하에 망한 형놈두 다만타』

하고 소리질르는 사람도 잇고

『그따위 놈들은 죽여야해』

하고 주먹쥐는 사람도 잇섯다 꺽정이가 안성이야기를 얼른하라고 재촉하야 자근손가는 겨우

입안에 침을 돌려가지고 다시 이야기를 계속하엿다

『발안이서 안성읍네까지 하루ㅅ길이 먼데다가 사긔ㅅ짐이 가볍지안쿠 또 여기저기서 사긔를 사자는 사람이 나서서 중간지체가 된까달게 하루 한나절만에 겨우안성을 들어갓습니다 가든날이 장날이라 잠ㅅ간 장구경하려구 사긔ㅅ짐을 지구 돌아다니는중에 건방저 보이는 절믄놈 하나가 사긔를 사자구 붓들드니 사지두 안흐며 물건타박만 합듸다 그놈이 본바닥 도거머리 친구인걸 누가 알엇나요 서뿔리 말마듸나 조치못하게 햇다가 톡톡이 트집을 밧게 되엇는데 그놈이 가진욕설 다하구 나종에는『어끄제 가자리서 잡힌 대적놈처럼 두다리를 몽창분질러 노키전에 사발대접한죽만 외상으루 내라』하구 대듭듸다 전가트면 목숨을 내놋는한이 잇드래두 그따위 놈에게 물건을 줄리 만무하지요만 가자리서 대적잡혓단 소리에 가슴이 뜨끔해서 두말안쿠 외상을주마구 하구 사발다섯 대접다섯을 그놈의 집에까지 갓다주엇습니다 그길루 어느주막에가서 안저쉬면서 대적이야기를 넌짓이 물어본즉 아니나 다를까 길두령이 잡혓습듸다 주막ㅅ사람과 장ㅅ군들의 횡설수설 짓거리는말을 듯구서는 잡힌곡절을 잘알수 업서서 곳 가자리루 나가서 그 날밤 묵으면서 가자리 사람들에게 자세한 이야기를 들엇습니다 길두령이 가자리와서 하루동안에 장인과 안해를 어떠케 살렷든지 안해는 말할것두업구 성미괴팍한 장인까지 사위를 따러오려구 남몰래살림을 거더치우는중에 장인의 형되는 박선달이란 자가 알구서 안성군수에게 긔별하기를 청석골 화적괴수 길막봉이가 동네에 와서 잇는데 잡어바치구 시프나 힘이 장사라 동네사람만 가지구는 건드릴수가 업스니 군총을 풀어내보내되 밤ㅅ중에 내보내달라구 햇드랍니다 그날밤에 좌우병방이 병장긔를 가진 장교사령기타관속 사십여명을 영솔하구 가사리를 나와서 동네장정수십명과 합세해서 도합륙십여명이 길두령의 처가를 에워싸구 들어가서 길두령을 잡는데 길두령이 자다가 알몸으로 뛰어나와서 몸에 창을맛구 칼을 마저가며 맨주먹으루 칠팔명사람을 때려눕혓답듸다 길두령이 창칼을 피하느라구 길길이 뛰는데 근력세찬 수교놈이 노리구 잇다가 철편으루 아래ㅅ두리를 후려갈겨서 두다리가 부러진까달게 일어서지 못하게되어서 마침내 활시위 멧겹으루 결박을 당햇답듸다 길두령의 안해와 장인두 길두령과가치 잡혀가서 지금 다 옥에 가처잇는데 옥근처에 개미색기 하나두 얼씬못한다구 말들 합듸다 설마 그러라하구 고지안들엇드니 이튿날 읍네들어와서 옥근처에를 가본즉 과연 장교와 사령들이 나서서 막읍듸다 안성ㅅ사람들의 말을 들어보면 길두령의 안해와 장인은 군수가 결처하게될지 모르나 길두령만은 반드시 서울 포청에 올라가서 능지처참을 당하게 되리라구들 합듸다』

자근손가가 막봉이의 이야기를 얼추 다하고 난뒤에

『제가 사긔ㅅ짐은 안성읍네서 다 풀어버리구 밤ㅅ길루 떠나서 삼백오십여리를 이틀밤 이틀

나제 대어오느라구 참말 죽을뻔햇습니다 밤ㅅ길은 되려 곱게온셈이구 오늘나제 우습게 칙덩굴에 걸려넘어지는데 한편다리를 접질러서 절뚝바리 거름으루 사십리ㅅ길을 걸어왓습니다』

하고 요공하는것가티 고생한것을 부처 이야기하니 돌석이가

『다리가 부러진 사람두 잇슬라구』

하고 꾸짓듯 말하엿다

『그런 생각을 하기에 한시각이라두 빨리 올라구 절뚝어리면서 왓지요』

『길두령 잡혀가친지가 오늘 멧칠채가』

『오늘 벌서 엿새째 되는가봅니다』

『그동안에 혹 죽엇는지두 모르겟네』

『옥사가 결말나기전에 옥속에서 죽으면 탈이라구 안성관가에서 의원대서 치료해준단 말이 잇습되다』

돌석이가 근심에 잠겨잇는 좌중을 돌아보며

『오늘 밤에라두 안성들을 떠나야 하지안쏘』

하고 말하야 그자리에서 즉시 안성갈일을 의논하려고 먼저간 곽오주까지 다시 불러오게되엇

다

오주가 와서 막봉이의 소식을듯고 대뜸

『그자식 잘다녀오지 안쿠 왜 붓잡혓서 서장사의 말마감 해줄라구 붓잡혓나』

하고 서림의 비위를 거너 서림이도 가만이 안잇고

『길두령이 일부러 자칭해서 붓잡힌건 아닌가보우』

하고 오주의 말을 빈정거렷다

『누가 일부러 붓잡혓다우 서장사의 말이 마젓단말이지』

『아닌게 아니라 내말만 들엇드면 이런일이 업섯겟지』

『매우 용골지겟소』

『곽두령눈에는 내가 소인으로 박게 안보이는게야』

『서장사가 내게 소인하는 사람이 아닌데 소인으로 보일까닭엇소』

돌석이가 눈을 모지게뜨고 나안즈며

『동무하나가 죽엇는지 살엇는지 모르는판에 잡담하구 잇단말이요』

하고 소리를 질러서 오주와 서림이의 말다툼이 쑥들어갓다 그뒤에 오가가 좌중을 둘러보며

『자 안성을 가기루 하구보면 갈사람부터 작정해야 하지안쏘』

하고 의논을 돌리기 시작하엿다 꺽정이가 먼저
『나는 오래전부터 죽산을 한번가려구 별러오는중이니까 내가 가겟소』
하고 말하자 리봉학이가 꺽정이의뒤를 바더서
『선생님을 한번 뵙기겸 나두 가겟소』
하고 나서고 또 박유복이가 봉학이의말을 따러서
『나두 가치가겟소』
하고 나섯다 꺽정이가 봉학이와 유복이를 돌아보며
『우리 셋이 가치 가는게 워낙 조켓네』
하고 고개를 끄덕이고 나서 다시 오가를 보고
『우리셋만 가면 어떠케든지 막봉이를 빼어올수 잇슬께니 다른사람은 더갈것업소』
하고 말하야 오가가 그러타고 대답할때 배돌석이가 손을 내저으며
『다른 사람은 몰라두 나는 가야겟소 내가 길두령과 특별이 정분이조타는게 아니라 길두령이 이번에 안성가게된것은 말하자면 내충동인데 안성간탓으루 죽을 곡경 당하는것을 내가 가만이 안저볼수잇소』
하고 말뒤를 꼭꼭눌러 말하야 굿게 결심한것을 보이니 꺽정이가 돌석이더러

『그럼 넷이 가치가지』

하고 말하엿다 박유복이가 꺽정이를보고

『이왕이면 서장사까지 가치 가두룩 합시다 서장사만큼 계책을 낼사람이 우리 중에 업지안쏘』

말하고 또리봉학이가 꺽정이를보고

『안성가서 여기와 연락할 일이 업스란법 업스니까 천왕동이두 가치가는게 조켓소』

말하니 꺽정이는 들을만하고 잇는데 황천왕동이가 시쁘장스러운 어운으로

『나는 빼놋는다구 빼놔두좃소 다들간뒤에 나혼자 가두 갈테니까』

하고 면배ㅅ장이잇는것을 말하고 또 서림이가 입맛을 쩍쩍 다시다가

『여러분이 가치가자시면 나두 가지요』

하고 갈의향이 잇는것을 말하엿다 별안간

『나는 사람이 아니요』

하고 곽오주가 소리를 버럭질러서 여러두령이 다 오주를 돌아보는 중에 오가가

『그게 무슨 소린가』

하고 물으니

『나는 사람축에 못가기에 가치가잔말들을 안치』

하고 오주는 툴툴거렷다

『날더러두 가치가잔 말하는 사람이 업지안흔가』

『늘근이니까 가자지안는게지』

『늘근이는 사람아닌가』

『그럼 늘근이와 절믄놈이 갓소』

『앗게 이사람아 늘근것두 분한데 사람대접까지 안는다면 분통이터저 죽으란 말인가』

『나두 지금 분통이터저 죽겟소』

『우리둘이 다가치 분을참구 뒤에 남어잇세』

『난 실소』

하고 오주는 머리를 흔들엇다

청석골에 아주 별로 큰일은 업슬것이지만 늘근두령 오가하나만 두고 모짝 다나가기가 어려워서 꺽정이가 으주와 천왕동이 두사람을 늘근오가여페 남겨노코 가려고 생각하고 두사람더러 뒤에 남아잇스라고 타일르니 천왕동이는 싹싹하게

『가자면 가구 잇스라면 잇지요』

하고 긴말을하지 안흐나 사람이 끈다진 오주는 부득부득 간다고 고집을 세웟다 꺽정이가 자긔말 안듯는데 화증이 나서

『너는 아무리 간다구 해두 내가 안데리구 갈테다』

하고 언성을 노펴도 오주는 눈한번 끔적안코

『내가따러가면 형님이 날때려죽이겟소 나는 마저죽드래두 가구말테요』

하고 넙죽넙죽 말대답하엿다

『네가 정이 그러케 가구십다면 내가 안갈테니 내대신 가거라』

『형님 그러지마우 내가 조흔꾀는 못내두 데리구가면 설마 아주 쓸데야업겟소』

오주는 여럿이 너도나도 간다는데 갈생각이 낫슬뿐아니라 서림이를 가치 가자면서 자긔를 빼놋는데 뿔둥이가나서 기어코 가려고 고집을 세우는 판이라 조흔꾀는 못내도 쓸데업지 안타는말에

『내가 서림이만 못하단 말이요』

하고 빼놋는것을 원망하는 뜻이 보이어서 꺽정이가 한참 생각하다가 오주더러

『너는 말할수업는 위인이다 쓸데가 잇구업구 가치가자』

하고 가치가기를 허락하엿다 황천왕동이가 오주를 직신거리며

『가치가기 실타는데 떼를써서 가치가면 사람만 치떨지 신통할께 무엇인가』

하고 조롱하니 오주는 두눈을 가늘게뜨고 찌끗째끗하며

『날더러 치떨다구해두 속으루는 샘이 날껄』

하고 대꾸하고 박유복이가 으주를 바라보며

『난데 나가서 갓난애 우는 소리가 들리면 여기서처럼 야단두 못치구 어떠케 할테냐』

하고 물으니 오주는 어름에 잣바진 쇠눈ㅅ갈가티 큰눈을 끔벅끔벅하다가

『귀막으면 고만이지요』

하고 대답하엿다 서림이가 꺽정이를 보고

『인제 갈사람은 대강 작정된 모양이니 갈차비를 어떠케 차릴까 의논해보지요』

하고 말하니 꺽정이가

『무슨 특별이 차비차릴것이 잇소』

하고 서림이에게 물엇다

『첫재 병장기들은 가지구가야지요 어떠케 가지구 가실테요』

『글세 어떠케 든지 가지구가야지』

『안성가서 혹시 관속들을 사드래두 인정줄것을 유렴해가지구 갓스면 조켓는데 어떠케들 생

각하시요』

『인정줄것은 무에 조켓소』

『상목외에 금은부치나 좀 가지구가면 조켓지요』

『그러면 병장긔와 인정줄것으루 부담하나를 맨듭시다』

『중로에서 혹 긔찰이나 당해서 짐을 풀어보이게 되면 낭패아닙니까』

『그러니 어떠케하면 조켓소』

『내 생각가터서는 금교역말 어물전에 긔별해서 어물을 멧짐거리 드려다가 어물미테 병장긔라든지 인정줄것을 무더서 짐을 맨들구 우리들이 어물장사패 노릇을 하구가면 중로에서 긔찰을 당하드래두 염녀가 업슬것갓소』

『그것참 된 생각이요』

꺽정이외에 다른두령들이 다 조타고 말하는건 고사하고 곽오주까지 고개를 끄덕거렷다

『그럼 갈차비 차릴것은 서장사가 통이 마트시우』

꺽정이 말끄테 서림이는 선선히

『모레새벽에 떠나두룩 내일안에 준비를 다해 노리다』

하고 대답하엿다

두령 여섯사람외에 심부름할 적은두목 네사람이 가치가게 되어서 도합 열사람이 어물장사를 꾸며가지고 떠나는데 꺽정이와 유복이와 돌석이와 오주는 적은두목 네사람과 가치 어물ㅅ짐들을 지고 짐질할줄을 쇠배 모르는 봉학이와 서림이만 물주(物主)들인체하고 빈몸으로 따러가기로 작정되엿다

일행이 청석골서 떠나든날 무사이 송도를 지나고 장단을 지나서 가얌고개 아는사람의 집에들어가서 하루ㅅ밤 편히 자고 이튼날 식전 나루를 건너서 림진을 지날때에 리봉학이를 알어보고 깜짝놀라는 진군들을 봉학이는 보고도 못본체하엿다 큰길로 오다가 가는버들 사이길로 고골아플 지나서 바눌틔 정상갑이집에 들어가서 또 하루ㅅ밤을 자고 그이튼날 느진아침때 모래재를 넘어와서 문안에는 들어가지안코 남대문밖게잇는 친한 객주집에 와안저서 장물을 팔어보내고 소문을알어보내는 남소문안패 괴수의아들 한온이를 청해다가 만나보고 점심뒤에 한강으로 나와서 나루ㅅ배를 기다리는중에 나루ㅅ가 주막에 안젓든 포교두엇이 일행을 보고 쪼차들나왓다 포교하나가 꺽정이아페 와서 나려노흔 짐짝을 가르치며 반말로

『무슨 짐이야』

하고 뭇는데 다른사람이 대답하기전에 서림이가 턱 나서서

『어물ㅅ짐이올시다』

하고 대답하엿다

『어물장사들인가』

『네 그렷습니다』

『어듸들 사나』

『저는 양지읍에 살구요 동무들은 고든골 사는사람두 잇구 좌찬이 사는사람두 잇습니다』

『물건은 어듸서 해가나』

『서울서 해갑니다』

『서울을 언제 왓나』

『어끄저께 왓습니다』

『어듸서 묵엇나』

『남대문박 객주에서 묵엇습니다』

『지금 어듸루 가나』

『고향에들가서 하루이틀 쉬어가지구 양성 죽산을 거처서 청홍도 진천 음성 등지루 물건을 펴먹이러가겟습니다』

포교가 하게로 하는말을 서림이가 공대해서 대답하는데 대답하는품이 조금도 구며하는것 갓

지 아니하엿다 그포교가 말을 더뭇지안코

『음 그래 어물장사들이야』

하고 혼자말하며 동무포교를 돌아본뒤 다시 서림이를 보고

『무슨 어물들인가 구경좀하세 짐짝들을 푸르게』

하고 말하니 서림이가 망건뒤를 극죽극죽하며 일행들을 돌아보고

『길이 느저 탈이지만 물건을 구경하자시니 얼른얼른 짐짝들을 이리내다 풀르지』

하고 말하엿다 한짐을 푸르니 그짐에는 상어 광어등속이 차곡차곡 재여잇섯다 포교들이 들쳐 해보고 또 한짐을 푸르니 그짐에는 오징어 가오리 등속이 가로세로 너허잇섯다 포교들이 쑤석쑤석 해보고 다시 또 한짐을 푸르니 그짐에는 전북꼬치와 홍합줄이 상자에 그들먹하게 들어잇섯다 포교하나가 적은 전복을 가르치며

『전복은 요러케 자근것이 큰것보덤 맛이 잇느니』

하고 동무포교를 돌아보는데 서림이가 얼른 자근전복 한 꼬치를 집어들고

『이것이 감복이올시다 맛이 신통하지요』

하고 한꼬치 열개를 그포교에게 내주며

『논하서 맛들이나 보십시요』

하고 말하니 그포교는 고개를 가로흔들다가

『인정으루 주는게니 밧세그려』

동무포교가 권하는데 권에 못이기는체하고 손을 내밀엇다

『이런조흔 어물들이 시굴구석에서 잘 팔리나』

『시굴 구석에서는 소대상두 안지냅니까 일년에 한두번씩은 펴먹일수가 잇습니다』

『자네가 물건 주인인가』

서림이가 리봉학이를 가리치며

『저 사람하구 저하구 둘이 미천을 대서 장사합니다』

하고 대답한뒤 곳 포교들더러

『남은짐은 한꺼번에 풀어서 보시게해두 조켓습니까』

하고 물으니 포교들은

『남은짐을 다 볼꺼업네』

『풀은짐을 도루묵게』

하고 각기 한마듸씩 말하엿다

짐세짝을 풀엇다가 다시 묵는동안에 한배를 노치고 다음배로 일행 열사람은 무사히 한강을건

넛다 재원을 지나서 다르내ㅅ재를 넘을때 재ㅅ길이 되인까달게 짐들이 갑작이 무거워저서 적은 두목들은 다 땀을 철철 흘리고 입을 벌리고 헐헐하엿다 하정을 잘살피는 리봉학이가 이것을 보고 잠간 쉬어가자고 다른 두령들과 공론하야 재ㅅ마루에 와서 다들짐을 벗어노코 땀을 드리는중에 박유복이가 적은 두목중의 신불출이를 보고

『이재에서 우리 처음만나든것이 벌서 옛일가테』

하고 말하니 불출이는 손까락을 곱아보고

『벌서 사년이나 됏습니다』

하고 대답하엿다

『그때 자네더러 버리ㅅ길을 고치라구 권하든 내가 오늘날 자네하구가치 이길루 벌어먹을줄이야 꿈에나 생각햇겟나 사람의 일이란 알수업는것일세』

서림이가 유복이의 말을 여페서 듯고

『왜 회심한생각이 나시우』

하고 웃고 곳 불출이를 돌아보며

『자네가 재원사람이라지 재원사람이면 이재이름의 출처를 잘 알겟네그려』

하고 우섯다

『재이름 출처가 무엇입니까』

『달래나보지 달래나보지 하구 녀편네가 넉두리하며 통곡한 이야기를 들은일이 업나』

『그런이야기 들은일 업습니다』

『그이야기두 모르면 재원사람 행세를 말게』

리봉학이 박유복이 배돌석이 세두령이 서림이의 얼골들을 바라보며

『그게 무슨 이야기요』

『녀편네가 달래나보지 하구 넉두리를 햇다니 이야기가 재미잇슬것갓군』

『이야기하우 들읍시다』

하고 이야기하라고들 졸랏다

『옛날에 어떤 연상약한 절믄 남매가 여름 소낙비자질때 이재를 넘어가다가 재밋 무인지경에서 소낙비를 만나서 한줄금을 오지게 마젓드라우 여름 홋것이 함씬 저젓스니 몸에 착 들러부틀것아니요 그사내가 녀편네의 남동생인데 압서가는 누님의 불기짝이 울근불근하는것을 보구 음심이 낫드라우 사내가 음심을 참다 못해서 누님 나먼저 올라가우하구 곳 다름박질을 처서 재우에 올라와서 신과 신랑을 바위우에 내노쿠 돌루 짓찌쿠 죽엇드라우 녀편네가 뒤에 올라와서 남동생의 죽은꼴을 보구서 대번 죽은속을 짐작하구 아까말과가튼 넉

두리를 하며 통곡을 햇다우 그녀두리한말에서 재이름이 생긴까닭게 이재가 원래는 달내나ㅅ잰데 입에 순하게 불르느라구 다르내ㅅ재라구 한다우』

서림이의 이야기가 끗난뒤에 죽은사내가 사람이 무던하니 못하니 녀편네의 녀두리한말이 인정에 그럴듯하니 안하니 여러사람이 씩둑깍둑 짓거리느라고 너무오래 되어서 길이 느젓다 너더리(널다리)를 왓슬때 해가 저물엇는데 배돌석이는 만흔일행이 잘데도업고 단십리라도 압길을 주리는게 조흐니 밤ㅅ길을 것자고하고 서림이는 밤ㅅ길이 남의눈에 수상하니 촌가에 들어가서 떼를 써라도 자고가자고하야 다른두령들이 두사람의말을 가지고 공론할때 신불출이가 꺽정이 아페 나와서

『제가 재원살때 친한동무하나가 여기서 사는데 구차치안케삽니다 그사람의집으루 들어 가실까요』

하고 의향을 물엇다 꺽정이가 여러사람을 보고

『불출이의 친구가 여기서 산다니 그집에 들어가서 자구들가세』

하고 말하야 너더리서 자기로 작정되어서 불출이를 먼저 드려보내는데 서림이가 불출이에게

『그사람이 자네하구 아무리 친하드라두 우리 본색은 알리지말게』

하고 당부하니 불출이는 네네 대답하고 갓다 한동안 지난뒤에 불출이가 저의 친구를 다리고

큰 길에 나와서 일행을 마저가지고 마을로 들어왓다

불출이의 친구는 불출이가 양주땅에서 남의집 사는줄로 알고 청석골 화적패의 적은두목된것을 알지못하는 사람이라 불출이가 주인의 어물ㅅ짐을 지고 청홍도 가는길이라고 말하는것을 거짓말로 알까닭이업섯다 어물장사 일행 열ㅅ사람을 하루ㅅ밤 재워달라고 불출이가청할때 방이 넉넉지 못하다고 불출이 하나만 와서 자라고 말하다가 불출이의 주인과 그동무가 손이커서 하루ㅅ밤 재우면 재운갑이 톡톡이 잇스리란 말을들은뒤에 비로소 친구의 낫을 내어준다고 일행을 마중까지 나왓든것이다

건넌방에서 자는 주인은 안방으로 가고 아래ㅅ방을 쓰는 머슴은 동네ㅅ사랑으로갈 작정하고 건넌방과 아래ㅅ방을 치워주어서 열ㅅ사람이 두방에 논하드는데 아래ㅅ방이 건넌방보다 방이 큰까닭게 두령 여섯사람은 아래ㅅ방에들고 적은두목 네 사람은 건넌방에 들게되엇다

두령들은 방에 들어안고적은두목들은 짐짝을 자리 잡아노흘때 안방에서

『응애응애』

갓난애의 우름소리가 낫다 불출이가 곽오주를 생각하고 애를 울리지말라고 당부하려고 주인을불럿다

『지금 우는 갓난애가 누군가』

『지난달에 난자식일세』

『우리 일행중에 애우는 소리를 들으면 병이나는 사람이 하나잇네 아무쭈룩 울리지 안투룩 해주게』

주인이 부억에잇는 안해를 불러서 말을 일르니 그안해는 저준손을 치마 짜락에 씻으면서

『세상에 별사람도 다 만다』

하고 종알거리고 방에 들어가서 우는애에게 젓을 물리엇다 불출이가 아래ㅅ방에 와서 어린애울리지 안토록 당부한것을 이야기하니 달은 두령들은 혹 고개도 끄덕이고 혹 잘햇다고 칭찬도하는데 정작 곽오주는 불출이에게 목자를 부라리며

『하필 어린애잇는 집을 왜 지시햇느냐 이 망할자식아』

하고 야단을 첫다 무정지책한다고 리봉학이가 핀잔하고 또 박유복이가 나물하야 오주는 고개를 한번 숙이엇다가 다시 치어들고

『나는 이집에서 밥만 어더먹구 동네 머슴ㅅ방에 가서 잘테요』

하고 말하엿다 그러나 열퉁적은 말을 곳잘하는 곽오주가 혼자따로 가서 자는것을 부지럽게생각들하야 그리하라고 말하는 사람이 하나도 업섯다

『방하나 가보구 오겟소』

하고 오주가 일어서는것을

『여기서 가치자지안쿠 어듸가서 잔다구 그러느냐 쓸데업는 소리말구 게안젓거라』

하고 꺽정이가 꾸지저서 오주는 한참 우두머니섯다가

『오늘밤에 잠은 다잣소 하루ㅅ밤 잠못자서 설마 죽겟소』

하고 도루주저안젓다

『양짝귀를 잔뜩틀어막구 자게그려』

『귀를 막으면 고만이라구 말까지 하지안헛나』

『불출이가 주인보구 당부햇다니까 다시 울리지 안켓지』

이 사람 저사람이 말들하는데 오주는 손을 내저으며

『고만들두우 듯기실소』

하고 볼메인 소리를하엿다 저녁밥을 먹고 자리에 누울때까지 어린애가 한번 울지아니하야 오주당자는 말할것업고 다른사람들까지도 오주를위해서 다행한일로 여기엇더니 이방저방에서 다들 잠든 한밤ㅅ중에 어린애가 우는데 어른이자느라고 몰라서 울어도 몹시울엇다 오주가 어린애 우름소리에 놀라 잠이깨어서 뻘떡 일어나며 곳 방문 열고 박그로 나갓다 방문ㅅ소리와 발ㅅ자국 소리에 여러사람이 모두 눈을 떳다

『지금 나간것이 오주아닌가』

『애우는 소리에 잠이깨엇군』

『어듸를 나갓슬까』

『우름소리 안들릴데루 나갓는가보우』

『일어나서 좀 내다보세』

아래ㅅ방에서 일어들안즐때 오주는 발서 안방으로 뛰어와서 우는 어린애를 움켜잡앗섯다

『애그머니 큰일낫네』

『이놈아 남의 자식 왜 죽이느냐』

녀편네가 재된소리을 질르고

『이것이 미친놈 아닌가』

『어린애 이리내라』

사내가 큰소리를 질럿다 사내는 어린애 움켜잡은 오주의 팔에 매달리고 녀편네는 움켜잡힌 어린애를 바쳐들고 악들을 쓰는중에 꺽정이와 유복이가 다른 두령들보다 한거름 압서 쪼차올라왓다 꺽정이가 안방에 들어서며

『오주』

하고 이름한번 불르는데 오주는 움켜잡은 어린애를 맥업시 노핫다 오주가 얼빠진 사람가티 멍하니섯는것을 유복이가 와서

『이게 무슨짓이냐 얼른 나려가자』

하고 역개쭉지를 잡아끌엇다 나종와서 방박게섯든 두령중의 봉학이와 돌석이는 유복이와 가치 오주를 다리고 아래ㅅ방으로 나려가고 서림이는 뒤늣게잠들이 깨어 뛰어나온 적은 두목중의 불출이와가치 안방으로 들어왓다 걱정이가 주인내외를 보고

『그사람이 다른때는 멀쩡하지만 애우는 소리만 들으면 당장에 미치우 거짓말가튼 괴상한병이요』

하고 말한뒤에 불출이가 사내주인더러

『그러키에 내가 미리 당부하지 안튼가』

하고 말하니 사내주인은

『그게 곽쥐가튼 사람일세그려』

하고 어이업는 우슴을 웃고 녀편네주인은 젓물린 어린애를 드려다보며 눈물을 흘렷다 서림이가 아프로 나서서 어린애를 가르치며

『저애가 놀라서 경풍(驚風)이 되기쉬울께요 내가 환약을 줄테니 젓이든지 물에 조금씩 개

어서 젓곡지에 발러서 빨리게 하우』

하고 약랑(藥囊)에서 소합향원(蘇合香元) 한개를 끄내서 사내주인을 주엇다 꺽정이가 서림이더러

『그환약 한개만 먹으면 다른약은 안먹여두 조켓소』

하고 물으니 서림이가 고개를 비틀면서

『나중에 혹시 간긔긔운이 잇드래두 우황포룡환(牛黃抱龍丸)이나 한두개 먹이면 되겟지요』

하고 대답하엿다

『그런 환약을 가젓거든 아주 두어개 주인을 주시우』

『포룡환은 가지구 오지안헛는걸이요 어린애약이 소용잇슬줄이야 누가 알엇나요』

꺽성이가 주인을 돌아보며

『우리가 내일떠날때 약갑슬 두구갈테니 나중에 사다가 먹이우』

하고 말하니 주인이 속에는 당길마음이 잇겟지만 거트로는

『무얼 그러케까지 하실것 업습니다』

하고 체면을 차렷다 꺽정이가 불출이더러 고만 건너가자라고 일르고 곳 서림이와가치 아래ㅅ방으로 나려왓다 여러두령이 그뒤에 인해 잠을 일허서 반밤을 안저들 새우고 이튼날 식전에

짐은 끌르고 설흔대자 무명한필을 끄내두엇다가 떠날때 꺽정이가 주인을 불러서 약갑과 밥갑이라고 말하고 내어주니 주인은 너무후한데 놀라서 선뜻 밧지못하엿다

일행이 너더리서 떠나서 양성와서 또 하루ㅅ밤자고 청석골 떠난지 닷새되든날 아침때 안성을 들어왓다 안성읍네서 점심들까지 사먹으며 슬금슬금 막봉이의 소식을 알어보니 서울포청의 조처가 더듸어서 아직도안성옥에 가처잇는데 불어진 다리는 그대로 드듸고 설만큼 나핫스나 사흘도리로 치도곤(治盜棍)을 마저서 볼기짝과 넙적다리에서 구데기를 파낸다는 말이 잇섯다 관속들이 개 쏘대듯하는 읍내바닥에서 일행이 오래지체하는것은 부지럽기 짝업는 일이라 외촌에 나가서 어물장사 행세하고 돌아다니며 일을 꾸미자고 의논들하고 읍에서 점심먹은 뒤에 곳 촌으로나오는데 막봉이 잡힌 곳을 와볼생각들이 잇서서 먼저 가사리로 나왓다 가사리동네 안침에잇는 큰 초가집이 막봉이 고발한 박선달의 집인줄을 안뒤에

『그놈의 집에 불을 폭 질럿스면 조켓다』

하고 곽오주는 주먹을 부르쥐고

『집에 불만질르구 고만 두어 사람의 색기까지 씨알머리를 업새지』

하고 배돌석이는 이를 갈어부치는데 꺽정이가 두사람을 돌아보며

『막봉이를 빼내온뒤에 막봉이하구 가치와서 분풀이하지』

하고 말하엿다 일행이가사리서 구사리를 지나 구브내압 내ㅅ가에 나왓슬때 조흔 버드나무숩이잇는것을 보고 사람업는 곳에서 일꾸밀것을 의논들하려고 숩속에 와서 안저 쉬엇다

막봉이를 구할방책에 대해서는 일행이 청석골서 떠나기전에 발서 두가지 의논이 낫섯다 하나는 양주전례대로 안성옥을 깨치고 가친것을 빼내자는 의논이요 또 하나는 혜음령전례와가티 서울길목에서 압상하는것을 빼앗자는 의논이엇다 두가지의논을 한가지로 정하려고 여러두령들이 분분히 짓거릴때 서림이가 안성가서 형편을 보지안코는 정할수업는 일이라고 말하야 방책을 미리 정해가지고 오지안헛는데 안성와서 말들을 들어보니 안성군수가 파옥을 겁내서 옥근처에 밤낫 파수를 보이되 파수보는 장교들이 어느때든지 급한 나발로 군호만하면 관옥은말할것업고 읍내장정들까지 일제히 나서도록 짜노핫다고 한즉 파옥하자면 한바탕 큰 접전을안할수업는형편인데 사람 열이 안성일읍 관민을 대적삼아 접전하는것은 승산(勝算)이 적다고 파옥은 파의하자고 서림이가 주장하엿다 구데기 가튼것들 멧백명이라도 겁날것업다고 힌소리하는 두령들을 서림이가 가지가지 불리한점을 들어서 설복(說伏)할때 꺽정이가 서림이더러

『그러면 어듸가서 목을 지키구 잇잔말이요』

하고 물으니 서림이는 고개를 가로흔들며

『서울루 가는데 양성 용인으루 바루갈는지 평택 수원으루 돌아갈는지 그것두 모르구 미리

어듸가서 목을 지키겟소」

하고 대답하엿다

「그럼 어떠케 햇스면 조흘것을 말하우」

「압상해가는 일행과 압서거나 뒤서거나 가다가 중로에서 빼내는것이 조흘것갓소」

「그러면 그동안에 우리는 어듸가서 묵겟소」

「읍내가까운촌으루 다니면서 어물장사하지요」

「우리가 촌으루 다니는 중에 서울루 가버리면 낭패나지 안소」

「두목 네사람을 매일 한두사람씩 읍에 드려보내두면 군관과군사들이 서울서 오는것을 곳알게 될께니까 그런 낭패는업겟지요」

「나하구 봉학이하구 유복이는 그동안에 칠장사를 가서 다녀와야겟소」

「그럴것업시 오늘 일행이 다가치 칠장사에 가서 하루ㅅ밤 묵으면어떨까요」

「그래두 좃소」

칠장사가서 하루ㅅ밤 묵을 의논이 작정된뒤에 튼튼할성으로 적은두목한사람은 읍에 드려보내두자고 박유복이가 말하야 마침내 적은두목중의 신불출이는 도루 읍으로 드려보내고 불출이 것든 짐은 리봉학이와 서림이가 번갈러지고 칠장사로 가게되엇다 일행 아홉사람중에 칠장사

길을 가장잘아는 사람이 꺽정이나 꺽정이도 항상 죽산ㅅ길로 다닌까닭게 노루목이나 또는 내촌아페서가는 사이ㅅ길을 모르고 죽산가는 놋박재로 길을 잡앗다 일행이 놋박재 마루ㅅ턱을 향하고 올라오는중에 압길 멧간박 수풀사이에서 몽치든 군 대여섯이 나타낫다

『짐들을 게 버서놔라』

호령을 듯고 압서오든 꺽정이가 한번 껄껄 우스니 여러사람이 모두 따라서 큰소리로 우섯다 몽치든 군들이 서로 돌아보다가 하나가 뒤로 돌아서서 휘파람을 불더니 휘파람소리끄테 재로 서넛이 수풀사이에서 나오는데 그중에는 칼든자가 하나잇섯다 칼든자가 괴수인상불러서 가장 거드럼을 빼면서 몽치든군들에게 한두마듸 말을 뭇고 곳 아프로 나서서 일행을 바라보며

『짐들을 빨리 벗어놔라』

하고 고성을 첫다 꺽정이가 얼른 짐을 벗어노흐며 여러사람에게 눈짓하야 일행이 다 짐을벗어놋는중에 눈치업는 곽오주만은 꺽정이가 그자 놀리려는것을 모르고

『짐지구는 저깐놈들을 못해내우』

하고 두덜거리다가 꺽정이에게 입속꾸지람을 밧고 비위에 맛당치 못한듯이 꿍소리 하며 짐을 벗어 내던젓다 말성업시 짐들 벗어놋는것을 보고 칼든자는 만족히 여기는 모양으로 머리를고

더끄더하엿다 꺽정이가 일부러 우렁찬 목소리를 주려가지고
『짐짝들 그리 가저가리까』
하고 물으니 칼든자는 말을 못알어들엇든지
『무어야』
하고 소리를 질럿다
『짐짝을 그리 갓다드릴까 뭇는 말이요』
『시키지 안는것 고만둬라』
『수구될것 업소 갓다드리리다』
꺽정이가 짐여덜짝을 네짝씩 포개노코 걸빵으로 얼거동이는데 칼든자가 보고
『그건 무슨짓이냐』
『왜 짐짝들을 한데얼거매느냐』
하고 호령호령하엿다 꺽정이가 호령을 들어가며 포개언진 짐짝이 떨어지지 안흘만큼 대강얼거동인뒤에 좌우손에 짐네짝식 들고 뚜벅뚜벅 아프로 걸어갓다 몽치든 군들은 입을 딱 버리고 칼든자는 떨리는 목소리로
『장사 성함이 누구시요』

하고 물엇다

『성함은 알어 무엇하게』

꺽정이는 성명을 말하지아니하는데 서림이가 아프로 쪼차나오며

『죽산놈들은 양주 임장사의 선성두 들어뫼시지 못햇느냐』

하고 긔세를 부리엇다

『양주 임장사라니 임꺽정이요』

『그러시다』

칼든자가 서림이의 말을 듯고서는 황망히 칼을 내던지고 꺽정이아페 쪼차와서 땅에 업드리며

『장사를 몰라보입구 잘못햇습니다』

하고 사과하니 꺽정이가 양편손의 짐짝들을 땅에 내려노코나서

『모르구 잘못한게니 어서 일어나우』

하고 업드린자를 붓들어 이르켯다

『저는 성명이 곽능통입니다』

꺽정이가 그자의 성이 곽가란말을 듯고 뒤를 돌아보며

『오주 이리와서 일가하구 인사해라』

하고 말하니 곽오주와 다른 두령들이 다가치 아프로 나와서 능통이와 인사를 마친뒤에 능통이가 꺽정이를 보고

『길막봉이 일루 오섯겟지요』

하고 물어서 꺽정이는 고개를 끄덕이엇다

『저가티 변변치 못한 위인두 길막봉이 일을 조만이 근심합니다』

『막봉이를 아시우』

『아지는 못하지만 초록은 동색입지요』

『고마운 이요』

『지금 어델 가십니까』

『칠장사루 가는길이요』

『칠장사는 엇재 가십니까』

『오늘밤 묵으러가우』

『지금 해가 다저가는데 칠장사를 어떠케 가십니까 저의사는 달ㅅ골이 여기서 가차우니 저이게로 가십시다 안성서 일하시는 동안 내처 저의게서 묵으서도 좃습니다 그러구 저의의 힘자라는일이면 심부름두 해드리겟습니다』

능통이의 호의(好意)를 바더서 일행은 칠장사로 가지안코 놋박재에서 달ㅅ골로 들어오게되엇다 능통이의집에서 저녁밥들을 먹은뒤에 적은두목 세사람은 박갓방에서 자고 두령여섯사람만 안건넌방에서 자게되엇는데 방이 좁고 물것이 만하서 마당에들 나가자려고 꺽정이가 능통이를보고 마당에 멍석을 깔어달라고 청하엿다

『물것이 만치요』

『물것보담도 방이 답답하우』

『널직한 사랑칸을 세울수잇지만 남의눈이 무서워서 못세웁니다』

『이동네ㅅ사람은 모두 액내요?』

『네 이동네ㅅ사람은 다 저의 심복입니다 그러치만 읍네관속이나 타동ㅅ사람의 눈을 기이느라구 고생입니다』

『턱미테잇는 놋박재 가튼데서 일하자면 얼굴아는 사람에게 들킬때가 만치안켓소』

『제가 여기 놋박재와 용인메주고개 두군대루 돌아다니는데 메주고개서 일할때는 이동네 아이들을 쓰구 놋박재서 일할때는 메주고개 미테 사는 아이들을 씁니다 아까 놋박재에서 먼저 내보냇든것은 용인 아이들입니다』

『두군대를 합하면 부하가 모두 얼마나되우』

『되지못한것들이 수효는 사오십명이나 되지요만 그중에 제구실할만한놈은 멧놈안됩니다』

『마당에 나가안저서 이야기합시다』

『네 잠간만 참으십시요』

능통이가 박갓머슴방에 잇는 졸개두엇을 불러서 말을 일르더니 얼마ㅅ동안뒤에 마당에 포진이훌륭하게되엇다 멍석을 깐우에 긔직자리를 연폭하야 깔어노코 이슬바지로 차일까지 처노핫다 여섯사람이 다 건너방에서 마당으로 나온뒤에 능통이가 안방에 들어가서 요때기 이불때기를 한아름 안어내다노흐며

『새벽녁에는 선선들 하실테니 배만이라두 더프십시요』

하고 말하야 이사람 저사람이 능통이의 후의를 사례하는중에 곽오주는

『우리 동생 사람이 신통한걸』

하고 너털거리엇다 서림이가 능통이를 보고

『메주고개가 일터라니 말슴이지만 우리가 만일 메주고개서 일을 내게되면 부하를 모하가지구 우리를 도아주실수 잇겟소』

하고 물으니 능통이는

『엇재 메주고개에 가서 일을 내시게 됩니까』

하고 되물엇다

『지금 안성옥에가친 우리동무를 서울루 압송할때 중로에서 빼앗을 작정이요』

『메주고개를 장대시다가 김량으루 돌아가면 어떠케 하실랍니까』

『그러키에 압서가서 목을 지키지안쿠 뒤를 따러가려구하우 혹시 메주고개서 일을 내게되거든 도아달란말이요』

『엇재 파옥하실생각을 안하십니까』

『파옥을 하자면 접전이 날텐데 우리 열사람쯤 가지구 한편으루 접전하며 한편으루 파옥하자면 우선 손이 모자라서 할수업소』

『안성관군이 한것하야 이삼백명박게 안될껩니다 여러분가튼 영웅 장사가 그까저것쯤 해내기야 여반장이 아니겟습니까 여러분이 관군만 해내신다면 파옥하는건 변변치안흔 내가 담당하오리다』

격정이가 능통이의 말을 듯고 서림이더러

『이주인이 이왕 한팔 도아준다니 다시 파옥할계책을 생각해보우』

하고 말하니 서림이가

『네 잘 생각해보지요』

하고 대답하엿다

『우리는 내일 칠장사가서 하루ㅅ밤 자구올테니 내일하루 여기 주인하구 잘 상의하우』

서림이가 꺽정이의 말을 대답하기전에 능통이가

『칠장사는 왜 가시려구합니까』

하고 꺽정이에게 물엇다

『우리선생님을 보이러가우』

『선생님이 누구십니까』

『이 근방에서 생불스님이라구 하는이가 우리 선생님이요』

『생불 스님은 그동안 돌아가셧습니다』

『돌아가셧서 언제』

『사십구일재가 멧칠 안남엇슬껄이요 이근방에서두 재구경간다구 벌르는 사람이 만습니다』

『선생님이 돌아가셧단다』

하고 꺽정이가 목메인 소리하며 리봉학이와 박유복이를 돌아볼때 두사람의 눈에서도 눈물이 흘러나렷다

결의 (七)

칠장사 서쪽 산기슭 편편한땅에 새로 세운 소도바가 한개잇스니 이 소도바에 들어잇는 한줌
재는 팔십오세 일생을 이세상천대속에서 보낸사람이 뒤에 끼친것이다 그사람이 초년에는 함
흥 고리백정이요 중년에는 동소문안 갓바치요 말년에는 칠장사 백정중이라 천인(賤人)으로
일생을마첫스나 고리백정으로는 리교리의 처삼촌이 되고 갓바치로는 조정암의 지긔(知己)가
되고 백정중으로는 승속간(僧俗間)에 생불(生佛)대접을 바덧섯다 생불이 돌아갈때 목욕하고
새옷입고 안저서 조으는냥 숨이끈치엿는데 그날 종일 이상한 향내가 방안에 가득하고 은은
한 풍악소리가 공중에서 낫다고 소문이 자자하엿다 이생의 복을 빌고 후생의 원을 세우는 어
리석은 사내 어리석은 녀편네들중에 대웅전의 부처님을 두고 산기슭 소도바아페와서 치성하
는 사람이 발서 하나둘이 아니엿다 밥술먹는 촌ㅅ사람하나가 자식을 비느라고 내외 가치와서
절에서 묵어가며 사흘동안 치성하는데 사흘되는 마즈막날 아침 노구메를 올리려고 소도바아
플 정하게쓸어 노핫슬때 속인셋이 절문중하나를 다리고 소도바잇는곳에 와서 중은 서고 속
인들은 쓸어노흔 자리에 느런히 꿀어업드렷다 촌사람내외가 노구메를 짓다가 쪼차와서 남이
쓸어노흔 자리에 먼저와서 치성들한다고 사설하니 절문중이 나서서 치성하는 사람이 아니

니 염려말라고 타일럿다 세사람은 업드려서 다가치 굴근 눈물 방울을 떨어트리다가 한참만에 일어들낫다 촌사람내외가 아들나려고 치성하는것을 절문중이 이야기하야 세사람이 안뒤에 세사람중에 얼골해사한 사람이 촌ㅅ사람내외를 보고

『임자네들 쓸어노흔 자리에 우리가 와서 업드린것이 노구메진상버덤 못할것업소 우리선생님이 아름이 기시면 영낙업시 아들하나 점지해주시리다』

하고 말하니 그촌ㅅ사람 내외얼골에 현연히 기쁜빗이 나타나며 년편네가 사내에게 귀틈하야 사내는 세사람아페 나와서 인사를 청하엿다 먼저 말하든 해사한사람은

『리서방이요』

하고 수염만흔 무서운사람은

『나는 임가요』

하고 나종 한사람은

『나는 박서방이요』

하고 통성(通姓)들하엿다 인사가 끗난뒤에 절문중이 세사람을 보고

『고만 들어들 가십시다』

하고 말하야 세사람은 절문중을 따러 절로 들어갓다

꺽정이와 봉학이와 유복이가 대사의상좌이든 절믄중을 다리고 소도바잇는곳을 나가보고 돌어와서 대사의 거처하든 별당채 마루에 둘러안즌뒤에 절믄중이 방에 들어가서 조그만 편지봉하나를 가지고 나와서

『스님께서 두엇다 주라구 말슴하신 유서요』

하고 말하며 꺽정이를 내주엇다 꺽정이가 두손으로 편지ㅅ봉을 바더서 속을 뜨더본즉 쪽지조이에 진서 멧줄이 쓰이엇는데 힌것은 조이요 검은것은 글씨라 진서 좀아는 봉학이와 절믄중더러 보아달라고 하니 글이 어려워서 뜻을 알수업다고 체머리들을 흔들엇다 꺽정이가 유서쪽지를 주머니에 집어너코 나서 마루끄테 노힌 짐을 가르치며

『저것이 상목이요 우리가 오다가들은즉 선생님의 사십구일 재가 머지안타니 그때 써주우』

하고 그절믄중더러 말하엿다

『재가 인제 한열흘 남엇스니 묵어서 보구가시구려』

『우리는 바뿐일이 잇서서 오늘 곳 가야겟소』

『저무명이 멧필이요』

『열필이요』

『그러면 저것을 재에 쓰지말구 스님 불상을 하나 뫼십시다』

『불상을 뫼시다니』

『지금 마침 불상을 잘파는 사람이 절에와서 잇소 그사람더러 스님목상을 하나 파래서 아주 부처님으루 뫼시잔 말슴이요』

『좃소 저것으루 부족되지나 안켓소』

『그사람이 수공을 얼마나 달랄는지 모르지만 만일 부족되면 이절대중과 의논해서 보태어 주지요』

『그럴것업소 우리가 나종에 다시와서 부족한것을 채워노흘테니 우선 일을 시키시우』

『불상을 뫼시구 사십구일재를 지내도록 일을 시키리다』

꺽정이와 봉학이와 유복이는 서로 돌아보며 다가치 조하하엿다

절믄중은 나이어린 사미때부터 대사의 상좌로 대사를 뫼시고 지낸사람이라 대사생전에 한두 번씩 왓다간 봉학이와 유복이와도 면분(面分)잇거니와 자주오고 또와서 한참씩 오래묵은 꺽정이와는 특별히 교분(交分)이잇섯다 절믄중이 세사람과 정답게 수작하는중에 꺽정이를 보고

『그동안 양주를 떠나섯지요』

하고 물으니 꺽정이가

『그건 어떠케 알엇소』

하고 되물엇다

『아무리 절간ㅅ구석에서 세상소문을 모르구 지내기로니 온세상이 다 아는 소문이야 설마 못듯겟소』

『내집 이사한것이 무에 그리 굉장해서 온세상이 다 알두록 소문이 낫단말이요』

『여보 고만두시우 기일사람이 다 따루잇지 나를 기일까닭기 무어잇소 봉물뺏구 옥깨구 큰야단낸것을 이야기안하서두 다들어서 아우』

『선생님 생전에 내일에 대해서 혹 무슨말씀을 하십듸까』

『이삼삭전에 허담스님이 속니서 나오실때 소문을 듯구오섯는데 허담스님이 우리스님을 뵈입구 밋두끗두업시 아무개가 화적놈이 됏답니다하구 말씀하니까 우리스님은 미리 아시구기서서 놀래시지두 안쿠 저갈ㅅ길루 갓네 하구 말씀하십듸다』

『그뒤엔 다른말씀이 업스섯소』

『그때마침 내가 스님의 심부름으로 박게나간까닭게 뒤에 무슨말씀이 잇섯는지 업섯는지 나는모르우』

『허담스님은 지금 어듸잇소』

『금강산에 들어가셧소』

『선생님이 돌아가시기전에 금강산을 갓소』

『아니요 허담스님이 떠나시려구 하는것을 우리스님께서 조금더잇다가 내일을 보아주구 가라구 붓드서서 못떠나시구 기시다가 마침내 스님다비가 끗나는것까지보구 떠나셧소 다비가 무어냐구요 다비란것은 우리불가의말인데 화장(火葬)이란말과갓소 처음 스님께서 허담스님을 붓드실때 허담스님이나 우리는 무슨일을 보구가라시는지 몰랏드니 당신의신후사를 보구가란 말슴입듸다그려』

유복이가 절문중의 말뒤를 바더서

『우리 선생님은 점이 용하섯스니까 자긔가 언제 돌아갈것을 미리 아섯겟지요』

하고 말하니 절문중이 유복이의말을 부족하게 여겨서

『육신보살(肉身菩薩)이 그까지점을 처가지구 압일을 아섯겟소 가만이 안저서 한번 둘러보시기만하면 세상만사를 다 아섯지 세상만사는 오이려 여차요 눈한번 우루 뜨시면 천상일을 환이아시구 눈한번 아래루 뜨시면 지하일을 환이 아섯소 아시면서두 말슴을 잘안하시는까닭게 아시는걸 남들이 모를뿐이엇소 스님불상을 뫼신뒤에 보시요만 당장영검이 다른 부처님과 다르리다』

스승의 도덕을 굉장히 칭송하야 말하엿다 박게서 아침밥상을 드려보내주어서 절문중이 일어

나서 상노흘자리를 치우는데 봉학이가

『우리는 조반을먹구왓소』

하고 말하니

『조반요긔를 하셧드래두 아침들은 자서야지요』

하고 절믄중은 일변 봉학이말을 대답하며 일변 가저온 밥상을 바더드렷다 아침밥들을 먹기시작하야 거의다 먹어갈때 숭냉을 가지고온 조고만 사미중이 세사람을 보고

『어떤양반 한분이 박게와서 생불스님 제자되는이가 여기왓느냐구 뭇습듸다』

하고 말하니 꺽정이가 봉학이와 유복이를 돌아보며

『우리가 여기온줄 알사람이 누구까 괴상한일이다』

말하고나서 절믄중더러

『어듸서 온 사람인가 좀 나가서 물어봐주우』

하고 청하엿다

절믄중이 박게 나갓다가 들어올때 올케 의관한 사람하나를 다리고 들어오는데 그사람은 다른사람이아니고 곳 황천왕동이엇다 세사람이 천왕동이온것을 보고 다들 놀라서

『웬일이냐』

『엇재 왓나』

『무슨연고가잇나』

하고 출달어물엇다 천왕동이가 상글상글 우스면서

『그저 왓소』

하고 간단한말로 대답하니 세사람중의 꺽정이가 증을내며

『그저오다니 무슨소리냐』

하고 꾸지젓다

『혼자잇스려니 첫재 갑갑해서 어듸견듸겟습듸까』

『갑갑하다구 뛰어나올래서야 뒤를 맛겨노쿠온 보람이 무어냐』

『아무일두업는데 가만이 안저잇느니 여기와서 한목보는게 조치안쏘』

『너업는동안에 혹시 무슨일이나면 누가 긔별할테냐』

『아무일두 업슬테니 염녀마시우 그러구 정이 궁금하면 내가 멧칠에 한번식 갓다오리다』

『올때 여기온다구 말이나하구 왓느냐』

『그럼 말안하구왓슬까봐 그러시우 오두령두 여기일이 궁금해서 가보라구말합듸다』

꺽정이는 쓴입맛을 다시는데 봉학이가 천왕동이를보고

『여기 사람이 부족해서 격정중인데 잘왓네』

하고 말한뒤에

『어제 떠낫나 오늘새벽떠낫다』

하고 물으니

『오늘새벽에 떠나서 이만때 여기를 대어오는수가 무어요 날러두 못오겟소』

하고 천왕동이는 우섯다

『어제 떠난겔세그려 그럼 어제ㅅ밤에 어듸서 잣나』

『어제 여기까지 오기는 넉넉한것을 혹시들 안성읍에 잇나하구 슬슬 돌아다니다가 캄캄해저서 할수업시 잣소』

『오늘 오기를 잘햇네 우리두 오늘식전에 왓네』

『여기와 물어봐서 아니들왓다면 멧칠이든지 여기서 묵을작정하구 왓소』

『안성읍에서 불출이를 못만낫나』

『불출이가 안성읍에잇소 못만낫소』

『어물전엔 안들어가 보앗나』

『양반행세가 깍길까봐서 전방가튼데는 안들어갓소』

『별 그급할소리를 다둣겟네 또 신서방노릇을 햇네그려』

『배 고파 말하기실소』

『잔데서 아침두 못 어더먹엇나』

『아침을 설치구왓드니 참말루 시장하우』

천왕동이가 전에 꺽정이와 애기어머니의 심부름으로 대사생전에 누차왓다간까닭게 절문중과 구면이라 스스럼업시

『나 밥좀 줄라우』

하고 말하니 절문중은 선뜻

『남은밥이업스면 새루 지어서라두 드리지요』

하고 대답한뒤 사미중에게 말을 일러서 내보내더니 얼마아니잇다가 밥한상이 들어왓다 천왕동이 오는통에 먹을밥을 다 먹지못하엿든 유복이가 밀어노흔밥상에서 먹든밥그릇을 옴겨다노코 천왕동이와 가치 먹엇다

밥상을 치운뒤에 꺽정이가 절문중더러

『선생님 불상이 어느날쯤될까 우리가 아주 알구갓스면 조켓스니 일할사람을 불러서 물어봅시다』

하고 말하야 절문중이 나가서 불상장인(匠人)을 다리고 들어왓다 절문중이 꺽정이부터 쭉돌려 가르치며

『지금 말슴한 시주(施主)님네요』

하고 인사를 부처서 불상파는 사람이 돌려가며 인사를 다한뒤 다시 상좌에안즌 꺽정이를보고

『불상은 돌루하시렵니까 나무로하시렵니까 돌루하신다면 돌일이 나무일버덤 더될뿐 아니라 우선 석재를 구해야할테니 사십구일 재전에 될수업구요 나무루하신다면 넉넉이 될수잇지요 내가일전에 보니까 이절법당뒤에 불상팟스면 훌륭할나무가 한토막 잇습듸다』

하고 말하엿다

불상장인의 말을 꺽정이가 미처 대답하기전에 절문중이 무릅을치며

『스님께서 불상뫼실것을 미리 아섯구려』

하고말한뒤

『법당뒤 처마미테 잇는 나두토막이 작년이른봄 뒤산벌목할때 난것인데 그때 스님께서 보시구 나무가 조타구 집어두라구 하신것이요』

하고 이야기하엿다 꺽정이가 불상파는 사람을 보고

『두말할것업시 그나무루 팝시다』

말하고

『나무루 파면 멧칠이나 걸리겟소』

하고 물으니

『나무일두 하기에 달렷지만 대개 열흘이면 넉넉하지요』

그사람이 대답하엿다

『일을 아주 속히하면 멧칠에 다할수잇소』

『요새해가 기니까 하루 것목치구 하루 면상파구 그나마지를 하루에 다하면 사흘에두 손뗄수잇지요』

『그러케 속히하면 일이 거칠지안켓소』

『일이 속하다구 반드시 거친것은 아니요 일에 신이 날때는 속하게해서 되려 잘되는수두잇습듸다 내가 재작년 여름에 양주회암사 부처님한분을 이룰에 팟는데 다파노쿠보니 끌짜국이 제법 생동하는맛이잇서서 나루서두 놀랏소이다』

『그럼 이번에두 이룰에 파보시우』

『어찌하다가 그러케 속하구두 잘되는수가 잇단말슴이지 지금 이룰에 파겟다구는 장담할수업습니다』

『사흘에는 장담하겟소』

『놀지안쿠 부지러니하면 사흘에는 되겟지요』

『긔한은 사흘루 정하구 수공은 얼마나 주리까』

『나중에 처분들해서 주시지요』

『우리는 일속을 모르는 사람이니 아주 얼마라구 말하우』

『불상파는 수공은 불상 개ㅅ수루 셈하구 날ㅅ자루 셈하지안습니다 의려 날ㅅ자가 족박하면 수공이더합니다』

『글세 얼마든지 맘에 차두록 말하구려』

『쌀루주시렵니까 것곡식으로 주시렵니까』

『무명으루 셈하면 어떠켓소』

『무명은 더조치요』

『무명멧필 주리까』

『반동은 주서야겟는데요』

『달라는대루 다줄테니 긔한 어기지말구 일이나 잘해노시우 우리가 와봐서 일이 잘됏스면 그우에 상급으루 얼마 더주리다』

『네 일심정력을 다드려서 일을할테니 염려마십시요』

『그럼 오늘부터라두 곳 일을 시작하우』

절믄중이 꺽정이더러

『이절 대중에게 초벌공론은 돌렷지만 절의 막중큰일을 그러케 경선이하는수잇소 일시키는 건 내게 맛기시우』

하고 말하야 꺽정이가

『하여튼 우리는 모레 다시 올테니 그안에 다되두록 일을 시키우』

하고 당부하는데 불상파는 사람이 고개를 가로흔들며

『일을 지금 시작한대두 오늘은 반나절일이라 모레 다될는지 모르겟는걸이요』

하고 말하엿다

『그러면 하루 물려서 글피올테니 글피는 손이떨어지두록 하우』

『네 글피저녁때 첫불공을 드리시두록하리다』

『첫불공이라니』

『재부처님을 뫼신뒤에 첫불공을 드리셔야지요』

『올치 그러켓소』

하고 꺽정이가 절믄중을 돌아보며

『첫불공드리는데 부비두 우리가 가지구온 무명에서 쓰두룩하우 불상수공 모자라는건 나중에 가지구오리다』

하고 말을 일렀다

꺽정이와 네사람이 칠장사에서 달ㅅ골로 돌아오는길에 유복이가 불상장인의 수공줄것을 겨정하야 꺽정이를 보고

『우리행중에 가저온 무명은 인제 몟필 안남엇슬걸이요』

하고 말하니 꺽정이는

『어떠케 되겟지』

하고 겨정업는 대답을하엿다

『어떠케 된다니 무슨덕이잇소』

『무슨덕이 잇서 아무덕두 업지』

『그럼 준다구하구 안줄작정이요』

『별소리를 다하는구나 안주다니 될말이냐』

『업는걸 주는수가 무어요』

『능통이더러 금은부치가지구 변통해보라지』

『능통이가 변통한다면 조치만 변통못하겟다면 탈아니요』

『여기서 출수업스면 청석골 데리구가서 주지 걱정인가』

『그 사람이 우리를 따러올는지 누가아우』

『제가 안와서 못밧는게야 제잘못이지』

불상수공을 못주면 주마고 허락한 꺽정이가 제일창피를 볼것인데 꺽정이는 도리어 조금도 걱정하지 아니하엿다

네사람이 달ㅅ골 능통이집에를 와서보니 읍에가잇든 신불출이가 와잇섯다 꺽정이가 불출이의 인사를 밧고

『누가 데릴러 갓든가』

하고 물으니 불출이가 여페섯는 두목하나를 가르치며

『이사람이 여기ㅅ사람들을 데리구와서 여기ㅅ사람들은 읍에 남어잇구 저의만 왓습니다』

하고 대답하는데 능통이가 나서서

『안성읍에 가서 관가동정을 알어오는데는 본곳사람이 난데ㅅ사람버덤 나흘것가터서 제사람을 보내두기루 햇습니다』

하고 말하야 꺽정이는 능통이의 등을 툭툭치며

『잘 햇소』

하고 칭찬하엿다 네사람이 방에들어안짜 마치맛게 술ㅅ상이나와서 여러두령이 함께 술들을 먹는중에 꺽정이가 능통이를 보고

『나를 무명 한이십필 변통해 줄수잇소』

하고 물으니 능통이가

『무명을 그러케 만이 무엇에 쓰시렵니까』

하고 되물엇다 꺽정이가 재부처님 뫼실작정한것을 이야기하고나서

『불상 수공외에 상급까지 주자면 한이십필 더잇서야겟소』

하고 말한즉 능통이는 망건뒤를 글그면서

『글피쓰실것을 갑작이 어듸가서 변통하나』

하고 혼자 말하다가

『꼭 될는지는 몰라두 말해볼데는 한군데잇습니다』

하고 꺽정이에게 대답하엿다

『어듸요』

『제 외사촌이 지금 진천 이방인데 거기나 가서 말하면 혹시 될는지 그외에는 별루 말해볼데두 업습니다』

『내가 금은부치를 줄테니 그것을 가지구가서 바꾸어 달래보면 어떠켓소』

『그러면이야 꼭되지요』

『그럼 그러케좀 해주우』

꺽정이가 능통이에게 무명변통할것을 부탁한뒤에 주머니속에 든 유서쪽지를 끄내서 서림이를 주며

『이것이 우리선생님의 유서요 무슨말인가 좀보우』

하고 말하야 서림이가 쪽지를 바뎌서 펴보니

三年笛裏關山月。九月兵前草木風。扶桑西枝封斷石。天子旌旗在眼中。

칠언절구(七言絕句)한수가 쓰이어잇섯다 서림이가 한문문리는 난사람이나 두보(杜甫)의 시를 만히 보지못한까닭게 이글이 대개 두시(杜詩)를 모은것인데 글ㅅ자멧자 변통하엿슬뿐인것을 아지못하고

『유서가 아니라 시를 지어주신게로구먼이요』

하고 말하엿다

「시라니 귀글말이요」

「네 귀글이 한수요」

「귀글뜻이 무어요」

「삼년저ㅅ소리속에 관산달이요 구월 병장긔아페 초목바람일러라」

「관산의달이 무슨달이요」

「관산달이란게 변방달이란 말이겟지요」

「또 그아래는 무어요」

「부상 서편가지가 단석을봉하니 천자의 긔가 안중에잇더라」

「부상은 무어구 단석은 무어요」

「부상이란 큰뽕나무요 단석은 나두 모르겟는걸이요」

「대체 그글뜻이 무어요」

「나두 그박게 모르는걸이요」

「고만두구 이러내우」

꺽정이는 서림이에게서 쪽지를 뺏듯이 달래서 집어 주머니에 너헛다 술먹은후에 또 점심으로 밀국수들을 눌러먹고 뿔뿔이 박게나와서 거닐때 서림이가 꺽정이에게 와서

『잠ㅅ간 방으루 들어가십시다』

하고 말하야 꺽정이는 서림이를 따러서 건넌방으로 들어왓다 서림이가 입을 꺽정이귀에 가까이 다이고 한동안 소곤소곤 짓거리는데 꺽정이가 연해고개를 끄덕어리더니 나중에

『그거 꾀가 됏소』

하고 칭찬하엿다

『그럼 그대루 속히 서들어보지요』

『그래봅시다』

『그러면 주인더러 사람을 속히 모아달라구 말하시우』

꺽정이가 능통이와 여러두령을 불러드려서 서림이의 꾀을 대강말한뒤에 능통이더러 사람모흘것을 부탁하니

『긔일을 언제루 정하셧습니까』

하고 능통이가 물엇다

『긔일은 속할수록 좃소』

『이동네와 용머리 아이들은 오늘이라두 불러쓸수 잇지요마는 며주고개 아이들을 불러오자면 하루 이틀 걸리겟습니다』

『그거야 그러켓지만 진천길을 어떠케하우 다른사람을 보내서 되겟소』

『진천은 제가 가야합니다』

『그럼 진천을 갓다와서 며주고개를 갈테요』

『며주고개는 사람을 보내지요 제몸바더 일보는자가 거기 하나잇스니까 그자에게 긔별하면 일을 낭패업시 할껩니다』

『그럼 오늘이라두 곳 서드러해주우』

『네 그럽지요』

이날 점심때지난뒤 능통이는 며주고개에 사람을보내고 자긔가 진천갓다오기전에 며주고개서 들오면 뉘집뉘집에 갈러재울것까지 지휘해노코 꺽정이의 주는 금은부치를 바더서 몸에지니고 졸개두엇을 다리고 진천길을 떠나갓다 다음날 해질물에부터 어둡기까지 며주고개 사람이 두셋씩 패를 지어서 띄엄띄엄오는데 사람이 수십명이오고 또 그다음날 점심때지나서 능통이가 진천서 돌아오는데 무명이십필을 졸개들에게 나누어 지워가지고 왓다 능통이가 가지고 갓든 금은부치를 그대로가지고와서 꺽정이에게 도루주면서 진천갓든이야기를 시작하엿다

『그저께가다가 광혜원(廣惠院)서 자구 어제아침때 진천읍내 외사촌의큰집에 가안저서 걸청에 사람을 보내서 외사촌을 불러내다가 보구 무명을 부탁햇습니다 관가에 바쁜일이잇다구

총총이 도루 들어가면서 점심때 봐서 나올테니 기다리라구하드니 점심때는 고사하구 저녁때두 지내서 캄캄하게 어둔뒤에야 겨우나오는데 무명을 변통하느라구 느젓다구합듸다 어제ㅅ밤에 그집 안건넌방에서 내외종형제단둘이 술ㅅ잔을 먹으며 담화하는중에 임두령말슴이 낫섯습니다 외사촌말이 내가 월전에 양주사람하나를 만나서 임아무개이야기를 들엇는데 이야기만 들어두 무서운사람입듸다 그동류 길가란자가 지금 안성에 잡혀가첫다니 안성원님이 양주원님가티 소조나 당하지안흘는지 모르겟소 형님은 임아무개처럼 크게 해볼생각이 업소 내가 전에 일껀 가르처까지 주엇는데 그대루 못한단말이요 형님은 담ㅅ보가 적어서 천생 졸때기짓박게 못할사람이요하구 저를비웃습듸다 년전에 제가 잠ㅅ간 피신을 안할수업시되어서 외사촌의 첩의집에가서 한보름동안 숨어잇섯는데 그때 외사촌이 저더러 이왕 도적질을 할바엔 놋박재가튼데서 촌장ㅅ군을 못살게하지말구 재재가튼데 가서 경상도 청홍도 관원들이 건드리지못할만한 대적노릇을하라구 권한일이 잇섯습니다 제가 외사촌에게 비우슴을 밧구 무류한바람에 바꾸러온 무명이 너말하는 임아무개 소용이라구 말햇드니 외사촌이 깜짝놀라며 안성 큰일낫다구하구 뒤에무슨말썽이 날는지 모르니까 무명을 못주겟다구합듸다 그래 쌈쌈해서 뺏다시피해서가지구 왓습니다 금은부치는 주니까 한사하구 밧지안허서 할수업시 도루가지구왓습니다」

능통이의 이야기가 끗난뒤 밀것에 탈이나서 복통으로 누엇든 서림이가 반몸을 이르키고

『진천서 안성으루 긔별이나 하지안켓소』

하고 능통이를 바라보앗다 능통이가 서림이말을듯고 자긔 발명겸 외사촌을 두던하야

『외사촌이 사람이미들만합니다 다른사람이 말한것두 아니구 내가 말한것을 말낼리가 업습니다』

하고 말하니 서림이가 고개를 외치며

『사람이 작사청(作事廳)물을먹으면 부지중 심장이 달러지는 법이요 그런데』

하고 말하다가 복통이나서 배를 움켜쥐고 속에끌려 들어가는소리로

『더구나 작청상주쯤 되면 등치구 배문질르는 수단이 영농할께요』

하고 짓거렷다

『어떠튼지 진천서 일부러 안성으루 긔별할리는 업습니다』

『긔별안하면 작히조켓소 그러치만 무명을 안줄라구하구 금은무치를 안바든것이 수상하우』

걱정이가 서림이를보고

『내일나제 칠장사갓다오구 내일밤에 일을합시다』

하고 말하니 서림이가 복통이 고동안 너누룩하야 움켜쥐엇든배를 노코

『내일밤두 느저요 오늘밤을 넘기지맙시다』

하고 말하엿다

『하루ㅅ동안 느저서 설마 낭패되겟소』

『일이 시각을 다툴때가 만흔데 하루가 어된가요』

『글쎄 어떠케하면 조흘까』

꺽정이가 다른두령들을 돌아보니 어떤두령은 막봉이가 나오는길로 곳 떠나가는것이 조흐니 아주 내일밤에 빼내오자고 말하고 또 어떤두령은 오래 가처잇든 사람을 적어도 하루쯤은 편히 쉬게하는것이 조흐니 오늘밤에 빼내오자고 말하는데 배돌석이가 좌중을 돌아보며

『준비가 다못되어서 날ㅅ자를 느춘다면 할수업지만 다른일때메에 하루라두 옥중고생을 더 시키는건 안될말이요』

하고 말한다음에

『내가 공론할일이 한가지잇소 길두령을데려내온뒤에 우리가 모두함께 칠장사에가서 새 부처님아페서 의형제를 매젓스면 조흘것가튼데 여러분 의향이 어떳소』

하고 공론을 내엇다 돌석이는 꺽정이와 봉학이와 유복이가 서로 형님동생하는것을 속으로부럽게 여겨서 이런 공론을 내게된것이엇다 서림이가 맨먼저 조타고 말하고 그뒤에 다른두령들도 모두

『조치』

『조켓지』

하고 말하는데 곽오주는 조타실타 말이업서서 돌석이가 오주더러

『자네는 왜 말이업나』

하고 물엇다 이면업는 오주가 서림이를 빤히바라보며

『서장사가 끼이면 나는 빠지겟소』

하고대답하야 서림이는 한동안 얼골을불키고 잇다가

『내가 빠질테니 염려마우』

하고 어이업는 우슴을 우섯다 결의할공론이 끗나기전에 안성읍에 가잇는사람들이 돌아와서

『읍에 긔찰이 버쩍 심해저서 자칫잘못하면 장채손에 들려가겟습듸다 요새 청석골패가 하나씩 둘씩 안성으루 모여든다구 소문이 낫답니다』

하고 능통이에게 말하는것을 여러두령이 다가치 듯고 하루라도 시일을 느추는것이 불리하겟다고 생각들하야 이날밤에 일을 버르집기로 작정하고 준비를 차렷다 꺽정이 이하 여러두령은 짐짝에든 병장긔들을 끄내서 손모아노코 능통이는 사람들을 내노하서 달ㅅ골사람은 어듸가지 못하게 일르고 용머리사람은 저녁전에 달ㅅ골로 모이도록 일럿다

이날밤 밤이 이윽한뒤 박선달사는 가사리동네에 화적이 들엇다 동네개들이 요란하게 지즐때 화적떼는 발서 박선달집을 드리첫다 환도든 두령이 한패를 다리고 사랑에 들어와서 사랑식구를 결박지우고 또활가진두령이 한패를끌고 안에들어와서 안식구를 동이는데 사랑식구의 철업는 사람은 항거하려다가 칼을맛고 안식구의 피바른 사람은 도망하려다가 살을 마젓다 사랑식구에 정작 박선달이 어듸가고 업서서 환도든 두령이 일각문으로 안을드려다보며

『늘근주인놈이 안에잇나』

하고 물으니 활가진 두령은 일각문아페 쪼차와서

『안에 사내라구는 어린아이들박게 업소』

하고 대답하엿다 환도든두령이 결박지운 사람들에게 와서

『주인놈은 어듸갓느냐』

하고 뭇는데 그중의 한사람이

『모릅니다』

하고 대답하니

『이놈아 모르다니 될말이냐』

하고 환도등으로 그사람의 억개를 나려첫다

『아이구 아이구』

『거짓말하면 죽일테다 바루대라』

『자근집에 가섯나봅니다』

『자근집이 어듸냐』

『바루 엽집이올시다』

첩의집에 가잇든 박선달이 큰집에 화적든것을 알고 급히 랑속과 동네ㅅ장정을 불러 모아서멧은 읍내관가에 쪼차보내고 나마지는 도끼나 몽치나 잇는대로 손에 들려서 큰집으로 드려보냇다 미련한 촌것들이 천동인지 지동인지 모르고 선다님의 분부만 어려워서 한떼로 몰려 들어오다가 박갓마당에 잇는화적한패에게 혼들이나는데 그패의 두령들이 하나는 쇠도리깨를 가지고 하나는 창을 가저서 빨리도망못하는 사람은 도리깨에도 어더맞고 창에도 찔리엇다 환도든 두령이 박게 나와서 쇠도리깨가즌 두령과 창가즌 두령을 사랑으로드려보내고 두 두령이 거느리고잇든졸개들을 다리고 박선달의첩의집을 차저왓다 박선달이 진작 물게를 알어차렷든들 어듸로 피신할 것인데 첩의집에 두엇든 재물을 마루미테도 집어너코 검부나무속에도 파뭇느라고 첩하고둘이 부산하게 돌아다니는중에 환도든두령이 삽작안에 들어섯다 삽작박게 세워둔 사내하인들은 말할것업고 집안에서 시중들든 아이년들도 어느틈에 다 도망하야 박선달과 첩과 단둘이남아섯다

박선달이 그중에 떡국이 농간하야 환도든두령아페 나와서 부들부들 떨면서 죽어가는 소리로

『우리는 박선달집에 부처사는 사람입니다』

하고 말하니 그두령이 박선달의 얼골을 물끄럼이 보다가 한번 껄껄 웃고 졸개들을 돌아보며

『이눔을 묵거라』

『저년두 묵거라』

『집에는 불을 질러라』

하고 연거퍼 분부하엿다 졸개들이 숙마바로 박선달과 그첩을 묵거노코 압뒤처마에 불을 질러서 불이타기 시작한뒤에 환도든두령은 졸개들더러

『년눔을 끌구 가자』

분부 하고 졸개들의 아플서서 박선달의 큰집으로 들어왓다 안에잇든 활가진두령까지 나와서 네두령이 느런히 사랑퇴마루에 걸터안저서 박선달을 주리틀라고 거조를차릴때 또 두령하나가 단신으로 박계서 들어오는데 그두령은 한편손의 묵직한 주머니하나를 들엇슬뿐이고 다른 병장긔는 가진것이 업섯다 그두령이 환도든 두령아페와서

『그동안 읍네루 뛰어간사람이 메친지 수가업소 혹시 불급되리다 얼른 가시우』

하고 말하니 환도든 두령이 곳활가즌두령과 둘이가치 박그로나가서 졸개를한패 거느리고 동

네한복판을 지치고나가니 또 다른한패가 동구박게잇다가 와서 합세하엿다 그화적떼가 읍내를 향하고 몰려오는데 얼마는 중간에서 떨어지고 그나마지는 모두 읍내덕미테까지 다와서 어두운속에 형적들을 감추엇다

읍내로간 두령들이 박선달집에서 나간뒤에 남아잇는 두령셋은 박선달집식구 처치할것을 공론하엿다 손에 주머니가즌두령이

『광하나를 치우구 안팍식구를 다집어너흔뒤에 광문을 다더걸구 불을질르세』

하고 발론하니 쇠도리깨 가즌 두령은 대번에

『그거 조쿤』

하고 찬동하는데 창가진 두령이 고개를 외치며

『박선달은 죽일놈이지만 그나마지 식구야 무슨 죄가 잇나』

하고 찬동하지안헛다

『망한놈의 씨알머리 남겨둘것 무어잇나』

『너무 말쌀스러운짓 할것업서』

둘이 옥신각신 말마듸나 조이한끄테 박선달의 부자들만 광에 집어너케 되엇다 광채에서부터 불을 질르기 시작하야 안팍채에 다 불을 질럿다 사랑마당에 남은사내도 사람살리라고 악들을

쓰지만 안마당의 녀편네와 아이들 우는소리가 악마구리 우는것가텃다 두령셋이 잠간서로의논하고 불끄럼이든 졸개들을 각각 나누어서 거느리고 불부튼 박선달집에서 몰려나왓다 창가진 두령은 맨뒤에 나오다가 자긔거느린 졸개들을 박갓마당에 멈추어노코 혼자 다시 안마당에 돌어가서 녀편네들 동인줄을 창열로 툭툭 끈허주며

『산으루들 도망해라』

하고 말까지 일르고 나왓다 세두령이 동네들 우아래중간셋땀으로 갈러가지고 각기 돌아다니며 불을 질르는데 불을 못질르게하는사람들은 창도맛고 돌팔매도 맛고 또쇠도리깨도마젓다 사내아우성치는소리, 녀편네악쓰는소리, 아이우는소리, 온동네가 물끌틋하엿다 웃땀의 창쓰는두령과 중간땀의 돌팔매치는 두령은 어른사내나 혹 해치지만 아래땀의 쇠도리깨쓰는두령은 우는아이를 만나는족족 해치엇다 그흉악한 두령이 나종에는 도리깨질에 신이낫든지 집에 불질를것도 이저버리고 우는아이만 차저다니엇다 아래땀에서 중간땀으로 올라와서 돌아다니며 죄업는 어린아이를 처죽이는중에 우땀의 창쓰는 두령이 우땀일을마치고 중간땀으로 나려오다가보고 붓들고 날처서 간신히 말리엇다 세두령이 다시 한데 합하야 동구박그로 나올때는 가사리사십여호에 불안부튼집이업서서 화광이 충천하엿다

읍내가까운 가사리동네에 화적들엇단 긔별이 관가에 들어왓슬때 안성군수는 즉시 병마동첨절

제사(兵馬同僉節制使)로 좌긔하고 취군을 시키엇다 관속과 읍내장정수백명이 삼문아페 모인 뒤에 먼저 건장한군사삼사십명을 뽑아서 옥을지키게하고 그나마지군사는 좌우병방를 주어서 가사리가서 화적들을 잡으라고 명령하엿다 좌우병방이 백여명군사를 거느리고 가사리로 나와서 동구박게서 동네안을 드려다보니 불바다속에 개미색기도 하나 업섯다 화적들이 발서 거처간모양이라 그간곳을 탐지하려고 병방들은 산우에서 피란하는 동네백성들을 불러나리엿다

『화적들이 어느편으루 가드냐』

여러사람이 횡설수설 대답하는중에 읍내편으로 가는것을 보앗다는사람이 만핫다

『우리가 나올때 어듸들 숨엇든게지』

『우리들 나온뒤에 읍네들어가서 파옥하는겔세』

『얼른 쪼처들어가세』

좌우병방이 수어짓거리린뒤에 곳 군사를 풍우가티 몰고 읍내로들어오는데 중간쯤왓슬때 길엽좌우편에서 별안간 함성이 일어낫다 선봉(先鋒)으로 오든 우병방이 함성을 듯고 군사를 뒤로물리고 후진에 오든 좌병방과 서로 의논하고 급히 활가진 군사를 뽑아내서 길좌우편 아우성나든곳을 향하야세우고 활들을쏘이는데 시위ㅅ소리는 한동안 요란하엿스나 살떨어지는곳에서는 아무긔척이 업섯다 좌우병방이 건장한 군사 수십명을 골라뽑아서 좌우편길여플 나가보게

하야 두패가 각각 쾌든군사들을 압세우고 길ㅅ가의 풀섭을 헤치고 들어가는중에 바른편에서는 난데업는 화살이 날러나와서 군사가 하나맛고 둘맛고 셋마즈며 여러군사들이 와하고 도망하야 나오고 왼편에서는 한참이나 아무소리가 업더니 나종에 군사들이 아이쿠 지이쿠하며 뛰어나왓다 군사서넛은 한편눈을 뜨지못하는데 눈알아니면 눈짜위에 대교창이가 꼬치고 군사서넛은 목을 돌리지못하는데 뒤통시나 뒤덜미에 쇠교창이가 박혓섯다

안성관속들은 길막봉이의 초사로 청석골 두령인물의 성명과 재주를 대개 다 짐작하는터이라 좌우병방이 대교창이와 쇠교창이를 보고

『청석골 화적패에 박가성가진놈이 무슨창이라든가 줌안에 드는 창을 백발백중 잘친다드니 그놈이 왓네그려』

『그놈하나만 왓겟나 돌풀매두 오구 쇠도리깨두 오구 천하명궁두 오구 천하장사두 오구 떼서리가 다왓겟지』

『우리 안성 큰난리 낫네』

좌우병방이 서로 짓거릴때 나이 지긋한 장교하나가 화살맛고 겨우 도망하야나온 군사셋을 다리고 아페와서

『이것들좀 봅시요』

하고 잘마즌자리를 가르치는데 셋이 똑가치 인중이 뚤러고 압니들이 불어젓섯다

『상처가 우연이 가튼건 아니겟지』

『천하명궁의 솜씰세』

『여기서 지체말구 얼른 읍으루 들어가세』

『얼른가서 읍에나 못들어오게 방비하는것이 상책이겟네』

좌우병방이 읍내로 들어가려고 분분히 군사의대오(隊伍)를 정돈시킬때 뒤에서 또 함성이 일어나며 화적한패가 후진에 달려들엇다 좌우병방은 급히 군사를 휘동하야 선봉을 후진으로 후진을 선봉으로 뒤꾸며가지고 화적패를 막는데 길좌우편에 숨은화적이 내달어서 압뒤로 공격할까 염녀하야 활가진군사들은 따로남겨서 길양편 풀섭을 향하고 면장질을 시키엇다 달려드는화적패의 사람ㅅ수는 여남은박게 아니되나 그중의 하나는 창을쓰는데 날새기가 제비갓고 하나는 쇠도리깨를쓰는데 우악하기가 황소갓고 그외에 또 돌팔매질을 하는자가 하나잇는데 우수운돌팔매가 창이나 쇠도리깨보다 더 무서워서 여러십명군사가 잠ㅅ간동안에 혹 면상도터지고 혹머리도깨어젓다 좌우병방이 처음에 화적패의 수효가 얼마못되는것을 넘보고 화적패를 둘러싸서잡으려고 군사들을 좌우로 벌리엇더니 바른편의 숨은 화적이 소리업시 바른편 군사들뒤에 와서 별안간 아우성을치고 대어들고 왼편의 숨은 화적도 마저 왼편군사들뒤에 와서

아우셩을 치고 대어들어서 좌우편 대오가 어지러워지자 즁간진도 따러동요되엿다 전장을 치러보지못한 군사들이라 한번 동요된뒤에는 다시 정돈되지못하고 마침내 와하고 허터저서 도망질들을 치게되엿다 우병방은 도망하는 군사를 금지하려다가 남나종 도망하고 좌병방은 어느름에 활가진군사들과가치 압서 도망하엿다 도망하는뒤를 쫏든 화적들이 읍내가까이와서는 더 쫏지아니하야 좌우병방은 비로소 서로 만나서 공논하고 도망해온 군사들을 거두어모으기 시작하엿다

가사리로 나갈때는 여러홰ㅅ불이 길을 밝혓스나 홰잡이 군사들이 모다 홰를 내던지고 도망질친까닭게 히미한 별빗아래서 좌우병방이 군사를 수합하는중에 멀리 향교말가는 길에서 사람의소리가 만히나는것을 듯고 향교말사는 군사들이 어느틈에 압질러도망하야 집으로가는가 생각하고 장교멧사람을 쪼차보내보앗다 장교들이 향교말ㅅ길로 오며보니 그사람들이 군사가 아니요 백성들이라 압장선 장교가

『너의가 웬사람들이냐』

하고 소리질러 물엇다 백성들은 병장긔가진 장교를보고 화적으로 여기는지 초간한데서는 천방지축 도망질들을 치고 가까운데서는 목숨만 살려달라고 애걸들하엿다 장교하나가 어떤녀편네를 알어보고

『자네 놋점꺼리 괴똥이에아닌가』
하고 물으니 그녀편네가 장교아프로 한두거름 들어서서 뻔히 보다가
『아이구 이게누구시요 우리는 화적놈을 만난줄알엇소』
하고 새된소리를 질럿다
『대체 웬일들인가』
『아이구 웬일이라니요 장터에 화적든걸 모르시요』
그제는 여러사람이 장교들의 뭇기를 기다리지안코 중구난방으로 짓거리는데 그중에
『읍네들어온 화적이 수가 얼만지 모른답니다 장터는 그동안 발서 도륙이 낫슬겝니다』
호들갑을 떠는사람도잇고
『원님은 어듸루 도망하구 화적의괴수가 삼문잡구 관가루 들어갓답듸다』
허풍을 치는사람도 잇고
『화적이 읍네 들어오며 바루옥으루 가서 옥아페 관군과 접전이 낫는데 관군이 여지업시 패햇답니다』
고지들릴만한 소문을 전하는사람도 잇섯다 장교들이 피란군들에게 들은말을 들은대로 와서 옴기어서 좌우병방은 듯고 옥아페서 접전낫단말외에는 준신하지안흐면서도 그래도 혹시 원님

이 도망하엿나 장터가 도륙이낫나 미심하게생각들하야 군사를 끌고 읍내로 들어오기전에 먼저사람을 보내보려고 영니한장교를 두어사람 골르는중에 순령수들이 굽힌거름으로 읍내서 나왓다 그순령수들은 좌우병방에게 급히회군하란 군수의 영을 바더가지고 가사리로 나가는 길이엿다 좌우병방이 번갈러가며 순령수들에게 물어서 읍내사정을 자세히 들엇다

좌우병방이 군사을 끌고 가사리로 나온뒤 얼마아니잇다가 화적한패가 파옥하러 드리닥처서 옥을지키든 군사들이 막으려고한즉 화적중에 환도가즌 괴수가 단신으로 내달어서 순식간에 군사칠팔명을 꺼꾸러트려서 군사들은 접전할 생의도못하고 새떼가티허터저버렷섯다 화적들은 거침업시옥을깨치고 옥에가친 도적들을 끄내서 미리준비해가지고온 말들을 태우려다가 박가의 부녀는 말을 타나 길가는 장창이심하야 말을타지못하는까딸게 환도가즌 화적괴수가 졸개메촐다리고 동리(東里)존위집에가서 동네보교를 뺏어다가 길가를 태워가치고 읍내서 남쪽으로 풀려나갓는데 군수가 좌우병방에게 급히 회군령을 노흔것은 화적의뒤를 쪼치려는것이엇다 좌우병방이 즉시 읍내로 들어와서 군사는 삼문박게 머물러 노코 순령수들과가치 관가에 들어와서 군수께 패전한전말을 아뢰고 청죄할사이도업시 군수가 좌우병방더러 빨리 화적의뒤를 쪼차가서 길가와 박가의 부녀를 도루뺏어오되 만일 뺏어오지못하면 군률을 당할터이니 그리알라고 령을나리어서 좌우병방은 엄령지하에 두말못하고 삼문박 그로 물러나왓다

좌우병방이 륙칠십명 군사를 거느리고 홍살문 박그로 나올때 우병방이 좌병방을돌아보며

『화적패가 남쪽으루 갓다니 계촌 아니면 현암으루 나갓겟지』

하고 말하니

『글세 모르겟네 먼저 계촌 나가서 물어보구 그다음에 현암으루 올라가세』

하고 좌병방은 대답하엿다

『우리가 물어보구 다니는동안에 화적패가 멀리가버리면 어떠케하나』

『간 종적이나 탐지해가지구 들어오지 별수잇나』

『길가하나만 이라두 도루 뺏어가지구 들어와야지 빈손으루 들어오면 우리는 죽는사람일세』

『설마』

『설마라니 이사람 무슨소린가 폐전한죄에다가 죄수를 노친죄까지 겸처 뒤집어 쓰구 군률을 면할수잇겟나 생각해보게』

『한칼에 칠팔명군사를 뭇질럿다는 화적패의괴수가 장사요 검객인 꺽정이란눔인겔세 지금 우리가 뒤쪼처가서 길가를 뺏으려다가는 우리두 그눔의 칼에 죽기가 쉽지안켓나』

『군률에 죽느니버덤은 도독눔칼에 죽는것이 잘죽는 주검일세』

『제명에 못죽기는 마찬가지지 잘죽는주검이란 다 무엔가』

『우리가 도독놈칼에 죽으면 처자는 살지만 만일 군률에 죽으면 처자까지 못사네』

『그러구보면 우리는 죽으러가는사람아닌가 집에들가서 처자의얼굴이나 한번 다시보구가세』

『우리가 집에 다니러 가면 군사들두 뿔뿔이 다갈테니 그걸 어떠케 다시모을텐가 그런소리는 입박게 내지말게 사중구생(死中求生)이라니 죽을작정하구 가보세 혹시 살도리가 잇슬는지 누가 아나』

『아이구 나는 모르겟네 자네 요량대루하게』

좌우병방이 서로 짓거리는중에 동리 장터끗까지 다나왓다 피란안가고 남아잇는 장터백성 서너 사람이 어느집아페 몰려섯는것을 보고 혹시 화적의 간방향을 알까하고 불러다가 물어보니 서너사람이 다가티 가현으로 나갓다고 가르첫다

『계촌이나 현암으로 나가지안쿠 정녕 가현으로 나가드냐』

『개울건너서 가현으로 가는걸 저의들 눈으로 봣습니다』

좌우병방이 군사를 몰고 바로 가현으로 나왓다 가현사람에게 화적의 종적을 물어서 화적이 동네에 들어오지안코 개울물을 끼고 우로 올라갓단말을 듯고 개울엽 적은걸을 홰ㅅ불로 비처

본즉 여러사람의 발 자국이잇섯다 쾌ㅅ불을 업새고 그뒤로는 논틀밧틀을 헤아리지 안코 쪼차오기시작하야 내동압길에서 멀리 화적들의 떠드는소리까지듯고 마침내 청량산뒤 산상ㅅ골근처에서 화적의 뒤를 가까이 쪼차오게되엇다 화적이 뒤쪼기는줄 깨달은뒤에는 두패로 갈려서 한패는 아프로 나가고 한패는 뒤로 돌아섯다 칠팔명 화적이 우뚝우뚝 선것을 어림풋이 바라보고 좌우병방은 곳 군사들을 길로부터 길엽 논속에까지 벌려세우고 활가진 군사를 시겨서 활을쏘이엇다 화적한놈이 꺼꾸러지는듯 다른화적들이 이리저리 허터지는중에 화적하나가 아프로 뛰어오는데 손의 휘둘르는것이 분명히 칼이엇다

『쪼처오는 놈을 쏘아라』

살이 맛지안는지 칼로 바더버리는지 그화적은 별로 지체도안코 뛰어오며

『이놈들 죽어봐라』

하고 호통을 질럿다 좌병방보다 다긔진 우병방이 먼저 창을 들고 내달으며

『모두 한께 달려들어라』

하고 소리치니 좌병방이하 여러장교와 군사들이 창과칼을 내둘르며 전후좌우로 그화적에게발려들엇다

그화적은 비호가텃다 동에서 번쩍 서으로 닷고 서에서 번쩍 북으로 달엇다 사방에서 연해나

는 악소리중에 간간이 아이쿠소리가 석기어나는데 아이쿠소리 나는곳에는 반드시 사람하나가 잣바지거나 꺼꾸러젓다 화적의칼에 찔리거나 찍힌것이다 여러사람은 슬금슬금 뒤로 물러나며 화적이 가까이 대어들지못하도록 칼이나 창을내둘르기만하는데 우병방만은 화적을 노리고 아프로 나가면서 창고를 놀렷다 여러사람의 악소리들이 차차로 줄어드니 우병방이 사긔(士氣)를 도드려고

『이놈이 화적괴수 꺽정이란 놈이다 이놈만 잡으면 길가가튼놈 백명 노처두 조타』

하고 큰소리를 질럿다

『주제넘은놈 큰소리마라』

그 화적 괴수가 우병방에게로 달려들엇다 우병방은 창을 아프로 꼰아들고 화적괴수는 칼을우로 치켜들엇다 우병방이 화적괴수의 가슴복판을 노리고 창을 내질르니 화적괴수는 몸을 틀어 창끄틀 한여프로 흘리며 곳 한손으로창목을 잡아 아프로 채첫다 우병방의몸이 고끄라지자 칼이 번쩍 목이 떨어젓다 우병방이 삽시간에 죽는것을보고 좌병방은 뒤대어 나설 생각을 못하고 슬그머니 논으로 나려가서 도망질을 첫다

『좌병방 도망간다』

어떤군사가 외첫는지 그외치는소리 한마듸에 군사들이 와하고 메도망을 치게되엇는데 화적괴

수는 도망하는 군사들을 뒤쫏지안코 한번 껄껄우슨뒤 돌아서 뚜벅뚜벅걸어갓다 꺽정이이하 청석골 두령들이 달ㅅ골 곽능통이의 조력을어더가지고 안성옥을 깨치고 길막봉이와 그 안해 장인까지 구해냇다 먼저 가사리 들어갈때는 여러두령이 다한께갓스니 박유복이와 배돌석이는 능통이와 적은두목들을 다리고 동구박게 남아잇섯고 곽오주와 황천왕동이는 십여명졸개를 다리고 박선달집박갓마당을 지키고잇섯고 두패로 박선달집안팍글을 드리친것은 꺽정이와 리봉학이엇다 읍내로 사람이 만이 뛰어가는것을보고 돌석이가 들어와서 말한뒤에 꺽정이는돌석와 오주와 천왕동이더러 동네에 불을질르라고 졸개한패를 주어서 뒤에남기고 봉학이와가치 나마지졸개를끌고동구에나와서 동구박게잇든패와 한데 합하야가지고 읍내편으로 들어오다가 봉학이와유복이는 각각 졸개칠팔명씩 다리고 중간에떨어저서 길좌우편 풀섭에 숨어잇게하고 꺽정이는 능통이와 적은두목들외에 수십명졸개를 거느리고 읍내턱미테까지 와서 길엽 으슥한곳에에 숨어잇다가 좌우병방이 군사를 거느리고 가사리로 나간뒤에 읍내들어와서 옥을깨치고 가친사람들을 구해냇섯다 가사리 박선달집부터 불을질르기시작하야 온동네에 불을질른것은 막봉이의 원수도 가프려니와 읍내관군을 가사리로 끌어내자는 꾀요 관군이 나올때는 가만 두엇다가 들어갈때 아프로 막고 뒤로 엄습한것은 파옥하는 동안을 만들자는 꾀엇다 이와가튼꾀를 낸사람은 서림인데 서림이는 복통으로 달ㅅ골 능통이집에 누어잇섯다 서림이가 꾀가 맛는지 틀리는지 몰라서 고시랑고시랑하며 긔별오기를 기다리는중에 처음에 떠들석하며 곽능통이패가 옥에가첫든사람들을 호위하고 들어오고 그다음에 왁자하게 떠들며 리봉학이외 다섯두령들패가 한께몰려오고 나종에 또 떠들석하며 꺽정이가 적은두목네사람과 졸개 댓사람을 다리고 돌아왓다 여러두령이 방에 드려눕힌 막봉이여페와와서 둘려한저 드려다보니 우두룽하든 얼골이 살이 쭉빠저서 불끈솟은 광대뼈와 더커진 눈이 두드러저보이엇다 여러두령이 막봉이의 손도 만저보고 다리도 만저보고 하는중에 능통이가 방에 들어와서 여러두령을 보고 준비해노흔 술고기로 졸개들을 호궤한다고 말하야 꺽정이이하 여러두령은 능통이와가치 박그로 나가고 서림이하나만 막봉이여페 남아잇섯다

여러두령이 박그로나간뒤에 우ㅅ목에 누어잇는 서림이가 아래ㅅ목의 막봉이를 바라보며

『내일칠장사루 형제결의들 하러간다는데 길두령 어듸 갈수잇겟소 만일 길두령이 빠지게되면 곽두령은 모두 형들뿐이구 아우가 하나두 업서서 재미적어하겟지 나는 도대체 의형제란걸 재미적게 생각하는까닭게 참네안쿠 빠지기루햇소』

하고 이야기 삼아서 짓거리니 막봉이는 말업시 큰눈만 곰벅곰벅하엿다 서림이가 한동안 잠자코 잇다가 다시

『인제는 가는것이 큰일인데 길은 멀구 일행은 만호니 무슨묘책이잇서야겟는데』

하고 혼자말가티 짓거릴때 능통이가 머슴아이에개 미음ㅅ상을 들려가지고 들어오고 그뒤에 또 꺽정이가 막봉이의 장인과 안해를 다리고 들어왓다 꺽정이와 능통이가 막봉이를 이르켜서 비스듬이 벽에 기대여 안친뒤에 마음을 마시라고 권하니 막봉이는 꺽정이를보고

『미음 고만두구 술을 주시우』

하고 말하엿다

『술을 먹겟나』

『왜 못먹겟소』

꺽정이여페 와서안즌 막봉이의 장인은

『어느새 술이 다무어냐』

막봉이를 보고 말하고 그아버지겨테 부터안즌 막봉이의 안해는

『약한몸엔 술이 해롭지요』

아버지에게 빗대고 말하엿다 막봉이가 장인을 돌아보며

『나때메 고생하셧지요』

하고 비로소 인사차려 말하니 그장인이

『네게 대면 우리야 고생이라구 할것두 업지 그러나 그런이야기는 차차하구 어서 미음이나

먹어라』

하고 말하야

『네 먹지요』

하고 막봉이는 미음그릇을 입에대고 꿀꺽꿀꺽 마시엇다 우ㅅ목에 일어안젓는 서림이가

『여보 주인』

하고 능통이를 부르는데 능통이는 머슴아이 시켜 미음ㅅ상을 내보내고 뒤늦게

『네』

하고 대답하엿다

『죽은 사람과 상한사람이 모두 메치나 됩디까』

『우리는 치지말구 졸개들만 마흔둘인데 그중에서 며주고개아이가 하나 죽구 셋 상하구 용머리 아이가 넷 상하구 이동네 아이는 상한 눔두 한눔업소』

『그것쯤은 사상(死傷)이 업는이나 다름업소』

『그러쿠 말구요 관군은 죽은사람 상한사람이 줄잡어두 삼사십명가량 될것이요』

꺽정이가 능통이더러

『우리는 여럿들 먹는것을 또 나가봐야지』

말하고 능통이와 가치 일어설매 막봉이의 안해가 인사썽으로 일어서는것을 걱정이는 가치나가려고 일어서는줄로 알고

『우리들 들어오기전에 이야기나하구 기시우』

하고 말하엿다 낫설은 사람이 자리에 잇스면 막봉이의 안해는 거북하야할듯 짐작하고 서림이도 이번에는

『나두 좀 나가보겟소』

하고 가치일어섯다

막봉이의 장인과 안해가 다 오래안젓기 거북하야 막봉이와가치 느련히 누어잇는중에 여러두령이 졸개호궤를 마치고 들어와서 막봉이의 장인과 안해는 따로 치워노흔 박갓방으로 내보내고 결의할일과 회정할일을 의논들하기 시작하엿는데 서림이가 출반좌하고 말을 끄내엇다 서림이는 여러두령이 알어듯도록 말하느라고 말을 길게 늘어노핫스나 말의 요지(要旨)는 불과한두마듸로 다할수잇섯다 칠장사 가는것은 파의하고 한시라도 바삐회정할 준비를 차리자는것인데 언변조흔 서림이가 리유서지안는말도 리유서게할수잇거든 허물며 리유가 서는말이랴 부처님을 새로 뫼시면 가근방에서 구경ㅅ군이 만히 올것이고 사람이 만히 모이면 그중에눈치빨은 사람도 더러잇슬것이라 여럿이 몰려갓다가 종적이 탈로되면 설혹 당장은 무사할지라두

반듯이 뒤에 탈이나서 연락 혐의로 중들이 경을 치고 시주관계로 부처님까지 누를 입어서 일껀 새로뫼신 부처님을 관령으로 업새게되지말란법이 업슬것이니 칠장사가는것을 파의하자는 서림의 말의 리유가서고 안성소문이 퍼지는날이면 여기서 서울가기도 어렵고 서울서 청석골가기도 어려울것이라 안성군수의 보장이 서울 올라가기전에 서울을 지나가지는 못하더라도 적어도 서울관문이 각처에 돌기전에 청석골을 들어가야 할것이니 한시라도 바삐 회정할준비를 차리자는 서림의 말의 리유가 섯다 서림이의 말을 여러두령이 반대할생각도 못하고 잠자코 잇는중에 박유복이가 꺽정이를 돌아보며

『칠장사를 다시 안가드래두 큰 낭패될건 업지만 불상수공을 어떠케 할테요』

하고 물으니 꺽정이가

『갓다줘야지』

하고 대답하엿다 서림이가 곳 뒤를 바더서

『이왕 준다구 말해 노흔것을 안줄수업스니까 사람시켜 보내주는데 일마든 중에게 긔별해서 시주는 숨기두룩 하게하시우』

하고 말하니 꺽정이는 고개를 끄덕이엇다 결의가 파의되는데 심사가 틀린 배돌석이가 좌우를 돌라보며

『인제는 여기서 더 볼일이 업지안쏘 지금 당장이라두 떠납시다』

말하고 막봉이를 가르치며

『저사람은 벼슬한 양반이 타는 승교나 태워야 하지 안켓소』

하고 특별히 서림이를 보고 물엇다

『승교를 태워가지구 가다가 중노에서 들키면 낭패아니요』

『말은 못타니 승교 안태우면 무얼 태우겟소』

『내가 상중하 세가지 계책을 생각한게잇스니 들어들보구 의논해 작정하시우』

하고 서림이가 여러두령을 한번 죽 돌라본뒤에

『상책은 상행을하나 꾸미는것이니 길두령을 송장대신 상여속에 눕히구 우리가 상두군두 되구 상주도 되구 복인(服人)두 되구 또 지관두 되면 일행이 다한께 갈수잇소』

하고 말하니 우선 배돌석이가 고개를 외치며

『승교탄 사람은 들켜두 상여에 담은사람은 들키지안소 그나마 하루ㅅ길이나 가트면 모르지만 멧칠ㅅ길에 숙소하는데서 들키기 첩경 쉬울것갓소』

탈을 잡아서 말하고 그다음에 곽오주가 빈정대는 말씨로

『멀쩡하게 산사람을 왜 송장을 만들어 별놈의 꾀두 다만쿤』

하고 입을 비쭉거렷다 서림이가 결정지어서 말해딸라는 눈치로 꺽정이를 바라보는데 꺽정이가

『또 두가지 계책은 무어요』

하고 서림이의 중책과 하책을 물엇다

『우리는 각인각색으로 꾸며 가지구 뿔뿔이 허터저서 먼저들가구 길두령은 여기서 잘 피신해가며 치료해가지구 나중오게하는것이 중책이구 우리갈때 길두령을 타향에서 병든 사람이 고향으루 가는것처럼하구 아주 들어내노쿠 승교바탕에 태워가지구 가는것이 하책이요 중책은 우리일행이 다한께 못가는것이 험이나 우리들만은 어더케든지 긔찰을 모면하구 갈수잇지만 하책은 길두령을 포교손에 뺏길염려가 만소』

서림이의 말이 끗나자 이때것 누어잇든 막봉이가 우ㅅ반몸을 이르키며

『나를 물건처럼 뺏길염려할것두 업구 송장가티 상여에 담을것두 업소 나만 여기떨어저 잇다가 나종에 갑시다』

하고 툭명스럽게 말하엿다

돌석이가 탈잡고 오주가 빈정대는데 막봉이의 툭명까지 밧게되어서 서림이의 상책(上策)이 중책(中策)에 밀리는 판에 여럿의말을 꺽고 눌르고 결정을 지을 꺽정이가

『각각 떨어저 가드래두 다들 잘갈수만잇스면 고만이지』

중책을 취하는 어취로 말하야 마침내 상책을 제치고 중책을쓰기로 결정되엇다 박유복이가 나종에

『제일상책을 두구 안쓸까닭기 무어요 상여가 사위스럽다구 그러우』

하고 상책을 거들어 말하엿스나 대세가 발서 기울어진뒤라 유복이의 말은 뒤ㅅ공론이되고 말엇다 서림이가 상책안쓰는것을 가석히 여겨서 한동안 쓴입맛을 다시다가 꺽정이와 막봉이를 갈려보며

『우리들 떠나기전에 박서방 부녀는 두목들하구 먼저 보냇스면 조훌것가튼데 어떠까요』

하고 물으니 꺽정이가 한번 막봉이를 돌아보고나서

『조켓지』

하고 대답하엿다

『그럼 곳 떠나보내두룩 준비를 시킵시다』

『능통이를 불러드릴테니 서장사가 알어서 준비를 시키시우』

꺽정이가 능통이를 방으로 불러드린뒤에 서림이가 박서방 부녀 입힐 의복과 박서방부녀 태울 말을 준비하야 달라고 달하니 능통이는 한참 생각하다가

『우리집 안ㅅ사람을 이번에 한께보내면 안될까요』

하고 물엇다 능통이가 쳑셕골로 가치갈것은 발서 파옥하기전에 여러두령에게 딱하야 허락을 어든 일이엇다

『안될것업소 아들업는 박샌님이 하필 박샌님이라구 할꺼잇나 김샌님이나 이샌님이라구하지 하여든지 진위나 용인사는 어떤 샌님이 큰따님 자근따님을 데리구 장단이나 풍덕서 사는 형님의 한갑이나 진갑을 보러간다구하면 중노에 거침이 업슬꺼요』

하고 서림이가 우스니 여러두령중에 이사람 저사람이

『됏거니』

『꾸며대는말이 참말갓소』

『박서방이 샌님노릇을 잘할까』

『천생 샌님이든데 샌님노릇을 못하겟나』

하고 짓거리며 다들 가치 우섯다 능통이가 밤을 재워가며 준비를 다해노하서 이튿날 아침때 신불출이동 적은두목 네사람이 능통이 수하졸개 두사람과 가치 막봉이의 장인과 안해와 능통이의 안해를 배행하야 길을 떠나게 되엇다 막봉이의 장인은 능통이의 행세옷을 어더입고 막봉이의 안해는 능통이 안해의 여벌옷을 어더입엇는데 체수들이 비슷비슷하야 별로 어더입은

표가 나지아니하엿다 막봉이의장인은 그집잇는 사람이라 변성(變姓)은 죽어도 안한다고 그집하야 박생원행세할 작정하고 채양널븐 갓을 쓰고 소매짤린 큰옷을 입고 한손에 철부채를 들고 안장마를 타고 막봉이의 안해는 박서방의 외딸이 박생원의 자근딸로 변하야 양반댁 아씨노릇하느라고 치마를 폭써서 두눈만 빠끔하게 내노코 부담마에 올라안고 역시 부담마를 탄 능통이의 안해는 박생원의 큰딸노릇을 하기로하고 머리에 치마를 쓰고 품에 젓먹이아들을 안엇섯다 능통이에게 너울도 잇섯스나 시골양반의집 부녀가 서울시체 모양을내면 도리어 보는 사람들눈에 유표하다고 서림이가 너울을두고 치마를 쓰게한것이엇다 적은두목 세사람은 견마잡이들이 되고 신불출이는 남아서 하인이되고 능통이의 졸개두사람은 짐군들이되엇다 짐군의 짐과 부담마의 부담에는 능통이집 세간의 알천이 들고 길량식과 찬합과 요강망태는 견마잡이된 두목들과 하인된 불출이가 가벼운짐 네개로 갈러젓다

꺽정이가 청석골가는 일행을 떠나보낸뒤에 칠장사에 상목을 보내려고 다른 두령들을 보고 보낼 사람을 의논하니 다들 말이 일마터보는 중에게 시주를 숨기라고 당부해두려면 그중과낫익은 사람을 보내는것이 조타고하야 꺽정이가 황천왕동이더러

『너좀 갓다오너라』

하고 말하엿다 천왕동이는 무명ㅅ짐을 지고가는것이 귀찬흐니보다 재부처님을 구경하고 오는

것이 마음에 당겨서 꺽정이만에 선뜻 네 대답하고 이십필무명을 졸개둘과 셋이 갈러서 걸머지고 곳 칠장사로 떠나갓다

이날 저녁때 천왕동이가 다리고간 졸개와가치 돌아오는데 무명ㅅ짐은 그냥 걸머지고 왓다 이때 몃두령은 빈안방에 와서 들어누어잇고 몃두령은 건넌방에서 막봉이의 장창(杖瘡)에 약을 부처주고잇섯다 약은 오황산(五黃散)이니 청석골서 올때 허생원에게 물어서 아주 여남은봉을 지어가지고 온것이다 지난밤에 한번 부첫는데 아픈것이 적이 낫다고하야 이날 발서 두번째 새약을 갈어부처주는중이엇다 약부처주는것을 보고섯든 꺽정이가 박게서 나는 신발ㅅ소리를 듯고 방문을 열고 내다보며

『너 벌서 다녀오느냐』

뭇고 대답도 듯기전에 또 다시

『무명을 엇재 도루 가지구 왓느냐』

하고 물으니 천왕동이는 무명ㅅ짐을 걸머진채 봉당아페 들어와 서서

『쓸데업다구 밧지안키에 도루 가지구왓소』

하고 대답하엿다

『쓸데업다구 밧지안타니 무슨소리냐』

『죽산읍내 부자량반의집 홀어머니가 시주루 나서서 불상수공두 어제 벌서 다 치러 주엇답듸다』

『우리가 줄것을 중간에서 압질러준년이 어떤년이란 말이냐』

『부자양반의집 홀어머니라니까』

『글세 그 홀어머니년이 어떤년이란 말이야』

『그러케 자세이는 캐어물어보지 안헛소』

『불상쟁이는 아직 절에잇지』

『절에 잇습듸다』

『그럼 불상쟁이더러 먼저바든 무명을 내노래서 발루 짓밥든지 아궁에 처너튼지하구 가지구간 무명을 수공으루 바드라구 내주구 올것이지 그걸 덜레덜레 도루지구 온단 말이냐』

『조용이 상좌중갓다주구 말내지 말라구 당부하구 오라지안헛소 상좌중이 안밧는걸 어떠케한단 말이요』

『밧지 안흐면 내던지구라두 오지 무얼 잘햇다구 발명이냐』

『주구서 말내지 말라구 당부하느니 안주게된것이 되려 잘되지안핫소』

『도대체 상좌놈이 맹망스러운 놈이다 내가 보내는걸 기다리지안쿠 어떤 더러운년의 재물루 불상수공을 주엇단 말이냐 아무리 선생님을 뫼시구 잇든놈이라두 버릇을 가라처 놔야겟다』

안방과 건넌방에잇든 다른 두령들이 다 봉당에 나와섯는중에 리봉학이가 천왕동이더러

『걱정을 듯드라두 걸머진 짐이나 벗어노쿠 올라와서 걱정을 듯게』

하고우스니 천왕동이는 골난데 웃는것을 보고 골이 더나서

『내가 걱정들을 일한게 무어란말이요』

봉학이에게 드리대듯 말하고 졸개가 벗어노흔 짐여페가서 짐을벗어서 동당이치듯하고 즉시 안방으로 들어갓다 다른 두령들이 천왕동이의 뒤를따러 안방에 들어와서 안즌뒤에 봉학이가 천왕동이를 보고

『한강에서 뺌맛구 서빙고와서 눈을 홀겨두 분수가잇지 형님한테 걱정듯구 내게다 골부림을 한단말인가』

하고 나물하듯 말하니 천왕동이는

『형님이 공연이 사람을 야단치니까 그러케 말햇지 골부림한게 아니요』

하고 발명하엿다

『엇줍지 안흔 발명은 고만두구 칠장사 이야기나 좀하게』

『무슨 이야기요』

『대관절 불상이 잘됏든가』

『잘 됏는지 못됏는지 그거야 내가보니 아우 하여튼지 보긴 좃습듸다』

『어듸다가 뫼섯든가』

『별당마루에 뫼신답듸다』

『아직 뫼시진 안헛든가』

『뫼실 자리를 만드느라구 한참 뚝닥어립듸다』

천왕동이가 봉학이의 뭇는대로 칠장사 이야기를 하는중에 건넌방에잇든 꺽정이도 안방으로 건너왓다

꺽정이가 방문아페 서서 방안에 천왕동이를 드려다보며

『절에 구경ㅅ군이 만히 왓드냐』

하고 물으니 천왕동이는 야단만날때 골난것이 아직 안풀려서

『만습듸다』

대답하는 말소리가 볼메여 나왓다

『너 골낫구나』

『사람이 부처님이 아닌담에 애매하게 야단만나구 골안나겟소』

『너는 잘못한게 업스니 고만두어라』

『잘못한거 업는줄은 형님두 아시는구려』

『불상을 아직 뫼서노치 안헛드라지』

『오늘 저녁때 뫼산다구 합듸다』

『이왕 갓스니 구경이나 하구오지』

『그러지 안허두 구경하구 오려다가 상좌중이 요전과 딴판으루 쌀쌀하게 굴기에 골이나서 고만 와버렷소』

『내가 오늘ㅅ밤에 절에가서 그눔보구 말을 좀 물어봐야겟다』

꺽정이 말끄테 봉학이가

『물어볼것두업시 안성ㅅ소문을 듯구 겁이 난게요 사람이 만히 모엿스면 그중에 소문 이야기할사람이 업겟소』

말하고 봉학이 말끄테 또 서림이가

『불상으루 보면 되려 잘된셈이니 더퍼두시는게 조켓소』

말하니 꺽정이는 길게

『음』

하고 잠ㅅ간 입을 다물엇다가

『그럼 천왕동이 보구 통정의 말이라두 잇서야지』

한번 다시 쩌르게

『음』

하고 고개를 흔들엇다

저녁밥들을 먹은뒤에 꺽정이가 여러두령들을 보고 잠ㅅ간 칠장사를 갓다온다고 말하니 봉학이가 꺽정이더러

『형님 이왕 갈바엔 나하구 가치갑시다』

말하고 나섯다

『나 혼자 잠ㅅ간 갓다옴세』

『가치가서 낭패될일은 업지안쏘』

『낭패될 일이야 업지』

『그럼 가치갑시다 선생님 불상을 이번에 못뵈이면 언제 다시와서 뵈입갯소』

『가치가세』

봉학이게 동행을 허락하는말이 꺽정이입에서 떨어지자

『형님 나두 선생님 불상을 뵈이러 가겟소』

하고 박유복이가 나서니 꺽정이는 두말안코

『그래라』

하고 마저 허락하엿다 세사람이 동행하기로 되엇슬때 배돌석이가

『여럿이 가치 가면 어떳켓소』

하고 꺽정이를 보고 뭇는데 서림이가 꺽정이의 아프로 나서서 대답할말을 뚱겨나 주는듯이

『여럿이 우 갈건 업지요』

하고 말하엿다 돌석이가 서림이를 돌아보며

『서넛이 가나 여닐곱이 가나 마찬가지지 여닐곱이간다구 난장판을 벌리겟소』

하고 성을 내서 말하니 서림이는 약한 말ㅅ소리로

『내생각엔 여럿이 한께 우 몰려가는개 재미가 적을것 갓단말이요』

하고 말하엿다 돌석이가 다시 꺽정이를 보고

『이왕이니 우리 여럿이 가치가서 전날 작정햇든대루 결의형제하구 옵시다』

하고 말하야 꺽정이가 선뜻

『아무리나 하세』
하고 고개를 끄덕이다가
『그러나 저사람은 어떠케 하나』
하고 누어잇는 막봉이를 가르첫다
돌석이가 꺽정이의 말을듯고 막봉이여페 와서
『자네 어떠케 할텐가 빠질텐가 자네가 빠지면 재미업네 교군이라두 타구가세』
하고 말한즉 막봉이는 일어안즈려고 몸을 움직이엇다 돌석이가 막봉이를 거드러서 이르켜 안치는데 다른두령들은 막봉이가 일어안는것을보고 곳 갈 의향이 잇는줄을 짐작하엿스나 서림이만은 막봉이에게 말해둔간이 잇서서 일어안저서 가기실타고 말하려니 생각하엿다 막봉이가 두팔을 뒤로집고 비스듬이 안즈며 무거운 입을 열어서
『내가 이번에 여러형님들 덕에 살어나와가지구 여러형님들 결의형제하는데 빠질수잇소 칠장사가 여기서 멧십니나 되는지 모르지만 가다가 다리루 걸어갈수가업스면 무릅으루 기어서라두 갈테요』
말하고 여러두령들의 얼골을 죽 돌라보앗다 서림이 하나만 시뚝하고 그외에는 다들 조하하는 빗이잇는데 그중에 배돌석이와 곽오주는 싱글벙글 웃기까지하며 조하하엿다 여러 두령들이

막봉이를 태워가지고 가려고 공론하고 능통이를 시켜서 교군ㅅ군을 어더오는 동안에 박유복이가 서림이를 보고

『서장사두 가치갑시다』

하고 이끄니 서림이는 고개를 가로 흔들며

『나야 가서 무어하우』

하고 말하면서도 가치가자는 말이 나오기를 바라는 눈치로 꺽정이의입을 바라보앗다 그눈치를 꺽정이가 아는듯 모르는듯

『우리하구 가치가서 결의하는 절차나 좀 일러주구려』

하고 말하니 서림이는 대번에

『결의하는 절차는 나두 모르는걸 어떠케 일러드리겟소』

하고 대답하엿다 꺽정이가 다시

『모르는대루 일러주어두 좃소』

하고 말하는데 막봉이가 서림이를 보고

『서장사는 결의가 재미업다구 빠지기루 햇다지요 결의에 빠질바엔 가치가잘것업지안쏘』

하고 말하야 서림이는 갑작이 압니마에 손을 다이며

『나는 머리두 아프구 일직어니 자겟스니 속히들 갓다 오시우』

말하고 뒤로 물러 안젓다

여러두령이 막봉이를 교군태워가지고 칠장사로 오는데 수곡을 지나고 초당마을을 지나서 북전고개를 올라오는중에 압채메인 교군ㅅ군이 어둔데 실족하고 미끄러저서 주저안는 바람에 교군안에 막봉이가 아프로 쏘처나왓다 여러두령들이 쪼차와 붓들어서 막봉이는 별로 다치지 안헛스나 압채교군ㅅ군이 미끄러질때 발목을 삐여서 꼼짝 못하겟다고 엄살하야 돌석이가 오주더러

『교군ㅅ군들 다 고만두구 나하구 자네하구 교군하세』

말하고 곳 둘이 교군줄들을 메고나서니 막봉이는 걸어간다고 교군을 타지안니하엿다 꺽정이가 이것을 보고

『여기서 절이 얼마안되니 내가 업구감세』

말하고 막봉이가 조타실타 말할사이도 업시 두리처업엇다 꺽정이가 여러두령들의 아플 서서 고개마루턱을 올라올 때 뒤에 부터오던 봉학이가

『절안이 조용한가 누구하나 보내봅시다』

하고 말하야 꺽정이는 환천왕동이를 먼저 보내고 고개우에서 잠ㅅ간ㅅ동안들 안저쉬엇다 꺽

정이가 교군ㅅ군들더러 고개에서 기다리라고 말을 이르니 교군ㅅ군들은 어둔데 잇기가 무섭다고 가치가기를 원하엿다 천왕동이가 와서 절안이 조용하더라고 말하야 꺽정이는 다시 막봉이를 업고 다른 두령들과 교군ㅅ군들을 압뒤에 세우고 칠장사로 나려왓다

꺽정이의 일행이 다친 절문을 열라고하고 절안에 들어서며 바로 별당으로 향하는데 중들은 모두 어리둥절하야 제법 말한마듸 물어보는 사람이업섯다 별당을 영당(影堂)으로 변하고 마루안침에 불상을 뫼서노흔까닭게 여러사람은 마루아페와서 발을멈치고 웅긋중긋섯다 꺽정이가 막봉이 안칠자리를 돌라보다가 방압퇴ㅅ마루우에 나려안칠때 방안에서 자든 절문중이 자다가 인긔척에 놀라 깨어서 방문을 여는데 막봉이가 공교히 문짝에 어더마젓다 모르고 한일에 골날것이 업건만 꺽정이는 그절문중을 별르고 온판이라 골이나서 대번에

『이눔아』

소리를 질르며 아프로 달려들엇다 중은 잠이 덜깬데다가 겁을 집어먹어서 꺽정이의 목소리를 못알아듯고

『방에 들어와 봐서 가저갈만한것이 잇것든 다 가저가우』

하고 뒤로 물러서는것을 꺽정이가 퇴ㅅ마루에 올라와서 손목을 잡아 내끌엇다 방안에 잇는 히미한 등잔불이 꺽정이를 비최여서 중이 비로소 알어보고

『이게 누구요』

하려고

『이게』

할때 몸은 발서 마당에 나가 떨어젓다

『아이쿠』

여러사람중에서 박유복이가 쫏차와서 중을 붓들어 이르켜주엇다 중이 꺽정이를 치어다보며

『임서방 이게 무슨 짓이요』

하고 말하니 꺽정이는 퇴ㅅ마루에 선채 나려다보며

『네놈은 버릇을 좀 가르쳐 놔야겟다』

하고 불호령을하엿다

『내가 잘못한일두 업거니와 잘못한일이 잇기루서니 스님생각을 하드래두 이러케 막불법이 어듸 잇소』

『잘못한일이 업다 불상수공을 내가 말해놧는데 네맘대루 다른년에게서 어더다가 준것이 잘한일이냐』

『그일때문에 화가 나렷소 그건 스님불상을 위해서 한일이요 불상에 뒤ㅅ말성이 잇스면 우

리가 다가티 황송하지 안켓소』

『그럼 먼저 통정이라두 해야지』

『어듸 기신데를 알면 내가 차저가서 말슴을 햇슬께요』

『내가 보낸사람에게 엇재 말안햇나』

『여러사람 보는데 수상하게 굴지안흐려구 서름서름하게 대접햇소』

꺽정이가 한참 잠자코 섯다가 마당으로 나려오며

『다친데나 업소』

하고 물으니 중은

『나중봐야 알겟소』

하고 대답하엿다

꺽정이가 불상아페서 결의할것을 중에게말하니 중이 내심에는 반갑게 여기지 아니하나 할일업시 불전에 등ㅅ불도 발켜주고 향로ㅅ불도 담어주엇다 꺽정이가 봉학이와 의논하고 결의절차를정하야 꺽정이 이하 여섯사람은 향탁아래 업드리고 봉학이는 향탁여페 꿀어안저서 일곱사람의 성명과 년령적은 조이쪽을 손에들고 축문읽듯 읽것다

『림꺽정이 신사생 삼십팔세』

『리봉학이 신사생 삼십팔세』

『박유복이 임오생 삼십칠세』

『배돌석이 임오생 삼십칠세』

『황천왕동이 을유생 삼십사세』

『곽오주 임진생 이십칠세』

『길막봉이 정유생 이십이세』

봉학이가 조이에 적힌것을 다일근뒤 그대로 마치기 심심하야

『결의형제 사생동고』

두마듸를 구고(口告)로 보태엇다 그다음에는 꺽정이로부터 막봉이까지 한사람씩 부처님 아페 분향하고 절하고 또 그다음에는 아우되는 사람이 형되는 사람에게 절을하는데 꺽정이가 여섯 사람의 절을바든뒤 차레로 절이 한번식 줄어서 오주까지 한사람의절을 밧고 길막봉이는 구벅 구벅 여섯번 절을 할때 여러두령이 돌려가며 거들어서 시켜주엇다 꺽정이의 칠형제 결의가 끗난뒤에 절믄중이 꺽정이를 보고 조용히 의논할말이 잇다고 방머리에부튼 누마루 으슥한 구석으로 끌고갓다

『전후 두번 절에 오신것이 관가에 입문이되면 필경 절이 조용치 못할터인데 우리중들만 탈

을 당하구 말두룩 되지안쿠 스님불상에까지 누가 미치게 되면 어떠케하우』

『이절중들은 다 한통이요』

『우리중들은 공론한 일이잇서서 죽을 곡경을 당하기전엔 말낼리업지만 우선 불상쟁이가 속을 다알구잇스니 그사람을 미들수잇소』

『그사람은 내가 데리구 갈테니 염녀마우 그외에는 또 말낼듯한 사람이 업소』

『마당에 섯는 교군ㅅ군들은 어떤 사람이요』

『예사 교군ㅅ군이아니구 우리 액내사람의 졸개니까 아무 염녀업소』

『제일 조흔수가 한가지잇는데 여러분께 어떨는지』

『조흔수가 무어요』

『오늘밤에 절에 왓다가신것을 우리가 의수하게 꾸며서 죽산관가에 고발해두면 절에는 대단 조켓스나 여러분께 어떨는지 모르겟소』

『절에 조루룩만 하우』

『그럼 뒤탈이 나드래두 우리중들에게는 다소 침책이 잇슬는지 몰르나 스님불상은 염려업슬께요』

『불상쟁이가 어데잇소 불러주우』

『불러드리는건 유소협의하니 판두방여페부튼 적은방에 가서 불러내시우』

꺽정이가 절문중과 쑥떡공론을하고 나와서 다른두령에게 대강 말을 일른뒤에 곳 일행을 끌고 나서는데 막봉이더러 절문ㅅ간까지 걸어가자고 말하고 다른 두령들 시켜 양여페서 부축해주게하엿다 판두방아페 와서 꺽정이가 불상장인을 불러내서 수어인사말을 마치고

『내가 다른절에 가서 불상을 파게해줄테니 나하구 가치 갑시다』

하고 말을 부치엇다

『절이름을 가르처 주시면 나중 가겟습니다』

『나하구 가치가야 하우』

『지금 가치가잔 말슴입니까』

『그럼 지금 가잔 말이지』

『지금 어떠케 갑니까』

『지금 못갈일이 무어요』

『절에 셈두 해줄것이잇구 지금은 갈수업습니다』

『못간다면 잡어가지구 갈테야』

『제가 무슨 죄가 잇습니까』

『내말을 거역하는것이 죄다 네가 아직 나를 잘모르겟지 나는 어제밤에 안성서 옥을 깨친 임꺽정이야 지금 나하구 가치갈테냐 얼른말해라』

『가겟습니다』

『너의 행장을 다가지구 나오너라』

불상장인은 수이떠나려고 불상수공 바든것을 여간행장파가치 꼭꼭 묵거 짐을 만들어 노핫는데 짐이 두개라 한개는 꺽정이가 오주를시켜 걸머지게하엿다 꺽정이는 막봉이를업고 다른두령들은 불상장인을 다리고 북전고개까지와서 막봉이를 다시 교군을 태우려고하는데 발목삐인교군ㅅ군까달게 오주는 뒤채메엇든 교군ㅅ군을 압채로 보내고 자긔가 뒤채를 메겟다거니 돌석이는 압뒤채 교군ㅅ군들을 다고만두고 자긔가 오주와가치 교군을 하겟다거니 막봉이는 자긔를 붓들어만주면 걸어가겟다거니 각각 자긔의말을 추장하야 여러두령이 다한께 이러쿵 저러쿵 짓거리게 되엇다 한참들 서로 짓거리는중에 누가 먼저

『불상쟁이가 어듸 갓서』

하고 깨우처서 여럿이 다가티 살펴보니 불상장인이 어느름에 짐도 벗어버리고 어둠속에 업서저버렷다 불상장인이 가뭇업시 업서진것을보고 꺽정이가 화증난 목소리로

『제놈이 도망하면 얼마나 도망햇겟느냐 어서들 사방으루 차저보자』

말하야 여러두령들이 곳 촌을 나누어가지고 전후 좌우의 풀바를 뒤지는데 막봉이만 교군ㅅ군들을 다리고 고개길에 남아잇섯다 사방으로 나가는 여러두령들의 긔척이 막봉이 안즌 자리에서 들리지 안케되엿슬때 바로 막봉이 눈아페 사람의 길이 넘는 억새가 흔들리는것 가트며 조심스럽게 버스럭거리는 소리가낫다 막봉이 여페 안젓는 교군ㅅ군들은 버스럭거리는것이 혹시 큰 즘생이나 아닌가 의심하야 숨들도 크게 쉬지못하는데 막봉이가 두팔로 땅을 집고 몸을띠어서 가만가만 아프로 옴겨나갓다 억새속에서 나는 소리가 분명히 사람의 긔척인것을 알고 막봉이는

『그놈 여기잇소』

하고 고성을 질러 외첫다 억새속에서 별안간 사람이 뛰어나오며 곳 고개너머로 도망하려고하야 교군ㅅ군들이 아플막앗다 그사람이 다시 뒤로 돌쳐서는데 그동안 일어선 막봉이가 팔을 벌리며

『이놈 어듸루 도망할라구』

하고 호령하니 그사람은 막봉이를 업혀오든 병인이라고 만만히 보앗든지

『네ㅅ간놈이』

하고 발ㅅ길로 거더찻다 막봉이는 발ㅅ길에 거더채여서 펄썩 주저안즈며 어느틈에 그사람의

발목 하나를 움켜잡앗다 그사람이 발목을 빼치려고 애를 쓰는중에 교군ㅅ군들이 조차와서 그사람의좌우 팔쭉지를 붓들엇다 막봉이가 잡은 발목을노코 다시 일어서서 주먹으로 두어번 복장을 질럿더니 그사람은 캬하고 무엇을 토하는데 비린내가 코를 거슬렷다 막봉이가 다리에는 힘이 업슬망정 철퇴가튼 주먹에는 몃치를 질러서 사람을 죽일 힘이 남아잇섯다

여러두령들이 돌아와서 불상장인이 죽어잣바진것을보고 송장 처치할것을 공론하는데 고개에 버리고 가자는 사람이 만핫스나 꺽정이는 혹시 칠장사에 침책이 더할까 염려하야 가지고가자고 말하엿다

막봉이의 교군은 돌석이와 오주가 압뒤채를 메고 교군ㅅ군들은 불상장인의 짐을 지우고 불상장인의 송장은 꺽정이가 여페끼엇다 수곡길 어름까지 왓슬때 꺽정이가 여러두령들더러

『나는 이송장을 죽산 관문아페 갓다 노코 갈테니 먼저들 가거라』

하고 말하니 여러두령중에 봉학이가

『왜 하필 관문아페다가 갓다 노흐실라우』

하고 물엇다

『죽산현감더러 끌어무더주란 말이지』

『만일 되살어나든지하면 탈이니 달ㅅ골루 가지구 갑시다』

격정이가 한번 다시 생각한뒤

『그러지』

하고 봉학이의 말을 쪼차서 송장을 달ㅅ골까지 끼고왓다

이튼날 식전에 칠장사중이 죽산관가에 들어와서 현감을 뵈입고

『어제ㅅ밤중에 화적패가 절에 들어와서 절을 뒤진고테 새부처님 뫼신것을보구 무슨맘으루 들 부처님께 젓수려구 하옵는것을 중하나가 밀막습다가 어디마저서 지금 굴신못하구 누엇솝구 절에 와잇든 불상쟁이더러 불상수공 바든것을 내라구하옵는데 선뜻 안주구 앙탈하옵다가 끌려가서 이내 도라오지안헛솝는데 날샌뒤에 나가보온즉 절뒤 북전고개우에 낭자한 피흔적이잇사와 불상쟁이를 고개에서 죽이구갓나 의심이드옵기루 전후좌우 두루차저보앗사오나 화적들의 짓빠띤형적만 처처에잇슬뿐이지 불상쟁이의시체는 어듸구업솝듸다.』

하고 아뢰어서 현감은 일변 형리를 내보내서 실지 형적을 적사하게하고 일변 장채를 내노하서 화적의 종적은 수탐하게하엿다 절에 도적왓다간 형적과 고개의피흔적은 모두 확실무의하다하나 혹시 중들이 불상장인의 재물을뺏으려고 구민일이아닌가 의심이들어서 현감은 철장사 중들을 만이 잡아다가 장방에 구류를시키엇다

칠장사중들이 잡혀가치든 이튼날 새벽에 죽산관속이 조사를보려고 관가로 들어오는데 바로 관

문아페 거적 송장하나가 가로 노혀잇섯다 관문에 송장갓다 놋는것은 전고에 업는 변괴라 륙방관속이 들어오는대로 떼떼이 모혀서서 쑥덕쑥덕 하는중에 리방이 작청(作廳)의 어른갑슬 보이려는듯이 관노를 시켜서 거적을 풀어제치게하고 수형리를 불러서 타살(他殺)인가 보라고하엿다 살옥 검시(檢屍)에 이골난 수형리가 송장의 눈뜨고 입벌린것을보고 발서 타살인줄 알면서도 말을경하게 안느라고 타살가티 보이나 검시해보지안코는 확적이 알수업다고 말하엿다 조사끄테 리방이 현감께 사연을 아뢰고 현감의 분부를 물어가지고 즉시 검시 준비를 차리엇다 인명에 관한 중대한 일이라 현감이 친히 관문박게 나와서 검시를하는데 우선법물(法物)업시 건건(乾檢)을 시작하엿다 시신(屍身)을 저쳐노코 앙면(仰面)을보고 어퍼노코 합면(合面)을보니 눈을뜨고 입을 벌리고 두손도 벌리고 목에 줄매인 자국이잇고 심감(心坎)에서 흉당(胸膛)에 걸처서 큰 손바닥널피만큼 살빗이 검불고 그외에는 앙면 합면에 별반상처(別般傷處)가업섯다 목에잇는 줄ㅅ자국이 살에무치도록 기피박혓스나 목매여죽은 시신은아닌것이 혀가 입박게 나오거나 이에 닷지안코 그대로노혓고 줄ㅅ자국이 푸르거나 붉지안코 히엇다 치명상(致命傷)은 구경 심감(心坎)인데 필사(必死) 속사(速死)의 심감을 몹시 거더채엇거나 무식하게 어더마젓거나 한것이분명하엿다 원고(原告)도 업고 원척(原隻)도 업는 이시신이 혹시 칠장사에서 도적에게 잡혀갓다는 불상장인(匠人)이 아닐까 생각하고 현감은 장방에 잇는 칠장사 중 두엇을 다려내오라하야 시신을 보인즉 어떤중은 시신을 향하고 합장하며 나무아미타불 찾고 어떤중은 현감께 향하야 합장하며 불상쟁이가 틀림업다고 아뢰엿다 적도(賊徒)에게 죽은사람은 면검(免檢)도 하는법이라 현감은 린읍수령(隣邑守令)에게 복검(覆檢)을 청치안코 상사(上司)에만 보할작정하고 시장(屍帳)에 현록(懸錄)을마친뒤에 시신을 초빈하야 주라고 리방에게 분부하고 동헌으로 들어왓다 현감이 보장(報狀)을 꾸미려고 책방을 불려서 의논하는 중에 리방이 급한 거름으로 들어와서

『홍살 문설주우에 난데업는 화살한개가 백혀잇숩기에 빼내려다 보온즉 도독놈의 글ㅅ발이 살우에 매어 잇숩듸다』

하고 아뢰고 난뒤에

『그글ㅅ발을 감쪼시게 하옵기가 황송하온데 어찌 하오리까』

하고 취품하엿다

『글ㅅ발이란게 무어란 말이냐』

『안전께 고목한끝이온데 사연이 망유긔극(罔有紀極)이옵듸다』

『그대루 이리 올려라』

리방의 바치는 조이쪽과 화살을 급쟁이와 통인이 손너어 바뎌올려서 현감이 화살은 여페노코

조이쪽을 펴서보니 리방이 고목이라고 말하든것이 고목이아니요 곳 배지다 첫머리에는 것봉쓰는 일체로 죽산현감 즉견(即見)이라 하고 그다음에 사연의 대지는

『내가 불상장인을 쓸데 잇서서 칠장사에서 다려가는데 그자가 길에서 도망하려고하야 버릇을 가르친다는것이 죽이게까지 되엇노라 죽인것은 본의가아니라 칙은한 마음이 업지안흠으로 장사나 후히지내주고 시프나 지금 총총히 회군하는까달게 그런일을 아름할겨를이 업서서 이 지방의 주인인 현감에게 부탁하니 아무쪼록 장비를 만이드려서 안장하야 주기바라노라』

한것이고 끄테는 관함(官啣)을 두는것가티 청석골 대두령림(林)이라고 쓰이어잇섯다 청석골 두령림이라니 바로 일전에 안성와서 변(變)을 이르킨 림꺽정이라 현감은 어히업는 한편에 송구한 마음이잇서서 상사에 신보(申報)하는 보장은 즉일 발송하고 송장이나 또갓다 안길까 겁이 낫든지 읍내각동에 밤으로 순경을 돌리게하엿다

림꺽정이는 적은고을 장채를 가지고 근포(跟捕)할수업는 대적(大賊)이라 현감이 림꺽정이를 근포시킬 생각은당초에 염두(念頭)에도 두지못하고 도리어 림꺽정이가 읍에와서 무슨 변이나 내지아니할까 마음이 조마조마하엿다 아무일 업시 멧칠동안 지난뒤에 현감은 생각하기를 살인 흉법(凶犯)이 경내(境內)에 들어온것을 알고그대로 더퍼두면 관성(官聲)이 조치못할것이

라 꺽정이의 종적이나 탐지하야 보리라하고 뒤늣게 비로소 장채들을 내노핫다 현감의 생각이 발서 색책에 그치니 상탁하부정으로 장교들은 한층더 심하야 벽변히 돌아다니며 탐문도하지 안코 입들을 모아가지고 들어와서

『꺽정이가 경내에 와서는 묵은 형적이 업습듸다』

『안성서 왓다가 안성으루 도루 간것 갓소이다』

하고 안성으로 밀어부첫다 현감은 칠장사 중들이 살인에 관련업는줄도 알고 칠장사 재불상이 꺽정이와 사제간(師弟間)이든 백정중인줄도 알어서 중들을 내노흘때 재불상을 집어치우라고 이르고 집어치우는것을 보고오라고 장교두엇까지 안동하야 내보냇다 중들은 관령을 거역할길이업서서 백년천년 기리기리 공양할 불상을 새로뫼신지 불과 몃칠만에 들어내는데 상좌중은 말할것도업고 다른 중들도 모다 허우룩 섭섭하야 마음을 지향하지못하엿다 안동하야 나온 장교들을 후대하야 드려보낸뒤에 상좌중이 별당 루마루한구석을 정하게 치우고 들어낸불상을 남안보게 뫼서두엇다

칠장사 불상을 집어치우게 한뒤 현감이 백성들에게 청원을 밧고 늘근 어머니에게 책망을 바더서 속으로 뉘우치는마음이 업지 안튼중에 남에 업는것가티 귀히아는 외아들 여남은살 먹은 아이가 어느날 자다가 잠꼬대로 소리를 질르고 이내 병이 낫섯다 현감의 늘근어머니가 현감

을 보고

『그애병이 심상치 안흔폴이 칠장사 부처님의 동티인것 갓다 그부처님이 영검스럽다는데 함부루 들어내게햇스니 엇재동티가 업겟느냐 도루 뫼시게하구 불공을 드려보앗스면 조켓다』

하고 말하니 현감은

『글세요』

하고 어머니의 말을 조치려고 생각하다가 한번 결처한일을 뒤집는것이 체모에 손상될 염려가 잇서서

『잘햇든 못햇든 한번 해논일을 지금와서 다시 어떠케 합니까』

하고 고쳐 대답하엿다

『부처님을 다시 뫼서 노흐라구 네가 일르기 난중하면 내가 뒤로 사람을 보내서 일르겟다 그러고 불공을 드릴때 내가 친히 가서 부처님께 젓수고 올테다』

『불공을 드리라고 사람을 보내시는건 몰라도 몸소 가실건업습니다』

내아(內衙) 대부인 마님의 말슴으로 칠장사의 재불상을 다시 들어내서 뫼서노케되엇다 부처님의 영검이든지 의약의 효험이든지 또는 병이 절로 날때가되엇든지 현감의 아들병이 공교히 재불상에 불공드리든날부터 낫기 시작하야 멧칠후에 씻은듯 부신듯 다 나헛다 칠장사 재부처

님의 영검스러운 소문이 더욱 노파서 병잇는 사람은 병낫게 해달라고 불공을 드리고 자손업는 사람은 손보게 해달라고 불공을 드려서 한참 당시에는 일년 삼백육십오일에 불공안드는날이 몃칠이 안되엇다 이영검스러운 부처가 별명이 백정부처니 백정부처는 지금까지 칠장사에 남아잇다 백정부처의 몸에 칼ㅅ자국이 잇는데 중들의전설을들으면 어느때 술취한양반 한분이 백정부처를 와서보고 『백정놈의 부처가 어듸 잇단말이냐』하고 칼로찍고 곳 그자리에서 피를 토하고 죽엇다고한다

결의 (八)

안성군수가 적변(賊變)을 격든 이튼날 군민(軍民)의 사상(死傷)을 조사하야 본즉 전망한군사가 열세명이요 부상한 군사가 설흔세명인데 전망한수에는 우병방이 가외에 더잇고 부상한수에는 좌병방이 한축 끼엇섯다 좌병방은 어둔밤에 목숨을 도망하다가 돌뿌리에 채여 업드려저서 팔하나 분질른것을 전장에서 부상한양으로 군수를 속이엇든것이다

읍내 백성은 군사로 뽑혀나간 사람외에 사상이 하나도 업고 가사리 백성은 상한사람이 열이고 죽은사람이 열아홉인데 죽은사람중에 사내가 박선달 삼부자까지 여섯이고 절믄녀편네가 셋이고 그나마지 열은 모다 세살안짝의 어린아이이엇다 죄업는 어린아이가 만히 죽은것이 쇠도

리깨 도적곽오주의 행실로 들어낫다 군수는 군민의 사장을 자세조사한뒤 곳 급족(急足)을 띄워서 포도청과 경긔감영에 보하고 진관주장인 인천부사에게까지 보하엿다 안성은 본래 수원부(水原府) 진관이엇스나 삼십여년전에 수원서 부모죽인 강상(綱常) 죄인이 낫까닭그로 부(府)가 깍기어 군(郡)이되고 진관은 인천으로 옴기게 되엇섯다 안성군수의 보장이 서울 올라와서 조정에서 안성적변을 알게된뒤 리량이 우에 아뢰고 처분을 물어나려서 조정조처가 의외로 빨럿다 포도청종사관(從事官)하나가 부장과 군사들을거느리고 시급히 안성으로나려오고 경긔도 양성(陽城) 진위(振威) 양지(陽智) 룡인(龍仁) 수원(水原) 과천(果川)등 여러고을에서 안성서 청석골로 가는 륙로(陸路) 길목을 지키고 또 청홍도 아산(牙山) 당진(唐津) 서산(瑞山) 해미(海美) 결성(結城) 남포(藍浦)등 연해(沿海)각군에서 도적들이 수로(水路)로 도망하지 못하도록 떠나는 배를 긔찰하엿다

안성군수는 곳 파직되고 대가나기까지 진위현령이 겸관을 보게되엇다 포도군사들이 안성와서 촌백성에게 행학하는건 말할것도 업고 륙로수로 길목에서 관속들이 건뜻하면 행인들을 욕보이는데 꺽정이의 수염 만흔것과 막봉이의 행보 잘못하는것이 긔찰하는 목표가되어서 수염조흔 사람과 거름변변치 못한사람에게 욕이 자심하고 말탄 양반 소탄 양반도 군사들눈에 거슬리면 욕들을 당하엿다 허찬성의 손자요 허승지의 아들인 양천(陽川) 허교리가 음성땅에 왓

다가 양천집으로 돌아가는길에 룡인읍내 근처에서 긔찰하는 장교들에게 붓잡혀서 실랭이를 당하엿는데 허교리가 말안장에 광무니를 벗겨서 말을 거북살스럽게 탄것이 장교들 눈에 수상하게 보이어서 장교들이 말머리를 막고 나리라고 하니 허교리는 화를 천동가티 내고 호령질을 하엿다

『이놈들 눈깔이 멀엇느냐 내가 도독놈으로 보인단 말이냐』

『누가 도독놈이라구 합니까 그저 잠ㅅ간만 나립시요』

『너의가 하마(下馬)하래서 하마할 사람이 아니다 어서 저리 비켜라』

『안나리시면 길을 못비켜 드리겟습니다』

허교리가 마침내 할수업시 말께서 나려서 그근처에 사처를 잡고 안저서 룡인현령에게 전갈하엿더니 현령이 허교리 대접으로 장교들을잡아드려다가 매ㅅ개식 따린뒤 허교리에게 내보내서 대죄들을 시키엇다 허교리는 교가 대단한사람인데 생외처음으로 관속들에게 욕을보고 화가좀처럼 풀리지아니하야 대죄하러온 장교들의 눈망울을 빼놋는다고 야단야단처서 장교들은 참말로 팔자에 업는 소경이나 액구나 되는줄 알고 등골에서 찬땀을 흘리어섯다

룡인서 허교리가 당한것보다 더심한일이 각처에 비일비재(非一非再)로 잇섯스나 당한사람이 대개 만만한 상ㅅ사람이거나 무세한 토반(土班)인까닭게 당할대로 당하고 말성을 부티지못

하엿슬뿐이엇다

이때 꺽정이이하 청석골 두령들은 달ㅅ골구석에 가만이잇섯든가 그럴리가 만무한것은 누구나 다 짐작할일이다 꺽정이의 칠형제가 칠장사에서 결의하고 돌아오든 이튼날 나제는 회정할게책을 정하야 준비하고 밤에는 불상장인의 송장을 죽산관문아페 갓다노핫섯다 꺽정이가 북전고개서 송장을 여페끼고 올때 송장이 주체 구진데서 엇재 우연히 관문아페 갓다버릴 생각이 낫다가 봉학이의 말을듯고 고만두고 온것을 서림이가 이야기로 듯고 재미잇는 일이라고 부추겨서 구경 갓다노케 되엇는데 목을매서 두벌주검시킨 송장을 가지고 간사람은 꺽정이요 현감에게보내는 편지를 쓴사람은 서림이요 또 편지매인 화살은 홍살문설주에 쏘아꼬즌 사람은 리봉학이엇다 꺽정이와 봉학이가 죽산읍에 갓다온뒤 얼마 아니잇다가 날이 새엇는데 이날 새벽에 봉학이와 배돌석이와 곽오주가한패로 먼저 길을떠낫다 봉학이는 유신현(維新縣、忠州) 사는 윤선전(尹宣傳)이라고 가칭(假稱)할 작정으로 관인복색을 차리고 말을타고 돌석이는 갓쓴하인으로 길양식ㅅ자루를 걸머지고 말뒤를 따르고 오주는 말구종으로 벙거지쓰고 흑의입고 선전나으리의 활과 전동을 엇메고 견마를 잡앗섯다

봉학이 일행이 달ㅅ골을 떠난것은 안성서 파옥한뒤 사흘되든 날이라 안성ㅅ소문이 린근읍에 퍼저서 행인에대한 긔찰이 바이업지 안헛스나 그대지 까다럽지안허서 충주 윤선전의 행차로

서울까지 잘오고 서울서 한온이를 만나서 림진나루에는 발서 포도군관이 나려 갓단말을듯고 련천 삭녕등지로 길을 돌아서 청석골까지 무사히 들어왓다 박서방의 부녀와 능통이의 내권을 다리고 먼저 떠난 적은두목 일행은 나흘압서 들어와잇고 달ㅅ골서는 뒤에떠나고 서울서는 한날떠난 황천왕동이는 이틀전에 들어와 잇섯다

천왕동이는 장교복색에 위조 장패(將牌)를 차고 가ㅅ자 공문을 가지고 죽산서 감영으로 올라간다고 서울까지 오고 서울와서는 한온이의 도움을 바더서 정원사령(政院使令)으로 복색을고치고 평안감사에게 가는 도중지의 위조 서간을 가지고 긔찰이 까다러운 림진나루를 무사이건너왓섯다

봉학이 일행이 떠나고 또 천왕동이가 떠난뒤에 박유복이와 서림이가 한패로 떠낫는데 유복이는 가ㅅ자 상제가 되어서 상옷을 입고 서림이는 가ㅅ자 지관이 되어서 쇠를 차고 구산(求山)하러다니는것가티 차리엿섯다 달ㅅ골서 떠나서 양지 구봉산(九峰山)줄기와 룡인 보개산(寶蓋山)줄기를 발바왓슬때 연로에 인심이 소동되고 긔찰이 심하야지는것을보고 서울ㅅ길을피하고 안산으로 작로하야 안산 오자산(五子山)과 인천 소래산(蘇來山) 줄기를 발바나와서 인천 미라원(彌羅院)적당의 연신잇든 사람을 차자서 만나가지고 배를 주선해달라고 청하야 풍덕 조강(祖江)까지 배를타고 와서 청석골로 돌아왓섯다 다른두령들은 이와가티 다 먼저 청석골로 돌

아오고 꺽정이는 막봉이를 치료시켜 가지고 오려고 능통이만 다리고 달ㅅ골에 떨어져 잇게되엿는데 다른 두령중에서 한둘이라도 꺽정이와가티 떨어지지못한것은 꺽정이의 말을 꺽글사람이 업섯든까닭이엇다 서울서 나려온 포도군사들이 화적들의 들고난 방향을 대중잡고 멧칠동안 안성서 가사면(加士面) 북좌면(北佐面) 대문면(大門面)등 각면을 수탐한뒤 바로 죽산땅에 들어와서 서면(西面) 각동을 수탐하되 가가호호 적간(摘奸)하다시피하엿다

포도군사들이 노루목서 집을뒤젓다 참나무정이서 사람을첫다 소문이 비빨치듯 달ㅅ골로 들어오니 꺽정이나 막봉이보다 능통이가 간을 조리고 능통이보다 동네사는 졸개들이 바늘방석에 안즌것가티 안절부절을 못하엿다 졸개들이 능통이를 보면

『잘못하면 몰사주검 하자안켓습니까』

『어떠케 하실랍니까』

『이대루 안저 백이실랍니까』

『무슨 조흔 도리가 잇습니까』

하고 부산하게 물어서 능통이는 이로 대답하기가 성가시엇다 능통이가 전가트면 뭇는것들을 욱박질러서 뭇지못하게도 하엿겟지만 위급한즈음에 졸개들이 변심할까 염려하야

『걱정마라 아무염려업다』

『일이 만일 급할것 가트면 내가 어련히 먼저 서들겟느냐』

이런말로 일일이 대답하야 안심들을 시키엇다 졸개들이 능통이의 말을 듯고 안심을 하는지안하는지 정작 능통이는 안심할래야 안심할수 업서서 꺽정이를 조용히 보고

『어떠케 햇스면 조켓습니까』

하고 물으니

『글세 어떠케 햇스면 조흘까 나는 별루 생각한것이 업네』

하고 꺽정이가 대답하엿다 꺽정이는 그동안 능통이와 친숙하야 외자하게하도록 되엇든것이다

『아무도리업시 안젓다가 포두군사들이 별안간 드리닥치면 어떠케 합니까』

『잇다 포두군사가오면 멧천명이오겟나 멧백명이오겟나 겁낼꺼업네』

『포두군사들뒤에 멧천명 멧백명의 대군(大軍)이 드리 밀는지 누가 압니까』

『멧천명 멧백명의 대군이 지금 안성 죽산에 둔치구잇다든가』

『나라에서 하려면 팔도군사를 안성죽산으루 다 모아드릴수두 잇지요』

『팔도군사가 다 모여들두룩 우리는 여기 가만이잇나 어듸루 뛰지』

『삼십륙계에 줄행낭이 제일이라드니 포두군사들두 오기전에 뛰는것이 제일 조켓습니다』

『어듸 조흔데가잇나』

「특별이 조흔데는 업지만 여기버덤 안전할듯한데를 생각해보지요」

「특별이 조흔데가 업스면 급할때 뛸작정하구 아직 여기잇서보세 서뿔리 자리를 옴기다가 되려 해를 볼는지 누가 아는가」

「우리는 급할때 뛸작정하드래두 동네아이들은 미리 다른데루 보내야겟습니다」

「메주고개루 보낼라나」

「모두 몰아서 청석골루 보내면 어떠켓습니까」

「지금 청석골루 몰려가기가 어렵치 안켓나」

「우선 메주고개구 어듸구 다른데루 보냇다가 나중에 청석골루 모이라지요」

「그건 조켓지 고양 해음녕근처에두 보내둘만한데가잇네」

「그럼 동네아이들은 곳 헤쳐보내겟습니다」

「아무리나 생각대루 하게」

「불상쟁이의 무명은 동네아이들에게 논하주어두 조켓습니까」

「내게 남은것두 다갓다가 한께 논하주게」

능통이가 객정이와 의논을 마치고 나와서 곳 동네를 모이게하엿다 동네랏자 이십호도 못되는 집이 한도국안에 모여잇는까달게 그중 한복판에 잇는 능통이집에서 소리를 조곰만 크게질러도 온동네를 모을수잇섯다 동네사는 졸개들이 능통이집 박갓마당에 모인 뒤에 능통이가 나서서 동네가 무사하기 어려운 형편을 대강말하고 나서 동네를 비여버리고 우선 다른데 가서 피신들하고 나종에 청석골로 모히라고 말을 일르니 졸개들중에 살든데를 버리고 가기가 섭섭하야 한숨을 짓는사람이 더러잇섯다 능통이가 이것을 보고 졸개들에게 일일이 소원을 물어서 청석골로 가기를 원치안는 사람은 소동이 진정된뒤에 다시 달ㅅ골와서 살어도 조타고 말하고 청석골로 갈사람이나 달ㅅ골로 다시 올사람이나 차별업시 똑가치 무명들을 논하주엇다

이때 안성죽산서는 큰 난리를 만난것가티 인심이 소동되어서 각처로 피란가는 사람이 길에널려서 남부녀대하고 가는것이 남의 눈에 유표할것이업지만 근이십호 칠팔십명 사람을 일시에 떠나 보내는것이 부지럽서서 능통이가 띄엄띄엄 떠나보내는데 꺽정이의 지시하는 혜음령으로 갈사람은 먼저 떠나고 가까운 메주고개로 갈사람은 뒤에 떠나게하엿다 메주고개 갈사람이두어패 떠낫슬때 포도군관이 포도군사들을 다리고 강촌(康村)까지 나왓다는 소문이잇섯다 능통이가 졸개들 떠나는것을 보느라고 동네나와서 돌아다니다가 이소문을 듯고 바로 집에 들어와서 꺽정이를보고

「포두군사들이 곳 여길 올는지 모른답니다 우리두 어듸루 피신해야겟습니다」

하고 말하엿다

『대체 어듸루 갓스면 조켓나 여기서 가까운데 옴겨안질데가 업나 우리두 메주고개루갈까』

『메주고개는 가근방 인심이 사나워서 재미 업습니다 촐개아이들처럼 물덤벙 술덤벙 가치 섭쓸려 지내지 못하면 여느때두 가서 오래 잇기가 조심스러운 뎁니다』

『그러니 어듸루 가면 조흔가』

『제가 곰곰 생각해봐야 제 외사촌에게 가서 얼마동안 숨겨달라구 떼를 쓰는것이 제일나흘 것 가튼데』

『외사촌이 어듸사나』

『진천 이방말슴이올시다』

『이방의 집으루 가자니 섭지구 불루 들어가잔말 아닌가』

『제생각엔 염려가 업슬듯한데 혹시를 몰라서 좀 준의가 납니다』

『자네부터 준의를 내면서 우리더러 가치가자나』

『저흔자만 가트면 준의낼것두 업습니다』

『사촌형이니까 남과는 다르겟지』

『사촌은 말구 친동긔라두 사람이 의심스러우면 말슴하겟습니까』

『그러면 준의내는건 무엇인가』

『그사람이 남의 급한 일을 잘봐주구 남의일을 봐주려들면 제몸이 으스러지는것두 돌보지안치만 일이 하두크니까 꼭 봐주려구 할는지를 모르겟습니다』

두사람의 말을 잠자코 듯기만 하든 막봉이가 홀제

『형님』

하고 불러서 꺽정이가 막봉이를 돌아보앗다

『형님 혼자면 지금이라두 청석골을 가실수 잇슬테니 형님은 청석골루 가시구 곽서방은 진천으루 가구 나혼자만 여기잇게 해주시우』

『그건 무슨 소리냐』

『나는 지금 죽은 목숨이나 다름업스니까 죽어두 조치만 형님은 살어가야하우』

『그것두 네가 말이라구 하느냐 나살면 너두살구 너죽으면 나두 죽는게다 그따위 되지못한 말은 다시 입박게두 내지말아』

꺽정이가 막봉이를 꾸짓고 곳 다시 능통이를 돌아보며

『자네는 진천으루 가게 우리는 여기서 당하는대루 당해보겟네』

하고 말하엿다 능통이가 어이업는 모양으로

『그게 말슴이 됩니까 그럼 저두 안가구 여기 잇겟습니다』

하고 말한뒤 말을 고처서

「지금 제생각엔 진천만한데두업스니 진천으루 가보십시다 진천가서 설혹 낭패를 본다손치드래두 여기 잇느니만 못할리는 만무합니다」

하고 진천말을 다시 끄내는것을

「자네나 갈라면 가게 우리말은 더길게 할께업네」

하고 꺽정이가 막잘렷다 능통이가 꺽정이에게는 다시 말을 못하고 막봉이를 바라보며

「갈두령 생각엔 어떠습니까 진천은 고만두구 메주고개루라두 가는것이 여기잇느니보다 낫지안습니까」

하고 의향을 뭇는것가티 말을 부치니 막봉이는 능통이의 말대답으로 겨우 고개 한번 끄덕하고 꺽정이를 돌아보며

「형님 진천으로 갑시다」

하고 말하엿다

「이랫다 저랫다 하지말구 네감부터 질정해라」

「형님 몸에 혹시 위태한 일이 잇슬까봐 진천이방의집이 재미적은데 형님이 나때메 여기잇는다구 말슴하니 곽서방말이 올치 진천으루 가는것이 여기잇느니보다 나면 낫지 못할꺼야 루

어 잇겟소 진천으루 갑시다』

『네가 진천으루 갈테냐』

『형님 주체궂지만 데려다 주시우』

꺽정이가 능통이를 보고

『여보게 오늘밤에 진천으루 가세』

하고 말하야 능통이는 한시름 덜란듯이 조하하며

『잘됏습니다』

하고 대답하엿다

『여기서 진천을 가자면 어듸루 가나』

『안성 대문면으루 나려가서 옥정이 고개를 넘어서 바루 진천읍으루 갈수두잇구요 안성땅을 밥지안쿠 개자리란데루 나가서 광혜원을거처서 진천읍으루 갈수두 잇습니다』

『자네 요전갈때 어느길루 갓섯나』

『개자리루 갓섯습니다』

『오늘밤에두 그길루 갈텐가』

『옥정이루 가자면 안성땅을 지나가는게 재미업슬뿐아니라 고개ㅅ길이 험해서 밤ㅅ길루 갈수업습니다』

『개자리루 가는데는 길이험하지 안흔가』

『읍을 지나서 갈미고개란데루 가는길두 잇지요만 칠장사아플 지나가는것이 길두 편하구 염려두 업습니다』

『개자리가 칠장사서 멧리나 되나』

『칠장사 아페서 조금만 더가면 개울하나가 나서구 그개울울 끼구 한참 나려가면 개자리 동네가 나섭니다』

『거기서는 진천땅이 멀지안흔가』

『거기가 죽산진천 어름입니다 거기 사람이야말루 경기밥먹구 청홍도 구실한답니다』

『진천읍이 여기서 육십니라지? 아무리 밤ㅅ길이라두 육십니야 날새기전에 가겟지』

『외사촌의 큰집은 읍에잇구 자근집은 읍에서도 한십리 떨어저잇는데 그자근집이 조용해서 바루 그리 갈생각입니다 년전에 저두 그집에가서 피신햇습니다』

『조용한데루 가는건 조치만 주인이 업스면 어떠케하나』

『외사촌이 자근집에 나와서 잘때가 만치만 만일 큰집에서 자구나오지 안헛스면 그자근녀편네 보구 말하구 들어안저서 읍으루 긔별하지요』

「진천 형편을 우린 모르니까 모든 일을 자네 요량해하게」

「짐을 한짝 묵거야 할텐데 병장긔는 어떠케 합니까 내버리구 가긴 아깝지요」

「내버리구 가다니 가지구가야지」

「곽두령의 쇠도리깨는 짐에너키가 거추장스럽겟는데요」

「올때 너허 가지구온 긴 상자가잇지」

「그럼 그상자에 모두 주어담지요」

능통이가 긴상자를 갓다노코 걱정이아페서 짐을꾸리는데 병장긔를 상자미테 넛느라고 맨먼저 곽오주의 쇠도리깨를 집어들고

「이도리깨는 도리깨철편보다 채두 좀 길구 참말 도리깨와 모양두 흡사하니 일부러 이러케 만들린겁니까」

「일잘한다는 대장쟁이가 보름동안이나 두구 만든게라네」

「이런 무지스러운 것으루 어린애를 치니 대번에 박살나지 별조잇겟습니까」

「금은부치는 의복사이에 집어너케」

「대체 금은부치는 무엇에 쓸라구 가지구 오셧습니까」

「혹시 손쓸일이 잇슬는지 몰라서 가지구 온겔세」

『준비썽이 만흐십니다』

능통이가 꺽정이와 이런 수작을 해가며 짐은 다 구린뒤 안방건넌방을 다시한번 돌라보는중에 심부름하는 졸개하나가 박게서 들어와서

『남은 아이들은 한꺼번에 떠나보냅지요?』

하고 능통이에게 취품하엿다

『지금들 떠난다느냐』

『일직 저녁들 해먹구 떠나면 조켓다구합니다』

『그럼 저녁들을 열른 해먹으라구 하구 그러구 우리저녁두 일직해라』

승석때 남은 졸개너덧집을 마저다 떠나보내고 초저녁에 진천으로들 떠나는데 능통이가 짐길이 손방이라 꺽정이는 짐을지고 길막봉이는 교군을 타고 아페서 길라장이 노릇하는것은 능통이엇다

달ㅅ골서 밤ㅅ길로 떠난 일행이 광혜원을 지날때부터 달빗을띄고 빨리걸어서 날 새기전에 진천읍에서 십니 조이되는 리방의 자근집을 대어왓다 삽작아페와서 발을 멈추자 발서 집안에서 개가 야단스럽게지젓다 다더걸린 삽작문을 몃번 아니 흔들어서 안방의 문여는 소리가나며

『이개』

하고 개를 꾸짓고 나서

「박게 누가 왓느냐」

하고 해라로 뭇는것이 리방의 목소리엿다

「삽작문좀 열른 열어주게」

능통이가 말소리를 크게하지아니하야 리방은 잘 알어듯지 못한모양이라 여전이 해라로

「대체 그게 누구냐」

하고 소리질러 물엇다

「낼세」

「내란게 누구야」

「달ㅅ골서 왓네」

리방은 그제사 비로소 목소리를 분간하야 능통인줄 알고

「달ㅅ골 형님이 왓소」

하고 말하더니 한동안 안방문과 건넌방문 여다치는 소리가 난뒤에 건넌방에 등잔불이 키이고 기집아이년 하나가 나와서 삽작문을 열어주엇다 능통이가 일행의 아플 서서 삽작안으로 들어오며 지새는 달빗아래 기집아이의 얼굴을 드려다보고

『너 어린년이지 그동안 잘 잇섯늬』

하고 알은체하니 아이년은 잠이 덜깬목소리로

『네』

하고 대답하엿다

『건넌방애서 누가 자느냐』

『네』

『네라니 누가 자느냐구 물엇서 이년아』

『제가 잡니다』

『네가 자다 나왓스면 지금은 아무두업지』

『네』

『상주께 건넌방으루 건너옵시사구해라』

『네』

『그년 네네 대답 잘한다』

능통이가 아이년을 우슨뒤에 곳 꺽정이를 돌아보며

『제가 먼저 들어가서 말하구 나올테니 여기서서 잠ㅅ간만 기다리십시요』

말하고 바로 건넌방으로 들어갔다 리방이 안방에서 건너와서 능통이를 만나보고 온곡절을 물을때 능통이가 걱정이 막봉이 다리고 온사연을 대강 말하고 얼마동안 숨겨말라고 청하니 리방은 머리를 송충이 대가리가터 내흔들엇다

『여보게 자네를 꼭 밋구 데리구왓네』

『여보 형님 나하구 무슨 원수젓소』

『그게 무슨 소린가』

『저승사자를 둘씩이나 끌구 내집에를 왜 온단말이요 내집식구를 다잡어 갈작정 아니요』

『여보게 나는 자네가 이러케 겁낼줄 몰랏네』

『청석골 도둑놈들이 안성서 어듸루 갓는지 몰라서 우리도까지 수선한판이요 우리고을 장교들두 요새 읍촌으루 개싸대듯하우』

『그럼 어떠케하면 조켓나』

『두말말구 다른데루 데리구 가시우』

『지금 좀 잇스면 날이 밝을테니 다른데루 갈수잇나 적어두 오늘하루는 숨겨줘야겟네』

『하루 숨기는것두 나중에 소문나면 큰일이요 형님이 생각이업지 어쩌자구 내게루 데리구왓단말이요』

『남의 위급한 일을 도아줄만한 사내다운 사내가 나아는 사람에는 자네 하나뿐이라 그래서 자네게루 메리구 왓네』

『형님가티 남의 생각 못하는이두 나아는 사람에는 하나뿐이겟소』

내외종형제가 마주서서 말을 서로 주고 밧고 하는중에 꺽정이가 방문을 열고 들어서며

『우리를 밧지 못하겟다면 가는게지 무슨말을 그러케 길게하나』

하고 능통이를 나물하엿다

꺽정이가 능통이에게 말하는동안 리방은 꺽정이를 살펴보다가

『손님을 오래 박게 서시게해서 미안하우』

꺽정이가 영특하게 생기고 위엄스려워 보이는데 리방은 긔가 눌리고 마음이 꺽기어서 인사차리는 말이 입에서 절로 나오게되엇든것이다 능통이는 리방의 말을듯고 빙그레 우스며 리방더러

『박게 기신 손님한분을 마저 뫼서드려야지』

말하고 박그로 나갓다 리방이 손수 기집아이년의 자든 자리를 거더치우고나서 꺽정이를 안즈라고 권할즈음에 능통이가 막봉이를 부축하고 들어와서 꺽정이는 막봉이를 여페다리고 안고 리방은 능통이와 느런히 안젓다 꺽정이와 막봉이가 리방하고 수인사를 다한뒤에 능통이가 리

방을 돌아보며
『아래ㅅ것들을 어듸다가 드려안칠까』
하고 물으니 리방은 선뜻
『그전잇든 행낭사람이 일전에 나가구 지금 문아페행낭이 비엇스니 거기가서 들어안즈라지요』
하고 대답하엿다
『길두령이 타구오신 교군두 아주 치웟스면 조켓는데 어듸루 치우랄까』
『헛간에 나무ㅅ짐이잇서서 드려노키 어려울걸 나무ㅅ짐은 부억으루 옴기구 드려노라구할까』
『뜨더서 부억뒤 가튼데 매맏어두어두 조치』
『날이 발근뒤에 다시 어더케하든지 우선 나무ㅅ짐을 한여프루 밀구 헛간구석에 드려노호라구합시다』
능통이가 리방과가티 박게나와서 졸개들을시켜 교군은 헛간에 드려노케하고 짐짝은 건넌방에 드려노케하고 졸개들까지 행랑방에 드려안치고나니 리방이 조사보러 들어갈때가 되엇다 능통이더러 주인노릇하라고 말하고 안방에 들어와서 첩에게 대강말을 일르니 그첩은 미간을

찌프리며

『전에는 달ㅅ골나으리 혼자오서서 기섯스니까 남들이 수상스럽게 보지안헛지만 이번엔 동무에 하인에 사람이 다섯이나되니 남들보기에 수상하지안켓세요 우선 지금 행낭 사람도 업는때 그시중을 누가 다하나요』

하고 잔소리를 내노핫다

『내가 어련이 알어할것아니니 잔소리마라』

『내가 잔소리를 하구시퍼하나요 하게하니까하지』

『말대답을 납씬납씬하구 버리쟁이업서 못쓰겟다』

『보리장도 간하는데 쓰나요』

『한마듸라두 저봐라』

『기집사람이 질줄을 아나요 이기나하지』

『쓸데업는 주둥이 고만놀리구 세수물이나 노라구해』

『입이란말이 축휘되지안커든 어쩌다가 입이라고도 좀 해보시요 밤낫 주둥이라니 주둥이가 무어요』

『입이라니 참말루 어련년이 입을 잘단속해서 말내지안케해』

『그것만은 염려마세요』

리방이 조세한뒤 조반상을 재촉하야 요긔하고 안방에서 나올제 건넌방문을 열고 드려다보니 세사람은 어쓱비쓱 누어서 모두 잠이 들엇섯다 아침때가 지나고 점심때가 지나고 저녁때가 다 된뒤에 리방이 나왓다 리방이 나오는 길로 바로 건넌방에와서 문열고 드려다보며

『종일 심심들하셧지요』

『찬업는밥이나마 나우들 잡수셧소』

하고 인사쨍을 보인뒤에

『옷좀 벗구 건너오리다』

하고 안방으로 건너갓다 한동안 안방에서 리방과 첩의 짓거리는소리가 난끄테 어린년이가 건넌방에와서 능통이를 보고

『상주께서 잠ㅅ간 안방으로 건너오시랍니다』

하고 청하엿다 능통이는 속으로

『올치 오늘밤에 다른데루 가라구 말할라는가부다』

하고 생각하며 꺽정이더러

『잠ㅅ간 건너가보구 오겟습니다』

말하고 어린년이를 압세우고 안방으로 건너왓다 능통이가 건너온뒤 리방의첩은 어린년이를 다리고 밖그로나가고 리방이 능통이와 마주안저서 조용히 이야기하엿다

『그사람네더러 다른데루 가자구 말슴햇소』

『자네말을 다시한번 들어보구 말하려구 아직 말을 아니햇네』

『대관절 멧칠가량이나 잇다 갈작정이요』

『길씨의 장독난것이 합창되어서 행보하게되면 곳 청석골루 갈껠세』

『장창이 심하면 졸연히 나홀수잇소』

『그동안만해두 벌써 만히나헛네 처음에는 운신을 잘못하든사람이 지금은 자네보다시피 행보를 제법 하지안튼가 원긔조쿠 나이절믄사람이라 우리네와 다르데 넉넉잡구 한 열흘쯤 더 지나면 완구이 다 나홀껠세』

『형님두 청석골루 가기루햇소』

『그래서 내권은 먼저 청석골루 보냇네』

『달ㅅ골 괴수가 청석골졸개 되려가는구려 영위계구언정 무위우후란 말을 형님아시우』

『그게 무슨말인가』

『달기주둥이가 될망정 쇠똥구녁이 되지말란말이요』

『설마 졸개대접이야 하겟나만 임두령가튼 당세인물미테 말구중노릇이라두 감심하구하겟네』

『꺽정이는 참말 인물입되다 누구든지 선성을 듯다가 사람을 만나보면 사람이 선성만못한수가만컨만 꺽정이는 선성듯든것보담 사람이 더 낫습되다 그사람이 미천으루 말하면 백정의자식이건만 딱 대면하구보니 백정의자식으루 하대할수가 업습되다』

『그인물에다가 힘이 장사요 검술이 귀신가튼것을 겸처 생각해보게 내가 말구중노릇이라두 감심한다는것이 괴상할꺼업지』

『길가두 장사랍되다그려』

『청석골서 임두령담가는 장사라데』

『그사람네를 숨겨두는것이 여간 큰일이아니지만 형님 낫을 보드래두 궁지에빠진 사람들을 안 봐줄수가 업서서 얼마동안 숨겨줄텐데 이집에 숨어잇는동안 아무리 갑갑하드래두 건넌방에 들어안저 잇서야지 박게들나가서는 안되겟소』

『그건 내가 담당할테니 걱정말게』

『그러구 데리구온 아래ㅅ사람들은 집에두구 나무나 시킬텐데 이집에 둘씩 둘수업스니까 하나는 큰집에 갓다두겟소』

『우리집에서두 머슴노릇하든것들이라 나무가튼건 잘할것일세』

『인제 고만 건넌방으루 건너가시우 나두 곳 건너가리다』

능통이가 건넌방에 건너올때 희색이 만면하야

『무슨 조혼이야기를 듯구왓나』

하고 꺽정이가 물으니 능통이는 싱글벙글하며

『우리일 잘 봐주만 허락을 바덧습니다』

하고 대답하엿다

『자네를 불러다가 생색을 내든가』

『두분칭찬을 입에 침이업시하구 두분가트신 당세인물을 위급한때 구해드리는것이 자긔의 본의라구 말합듸다』

능통이의 말을 듯고 꺽정이는 한두번 고개를 끄덕이고 꺽정이안즌여페 누어잇는 막봉이는 당세 인물ㅅ 소리가 조하서 입을 벌리엇다 리방이 건넌방에 건너와서 가치안저 이야기들하는중에 어린년이가 방문아페 와서

『저녁진지가 다됏는데 어떠케하오리까』

하고 물엇다 어린년이는 상을 드려올까 말까 뭇는것인데 리방은 상을 어떠케차릴까 뭇는줄로

생각하고

『밥이 다됏스면 두ㅅ겸상으루 차려서 드려오너라』

하고 일럿다

『상주께서는 안방에서 잡수실줄 알고 외상을 차려놧습니다』

『딴소리말구 겸상 겸상해서 이리 가저오너라』

어린년이가 네 대답하고 간뒤 한참만에 겸상둘을 드려와서 꺽정이는 막봉이와 가치먹고 능통이는 리방과 가치먹는데 아침 점심에 업든반찬이 만하서 상이 어두엇다 이튿날 아침 셋겸상은 도루 전날 아침점심과가티 초초하야 능통이는 꺽정이와 막봉이에게 반찬을 사양하느라고 싱거운밥을 먹지안을수업섯다 아침ㅅ상의 밥그릇 반찬그릇을 부시다 시피하야 내보낸뒤에 능통이가 꺽정이를 보고

『밥을 좀 잘어더먹을라면 안주인에게 인심을 사두어야겟습니다』

하고 말하니 꺽정이는 빙그레웃스며

『무얼루 사나』

하고 물엇다

『짐속에 잇는 은부치 두가지만 선사루 쓰십시다』

『자네 맘대루 끄내다주게』

능통이가 짐짝을 풀으고 금은부치중에서 은루호 삼작 은가락지 한벌을 끄내가지고 안방에 건너와서 손님이 선사하는것이라고 말하고 리방의첩을 내어주니 리방의첩은 루호도 만저보고 가락지도 끼어보며 입이 한껏 벌어젓다 리방이 첩으로 드려안칠때 예물로 은가락지를 해주어서 은가락지는 끼어보기까지하엿스나 은루호는 남찬것도 본일이 업는터이라 리방의 첩이 루호를 들고

『이것이 차는 노리개지요』

하고 물으니 능통이가

『그게 대국서 나온 노리개라네』

하고 가르처주엇다

『이런걸 바덧다구 야단치지 안흘까요』

『안주는걸 달랫나 야단칠까달기잇나 만일 야단치거든 내게루 미루게』

『나리만 밋고 바더두겟습니다』

『염려말구 바더두게』

이날 점심에는 은루호 은가락지의 보람이 나서 반찬가지ㅅ수가 아침보다 현수(懸殊)히 만핫

다 능통이가 반찬을 가르치며

『염냥이 어떳습니까』

하고 우스니 꺽정이와 막봉이도 다가티 우섯다 세사람이 점심밥을 먹기시작하엿슬때 박게서 짓걸짓걸하는 소리가 나는데 리방의 목소리가 들리엇다 읍이 가깝지안흔까닭게 일업는 날이라야 저녁때나와서 자고가는 리방이 의외에 나제 나와서 능통이는 대단 괴상히 생각하는중에 리방이 건넌방으로 들어와서 안찌도안코

『서울포교들이 읍에왓소 집뒤짐하려 나다닐지 모르니 안방 다락에 들어가서 숨어들기시는게조켓소 지금 다락안을 대강 치우라구 일럿소 나는 곳 다시 가야겟스니까 자세한 이야기는 잇다 저녁에 나와 하리다』

말하고 불불이 도루나갓다

점심들을 얼른 다 먹은뒤에 짐짝을가지고 안방다락으로 옴기게되엇는데 다락이 한간이 넘벼서 세간나부랑이가 잇건만 세사람이 안고 누을틈은 넉넉히 남아잇섯다 다락으로 옴겨올때 능통이가 꺽정이와 막봉이를 리방의첩과 인사시키어서 서로들 보앗는데 다락에 들어안즌뒤에 리방의첩이 와서 드려보며

『참말 깔으실자리를 이젓구먼』

하고 기직ㅅ자리를 드려주고얼마동안뒤에 또와서 드려다보며

『더우시지들 안흐세요』

하고 미선두어자루를 드려주엇다 리방의첩이 다정하게구는것을 세사람은 다 은부치의보람으로 생각하고 서로보고 빙글거리엇다 해가 다 진뒤에 리방이나와서 들은 소문을 이야기하엿다 그소문은 별것이아니라 안성잇든 포도청종사관이 죽산 와안저서 지휘하야 포도부장 포도군사들이 죽산을 중심삼고 양지 음성 진천 등지로 나다니며 청석골 괴수들의 종적을 수탐하는데 의심쩍은 일이업서도 기광을 부리느라고 집뒤짐하는일이 종종잇다는것이엇다 리방이 이야기를 대강 다한뒤에

『요새 몃칠동안 아무리 갑갑하드래두 다락속에들 숨어기서야겟소』

하고 말하니

『다락속에 가처 잇자면 좀 답답하겟네』

능통이는 걱정스럽게 말하고

『자구먹구 먹구자구 팔자조치』

꺽정이는 배ㅅ속편하게 말하고 막봉이는 지난 고생을 돌처생각하고

『칼안쓰구 착고안차구 딴방울 안차는것만해두 옥에 가친것버덤은 저위낫겟지』

하고 말하엿다 이튼날 포도군사 서넛이 진천장교를 압세우고 리방의 자근집까지 왓섯스나 리방다니는 사람의집에 설마 적당을 숨겨두랴 생각하엿든지 리방의첩과 안방세간만 드려다보고 그대로들 돌아나갓다 리방의첩이 간이 달랑달랑하든것을 겨우 진정한 뒤에 다락을 와서 드려다보는데 다른때가티 다락문을 열지못하고 빠끔하게 틈을 벌리고 가만히 드려다보앗다 능통이는 안저서 벙어리 시늉을 내고 막봉이는 모로 누어서 능통이의 손짓하는것을 바라보고 꺽정이는 다락천정을 치어다보고 번듯이 누어잇섯다 능통이와 막봉이가 연혜 서로 빙글거리고 꺽정이가 잇다금 하픔을 하는것이 모다 생사관두(生死關頭)의 위경을 당한사람들 갓지아니하엿다

그이튼날도 포도군사들이 진천을 떠나가지 아니하야 세사람이 다락속에서 숨어지내게되엿는데 새벽에 리방이 나간뒤로 자주자주와서 다락문을 열어보든 리방의첩이 마침 능통이와 막봉이는 낫잠이 들고 꺽정이 혼자 눈뜨고 누어서 배를 문질를때 와서 다락문을 고이열고 드려다보다가 꺽정이더러

『속이 거북하신가요』

하고 물어서

『아니요』

하고 꺽정이는 일어안저 대답하엿다

『소주한잔 드릴까요』

『속이 덥부룩한데 소주한잔 먹엇스면 조켓소』

『그럼 잠ㅅ간 나려오세요 자는 사람들틈에서 잡숫느니 건넌방에가서 잡숫고 오시지요』

리방의 첩이 눈치가 달른것을 짐작못하지 안흐면서 꺽정이가 즘짓

『나려가두 조켓소』

하고 물으니 리방의첩은

『삽작문을 다더걸엇스니 염려말고 나려오세요』

하고 대답하야 꺽정이가 기집의 눈치를 십분 수상하게 여기면서 건넌방에 건너와서 안젓는데 리방의첩이 앙가바리 술상을 들고 들어와서 꺽정이아페 노코 잠시 머뭇머뭇하다가 소주그릇을 들며

『술을 처드려야지』

하고 상긋 우섯다 꺽정이가 속으로

『이년이 여우구나 한번 혼뜨검을 내주까』

생각하다가

『염낭빨은 기집년의 노염을 삿다가 의외의 해를 볼는지 모르니 어루만저 두리라』

고처 생각하고

『친구업시 먹는술은 술치는 사람의 손맛으루 먹소』

하고 허허 우섯다

리방의 첩이 나이는 삼십줄이나 아이나이를 못한까닭게 절문티가 아직 가시지안코 사람이 워낙 나이들어보이지 안케 생겨서 이십안짝 기집가티 애ㅅ되어보이엇다 꺽정이가 리방을삼씨오쟁이 지우기 미안한생각도잇고 기집의 교리치는것을 패씸히 여기는 생각도 업지안컨만 기집의 마음을 사두는것이 조흘뿐아니라 얼골 곱살스러운 기집이 여페와서 부니는것이 마음에 실치아니하야 기집을 손에 너헛다 큰집에 심부름 갓든 어린년이가 돌아와서

『삽작문 열어주세요 삽작문 열어주세요』

여러차례 소리를 지른뒤에 리방의 첩이 비로소 건넌방에서 나가서 삽작문을 열어주엇다 어린년이가 해찰하느라고 느저서 주인에게 잔소리 마듸나 좀이 들으려니하고 왓더니 의외에 주인이 아무ㅅ소리도 아니하야 고개를 들고 주인의 얼굴을 치어다본즉 신관이 틀린것이 병난사람가텃다

『어듸 편찬호세요』

「속이 거북해서 누엇다가 잠ㅅ간 잠이 들엇섯다」

「찬 건너방에 왜가서 누어 기섯세요」

「다락문 미테 누엇기가 실혀서 건너방으로 갓섯다」

「지금은 속이 어떠세요」

「잠ㅅ간 자는동안에 속은 좀 너누룩해젓다 그러나 저녁이 늣겟다 쌀내주께 이리오너라」

어린년이가 저녁쌀을 인함박에 바뎌가지고 샘으로 씻으러 나간뒤에 꺽정이는 다락으로 올라갓다 막봉이와 능통이가 처음에 자다깨어서 꺽정이 업는것을 보고 혹시 뒤가 급하야 밤까지 참지못하고 나제 뒤ㅅ간에를 갓는가 생각들 하는중에 건넌방에서 우슴 소리가 나는것을 듯고 능통이가 선뜻 짐작하고 막봉이와 서로 뒤ㅅ공론들하며 꺽정이 오기를 기다리고 잇섯다 꺽정이가 다락에 올라와 안즌뒤에 능통이가

「건너방에 가서 기섯지요 건너방에서 무어하섯습니까」

하고 물으니 꺽정이는

「건너방에 가서 주인기집을 상관햇네」

하고 대답하는데 예사말가티 수월스럽게 대답하엿다

「그게 웬일입니까」

꺽정이가 다락에서부터 건넌방에 간뒤까지 남녀간 수작된것을 대강이야기하니 막봉이는 바로

『형님 기집복두 무던하구려』

하고 웃고 능통이는 한참 생각하다가

『박차시지 안키를 잘하섯습니다』

하고 칭찬하엿다 그뒤에 세사람이 리방의 자근집에서 십여일 묵는동안 리방의첩이 어린년이 하나를 다리고 삼시공궤를하고 간간이 땀찬옷가지들을 빨어주고 막봉이가 장창약한제를먹는데 일재복(日再服)하는 약시중까지들되 군소리 한마듸가 업섯다

막봉이가 약한제를 먹은뒤에 장창이 전보다 훨신빨리 나허서 비스듬이 박게 못안든 사람이 꼿꼿이 안게되고 번듯이 누으려면 아래ㅅ두리를 드느라고 두다리를 세우든 사람이 다리를 쭉 뻣고 번듯이눕게되엇다 꺽정이는 리방이업슬때 그첩을 가로차가지고 노는데 맛을 드렷든지 막봉이의 장창이 다합창된걸 보고서도 떠날의논을 먼저 내지 아니하야 막봉이가 꺽정이를보고

『형님 인제 고만 떠날 생각좀 해봅시다』

하고 말하니 꺽정이는 대번에

『네가 지금 말을 탈수잇겟느냐 아직좀 더 잇서야지』

하고 대답하엿다

『말은 고만두구 걸어라두 갈수잇소』

『나보기엔 아직 말두 잘 못탈것갓다』

『안장마구 부담마구 아무거나 다 탈수잇스니 염려마시우』

『그러면 곳 떠나지 누가 붓들어서 못떠나겟느냐』

『형님은 혹 붓드는 사람이 잇는지두 모르겟소』

『말갓지 안흔소리 하지두마라』

능통이가 여페잇다가 꺽정이더러

『길두령 장독두 거의다 낫구 햇스니 연로의 소식이나 자세히 알어보구 속히 떠날 준비를 차리는게 조흘듯합니다』

하고 말하야 꺽정이는

『그래보세』

하고 고개를 끄덕이엇다 청석골 가는길에 긔찰이 어떠한가 알어보기겸 타고갈 말들을 준비시키려고 능통이의 다리고온 졸개하나를 메주고개까지 보내자고 의논이 되엇는데 리방에게 간

안하고 보낼수업서서 이튼날 보내기로 작정들하고 잇슬때 리방이 이날은 일직 나와서 안방에 들어가 옷을벗고 곳 세사람이잇는 건넌방으로 건너왓다

『오늘은 일직 나왓네』

하고 농통이가 인사로 말하니

『오늘은 별일두 업거니와 소식들은것이 잇서서 얼른와서 알려드리려구 일직나왓소』

하고 리방이 대답하야

『무슨 소식인가』

『무슨 소식이요』

세사람이 다가티 리방의 입을 바라보앗다

『청석골 괴수들이 상인들루 변복하구 도망해갓단 소문이 잇서서 도망해간 경노를 탐지해본즉 용인 안성을 지나 인천가서 배를 타구 풍덕 조강(祖江)가서 배를 나린것이 형적이 확실한까닭게 안성나려왓든 포도부장과 포도군사들은 서울루 거처올라가구 안성 린근읍의 군총뽑앗든것은 도루다 헤쳣답듸다』

리방의 말하는 소식을 듯고 꺽정이는 빙그레 웃고 농통이는 입을 닥고 웃스나 막봉이는 큰소리로 너털우슴을 우서서 리방이

『쉬 쉬』

하며 손을 내저엇다 막봉이의 우슴이 긋난뒤에 능통이가 리방을 보고

『그럼 청석골가는 연노의 긔찰두 풀렷겟네그려』

하고 말하니 리방은 고개를 외치며

『연로의 긔찰은 그러케 쉽게 풀릴리업소 지금 청석골을 갈라면 딴길루 돌아가야지 곳장은 못갈것이요』

하고 대답한뒤

『내가 노정을 생각해본일이 잇는데 여기서 장호원으루 나가서 려주 양근 가평 포천 영평 련천 삭녕 등지를 지나서 가면 무사이 갈수잇슬것 갓습듸다』

하고 말하엿다 리방의 말하는 노정이 서울을 비키고 또 림진나루를 비키엇스나 장호원이 안성죽산서가깝고 련천 삭녕이 림진나루서 머지아니하야 비록 직로는 아니라도 거침이 바이업지 안흘것이라

『그러케 돌아간다구 길이 안전할는지 모르겟소』

하고 꺽정이가 말하니

『강원도 땅으루 돌아가면 거침이 아주 업슬테지만 그러면 너무만이 돌지요』

하고 리방이 대답하엿다

『이왕 길을 곳장못가구 돌비에는 강원도 땅으루 돌아가두 좃소』

『그러면 더 말할것업시 강원도 땅으루 작노할 작정하시우』

『우리가 인제 수이 떠날텐데 떠나자면 다소 준비할것이잇소』

『준비할것을 말슴하면 아무쪼룩 낭패업두룩 해드리리다』

꺽정이가 능통이를 돌아보며

『다락에가서 짐짝을 좀 들어오게』

하고 말하야 능통이가 상자짝을 가저온뒤 꺽정이는 친히 상자를 열고 금은부치를 몰수히 그내서 리방의 아프로 밀어노핫다 물건이 모다 봉지에 싸힌것이라 리방이

『이것이 무엇인가요』

하고 물어서 꺽정이가 봉지들을 펴서보이는데 능통이가 전에 가지고왓든 금은부치외에도 금은패물의 갑나갈 물건이 여러가지 더잇섯다

『이건 무어할것이요』

『우리 떠날준비에 비용드는걸 이걸루 쓰시우』

『길떠날 준비에 무슨 비용이 그리 만히 들리라구 이만흔 보물을 다내노흐시우』

「우리 셋이 댁에와서 신세진건 물건으루 가풀수가 업지마는 전에 어더간 무명갑과 이번에 드는 비용쯤은 우리가 내는것이 조치안쏘」

「그러면 이중의 한두가지만 해두 넉넉하우」

「넉넉하구 못하구 따질것업시 다 바더두시우」

「주시는게니 정으로 밧겟소 내가 년래에 포흠이 좀 생겻는데 이걸 변매해서 포흠을 드려노켓소」

「그건 처분대루 하시우 단지 패물중에서 두가지만 남겨서 안주인을 주셧스면 조켓소」

「항일에 주신 은투호를 밤 저녁에 가끔 차구나안는 쁠이라니 참말 가관이요」

「바든 사람이 조하해야 준보람이 잇지안쏘」

「말씀대루 이중에서 한두가지 주리다 그런데 준비하실것은 무엇무엇이요」

「첫재 우리셋의 관망과 의복을 준비해야겟소」

「복색을 어떠케 차리실테요」

「셋이다 호반 복색을 차렷스면 조켓소」

「당상호반으루 차려서 망건뒤에 옥관자까지 달두룩 준비하리까 타실것은 말이래야 쓰겟소 그려」

『탈것은 내일 사람을 용인 보내서 준비시키자구 이야기를 햇소』

『그럴것 업소 내가 다 준비하리다』

꺽정이가 의향이 어떠냐 뭇는것가티 능통이를 돌아보니 능통이가 리방더러

『견마잡이와 하인두 잇서야 할테니 어차피 사람은 한번 보내야겟네』

하고 말하엿다

『그러면 사람만 불러오두룩 하시구려』

『말을 한바리두 아니구 세바리씩이나 여기서 어들수 잇겟나』

『어들수 업스면 사지요』

『말은 고만두구 복색과 걸량식이나 준비해주게』

『사람은 내일식전 떠나보내시겟소 남의 눈에 뜨이지 안투룩 밤에가구 밤에오게하면 어떳소』

『그럼 오늘밤에 곳 떠나보내지』

건넌방에서 이야기들하는 동안에 저녁때가 다되고 나무ㅅ군이 돌아왓다 나무ㅅ군이 저녁밥은 먹은 뒤에 능통이가 불러서 메주고개를 다녀오는데 용머리도 들려오라고 말을 일러서 밤ㅅ길로떠나보냇다 룡인 보낸사람이 삼사일 지나서 돌아오는데 탈것을 세필 어더왓스나 세필중에

한 필은 나귀요 한필은 노새요 한필만 말이엇다 말세필을 어더오라고 일러 보냇는데 나귀 노새로 수를 채워왓고 그뿐만아니라 사람을 네댓 다리고 오라고하엿는데 겨우 둘만 다리고왓섯다 간사람이 심부름 잘못하엿다고 능통이가 구짓기 시작할때 그사람이 메주고개 사정을 이야기하야 발명하엿다

메주고개 미테서는 달ㅅ골서간 사람들을바더서 겨우 안접시키자마자 달ㅅ골사람들 온것이 룡인관가에 입문되어서 새로온사람 원래 살든사람 여럿이 관가로 잡혀 들어갓는데 괴수들의 잇는곳을 대라고 가진 악형을다하야 그동안 장하에서 죽은사람도잇고 아직 살어잇는 사람도 곳서울가서 릉지(凌遲)를 당하게 된단 말이잇다고 뒤에 숨어잇는 식구들이 눈물로 날을 보내는중이라 룡머리와서 마사람을 어더가지고 왓다고 그사람이 이야기를 마친뒤에 능통이는 한참동안 말이 업다가 나중에

「용머리서 사람이나 네댓 데리구 오지야」

하고 말하엿다

「처자식 잇는눔들은 오려구 하지 안습듸다」

「내가 어듸 잇는것을 알구시퍼들 하지안트냐」

「왜요 대구들 캐어 뭇습듸다」

「그래 어듸잇다구 말햇느냐」

「재재미데 숨어 기시다구 말햇습니다」

「여기잇다구는 말한데 업겟지」

「말말라신걸 말할리가 잇습니까」

「잘햇다」

능통이가 새로온 두사람을 아프로 불러내서 그동안 룡머리서 포도군사들에게 부대낀것은 대강물어본뒤 행랑으로 내보내서 쉬게하엿다 전에 다리고온 사람들에 이번 새로 온사람들을 합하면 사람이 모두 넷이라 견마잡히고 길량식 지우기에는 수가 부족할것이 업섯다 세사람의 관망과 의복이 준비 다되어서 인마오기를 기다리고 잇든차이라 이밤에 다른 준비를 다하야 가지고 첫새벽 떠나려고 작정하야 떠날사람들은 말할것업고 떠나보낼사람도 밤을 재우게 되엇다 이튼날 동이트기전에 꺽정이와 막봉이와 능통이가 반딸ㅅ동안 숨어잇든 진천 리방의 자근집을 떠나는데 리방의 첩은 방안에서 인사하고 어린년이는 마당에 나려와서 하직하고 리방만 삽작박게 나와서 작별하엿다 작별할때 꺽정이가 리방더러

「아쉰일이 잇거든 우리게루 기별하구 급한일이 잇거든 우리게루 오시우」

하고 말한뒤 한참잇다가

『내가 상주의첩을 상관햇소 그러나 나를 배은망덕하는 놈으론 아지마시우』

하고 말하엿다 꺽정이는 은혜진 사람의 첩을 상관한것이 마음에 구진고기먹은것가터서 구진고기를 토하는 셈으로 토설하엿지만 리방은 어이가업고 긔ㅅ구녕이 막혀서 작별인사도 탐탁하게못하엿다 자긔에게 사랑을 밧는 첩이 사랑을 저바린것이 분하고 자긔에게 덕을본 꺽정이가 덕을모르는것이 분하엿다 분이 악심으로 변하야 별생각이 다 낫는데 그중에 꺽정이를 붓들어서 못떠나게하고 시비를 차리고시픈 생각도 낫섯고 꺽정이의 가는노정을 관가에 밀고하야 체포시키고시픈 생각도 낫섯다 꺽정이를 붓들지 못하고 떠나보낸뒤엔 밀고할생각이 더펵만하젓스나 한번돌처 생각하니 꺽정이가 만일 체포되면 자긔를 죽을고에까지 끌고들어갈것이 명약관화한일이라 밀고하기도 어려웟다 꺽정이게 대한 분까지 한께 겹쳐서 첩에게 분풀이를 특특이 하고시프나 그도역시 왁자하게 할수업서서 분을 꿀꺽 참고 수일동안 아무일업시 지내엇다 리방이소견이 좁지아니하야 첩의 부정한짓 한것쯤 용서하고 더퍼둘만도 하건만 분하고 괘씸한 생각이 끈히 속에 잇서서 첩을 대할때 자연눈치가 조치 못하엿다 꺽정이 떠난뒤 사흘되든날 밤에리방이 자리에 누어잇는데 첩이 여페 와서 눈치를 살피면서

『다리좀 주물러 드릴까요』

하고 붓흐니 리방은 첩이 다른생각이 나서 와서 부니는 줄로 짐작하고

『에기 더러운년 저리가거라』

하고 소리를 질럿다 첩이 얼골을 불키고 무어라고 입속말로 종알종알 짓거리는데 리방이 빨떡 일어안즈며

『이년아 무얼 종알거리느냐』

하고 꾸지즈니 첩은 리방을 빤히 바라보면서

『왜 이러시요』

하고 비앙스럽게 대답하엿다

『떨어 내쪼칠걸 가만두니까 팬듯시프냐』

『나를 건드리지 마시요 건드리면 당신께도 이로울꺼 업스리다』

『서방잇는 기집년이 부정한짓하구 되려 큰소리냐』

『도독놈들을 집에 두지말지』

『이년이 죽구시픈가』

『내입한번 뺑끗하면 죽을사람 따로잇지』

리방이 분에 눈이뒤지펴서 첩의 머리채를 움켜잡고 들두들기너 첩이 바로

『살인이야 살인이야』

하고 외치엇다 행랑은 아직 비엇고 이웃은 모다 멀어서 쪼차올 사람이 업고 집안에잇는 어린년이는 어느구석에 가서 숨어잇는지 긔척도 업섯다 리방이 분ㅅ김에 벽장속에잇는 적은 환도를 끄내어서 첩을찔르고 한번 피를 본뒤에는 미친사람이되어서 첩을 란도질하야 죽이엇다 리방은 그날밤에 집을버리고 도망하야 나갓는데 어듸로 갓는지 영영아는 사람이 업섯다

진천 살인옥사는 원고도업고 원쳑도업고 오직 증인하나가 잇섯스니 이것은 어린년이엇다 청석골 화적의 괴수셋이 리방의 첩의 집에서 보름동안이나 숨어잇다 간것이 어린년이 초사에 들어낫섯다 리방을 잡으려고 각처에 이문을 부첫스나 마침내 잡지못하고 해포 지나서 옥사를 그대로 결말 짓게되엇섯는데 그때 리방을 화적의 패당으로 몰아서 가산은 적몰(籍沒)하고 본기집과 본기집몸에서 난 딸형제는 관비를박고 화적괴수들 숨겨두엇든 집은 파가저택(破家瀦澤)하엿섯다 그집터가 오늘날까지 늪으로 남아잇는데 진천 근방사람들은 이것을 꺽정이집터라고 일컷는다

(의형제편) (끗)

林巨正

義兄弟編 三

臨時 定價 七五〇圓

一九四八年六月一日 發行

著者 洪命憙

發行所 乙酉文化社

서울市鍾路二街永保빌딩

振替 京城 三二五四三番

電話光化門 三四九二番 / 三九七〇番 / 〇一八七番

서울신문社 印刷局 印刷

(一九四七年九月三〇日 登錄 二四八番)

(1947年9月30日 登錄・第248番)

임꺽정 의형제편 3

펴 낸 날/ 초판1쇄 2020년 3월 27일
지 은 이/ 편집부 편

펴 낸 곳/ 온누리
펴 낸 이/ 김용항
출판등록/ 1982년 12월 6일(제아-20호)
주 소/ 충북 청주시 상당구 수동 90-4
문 의/ (대표전화)02-324-4790, (전송)0505-115-62879

정가 30,000원

ISBN 978-89-8367-314-5 03810

잘못된 책은 구입하신 곳에서 교환해드립니다.

ISBN 978-89-8367-314-5
03810>
9 788983 673145